U0484906

国家舞台艺术
精品工程
剧作集 ⑧

话剧儿童剧木偶剧卷二

中华人民共和国文化部艺术司 编

文化藝術出版社
Culture and Art Publishing House

精品剧目·话剧

立 秋

编剧 姚宝瑄 卫 中

时间

民国初某年立秋前后。

地点

晋商丰德票号总经理马洪翰家——一座威严而神秘的大宅院内。

人物

马洪翰　男，五十岁出头，晋商丰德票号总经理。

许凌翔　男，五十岁，丰德票号股东，副总经理。

老太太　女，七十岁，马洪翰之母。

凤　鸣　女，四十七八岁，马洪翰夫人，许凌翔儿时好友。

马瑶琴　女，十八岁，马洪翰之女，马江涛之妹，许昌仁的未婚妻。

马江涛　男，二十余岁，马洪翰之子。

许昌仁　男，二十二三岁，许凌翔之子。马瑶琴在绣楼上苦等六年的未婚夫。

张克明　男，四十余岁，票号总部驻天津分号经理。

文　菲　女，二十一岁，许昌仁留英时的同学，南方"长通"票号总经理文郁波之女，许昌仁现在的女友。

马　用　男，近六十岁，马洪翰管家。

赵成才　男，总号掌柜。

郝班主　男，四盛班班主。

余义利　男，丰德上海票号经理。

董事韩二爷、王顺等。

男仆人们。

春兰、秋菊等女仆们。

序

〔金秋时节，山西晋中地区丰收鼓乐过场。

〔乐声远去，马洪翰领着一个小男孩上。

马洪翰　（喃喃地）立秋啦！立秋啦！……早上立了秋，晚上凉飕飕，吃烙饼不苍老，不苍老吃烙饼。

男　　童　老爷爷，我不吃烙饼。

马洪翰　你想吃啥，孩子？

男　　童　老爷爷，我想吃刀削面！

马洪翰　一听就是个山西娃，就好吃个面。

〔一阵秋风吹来，落叶飘零。

男　　童　（拾起树叶）老爷爷，树叶落了……

马洪翰　（感慨地）大风起兮……安得猛士兮……

〔随着渐强的马洪翰的吟诗，那个令人难以忘怀的非常时期的马家大院呈现在观众眼前。

一

〔花厅。丰德票号总经理马洪翰书房。舞台另一侧是高耸的绣楼。

〔虽然时近立秋，但天气依然暑热，树上知了不知疲倦地合鸣。

〔马洪翰身着白绸长衫，倒背手立于家训屏风前，一束阳光透过雕花窗棂照射在他身上，宛如一座仰天长啸的塑像。

〔众家人齐诵家训：天地生人，有一人应有一人之业；人生在世，生一日当尽一日之勤。勤奋、敬业、谨慎、诚信。朗诵声与知了秋鸣交相呼应。

〔赵成才焦急上,手中拿着电报,向管家马用示意。马用接过电报,向马洪翰走去。众互相观望,念声渐小渐小,马洪翰突然以扇击案,念声恢复如常。马用退下。家训读后,众悄然退下。

〔赵成才及管家手持电报上前。

赵成才　总经理,总经理……

马　用　老爷,电报……

马洪翰　念!

赵成才　沈阳来电——时局动荡,殃及票号,商家囤货,急需现银救市!徐州来电——库银已尽,无力支撑。汉口来电——金融风暴,挤兑成潮!广州来电——客户流散,门庭冷落!上海来电——西式银行,难以抵挡,何去何从,时不待我!

马洪翰　(慢慢转身)可叹富甲天下傲视四海数百年的晋商后裔,竟然如此懦弱胆怯!想我先祖创业,经过多少风狂雨骤,从不低头!而今这点沟沟坎坎就跨不过去了?!我就不信这个邪!赵经理,打电报回告各地分号,要他们挺住,要像骆驼一样昂头挺胸。再告诉他们,我马洪翰自有办法!

赵成才　是,总经理。(欲下)

马洪翰　回来!你再催一催彼得堡的欠款、山西政府的借款。再问一问北京天津的情况怎样?

赵成才　这就去办!(下)

马洪翰　(控制着自己焦躁的情绪)马用……

马　用　老爷!

马洪翰　今天立秋?

马　用　是,老爷,今天立秋。

马洪翰　一切照旧,立秋吃烙饼,给伙计们发赏银,请戏班子唱戏……

马　用　这些老太太都吩咐过了。

———话剧《立秋》

〔一阵秋风声。

马洪翰　今年的秋风起得好快，来得好猛啊……（吟诵）大风起兮云飞扬……知道后两句吗？

马　用　知道，知道。"威加海内兮归故乡，安得猛士兮守四方！"

马洪翰　哈哈……哈哈哈！

〔凤鸣陪老太太上，众丫环随后。

老太太　天好热啊，秋老虎杀人不用刀啊……

马洪翰　是啊，娘，外面的太阳好毒啊，晒得人快流油了！（收藏电报）

老太太　洪翰……

马洪翰　娘，天太热，您回屋歇着去吧。

老太太　我要等我那留洋回来的孙女婿昌仁！

马洪翰　娘，等您这宝贝孙女的婚事一办，可就了却了您这当奶奶的心愿了！

老太太　这难道不是你们当爹妈的心愿？

凤　鸣　是啊，瑶琴日想夜盼的，在绣楼上等了六年了！

马洪翰　户外碧潭春洗马，楼前红烛夜迎人。马总管，只要昌仁少爷一到，马上挂红灯点红烛！

马　用　放心吧，两年前就准备好了！

〔绣楼上传来哀怨凄楚的琴声。

〔晋中民歌：

　　弯弯的月儿挂夜空，

　　小妹妹（我）在绣楼上数星星，

　　星星啊星星你告诉我，

　　小妹妹（我）何时下楼挂红灯？

马洪翰　这是瑶琴唱的吗？

凤　鸣　是瑶琴在唱呀。

老太太　连你闺女的声音都听不出来了？

〔瑶琴在绣楼上。

瑶　琴　让我下楼！让我下楼！（往楼下扔东西）

春　兰　
秋　菊　小姐，别扔了，别扔了！

瑶　琴　爹，您就开恩，让我下楼吧！（继续扔东西）

马洪翰　这成什么体统！哪有不到时候姑娘家自己嚷嚷着要下楼的！

凤　鸣　（捡起地上的东西）六年了，她关在楼上六年了，天天就是读书、写字、弹琴，她是憋得慌啊……

马洪翰　憋得慌？不憋能有好女人吗？咱大户人家的女孩子哪个不是在绣楼上调教出来的！

瑶　琴　（在楼上）绣楼上太寂寞，太苦闷了，我一天也不想再待了！

老太太　瑶琴呐，我的好孙女，听奶奶说，九十九拜都拜了，就差这一哆嗦了，再忍它半晌一宿的，等昌仁一回来，立马让你下楼！

瑶　琴　两年前就说他立秋回来，立秋回来，可至今还不见人影。娘，谁知道我会不会在绣楼上空等一辈子哪？

凤　鸣　瑶琴，不许胡说！昌仁就要回来了。（转身拭泪）

瑶　琴　（威胁地）不让我下楼，我就跳楼！

老太太　瑶琴，不敢乱来！

马洪翰　（爆发地）反了你了！跳吧，跳吧，你敢跳下来，摔断腿，没人娶你！

〔瑶琴不语、凝望天空……

老太太　洪翰啊，话说得太绝情了吧，大院里女人受的罪，你们男人知道多少？我在绣楼关了五年，你媳妇关了八年，白天数墙砖，晚上数星星，那是人过的日子吗？哎，这是谁立下的规矩啊……（落泪）

〔瑶琴轻声哼唱那首民歌。

马洪翰　娘，您别伤心，别生气，刚才我是急火攻心，说走了嘴。瑶琴啊

〔瑶琴关上绣楼花窗。

马洪翰　好闺女，昌仁就要回来了，爹要好好给你们办喜事，让咱大院热热闹闹的。马用，戏班子请来了吗？

马　　用　　去请了。
马洪翰　　那好，咱们去前厅（使眼色）商量商量戏码……
老太太　　戏码咱娘儿俩在这儿商量。
　　　　　〔马洪翰挥手，马用下。
马洪翰　　娘，您想听哪出戏啊？
老太太　　儿啊，你是在演哪出戏啊？
马洪翰　　您这话是……
老太太　　你有事瞒着我。年年你都是腊月二十三回家，今年还没到立秋你就跑回来了。你表面上平静如水，可娘看得出来，你心里在翻江倒海啊！
马洪翰　　娘，我是特意提前回来等昌仁的，这可是瑶琴一辈子的大事！
老太太　　你等的不仅仅是昌仁吧！把电报给我。
马洪翰　　什么电报？
老太太　　袖子里。
　　　　　〔马洪翰递过电报。
老太太　　你告诉娘，咱们丰德票号是不是到了生死关口了？
马洪翰　　没那么严重……
老太太　　娘只想听你一句实话，这个坎你能迈过去不？
马洪翰　　娘，时局动荡，客户挤兑，放款一时收不回来，咱们丰德票号是遇到一些困难，这种事，又不是经历了一回两回了，没什么了不起的。魔高一尺，道高一丈，一切我都安排妥当了！
凤　　鸣　　娘，您还信不过您儿子？
老太太　　别说大话，真的没事？
马洪翰　　有北京、天津的银子，彼得堡的欠款垫底，再大的风浪儿也不在乎。咱马家大院的院墙，可是山西的"紫禁城"啊，结实着呢！
老太太　　北京紫禁城再结实，大清皇上不也倒了吗？！
马洪翰　　皇上倒了，咱丰德票号可没倒啊！
老太太　　大清倒了，咱丰德票号不倒……这天儿不对头，立秋没个立秋的样，四时不正，不是好兆头啊！

马洪翰　凤鸣，陪娘回屋歇着去吧！春兰、秋菊，扶老太太回屋了！

春　兰
秋　菊　是。（众陪老太太下）

〔马用领郝班主上。

马　用　老爷，这位就是四盛班郝班主！

郝班主　老爷！

马洪翰　郝班主，四盛班……"四盛班真好戏，秃红、秃丑盖山西，人参娃娃、棒槌红，后面插的一杆旗……"

郝班主　老爷过奖了！

马洪翰　你们都有些什么戏码？

郝班主　本戏有《回荆州》、《双罗衫》、《蝴蝶杯》、《大劈棺》、《杀子报》、《铁弓缘》、《打金枝》、《凤仪亭》、《乾坤带》……

马洪翰　《六月雪》、《春秋笔》、《清风亭》……

郝班主　老爷真是行家！

马洪翰　略知一二罢了。（唱《清风亭》中叫板："保儿他……"）

郝班主　《清风亭·认子》！

马　用　我们老爷最喜欢这出戏了，尤其是夜深人静的时候……

马洪翰　多嘴了。

马　用　是，是。

郝班主　哎呀，老爷，我们班子里刚来一位老板，专唱《清风亭》，声情并茂，那才叫绝啊。您要喜欢，就叫他来这一出？

马洪翰　噢，这位老板姓什么？

郝班主　姓冯。

马洪翰　二马冯？

郝班主　二马冯。

马洪翰　多大年纪？

郝班主　二十多岁。

————话剧《立秋》

马洪翰　家住哪里？
郝班主　不太清楚。
马洪翰　好，就定二马冯，冯老板的《清风亭》！
郝班主　谢老爷！（马用领郝班主下）
　　　　〔二男仆抬着一块匾急上。
男仆甲　老爷！
马洪翰　慌慌张张的干什么？
男仆乙　匾……
马洪翰　（翻过来看，露出丰德票号字样）天津号匾！怎么烧成这样？
　　　　〔张克明戴礼帽、墨镜急上。
张克明　（跪下）老爷！
马洪翰　哎哎，你这是……
张克明　老爷，我张克明无能啊……
马洪翰　克明，快起来，坐下说话！（扶起张克明）大热天，怎么还戴着礼帽。（给他摘帽，发现他头上有伤）你头上有伤？（给他摘下墨镜）这眼睛？怎么闹的？路上遇到土匪了？
张克明　不是，我是从天津监狱出来的！
马洪翰　你进了监狱？
张克明　老爷，咱们的天津票号完了……（痛哭）
马洪翰　完了？怎么完的？
张克明　那天晚上，我正在账房里"轧账"，就听着外面嘭叭乱响，我心想，这不年不节的，放什么鞭炮啊？敢情不是放炮，是打枪！
马洪翰　嗯？
张克明　街上有人喊，老少爷们儿，快跑啊，兵变了，烧城了！
马洪翰　兵变烧城？
张克明　叛兵土匪、地痞无赖纵火打劫，数千商户钱庄毁于一旦，唯我票号受害最甚。
马洪翰　库存银钱？

张克明　劫掠一空！

马洪翰　往来账目？

张克明　付之一炬！

马洪翰　伙计们呢？

张克明　大难临头各自飞！好端端的一座票号，就剩下这块匾了！

马洪翰　（如遭五雷轰顶，气得浑身发抖）后来呢？

张克明　大火刚熄，客户们都上门兑取现银，看我们拿不出银子，就硬说咱丰德不守信义，把票号告上了检察厅。

马洪翰　你怎么出的狱？

张克明　幸亏许凌翔副总经理从北京赶到，保我出狱，要不我就见不到老爷您了！

马洪翰　克明，我的好兄弟！你忠于职守，临危不惧，我马洪翰（深鞠一躬）永世不忘你的深情厚谊！

张克明　老爷，是我对不起您哪……

马洪翰　克明，你先住下，好好调养调养身子。

张克明　老爷，我没守住天津票号，有什么脸再待在丰德？！您让我回家吧。

马洪翰　不，你是我丰德仅有的几个顶身股，丰德不倒，洪翰不死，你的顶身股就照拿！

张克明　（大为感动）人都说老爷是山西真汉子，山崩于前，地裂于后，诺言不悔，我谢老爷了！

马洪翰　一诺千金，是咱晋商存身立命的根本。如今乃多事之秋，正当同舟共济，你就留在总号吧。

〔赵成才上。

赵成才　总经理，北京分号来电，许副总经理今天就到。

马洪翰　太好了，正盼着他呢！

赵成才　（吞吞吐吐）……总经理，人心隔肚皮，世事难料呀！

马洪翰　噢？

赵成才　（诡秘地）我听说许副总经理还在北京四处活动，要彻底放弃票号，联手组建商业银行！我还听说他的儿子昌仁从英国带回个女孩。

张克明　老爷……

马洪翰　克明、成才，我和许凌翔情同手足，乃生死之交。（挥手）

〔张克明、赵成才下。

马洪翰　（来回踱步）这些天来，乱象纷呈，此起彼伏，我从来没经历过这么复杂的局面，真是宁静中透着暴野，平和中藏着杀机，往日游刃有余的智慧，好像瞬间荡然无存。凌翔啊，丰德票号每次遇到危难之事，都是你我联手度过的，我有太多的问题要和你商讨，听取你的意见啊！……

〔马用上。

马　用　老爷！

〔马洪翰不觉。

马　用　老爷！

马洪翰　啊？

马　用　许凌翔许老爷回来了。

马洪翰　想曹操，曹操到，快请他到书房！

马　用　他先去看老太太了！

二

〔老太太居所，两进大院，高大气派。
〔凤鸣检查瑶琴结婚前所需用品，拿起红兜兜端详。

春　兰　哎呀，真漂亮，瑶琴小姐穿上一定好看。

凤　鸣　娘，看我给瑶琴缝的。

老太太　缝得好。哎……

凤　鸣　娘，洪翰近来心烦气躁，我也替他担心啊……

老太太　他心里苦啊，千斤重担压在身，身边又没个人替他分担，要是江涛在……唉，八年了，一点儿音讯也没有……

凤　鸣　娘，不争气的孩子，您就别想他了！

老太太　谁说江涛不争气？他不就是不爱打算盘，喜欢唱口戏吗？可那当爹的抓起算盘就砸得他头破血流啊！

凤　鸣　娘……

老太太　他打江涛，可他忘了，他小时候不也爱哼哼几句吗？咋的？只许州官放火，不许百姓点灯啊！

〔许凌翔上。

许凌翔　姑妈。

老太太　哎哟，凌翔来了！

许凌翔　姑妈，说谁哪，谁不许百姓点灯啊？

老太太　谁是州官说谁！快坐，快坐！

〔凤鸣倒水，端过来。

凤　鸣　凌翔，喝水。

许凌翔　谢嫂子。

老太太　凌翔啊，你来得正好。你跟姑妈说实话，各地分号纷纷告急，可洪翰却说没有大碍，到底怎么回事？

许凌翔　（叹了一口气）姑妈，不瞒您说，改朝换代，时局动荡，整个票号、钱庄的情况都不好，很不好！特别是天津，票号钱庄被洗劫一空！

老太太　唉，真是屋漏更遭连阴雨啊！

许凌翔　我就是为了这事才赶回来的，丰德票号危机四伏，是该动手术的时候了。

老太太　凌翔你见多识广，进退有度，可洪翰他……禁得起这么折腾吗？

许凌翔　姑妈，我洪翰哥可是个有魄力的聪明人。

老太太　唉，姑妈老了……人老了，就爱唠叨，昌仁呢？

凤　鸣　他怎么没跟你一块儿来啊？

许凌翔	他在上海办事，今天就到。
老太太	瑶琴可等着他下楼呢！……
	〔许凌翔面露难色。
仆　人	（远处喊声）老太太。
老太太	什么事呀？
仆　人	账房的伙计们都到齐了，就等您过去发赏银了。
老太太	好，我这就去。
仆　人	是。
老太太	凤鸣呀，你陪凌翔说说话，我去去就来。春兰、秋菊，跟我到账房去。
	〔凌翔拾起凤鸣落下的手绢，递还给她。
凤　鸣	（有些慌乱地）洪翰怎么还不来啊……
凌　翔	凤鸣，大家都好吗？
凤　鸣	好，都好。
凌　翔	你呢？
凤　鸣	挺好的！
许凌翔	时间过得真快，一晃都老啦。
凤　鸣	孩子们都那么大了，我们……能不老吗！
许凌翔	凤鸣，有句话憋在我心底好多年了……
凤　鸣	那就让它埋在心里。
许凌翔	我只是想弄明白，当年你为什么没有等我回来？
凤　鸣	八年，我等了你八年……这日子还少吗？
许凌翔	这八年我没有一天不想着绣楼上的你。
凤　鸣	可你要求取功名，赴京赶考。还要开办保晋矿务公司……你哪里还顾得上关在绣楼的我呀！
许凌翔	当时年轻，热血沸腾，事事都想争个先……
凤　鸣	绣楼上的岁月凄凉难耐，多少个日夜，我把像头发一样的白丝，搓成一根根的丝绳，又用胭脂染红了，把它们一根根地缠着，编

着，缠缠编编，编编缠缠……我把思念、希望和心血都缠了进去，编了进去……编成一个如意结想送给你。可是下楼了，我见的人不是我等的人，娶我的人不是我盼的人……

许凌翔　原来是这样……凤鸣，你一定在心里怨着我？

凤　鸣　人老了，感情也会长皱纹的，过去的事也都淡了，洪翰待我很好。凌翔，你我无缘，但愿孩子们比我们好。瞧，她们都准备上了。

许凌翔　这……

〔马洪翰上。

马洪翰　（快步走来）凌翔！

许凌翔　洪翰兄！

马洪翰　我等得你好苦哇！

许凌翔　哥！

马洪翰　你黑了，可显得更精神啦！

许凌翔　你瘦了，但还是那么硬朗！

马洪翰　凌翔，我新近得了一坛百年老酒。

许凌翔　那咱们哥俩得……

许凌翔　一醉方休。

凤　鸣　洪翰，昌仁今天就到。

马洪翰　好，好，立秋就是个好日子。凤鸣，去给凌翔做一碗他最爱吃的小炒肉刀削面。

凤　鸣　好，我这就去。（下）

马洪翰　情况不妙啊！看看这些电报吧。（拿出电报）

许凌翔　（翻翻电报）我就是为这些事回来的。洪翰兄，是该采取果断决策的时候了！

马洪翰　还是组建商业银行？

许凌翔　对，这是最后一次机会了，和前两次可不一样啊。

马洪翰　有什么不一样的，头一次，光绪重用几个秀才搞改制，成立户部

	银行，有名无实。上一回袁世凯当了北洋大臣，要成立大清银行，结果不了了之。这一次共和了，又要搞银行，我看还是个空头支票！
许凌翔	洪翰兄，票号钱庄终将被银行所取代，这是大势所趋，就像这大清的帝制，终将为民国的共和所取代一样！票号钱庄再好，它也就像是摆地摊的，能干得过商家店铺？
马洪翰	哎，这你可说错了，别小瞧了摆地摊的老少爷们，我们马家当年就是推车挑担走西口发的家。我马洪翰绝不能让丰德票号消亡在我手里！
许凌翔	唉！咱们还是听听大家的意见吧……一会儿你听听股东和经理们议事怎么说吧。
马洪翰	议事？咱票号每年正月才议事哪！
许凌翔	洪翰兄，现在是丰德票号生死存亡的紧要关头，谅我擅自做主，已经通知股东们和主要分号经理回来议事。
马洪翰	（欲怒）你……
许凌翔	请你原谅我的僭越，理解我的心情！
马洪翰	（忍而未发）非常时期，非常之举，这我可以理解。（突然大步走出庭院，高声呼叫）马用！马用！
	〔马用应声上。
马　用	老爷！
马洪翰	今天各地股东、分号经理都回来了，打开客房，准备迎客。
马　用	是。（下）
马洪翰 许凌翔	（同时地）凌翔…… 洪翰……
许凌翔	你说。
马洪翰	还是你说吧。
许凌翔	这次和昌仁一起回来的还有一个女孩。
马洪翰	我也是想问问这个事。

许凌翔　这女孩叫文菲，是昌仁在英国的同学……

马洪翰　是同学就好。

许凌翔　昌仁一直把瑶琴当成亲妹妹……

马洪翰　好呀，我也一直把昌仁当成亲儿子，"娃娃亲，从小亲，打断骨头连着筋"呀。我马洪翰虽有个儿子，可他竟背弃祖业，浪迹天涯去了，我空有这万贯家财，却后继无人啊……我送昌仁去留学，就是把丰德的未来寄希望于他呀。

〔许凌翔无语。

〔男仆上。

男　仆　老爷，许昌仁许少爷来了！

马洪翰　快，快请他进来！等等，挂红灯，点红烛！

男　仆　是，挂红灯点红烛喽！

〔在挂灯的鼓乐声中，许昌仁、文菲上。

许昌仁　伯伯、爹！

马洪翰　（喜爱地看着他）高了，壮了，士别三日，当刮目相看了。

文　菲　（大方地）马伯伯，您好！

许昌仁　伯伯，这是我在英国的同学——文菲小姐。

马洪翰　文菲小姐，欢迎你！

文　菲　谢谢马伯伯！（新奇地左顾右盼）真是民间皇宫，果然名不虚传。

马洪翰　（高兴地）姑娘，有机会去听听壶口，登登五台，看看云冈，你会真正认识山西这块宝地的价值。

文　菲　家父早就说，山西素有"表里山河，人文祖地"之称，"天下之富藏于晋"。

马洪翰　敢问文菲小姐，令尊是……

许昌仁　她父亲是江浙"长通"钱庄总经理文郁波。

马洪翰　噢，原来是小文子的千金啊，当年令尊大人就是在丰德票号学的徒啊。

文　菲　家父念念不忘当年您对他的提携和照顾。

———话剧《立秋》 >>>>>

马洪翰　令尊大人今非昔比啦。请坐，请坐。对了，回头你给令尊捎个话，马洪翰向他要那顶金帽子！

许昌仁　什么金帽子？

许凌翔　这事我知道。当初到票号学徒，规矩多着呢。首先人要周正，个头不高不矮。进门就要试鞋试帽，鞋是铁鞋，脚大的穿不进去，脚小的提不起来。帽子也是铁的，脑袋大的戴不上，脑袋小的扣进去了。文菲小姐的父亲脚大，脑袋小，老掌柜就不想要他。这时你马伯伯站出来说，猪脑袋大，羊蹄子小，咱要吗？咱不是招女婿，是招学徒，只要能干，管它头脚大小呢！就这么着，文菲小姐的父亲才被留下了。

马洪翰　后来令尊出徒了，要到南边闯荡，临行之前特地请我逛太原、下馆子。酒酣耳热之际你父亲说，少掌柜的鞋帽之恩，没齿不忘，将来我文某有了出头之日，必为少掌柜做一顶金帽子！

文　菲　家父常常说起此事，他还给您写了一封信。

马洪翰　拿来我看。

文　菲　家父说，这信要在适当的时候给您。

马洪翰　令尊还是老脾气，故弄玄虚，故弄玄虚啊。

文　菲　我今天来到中国票号的发源地，深感荣幸，一来我代表家父看望马伯伯，二来想了解一下山西票号的现状。

许昌仁　文菲在英国学的也是金融。

文　菲　昌仁参加了商业银行筹备处，领受的第一个任务就是考察山西……

〔静场。马洪翰颇感意外。

马洪翰　（无语片刻）这就是说你学成回国，改换门庭，不在丰德做事了？

许昌仁　伯伯，我们应该顺应世界潮流，立志革新，建立新的银行制度。

文　菲　（取出父亲写给马洪翰的信）马伯伯，家父也有意与您联手组建新式商业银行。

马洪翰　哈哈哈……我明白了，你是代表商业银行的！你是代表江浙商帮的！你们俩是来当说客的！

〔传来老太太的喊叫："昌仁回来了！在哪呢？"

〔老太太、凤鸣和丫头们上。

老太太　昌仁，昌仁你可回来啦！

许昌仁　姑奶奶！

凤　鸣　昌仁，老太太盼得你好苦啊……

许昌仁　伯母！

老太太　还叫伯母啊，该改口了！（看到文菲）这么个洋气的姑娘，你是谁呀？

许昌仁　姑奶奶，这是我在英国的同学……

〔大门外车马声、人声鼎沸，用人们穿梭走动。马用上。

马　用　老爷，客房安排不下了，都回来了！

老太太　谁都回来了？

马　用　股东，各分号的经理，马拉轿车坐了十几辆呢！

老太太　他们为什么回来？

马洪翰　娘，议事。

老太太　议事？赶在立秋的当口议事？新鲜！

许凌翔　姑妈，是我叫他们来的。

老太太　嗯，破了老规矩啦！马用，敞开大门，鼓乐欢迎！要让回来的人吃好喝好，回家了要吃面，剔尖、拨鱼、刀拨面、刀削面、拉面、手擀面、猫耳朵、掐疙瘩，让他们吃个够，别冷落了这些常年在外的男人们！

〔激越的琴声，与用人们的吆喝声、车马嘶鸣、锣鼓敲击声混成一片。

马　用　打开正门，锣鼓欢迎。

三

〔午后至黄昏。

〔议事厅。

〔随着马用的叫声，参加议事的人们陆续上场。

马　用　丰德票号副总经理股东许凌翔到！股东韩二爷到！股东王顺到！西安票号经理李胜德到！上海票号经理余义利到！天津票号经理张克明到！总号经理赵成才到！商业银行筹备处代表许昌仁少爷到！还有文菲小姐到。

〔众窃窃私语，对文菲到场疑惑不解。

韩二爷　这位？

许凌翔　（笑对大家）噢，大家认识一下，这就是江南长通钱庄总经理文郁波先生的千金，特来山西考察咱晋商票号的情况。文小姐，按祖训，山西商家女子从不过问男人的生意，更不可能参加议事……

马洪翰　不，今天破例啦！我们欢迎远方来客坐席旁听，山西人不小家子气，山西人好客呀！

文　菲　谢谢马总经理，谢谢诸位。

马洪翰　（对张克明和赵成才）克明、成才，我还是有些不放心哪，你们……

〔张克明、赵成才点头。

马洪翰　好了，咱们开始议事吧。

〔众坐下。

马洪翰　该到的都到了，在议事之前，我给大家看一样东西！

〔马用击掌。

〔二男仆抬着一块匾上，匾上盖着布。

〔马洪翰上前掀开布，众哗然。

马洪翰　这是张克明从大火里抢出来的！这块匾的来历，大家都清楚。一百年前，是我太爷爷把天津的丰德茶庄改成票号，亲笔写下这块匾额。这匾额几经磨难，鸦片战争、甲午风云、庚子之乱、大清倒台，它都挺过来了！虽然烧得不成样了，可是笔力苍劲不改啊！

〔群情震荡，议论纷纷。

马洪翰　（举手示意安静）如今咱丰德的确遇到了一些困难，面临生死存亡的考验，怎么办？有人主张把这招牌丢了，砸了，或者换成别的什么，说只有这样才能救咱票号脱离苦海，重见光明。仁者见仁，智者见智，何去何从，今天诸位都要双手打算盘，理他个一清二楚。

许凌翔　事关我丰德票号遍及国内外数百家分号、钱庄、商铺的前途命运，是头等大事，实话实说最好。

余义利　许副总经理，您先说吧！

许凌翔　我的想法已经写成文字，诸位想必已看过，其中利弊得失，我无需再说了。我这个人不轻易动情，可有一次在北京的大街上听走街穿巷的艺人唱《走西口》，竟然止不住泪流满面……

韩二爷　许副总经理也儿女情长了！

许凌翔　不，我是替咱晋商流泪！晋商者"进"商也，不进则退。晋商数百年的辉煌，是从走西口走出来的，西口、南口、杀虎口，阳关、韶关、山海关，先人们咚咚的脚步，踏进了北京、天津、上海、汉口、广州，踏进了东京、汉城、彼得堡……先祖们不畏艰辛、敢冒风险、开拓进取的创业精神不可丢啊！可今天，也许是我们背负的东西太多，太沉重了，就像这厚土高墙，重重城门，压得我们透不过气来……（伤感地说不出话来）

众　　唉……

赵成才　照您这么说，当年妹妹们唱着小曲，送咱老祖宗们走西口还走错啦？

韩二爷　是啊，那咱们的婆姨们恐怕都不乐意吧？

许昌仁　诸位老前辈，我说两句，晚辈的英国老师对中国经济和票号有深入的研究。他说票号把汇兑、放款和存款集一身，的确是银行的雏形，十分了不起。但是比起西方现代的银行来说，它不过是个小弟弟……

张克明　谁，谁是小弟弟？咱们中国铸币造钱那阵子，洋毛子恐怕还光屁股上树摘野果子吃呢吧！

韩二爷　大侄子啊，出国留洋可不能数典忘祖啊！

赵成才　对！你不能做洋人的奴才。

余义利　诸位兄台，小弟以为先祖们背井离乡，万里行贾，成功的秘诀就在于视野开阔、目光敏锐。不才恳请诸位到上海黄浦江边的外资银行去看看，西方现代银行制度，确实比咱们的票号钱庄要有优势，我们何不取他人之长，补己之短呢？

马洪翰　高谈阔论，于事无补，我问你：如果改制组建银行，我"丰德"票号的名称？

许凌翔　取消。

马洪翰　我们发明和使用了近百年的银票……

余义利　用银行的存折取代。

马洪翰　国内外数百家分号、钱庄的归属？

王　顺　统一使用银行名称。

马洪翰　我们个人的身股，学徒、用人的空股？

余义利　一切按银行的规定执行。

马洪翰　（走到残破的匾前）这么说，票号不存在了，银票没有用了，就像大清国，没了，亡了，成为历史啦？

许凌翔　可是我们的实力却得以保存，而且融入现代银行业的轨道！

韩二爷　银行靠得住吗？银行靠的是什么呀？

许凌翔　现代银行靠的是严格的规章制度和良好的社会信誉。

马洪翰　难道我们票号不讲信誉吗？（沉浸在对往日的辉煌记忆之中，越说越激动）自明清以来，长城内外，大江南北，晋商称雄于中国商界数百年，凭借的不仅是财力雄厚、经营有道，而是恪守信誉的美德。海内无人不知山西票号之诚信，海外交口称道山西钱庄之忠义。丰德的字号是天，是地！如果将它都丢了还谈什么实力，道什么现代，真是笑话！祖宗的招牌不能丢，这就是我的底线！底线是不能动的！

张克明　是啊，是啊，祖宗的招牌不能丢！

赵成才　祖宗定的规矩，不能更改啊！

韩二爷　谁改规矩，谁就是叛臣贼子！

〔一些人随声附和地："不能改，不能改呀！"

马洪翰　听见了吧，祖宗的规矩不能改，人心不能违！

许凌翔　（忍无可忍）人心？既然洪翰兄认为我们几个说的不能代表人心，那么就听听下面的呼声吧！

马洪翰　又是什么？

许凌翔　（拿出请愿书）这是我丰德驻海内外二百余家票号联合签名给你的请愿书。

〔众惊。

马洪翰　（怒视许凌翔）念！

许凌翔　（念）马总经理：时世艰难，国运衰微。我丰德票号自庚子之乱以来元气大伤，西方列强以不平等之竞争和挤压，更使我票号损失惨重，岌岌可危。库银日见短少，信誉日趋低迷，我等焦灼万分，彷徨无措，连日会商，一致认为：筹建新式银行，或许能绝处逢生。望公审时度势，改革图存，如若优柔寡断，坐失良机，丰德将不复存在。

马洪翰　危言耸听，简直是危言耸听！

许凌翔　（继续念）马总经理，识时务者为俊杰，我等联名恳请您，当机立断，如果……

马洪翰　（怒火上升）如果什么？你们这是在威胁我……

———话剧《立秋》 〉〉〉〉〉

许凌翔　（停顿，望了望大家，终又平静地念下去）如果总部不能认清当今局势，我们将不得不挥泪惜别，另谋生路。

韩二爷　反了反了！

赵成才　什么另谋生路！

韩二爷　哪儿弄来的这么封信哪？

〔众莫衷一是，议论纷纷。

张克明　这哪是请愿啊，是逼宫！

马洪翰　好了！我听明白了，你们几个无非是想说，我马洪翰是鼠目寸光、才疏学浅的无能之辈，该把这帅位让给你们这些挺立潮头的时代精英，对不对？让，我让！谁来坐这把交椅，你？你？还是你？

众　　　总经理！

马洪翰　都没有坐的胆量！都不敢站出来！那好，听着……（走向丰德票号区）即使我马洪翰粉身碎骨，只要有一线生机，我也要为丰德护碑守门！

文　菲　马总经理，挤兑狂潮席卷全国……

马洪翰　（举手制止）这里是家族议事场所，外人不得干预。别以为丰德票号到了山穷水尽的地步，错了！我们可以调动的银子，何止百万。

文　菲　马总经理，您……这是最后的决定？

马洪翰　对不住啦！文小姐！

许凌翔　洪翰兄，事到如今，有句话我不得不说。如果你一意孤行，我……

马洪翰　怎么样？

许凌翔　我们许家所有股份从"丰德"撤出！

余义利　我辞职！

王　顺　我也撤资！

〔众哗然："这是怎么回事呀！"

〔马洪翰气得差点晕了过去，昌仁忙上前搀扶。被推开。

马洪瀚　没想到呀没想到！真想不到你……许凌翔，当年八国联军打进京城，你许家倾家荡产，是我丰德慷慨解囊，帮你渡过难关。从此你我结为儿女亲家，相互提携，每到重要时刻，我首先想到的是你，依靠的还是你。可今天，你忘恩负义，紧要关头，以撤走资金股本威胁我。天，塌不下来，丰德不会垮台倒闭。你们可以走，不过走之前，我要按号规号法先把你们清出丰德！请号规、号法！

许昌仁　（突然大喊）等一等！马总经理，他们没有错，我爹是想以撤资警醒大家，抱残守缺，食古不化，祖宗家业将化为乌有，现在改变主意还来得及！

马洪翰　昌仁，你辜负了我对你的期望！

许昌仁　（追过去）听晚辈一句忠告：抓住时间，就抓住了历史，抓住时间，就赢得了机遇，您不能一而再、再而三地做出错误判断，错误决策……

马洪翰　放肆！我送你到英国留学，不是让你颠覆丰德的，你这条白眼狼！滚开！

文　菲　马总经理，你不幸被家父言中了！

马洪翰　怎么讲？

文　菲　家父断言您是宁折不弯，黄河没顶也不低头的"英雄"！

马洪翰　那就请你爹去做现代金融的秦始皇吧！执行号规、号法！上酒！

马　用　请号规、号法。

〔家仆们举出"青龙白虎旗"，出现写有祖训的四面旗。

〔马用将汾酒捧上。

〔心灵对话——

马洪翰　（感慨万端）没想到一碗结义壮胆的百年老酒却成了分手酒。我实在不想看到这撕心裂肺的一幕。

许凌翔　我的苦心，有谁能体会；我的悲怆，有谁能读解。

———话剧《立秋》 >>>>>

马洪翰　"一尺布，尚可缝，一斗粟，尚可舂，兄弟二人不相容"，凌翔啊凌翔，不是我不容你，是我不能看着你背信弃义，葬送丰德啊！

许凌翔　洪翰啊洪翰，我实在是想给你一个警醒，守业如同逆水行舟，不进则退啊！

许昌仁　这大院的墙太高也太厚了，阳光难照，清风难吹，这板结的土地，正期待着一场淋漓的大雨啊！

文　菲　几百年的晋商辉煌，果真就随着一声叹息，变成耀眼而短促的余晖了吗？

〔鼓号齐鸣，呜呜如泣。

四

〔黄昏时分，夕阳西下至华灯初上。
〔马家大院里的一处园林，既有北方园林之粗犷，又有南方园林之灵秀，然而最为引人入胜的，是满园的大小石雕狮子。
〔老太太、凤鸣和丫环们，来到了园子。

凤　鸣　娘，走累了吧，在这歇会儿吧。

老太太　好，咱们歇会儿。

秋　菊　老太太，昌仁少爷回来了，红灯也挂上了，怎么还不让瑶琴小姐下楼呢？

春　兰　是呀！只怕瑶琴小姐等不及了。

老太太　他爹没发话，小姐怎好下楼呢？

春　兰　老爷就知道忙生意上的事，把闺女关在绣楼上也不着急。

凤　鸣　你怎么知道老爷不着急呀。

秋　菊　老太太，钥匙在您手上，您放小姐下来不就得了！

老太太　傻丫头，拿钥匙的不主事，主事的不用拿钥匙！

春　兰
秋　菊　哎呀，我们都替小姐急死了！

老太太　（笑）你们急什么呀？又不是把你们嫁出去！

春　兰
秋　菊　哎呀，羞死人了！

凤　鸣　娘，早晚的事，您就开开恩，让瑶琴先下楼来得了，也好准备准备。

丫环们　好心的老太太，慈悲的老太太，您就开开恩吧。

老太太　横是好人都让你们做了，我还硬撑干吗呢！（拿出钥匙）拿去吧，快把瑶琴小姐请下楼来见我。对啦，打扮得漂亮些！

春　兰
秋　菊　哎，谢谢老太太！（丫环们嬉笑着奔下）

〔远处传来法号声、鼓声，二人心神不宁地向议事厅方向张望。

老太太　从下午到黄昏，议事怎么还没散啊……

凤　鸣　您听这法号，鼓声……娘，我这心里发毛，不踏实。

老太太　（侧耳倾听）别是不祥之兆吧……

凤　鸣　我听下人们说，洪翰和凌翔，一个是银行派，一个是票号派，两人怕是要分道扬镳了。

老太太　胡说，洪翰和凌翔好的穿一条裤子都嫌肥。

凤　鸣　（听见法号声，掩面哭泣）娘……

老太太　哎，咱们山西商家的女人，都是为男人活着呢！替他们操不完的心，替丈夫包着、掖着，完了，又替儿孙想着、干着……不听，心烦，走，陪娘走走去。（走了几步）他俩要是翻了脸，咱丰德票号可真的走到尽头了……

〔二人走向花园另一侧。

〔许凌翔拎着箱子上，后面跟着许昌仁。

许昌仁　爹，您不能走，不能走！

许凌翔　不是我要走，是他逼我走，为了那块招牌，他完全丧失了理智！

许昌仁　爹，我知道您很委屈，可是现在不能走！

许凌翔　人家都下了逐客令了……

——话剧《立秋》

许昌仁　我们走了，那瑶琴妹妹的事怎么办？
许凌翔　（猛然想起）啊，瑶琴，可怜的孩子……天啊，为什么叫我们许家父子两代都欠下情债啊！
许昌仁　爹，我现在就去向他们解释清楚我和文菲的关系。
许凌翔　这对马家来说无疑是晴天霹雳，对瑶琴……更是一把要命的钢刀啊！
许昌仁　爹，我一定要让瑶琴妹妹走下绣楼，走出大院。
　　　〔马用引老太太、凤鸣急上。
老太太　凌翔，看来你真的要走？
许凌翔　姑妈！
老太太　受了点委屈，就撂挑子啦！马用，去把你老爷叫过来！这节骨眼上，你甩手一走，那还不把洪翰压趴下。丰德票号咋办？马、许两家是串在一根签子上的糖葫芦，走了你，还有他吗？
许昌仁　姑奶奶，伯伯已将我爹清出丰德了。
凤　鸣　有老太太在，洪翰怎么敢这么做。兄弟间争吵几句，千万别伤了和气！凌翔，洪翰现在处境艰难，心情不好，你就让着他点……
许凌翔　他是吃了秤砣铁了心，谁的话都听不进去！
老太太　再说了，你走了，昌仁和瑶琴的事咋办？凤鸣，让下人把许老爷的行李送回去，正经的大事儿还没办呢！
凤　鸣　是。（提过箱子欲下）
　　　〔马洪翰上。
马洪翰　（讥讽地）怎么，箱子又提回来了？
　　　〔凤鸣不知所措，放下箱子。
老太太　洪翰。
马洪翰　娘。
老太太　你把事情给我说清楚。
马洪翰　好。许凌翔，你忘了拿你的股权契约了，没有它，你怎么能取走你的股金？当面奉还！

凤　鸣　凌翔，你撤股了？

许凌翔　撤股并不是我的本意啊……

马洪瀚　许凌翔，不要言不由衷了，带着你的股金走吧，从今往后你别再进我马家大院！

凤　鸣　洪瀚，你不该这么说话！

马洪瀚　怎么，你心疼他了？这么多年来，难道你我真是貌合神离、同床异梦？你恨我，你恨我们马家毁了你们俩的好事！

凤　鸣　（声音颤抖）你，你……心情不好，说的是气话，我不在意……

〔老太太神情越来越沉重，双眼紧闭，一言不发。

许凌翔　（动情地）凤鸣过去是，今天还是我的好嫂子，我永远尊敬她！她对你对马家情深意浓，山西大院女人活得不容易，你不该如此伤害她！

马洪瀚　（冷笑）世上薄情寡意的人还少吗？

许凌翔　你把我许凌翔看成什么人了？苍天在上！如果我是心怀叵测，纠缠恩怨情仇的势利小人，许、马两家也不会走到今天。马家的恩情，我们许家祖祖辈辈都会铭记在心……但是，沧海桑田，昔日的辉煌只能是历史的骄傲，丰德辉煌的一页已经翻过去了。今天，我们不能再躺在祖宗的账上，吃老本！

马洪瀚　怎么才算不吃老本，把牌子砸了，账本烧了，票号散了，庄园毁了，把祖宗牌位扫地出门！一群……

许昌仁　（挺身上前）伯伯，即使您骂我是白眼狼，有些话我还是要说！伯伯，我希望您能离开这大宅院，走出娘子关，去看看外面的世界，地有多宽广，天有多高远。

马洪瀚　（哈哈大笑）我没走出娘子关？笑话！二百年前，马家的先人们就牵着骆驼去了彼得堡，一百年前又把丝绸和瓷器运进了日本神户。如今丰德银票，汇通天下，你却说我没走出娘子关？毛头小儿，狂妄无知！你倒是走出娘子关了，可你干的那些事愧对祖宗！

——话剧《立秋》 >>>>>

老太太　（脸色铁青，以杖击地）洪翰，太过分了！

马洪翰　娘……

老太太　住嘴！昌仁是我看着长大的，他做什么愧对祖宗的事了？昌仁，跟姑奶奶走，接瑶琴下楼去……

马洪翰　只怕他不想去。

老太太　他是咱马家的女婿，为啥不去？

许昌仁　姑奶奶……

〔忽然远处传来喜乐声。

春　兰
秋　菊　老太太，老太太，瑶琴小姐下楼了。

〔春兰、秋菊等一帮丫环、家丁们举红灯，扯红绸，吹打鼓乐，嬉笑地簇拥着头披红盖头、一身新娘打扮的瑶琴款款走来。

〔许昌仁、许凌翔、马洪翰都愣住了。春兰发现昌仁，两人恶作剧地牵引着瑶琴朝昌仁走来。昌仁躲也不是，上也不是。

秋　菊　往这边走。

春　兰　（牵着瑶琴）往这边走，昌仁少爷在这边呢！

〔瑶琴走到昌仁跟前。

春　兰　好，不许动，让昌仁少爷给你揭盖头！

秋　菊　等等，按规矩，姑娘过门，要先考考新姑爷，老太太，您看……

老太太　好，我来考。这两头狮子并立，是什么意思啊？

许昌任　（尴尬地）这……

瑶　琴　狮与事同音，两个狮子并立着，就是"好事成双"啊！

老太太　（高兴）那这老狮子带小狮子呢？

昌　仁　姑奶奶！

春　兰
秋　菊　昌仁少爷，快说呀！

瑶　琴　狮与仕途的仕又同音，一个老狮子带着个小狮子就是"仕途通达"，位列太师少师。

老太太　（更加高兴，直奔瑶琴而去）那这个母狮带小狮子？

瑶　琴　（快答）当然就是"子嗣昌盛"了！

老太太　好一个聪明伶俐的乖孙女，瑶琴是我马家大院的一颗明珠！（对大家）这狮子滚绣球，大家都是知道的……

众　人　（齐声）狮子滚绣球，好事（狮）在后头！

〔众人欢笑，吹打鼓乐。

秋　菊　昌仁少爷，快揭盖头呀！

〔瑶琴静静地等待着。

春　兰
秋　菊　昌仁少爷，快掀开看看呀，掀开看看呀！

〔许昌仁百感交集，不知如何是好。

老太太　（悲喜交加）真是久梦成真了！瑶琴和昌仁乃天赐良缘，我老婆子有福气，有了重外孙就是四世同堂了！

凤　鸣　昌仁啊，我可把瑶琴交给你了……

许昌仁　（万分尴尬）姑奶奶，伯母，我有话要对你们说……

〔文菲寻找许昌仁上。

文　菲　昌仁，昌仁……（她忽然看见昌仁面前站着一位新娘子，惊讶地）这么热闹，是在结婚？她是谁？（走上前去）好漂亮的新娘啊！

老太太　（笑得合不拢嘴）文菲姑娘，这就是绣楼上弹得一手好琴的瑶琴，我的亲孙女！

文　菲　（一惊）啊，瑶琴小姐下楼了！昌仁，这是……

许昌仁　我还没来得及张嘴，就……

马洪翰　（警觉的）许昌仁，你和文菲小姐到底什么关系？

许昌仁　我们是……

文　菲　（抢着宣布）同学和恋人！

〔众大惊。瑶琴掀下盖头。

瑶　琴　（凝视昌仁与文菲）同学和恋人！昌仁哥，那我呢？（昏倒）

————话剧《立秋》 >>>>>

丫环们　（扶住）小姐！小姐！

凤　鸣　（欲哭无泪）真是怕什么来什么呀！

马洪翰　许昌仁啊许昌仁，你不仅忘恩负义，改换门庭，如今你又当众毁亲，你，你……你置瑶琴于何地？你毁了她的一生，你让马家蒙受了奇耻大辱啊！

老太太　造孽啊！二十七年前，我娘家侄儿许凌翔在外求取功名，是我做主，让自己的儿子洪翰娶了凤鸣，可凤鸣是凌翔的未婚妻……如今我侄孙子许昌仁留学归来又负了我的亲孙女瑶琴……她白白在绣楼上苦熬了六年！天哪，我做什么亏心事了，老天这样捉弄我啊……（跟跟跄跄走下，几乎摔倒在地）

许凌翔　姑妈！

众　　老太太！

许昌仁　（爆发地）不！不！可敬的长辈们，你们因为商业利益将我和瑶琴小妹自幼定亲，可在我的心里一直把她当成亲妹妹啊。我本想写信告诉她一切，可又怕说不清楚，伤害了她。我万分同情她，关爱她，可我不能娶她，我爱的是文菲。

文　菲　我们是自由恋爱，不是父母包办婚姻！

马洪翰　（悲凄地）凌翔，你为什么不早告诉我们昌仁有变？

许凌翔　洪翰兄，事先我并不知道这件事，只是他们回来后才告诉我，本想早点……时代变了，孩子们的婚事，就让他们自己做主吧！

马洪翰　那我的瑶琴怎么办？今后她怎么做人？马用，马用，撤红灯，灭红烛，婚事没了！

马　用　老爷！

马洪翰　春兰、秋菊，扶瑶琴小姐上绣楼！大不了一辈子不下楼！（对许昌仁，文菲，许凌翔）你们都给我走！走！海阔天宽，自由去吧！（盛怒而去）

〔聚光瑶琴、昌仁、文菲。

瑶　琴　昌仁哥，六年前你走的那个晚上，奶奶和娘送我上绣楼，长长的甬道，好像总也走不完……

许昌仁　那是大院女人走了几百年的路，能不长吗？

瑶　琴　我被死死地锁在楼上，每天做梦都是在陡峭的楼梯上攀爬，我要下楼啊！四周漆黑，没有尽头……我还是要下楼！我醒了，周围好像有无数只眼睛看着我，那是夜空中闪烁的星星！啊，星星，星星，你可知道瑶琴夜夜泪如泉涌，心在滴血吗？……我要下楼！

文　菲　可怜的瑶琴小姐，命运对你太不公平，怎样才能让你走下绣楼？

许昌仁　瑶琴妹妹，你的倾诉让我心痛，你的悲哀让我愤怒，这森严华丽的绣楼，像枷锁和牢笼，把你的青春和生命践踏！

瑶　琴　昌仁哥，你来信说要我读书，我真的读了好多好多，我等你回来带我走下绣楼去看外面的世界……我天天在等啊、盼啊，我的心早已飞到充满自由、阳光的地方去了。如今，你真的回来了，而我又要上绣楼去了……（慢慢走向绣楼）

文　菲　瑶琴小姐，你不能再上绣楼！

瑶　琴　没有娶我的男人，我怎能下楼？

许昌仁　瑶琴妹妹！（跪地）瑶琴妹妹，请你相信，我真的不愿伤害你，我要向你道歉。但是你要知道，同情不是爱，没有爱的结合，是一座荒凉的大山。

瑶　琴　知道了，没有希望，没有爱，我好像是一只被豺狗追逐的兔子，已经无路可走……回到绣楼上继续做我的梦，弹我的琴！（走上绣楼）等吧，等哪天一个陌生的男人娶我下楼……（琴声哀怨）

文　菲　瑶琴小姐，琴弹奏出的不光是等待和哀怨，它还能奏出快乐和幸福。

瑶　琴　幸福和快乐不属于绣楼上的女儿。

文　菲　不，它属于普天下所有勇敢追求梦想和自由的姑娘！下楼吧，瑶琴小姐，跟我们走吧！

瑶　琴　跟你们走？

———话剧《立秋》 >>>>>

文　菲　对。

瑶　琴　到哪里去？

文　菲　我爸爸在上海办了一个女子学校，你可以去读书。

瑶　琴　读书？

许昌仁　走下绣楼，走出大院，去读书！

瑶　琴　去读书。

〔老太太与凤鸣突然出现。

老太太　不行！已经飞走了一个孙子，还要再飞走一个孙女吗？

许昌仁　姑奶奶，鸟长翅膀是为了飞翔，人长双脚是为了走路，您最疼瑶琴，却把她像鸟一样关在笼子里，这不是爱呀！

瑶　琴　（从绣楼上下来）奶奶，娘，让我走吧！我也要像文菲小姐那样自由地……自由地飞翔。

凤　鸣　瑶琴，你的脚？

瑶　琴　（伸出大脚给大家看）奶奶说过，小脚女人守空房，大脚女人走四方！

凤　鸣　你还是把脚放了！

瑶　琴　是昌仁哥来信告诉我，偷偷放的！

许昌仁　（齐声）姑奶奶，让瑶琴走吧！
文　菲　（齐声）奶奶，让瑶琴走吧！

凤　鸣　娘，当初您说过，我把你嫁给洪翰，你受委屈了，将来我会补偿你……娘，您就让瑶琴走吧！（跪地）

老太太　起来！小脚女人一辈子走不出这大院的门槛。瑶琴啊，瑶琴，咱大院女人命虽苦，可心不死！走吧，用一双大脚出关走四方，满世界地走吧！记住，要好好学本事，虽不能做一个替父从军的花木兰，擂鼓战金山的梁红玉，也要活出个样来，替奶奶和你娘，替咱山西大院女人争口气！

瑶　琴　好奶奶！（磕头）娘，瑶琴不能在你们身边尽孝了。

老太太　瑶琴，要走也不能跟他们俩一块走！

许昌仁
文　菲　为什么？

老太太　你们三个人在一起，那算怎么回事啊？

〔众分头下场。

五

〔晋剧锣鼓音乐。

〔戏台后侧一角。

〔唱戏声，叫好声。

〔凤鸣送瑶琴匆匆出走，伴有一男仆。

凤　鸣　趁老爷陪客人看戏顾不上，快送小姐上路。按这上面的地址，先把小姐安顿在太原府，千万不可出差错！

男　仆　是，夫人放心。

凤　鸣　你到外面看着去……瑶琴，出门在外，处处小心，常给家里捎个信，别像你哥哥一样，一走八年没有音信。

瑶　琴　娘，记住了。娘，我看那唱《清风亭》的那个老板就像是我哥江涛。

凤　鸣　啊？

男　仆　夫人，来人了。

〔凤鸣、瑶琴与男仆躲进帐内。

〔冯老板（马江涛）着戏装上。

〔马洪翰在外等马江涛，马用跟随左右。

〔郝班主上。

郝班主　冯老板，恭喜你啊！

马江涛　喜从何来？

郝班主　你这《清风亭》马老爷是含着泪看的，我亲眼瞧见他擦眼泪呢！

马江涛　一出《清风亭》他能倒背如流！

——话剧《立秋》

郝班主　马老爷还直夸你，说你唱念做打，样样俱佳，手眼身法步，招招精彩，一会儿赏银少不了。

马江涛　你就知道钱！

郝班主　（堆笑）可不！（下）

〔马洪翰上。

马洪翰　冯老板！

马江涛　马老爷！您找谁？

马洪翰　我谁也不找，就是来看看你……（盯视）

马江涛　马老爷！

马洪翰　啊，冯老板，（一语双关地）你戏演得不错啊！

马江涛　多谢老爷夸奖。

马洪翰　冯老板家住哪里啊？

马江涛　戏班中人，处处无家处处家。

马洪翰　家里都有什么人啊？

马江涛　我只知戏中人，不知家里人！

马洪翰　请问你的《清风亭》是跟谁学的？

马江涛　当然是跟我……师傅学的！

马洪翰　（凝视片刻）那我与你票上一回如何？

马江涛　当然可以。但不知马老爷想唱哪一折？

马洪翰　还是《清风亭·思子》，不，《认子》一折，好吗？

马江涛　好。

马洪翰　保儿！儿子老爷！你再仔仔细细看上一看，我，就是在这清风亭上捡你、抱你、喂你、养你一十三年的那位老爹爹啊！

马江涛　（唱）十三年养育恩天高地厚，

　　　　　　薛继保何尝不内疚。

　　　　　　有心叫一声爹……（行弦）

马洪翰　儿啊！

马江涛　（接唱）我不能够……（行弦）

马洪翰　儿啊，一把算盘砸得我儿头破血流，砸得父子情断义绝，我我我向你赔罪了！

马江涛　（接唱）怎能够前功尽弃再回头。马老爷！

马洪翰　江涛，你还不原谅爹吗？回家吧，你乐意唱戏，爹给你组织戏班子，你天天唱，爹都愿意，只要你回来继承家业，帮助爹重振丰德，你想干什么爹都答应你！

马江涛　马老爷，您何必要强逼于他呢？他的兴趣根本就不在算盘上！他又哪有能耐帮您重振丰德呀！

马洪翰　儿啊，爹爹真的到了霸王四面楚歌乌江自刎的绝境了，难道你就不心痛？就那么舍不得你的戏吗？

马江涛　您把戏看成是消遣，品茗唱曲，好不风雅，可我……他，他则是把戏当成人生啊！他在戏里找到了慰藉寄托。他的血肉筋骨，灵魂意绪，全都和戏合为一体了！小小戏台，氍毹一块，容得下天高地阔！（强忍泪水）马老爷，您就当您儿子死了吧！

马洪翰　不！人没死，魂去了！（进入戏剧情景般地）儿啊，一路走好，西有沙暴飞石，不要去啊！北有冰封雪冻，不要去啊！天门有虎豹把守，不要去啊！地府有魔王当道，不要去啊！

马江涛　（吟唱戏腔）茫茫荒野无边无际，人生天地间好似匆匆过客，我情愿在云霞中尽情游历，我情愿在江海里恣意飘荡……

〔马用上。

马　用　老爷，总号出大事了，请您务必过去！

马洪翰　曲终人散后，凭吊古今，思念儿女，唯有此地了！（苦笑而去）

马江涛　爹……

〔瑶琴出。

瑶　琴　哥！

马江涛　你？

瑶　琴　哥，我是瑶琴啊！

马江涛　妹妹，你怎么在这儿？

瑶　琴　哥，六年的梦做完了，我和昌仁哥结束了。

马江涛　妹妹，我们是一贫如洗的豪门子弟啊！

凤　鸣　江涛，儿啊！

马江涛　娘！（跪下）

凤　鸣　江涛！八年了，你一走就是八年，奶奶和娘想你想得好苦哇。你爹派人四处打听你的消息，马家大院上上下下都在盼你回家啊。

马江涛　娘，江涛虽游走江湖，但是一刻也没有忘记这个家，今天立秋，我就是特意回来看你们的。

瑶　琴　哥，我也要走了。

马江涛　你要上哪儿？

瑶　琴　我要去上海女子学校读书。

马江涛　娘？

凤　鸣　走吧，走吧，都走吧……

马江涛　（感慨地）好哇！

　　　　　　世态纷纭，朱颜老。
　　　　　　傀儡闹罢，哄堂笑。
　　　　　　都休了，万古愁人少。

仆　人　夫人，小姐，该走了。

马江涛　妹妹，你我都是戏中之人，出将，入相，通行无阻！小姐后会有期！

瑶　琴　多谢了，戏中人！（瑶琴恋恋不舍下）

　　　　〔郝班主急上。

郝班主　冯老板，冯老板，快，该上场了。

马江涛　夫人，多多保重！（下）

凤　鸣　江涛……真是人去楼空啊！

六

〔丰德票号总号内。

〔门外传来嘈杂叫喊声。家丁们匆匆来去。赵成才惊惶失措。张克明应对门外的客户们。

〔马洪翰急上。

马洪翰　赵经理,外面是怎么回事儿?

赵成才　总经理,可不得了啦,省里各地的客户,来了一大批,都在门外等候兑银票。

马洪翰　库银呢? 拿出来兑给他们!

〔赵成才无语。

马洪翰　怎么了?

赵成才　三个月前外地票号吃紧,您吩咐动用库银,几乎都拨出去了……

马洪翰　还剩多少?

赵成才　就剩三万两银子了。

马洪翰　克明,省政府借我们的款……

张克明　老爷,催过多少次了,他们说借款的是大清时期的省政府,不认账……两百多万呀,老爷,打水漂啦!

马洪翰　那……那橡胶股票呢,六百万两的橡胶股票呢?

张克明　上海来电报,橡胶股票跌得如同废纸。

〔马洪翰怔住,脸色铁青。

赵成才　总经理,外面不少挤兑客户是许凌翔祁县的同乡,如果请他出面说说,情况也许会好些。他还没走,我这就请他!

马洪翰　回来!

〔外面吵嚷声越来越大,挤兑的客户拥上。许凌翔暗上。

客户甲　马老爷,我这十万两银票,凭什么不给兑!

客户乙　丰德可从没有兑不出银子的事哇!

客户丙　甭跟他废话，快拿银子来！

客户们　对，拿银子来！

许凌翔　父老乡亲们，你们放心，丰德票号自创建以来，便以忠义诚信取信于国人，存取自由，是客户的权利。丰德票号的银子，正在押解的路上呢，你们先找个地方住下，马总经理和我以我们的人格担保，以山西商家五百年的信义担保，明天，一定会让你们满意的。

〔众议论纷纷。

一老者　马老爷，许先生，看在丰德百年字号守信如山的份上，我们就再等上一天。

〔众下，马用上。

马　用　老爷，海外急电！

马洪翰　说什么？

马　用　彼得堡的欠款让俄国政府给扣住了，驼二爷也自尽了！还有传票。

马洪翰　什么，传票？

马　用　天津检察厅的。天津票号烧了，银子没兑给客户，许副总经理用北京分号担保张克明出狱，许老爷前脚离开北京，北京分号就被封了。如果我们拿不出银子，两位老爷就得上法庭了。

〔总号里乱成一团。马洪翰跌坐一旁。

赵成才　马总经理，我这就叫人套车去。

张克明　套车干什么？

赵成才　三十六计，走为上。

许凌翔　走？

赵成才　收拾金银细软，提出库存银两，连夜出城。

张克明　那客户怎么办？

赵成才　告示客户，关门歇市。

〔众怒目望着赵成才。

赵成才　咱们……谁家无老小哇……

马洪翰　（突然站起，走近赵成才）账房结账去吧。

赵成才　马老爷……恕不奉陪，恕不奉陪！

马洪翰　非我不为，非我不能为，是天不容我为啊！

许凌翔　洪翰哥。

马洪翰　凌翔，你回来了？

许凌翔　哥，我什么时候走过呀！

马洪翰　哎……

许凌翔　我已经让昌仁速回祁县，将我家中银两悉数运来，以解燃眉之急。（递上股金契约）我的股金，杯水车薪……

马洪翰　兄弟……

许凌翔　哥，我也没想到挤兑风潮来得如此之快，如此之猛。

马洪翰　难道我们真的走到尽头了吗？

许凌翔　大厦将倾，你我无力回天，凤凰涅槃，死而后生，大不了你我兄弟推车挑担，再走西口。

〔老太太急上。

马　用　老爷，老太太来了。

马洪翰　娘，您怎么来了？

老太太　出了这么大的事，我能不来吗？

马洪翰　您来了也好，我想和您商量……

老太太　商量什么？

马洪翰　……把我们马家所有的金银细软房产地契拿出来。

老太太　你想干什么？

马洪翰　以家产抵债！娘，诚信是丰德票号的准则，更是我们对客户的承诺，祖训难违，以家产抵债，也只有这一条路可走了。

老太太　（厉声地）马洪翰！

马洪翰　娘！

老太太　堂堂山西商家称雄华夏几百年，哪个像你？不能审时度势，顺流

———话剧《立秋》 〉〉〉〉〉

而动,盛败兴亡之际,你既无支撑大局的良策,又不听忠言,独断专行,大事临头,生死关口,你镇静自若在表面,六神无主于内心,只能落个倾家荡产,连个窝都守不住!你……为娘今天要代祖宗施行家法,痛打你这个……你这个……刚愎自用的……

(挥拐欲打)

马洪翰 娘,你打吧,打我这个不肖子孙……(跪下)

许凌翔 (跪下)姑妈!要打您就一块儿打吧!地冻三尺,非一日之寒,我中华大地屡屡遭受外敌侵犯,兵匪摧残,民不聊生,商机丧失,皮之不存,毛将焉附?丰德走到今天,绝不是洪翰兄一人之过。渡过眼前难关,也只有抵押家产了,许马两家,血肉相连,我许凌翔宁肯一文不名,沿街乞讨,也不能让丰德的忠义诚信毁在我们手中啊!(大声地)天地生人,有一人应有一人之业;人生在世,生一日当尽一日之勤。勤奋、敬业、谨慎、诚信……

〔众齐诵念。

〔聚光马洪翰。

马洪翰 列祖列宗,在天之灵,马家大院变成了大海中的一叶孤舟!不肖子孙马洪翰走投无路了!列祖列宗啊,这里的一砖一瓦、一草一木,都浸透着你们的汗水,凝聚着你们的情感,三百年的拼搏,十三代的努力,才成就了这巍巍城堡,十里长街,南北二府,七七四十九堂啊!你们用豪情和坚毅为儿孙们铸造了心中永恒的家园!你们把经商的智慧,用于造城,把理想垒在砖石上,把先贤的教诲刻在墙壁上,告诫我们——勤奋、敬业、谨慎、诚信。所以才有了儒商兼融、人才辈出的晋商辉煌!列祖列宗啊,难道这一切都要毁灭消失吗?丰德票号今天遭此厄运是谁之过?是我的德行不如先人吗?先人的教诲我铭记在心,一刻不敢忘记!是我的智慧不如他人吗?我熟知财富增值的奥秘,票号钱庄,开遍大江南北!是我的胸怀不够宽大吗?俄罗斯的风，东瀛的水，关外的雪，岭南的雨，汇集在我的心里，四面八方，条条大道，都通着我丰德啊！问天问地问古问今问自己，我该怎么办啊？我马洪翰不服，不服啊！我到底输在了哪里？

老太太　祖宗的字典上，就没这个输字！

马洪翰　娘，上百家的老客户都没走，我怎么向他们交代啊！

老太太　马用，立秋时辰，后花园祭祖！

马　用　（大声传话）立秋时辰，后花园祭祖！

〔切光。

七

〔后花园。

〔凤鸣指挥佣人们准备祭祖大典。

〔马洪翰和许凌翔搀扶着老太太。

老太太　都说早上立了秋，晚上凉飕飕。我凉，我凉啊！

马　用　老爷，行祭祖礼吧？

老太太　等等，时辰还没到。凤鸣，你过来。

凤　鸣　娘。

老太太　（摘下挂在龙头拐杖上的钥匙串）这是咱这座大宅院里十九个院落，四座楼，东南西北门上的钥匙，交给你啦！这每个院、每座楼、每个大门、每个角落，都有许许多多的故事，都是祖祖辈辈的心血呀！要看好它，让他们这些男人们有个窝，有个牵挂，千里万里地回来了，有个吃饭睡觉的地方，他们心里就踏实啦！

凤　鸣　（呜咽着）娘，凤鸣记住了！

老太太　（从怀中拿出一张银票）瑶琴哪，这是给你的……

〔众鸦雀无声。

———话剧《立秋》 >>>>>

马洪翰　（猛然想起）瑶琴！春兰、秋菊，快请小姐下绣楼参加祭祖。

凤　鸣　走了，她走了。

马洪翰　（一惊）她……她上哪去了？

老太太　上学去啦！

马洪翰　（愣住）她……她怎么走的？

老太太　我放她走的。这是八万两银票，是我积攒的私房钱，这是奶奶给她将来置办嫁妆用的。男大当婚，女大当嫁，不嫁昌仁嫁别人，由她自己挑选吧！

凤　鸣　（忍不住，抽泣起来）娘！

许凌翔　姑妈，我和昌仁，对不住您……

马洪翰　瑶琴，是爹害了你！爹今生对不住你，来世再给你补偿……

老太太　对！今世欠下的，来世再还吧……洪翰，听说那个唱戏的冯老板就是江涛？

马洪翰　娘……是他。

老太太　江涛呀，马家的独苗苗，奶奶怕是见不到你啦！他是个仁义孝顺的孩子，早晚会回来给奶奶上坟的。

凤　鸣　（痛哭失声）娘，儿媳没尽到责任。

马洪翰　娘，儿子不孝，儿愧对祖先，儿有罪！

老太太　儿孙自有儿孙福，我不再为你们操心啦！洪翰哪，马家大院的上千口子，丰德的上万职员工人，都看着你们呢！丰德不能没有凌翔，你得把他请回来！

许凌翔　姑妈，我在这呢！

老太太　好！

〔钟声响起。

马　用　（高喊）时辰已到，秋祭祭典开祭！

〔祭奠音乐起。

〔端着供品，吹打鼓乐和举着彩旗的用人们列队走上。

马　用　（高喊）上香。

〔众人燃香。

马　　用　（高喊）跪拜祖先。

〔众人齐刷刷跪倒。

马　　用　（高喊）一叩首……二叩首……三叩首……礼毕！

〔老太太体力不支，挣扎着爬起来。

凤　　鸣　（扶起老太太）娘，您坐下歇会儿。

老太太　给祖宗磕头，不累。拿去，这是地下金库的钥匙。

马洪翰　地下金库？

老太太　儿啊，咱晋商"纤毫必偿，诚信为本"，宁可人欠我，不可我欠人，娘把祖宗家底拿出来，帮你渡过眼前难关！

马洪翰　（激动万分）娘……

老太太　（以拐杖指）地下金库就在那儿——神龛后面！

马洪翰　快，马用，打开金库！

〔几个男佣挖掘。

〔马洪翰把钥匙给了马用，马用开启金库，一道金光闪烁。

马　　用　（惊叫）金子！老爷，救命的金子呀！

众　　（惊叫）金子，金子……（抽泣声）

马洪翰　金子……（呆立不动）

老太太　库里存着六十万两黄金，这六十万两黄金是咱马家十三代攒下的家底！

〔众跪，抽泣。

老太太　洪翰、凌翔，把金子折成白银拨给全国各分号钱庄。我的儿啊，这些钱治得了病，救不了命呀……丰德怕是保不住了，可丰德的声誉保住了。

马洪翰　知道了，娘。

老太太　告诉祖宗，山西商帮还在，山西商帮的子孙还在，不管遇到多大的事儿……

许凌翔　不低头，不服输。

老太太　都要拧成一股绳，一个劲儿地往前奔哪……

众　　　记住了。

老太太　（用最后的一口力气支撑着，领诵祖训）天地生人……

许凌翔、马洪翰　有一人应有一人之业……

老太太　人生在世……

马洪翰、许凌翔　生一日当尽一日之勤。

〔众人齐诵："勤奋、敬业、谨慎、诚信……"

〔一声霹雳。老太太坐化而亡。漫天落叶。

众　　　（惊呼）老太太！

尾　声

〔树木萧萧，马洪翰领着一个小男孩上。

马洪翰　（感伤地）立秋了，立秋了，早上立了秋，晚上凉飕飕。吃烙饼不苍老，不苍老吃烙饼。

男　童　老爷爷，我不吃烙饼。

马洪翰　你想吃啥？

男　童　老爷爷，我想吃刀削面！

马洪翰　一听就是个山西娃，就好吃个面。

〔一阵秋风吹来，落叶飘零。

男　童　老爷爷，这树叶长得好好的，怎么就落了呢？

马洪翰　立秋了。

男　童　后来呢？

马洪翰　白露。

男　童　后来呢？

马洪翰　霜降。

男　童　后来呢？

马洪翰　立冬。

男　　童　后来呢？

马洪翰　小雪。

男　　童　后来呢？

马洪翰　大雪。

男　　童　后来呢？后来呢？

马洪翰　立春。

男　　童　后来呢？

〔马洪翰陷入沉思……

〔时光随四季变化流逝，天际中越来越远的男童发问声"后来呢"，不绝于耳，发人深思。

〔幕徐徐闭。

〔剧终。

精品剧目·话剧

我在天堂等你

（根据裘山山同名长篇小说改编）

编剧　黄定山

我想说的是，无论时代怎样变迁，社会怎样发展，我都敬重那些有着坚定信仰，并为之付出毕生努力的人，敬重那些始终如一为理想而奋斗的人，敬重那些重情重义重责任重生命质量的人，敬重那些以生命为旗、灵魂为足而终生行走的人。

——摘自裘山山《我在天堂等你》小说后记

时间
这是一个发生在跨越五十年前和五十年后，时光随着人物意识自由奔流的故事。

地点
五十年后欧战军的居所；五十年前西藏的雪域高原；五十年前与五十年后的心灵空间；若干现在时空中的环境。

人物
跨越五十年时空的两个人物：
白雪梅　女，十八岁，进藏女兵运输队队员；六十八岁，退休干部。
欧战军　男，三十岁，进藏先遣支队支队长；八十岁，离休将军。

五十年前的人物：
苏玉英　（苏队长）女，二十二岁，女兵运输队队长。
辛　明　（辛医生）男，二十二岁，随队军医，兼女兵运输队副队长。
刘毓蓉　女，十九岁，女兵运输队队员。
小　冯　男，十六岁，欧战军的通信员。
尼　玛　女，十七岁，怀孕的藏族朝圣者。

管理员　男，三十五岁，女兵运输队后勤管理员。
赵月宁　女，十四岁，女兵运输队小队员。
吴　菲　女，十八岁，女兵运输队队员。
女　人　女，二十二岁，辛明的妻子。
海子哥　男，二十岁，刘毓蓉的未婚夫。
筑路战士若干、藏族朝圣者若干

五十年后的人物：
木　鑫　男，小儿子，三十五岁，某公司董事长。
木　槿　女，大女儿，四十四岁，杂志社编辑。
木　兰　女，二女儿，四十岁，下岗工人。
木　凯　男，二儿子，四十三岁，驻藏某部团长。
木　军　男，长子，四十九岁，某厂党委书记。
郑　义　男，四十五岁，木槿的丈夫，处长。
曹　青　女，三十九岁，某银行行长。
小　峰　男，外孙，木军的儿子，十八岁，驻藏战士。
林亚东　男，四十岁，木凯的战友，父辈也是老西藏军人。
经　理　男，三十多岁，某酒店经理。

——话剧《我在天堂等你》 〉〉〉〉〉

〔五十年后。低徊凝重的音乐中,光渐起。巨幅白布垂悬于舞台,似哀悼的挽幛,似洁白的哈达,似绵延的冰雪之路……

〔欧家的子女们走上舞台,默立无声,稍顷。

木 军 (沉重地)我想先说一点,在父亲的后事没办完之前,我们谁都不要再提自己的事了,尤其不要再提那些让他伤心让他不愉快的事了。生前我们没能让他满意,死后我们总该让他安息了。

〔大家点头,无语。忽然……

木 鑫 大哥,我今天晚上能不能离开一下?我有点急事需要处理。

木 军 有那么急吗?

木 鑫 明天审批贷款,今晚说什么也要把银行行长拿下,九十九个头都磕了,就差最后一哆嗦了。

〔木军沉默,有顷。

木 槿 大哥,今晚郑义从上海赶过来,只有几个钟头的时间,我要和他签署离婚协议。

〔木军沉默。

木 兰 (吞吞吐吐)大哥,我今晚……也有点事,我如果不去上班……

木 军 (恳求地)父亲走了……母亲今天太平静了,平静得让人害怕,我希望今晚谁也不要走,一起陪着她……和父亲。

〔白雪梅出现。她身材瘦削而挺拔,一头银发,好像什么事都没发生,神情还是一贯的平静安详。

白雪梅 你们都走吧。木军,你也走。我想静静地和你们的父亲待一会儿。

〔众愕然,隐去。

〔舞台上,只剩下独自守灵的白雪梅。音乐起。

白雪梅　（幽幽地）昨晚你还让我打电话叫孩子们回来开家庭会议，今天你就……走了。三年前木凯离婚，你就说是最后一次家庭会议，可是昨天你还是开了，开了你一生的最后一次家庭会议，这次在西藏的木凯没到，可议题还是离婚，是大女儿木槿的离婚……

〔欧战军缓缓从白幛中走出，他身材魁梧，表情严肃，虽然年近八十，但就像一座大山。

〔五十年后欧战军的居所。

〔欧家子女走上舞台，隐隐约约又回到了最后一次家庭会议。

欧战军　最近咱们家发生了一件事，事情尽管出在你们孩子身上，我也是有责任的。这些年我对你们过问得比较少了……所以，我要请你们原谅，我说话没有算话，又开家庭会了。我希望你们耐心一些，再给我一次说话的机会。

〔子女们有些不安。

木　军　爸，您批评教育我们是应该的，别这么说。

木　兰　您教育我们是为了我们好。

木　鑫　是啊，爸您有什么话就尽管说吧。

〔只有木槿别着脸，无语。

〔欧战军克制地看着她。所有人尴尬地沉默。

白雪梅　（缓和尴尬）其实今天来，除了木槿的事，还有其他的事要商量。木兰下岗的事你们都知道了，他们夫妻俩想租一个铺面搞经营，我和你们父亲决定，拿出一万块钱来资助他们，就算是再创业的启动资金。

〔大家毫无准备，面面相觑。欧战军不满地看了木兰一眼。

木　兰　我不要，妈，我早跟您说过了，我自己能挣，我不要家里的钱。

白雪梅　木兰，你就不要赌气了。

木　兰　（明显带着情绪）我肯定不要，我自己能挣。

木　鑫　二姐你就别犟了，你现在那个挣法，要挣到哪一年才够？你现在做的那些工作我看着就难过……

——话剧《我在天堂等你》 >>>>>

木　兰　（打断）小弟，你别说！

〔大家觉得木兰有事瞒着家人。

木　兰　（缓和口气）挣到哪一年算哪一年。爸不是总说嘛，有什么大不了的困难，比起我在西藏至少氧气是够喝的嘛！

欧战军　（一瞪眼）怎么，我说的不对吗？

白雪梅　（忙缓和）木兰的意思，是说她自己能克服困难。

木　军　我提个建议，我们兄妹每人拿一些钱出来帮助木兰，就不要让爸妈拿了。

木　槿　没意见。

木　鑫　（笑了笑）其实二姐需要的这笔钱我一个人就能出，说句你们不爱听的，少办一张会员卡就够了。不过爸总嫌我的钱不干净，我也就别自讨没趣了。

欧战军　哼，你以为离了你的钱就不行了，你不拿我拿。

木　鑫　（辩解）我又没有说不拿，我的意思是我一个人拿就行了。

欧战军　不必，我们看重的不是钱，是情义。

木　鑫　难道我就没有情义了吗？我也是靠自己的能力挣钱，又没贪赃又没枉法，怎么就不对了？

欧战军　（抖着一张报纸）你少在外面给我丢人现眼就行了。超市拖欠货款被查封，总经理欧某不知去向。就算出事你也别跑啊，有本事你就拿出本事来顶着，你逃跑什么？

木　鑫　超市的事根本跟我没关系，以前我是他们的股东，可后来看出问题，去年就撤资走了，记者没调查清楚就瞎写，他们报社的头头已经向我道歉了。

〔欧战军听完解释，不再搭理木鑫。

欧战军　木兰的事就这么定了，木军、木槿、木凯，再加上我，每家出一份。

木　鑫　你就忍心要二哥出？他在西藏当兵还不够苦！

欧战军　这用不着你操心！

木　兰　大家的心意我们领了，开铺子的事以后再说。我现在真的有工作，有固定的收入，爸妈，你们不用替我担心……

欧战军　（手一挥）这件事已经决定就不再谈了。现在讨论下一件事。

〔气氛一下紧张起来，又一次沉默。

木　槿　（笑了笑）是不是轮到我了？先由本人陈述一下事情的经过？

白雪梅　木槿，这样的事，你就别再开玩笑了。

木　槿　我开玩笑？我哭都来不及呢。是你们硬要出我的洋相，开什么家庭会议，这和宗法祠堂的堂审有什么区别？这本来是我的隐私，凭什么要摆出来让大家讨论？

欧战军　（火气渐大）别动不动就用隐私来掩盖你那些丑的……你那些不好的行为。你那些事不仅仅是你们夫妻间的事，我们做长辈的有责任管！

木　槿　（也火了）管管，就是你管出来的问题。当初要不是你非要我跟郑义结合，哪会有今天的事！

欧战军　（一愣）你还嫌人家小郑不好？一个党员干部，一个处长，事业有成，你还要怎么样？不要以为自己是个大学生，是个杂志社的编辑就不得了啦！

〔木槿脸色煞白，一时说不出话。

木　鑫　（嘟嘟囔囔）感情上的事，哪有那么简单。

木　兰　爸，还是让木槿把话说完吧。

欧战军　（气得大吼）我还没让你们发言呢！

〔子女们一怔，不再吭声。

白雪梅　木槿，你爸和小郑他爸，是几十年的老战友了。你爸是希望你们能好好商量，什么事情非要闹到离婚不可呢？

木　槿　（委屈的眼泪涌出）如果好好商量能解决问题，我哪会拖到今天？我还有半辈子要活，我觉得不幸福，这就是离婚的理由，这还不够吗？

〔白雪梅看着木槿，无语。

白雪梅　（幽幽地）其实幸福不幸福，只是一种感觉。这种感觉是会变化的。也许你现在觉得和小郑之间没有感情，将来会有的。

木　槿　（大声地）不！永远也不会有！和郑义结婚这么多年，一天天怎么过来的我最清楚。我根本就没爱过他。妈，也许你觉得没有爱情也能在一起生活，可是我不行。当初你和爸是因为战争年代，没办法，靠组织介绍，为什么还要在我们这一代身上延续你们的悲剧？我可不想像你那样活一辈子！

欧战军　（拍案）不许这样和你母亲说话！你母亲怎么了？她这一辈子怎么了？她比你们谁都活得好，活得清白正直，活得问心无愧！

木　槿　（呼地站起）爸，妈，对不起了，既然你们要把我叫回来谈这件事，我今天就要把所有的话都说出来，我已经憋了很多年了！当初你们只知道按你们的意愿行事，把我许配给他，可是你们替我想过吗？你们谁关心过我？这么多年来我到底过的是什么样的生活你们想过吗？我快闷死了！我快疯了！你们不必费心讨论了，哪怕离婚后的生活是下地狱我也要离！

〔木槿转身就往门外冲。木军追上去。

木　军　木槿，你回来！

〔木槿被拽回来，剧烈地抽泣着。

〔欧战军气得大口大口地喘气；白雪梅目光呆呆，一句话也说不出。

〔长久的沉默。

欧战军　（深深吸了口气）你们好像对我的意见都很大。好吧，既然木槿已经开了头，今天你们就把心里话都说出来吧，我保证不发火，保证耐心地听你们说。长子木军，就从你这个工厂的党委书记开始！

木　军　（摇头）我没什么说的。

〔无人说话。良久。

木　鑫　（笑笑）看来哥哥姐姐们开不了口，那就我来说吧。反正我怎么做爸都不满意，索性说出来痛快些。

〔众愕然。

木　兰　木鑫！

木　军　木鑫！

欧战军　（沉着地）让他讲。

木　鑫　大哥，二姐，你们放心，爸已经表态了，今天不发火。爸是老革命，我研究过，老革命和咱们生意人不一样，老革命说话算话。爸，尽管你革命了一辈子，为党和人民立下了汗马功劳，但我要坦率地说一句，在子女问题上，你自私，非常自私！

木　军　木鑫，你怎么跟爸说话？！

木　鑫　我们兄弟姐妹五个，每个人的生活道路你都要插手，并且从来不和我们商量。大哥家就小峰一个孩子，你非要让他进藏当兵，好让你在老战友面前炫耀，你家有三代西藏军人。二哥木凯，你宁可让他离婚，也不让他离开西藏，就为了让他继承你的军人事业。二姐木兰下了岗想开个铺子搞经营，你觉得不光彩不让她开，可你知道她现在在干什么吗？她每天是怎么生活的你知道吗？

木　兰　木鑫，你别说了。

木　鑫　（顿了一下）我只说一句，木兰现在过的是非人的生活。

欧战军　胡说八道！现在又不是奴隶社会。

木　鑫　现在大姐木槿要离婚，你又觉得给你丢了脸，不问青红皂白就批评就阻拦。我相信大姐离婚肯定有她不得已的理由。

〔木槿深深地低着头。

木　鑫　至于我，就更不要说了，怎么做你都不满意。我真不明白，我每年为国家纳的税比我们全家人的工资加起来还多几百倍。毫不客气地说，爸，国家付给你的养老金，那中间就有我的份子。我怎么就没为国家做贡献了？说到底，就是因为没能替你脸上争光。你最看重的是仕途，唯有做了官你才欣赏，才高兴，才觉得光

———话剧《我在天堂等你》 〉〉〉〉〉

荣。可你知道我们是怎么想的吗？你知道我们到底该怎么活才是我们自己吗？我们——大哥、大姐、二姐、小峰、二哥、我。你知道吗？爸？

白雪梅　（终于忍不住）木鑫！
欧战军　（拦住）让他往下说。
〔木鑫看看母亲。
木　鑫　没有了。
〔沉默，陷入了久久的沉默。
〔欧战军终于抬起眼，依次看了看子女们。
欧战军　（疲倦地）散会。
〔切光。
〔音乐中，一束光照射在欧战军身上，他变得苍老落寞，孤独无助。

欧战军　我真的自私吗？我真的为了自己的名声而不顾孩子们的前程吗？我爱他们，我是爱你们的啊！这五个孩子，每一个孩子都来之不易，每一个孩子出生成长，都有一段难忘的经历！
〔光束下，木槿出现。
欧战军　木槿，郑义这孩子我是看着他长大的，我一直以为我给你找了一户好人家。我没想到你会这样做……
〔光束下，木军出现。
欧战军　木军，小峰这孩子是自己提出要去西藏当兵的，我确实因此而高兴和自豪，但我是为了自己吗？不是啊！
〔光束下，木凯出现。
欧战军　木凯，你们的婚姻出了问题，你做得对。你应当守在西藏那块土地上的。你领到了那份责任就没有理由放弃。
〔光束下，木兰出现。
欧战军　木兰，爸爸对你确实是关心得不够，可你当年没考上护校我没去说情，这是我一贯的原则。我的原则和面子没关系。

〔光束下，木鑫出现。

欧战军　只有你，木鑫，我承认对你有些偏见，可我是怕你在生意场上犯错误，那是个容易犯错误的地方。就像一个新兵蛋子，一打起仗来总是不如老兵那么成熟，爸爸心里是看重你的啊。

〔众子女隐去。白雪梅出现在光束下。

欧战军　你跟我过了这几十年，还给我生养了这么多孩子，让我们欧家有着如此旺盛的血脉。

白雪梅　有些事，也许早该告诉孩子们了。

欧战军　我们不是承诺，要一辈子保守秘密吗？

白雪梅　我只是希望，他们能理解你，理解我们。

欧战军　（固执地）难道他们知道了过去那些事情，就能理解我们吗？他们根本理解不了。

白雪梅　他们能理解。

欧战军　不，我不需要他们理解。

〔白雪梅深情地看着丈夫，无语。隐去。

〔静场。欧战军翻着一本很旧很旧的红皮本子。

欧战军　我困了，累了，乏了，我要睡了。

〔欧战军猝然感到身体不适，缓缓躺下，安详地闭上眼睛。巨幅的白幛被欧战军的身躯压扯断，似洁白的哈达徐徐飘落，覆裹在他身上。

〔一声若有若无的梵唱似圣歌、似天籁的乐声随山风飘来，一座大雪山幻化在他眼前。一队当年筑路的战士吟唱着进军西藏的歌声走来，抬起熟睡的欧战军，悄然走向大山、高原，走向生命的来处、灵魂的家园……

〔音乐渐强。

〔空旷冰冷的舞台，独自的白雪梅。

———话剧《我在天堂等你》 >>>>>

白雪梅　（手捧红皮本子）对于这一天，我早有思想准备。我知道你们的父亲他迟早会离开我的，或者说，我迟早会离开他的。孩子们，我想有些事情，该让你们知道了。或者说，这个家的许多往事，应该告诉你们了。可是，从哪里讲起呢？对了，那碧绿的嫩草地、淙淙的流水、鸟语花香的树林。那时我还是一个军政大学刚毕业的女孩子，一切都那么美好，美好得要让人跳起来！我和几个伙伴都参加了女兵运输队，我们要赶着牦牛运送物资，进军西藏……

〔光束下，鸟声啾啾，流水淙淙。一个活力四射的十八岁的白雪梅从老年白雪梅的身后升起，她轻盈活泼地奔向舞台高处。

〔五十年前的高原营地。

〔舞台上顿时从无边的黑暗转向阳光灿烂，蓝天白云的高原风光。白雪梅和吴菲、刘毓蓉、赵月宁都是刚从军政大学选拔上来的学员，这些充满着青春朝气的女孩子一上来，冷峻的高原营地上顿时充满了欢歌笑语。

白雪梅　你们看，那是什么花？真漂亮！
刘毓蓉　那是格桑花。

〔白雪梅兴奋地跑过去一边采花，一边唱起歌来。刘毓蓉挥舞红绸跳起来。

白雪梅　（唱）天上有星，像你晶莹的眼睛；地上有花，像你娇红的笑颜——

〔突然从帐篷里钻出一个高大的男军人，棉衣上扎着腰带，别着手枪，手上拿着一本书。与那卷书很不相称的是他那张黝黑而棱角分明的脸膛。

欧战军　唱什么唱？！跳什么跳？！

〔几个女孩愣住了，白雪梅不服气地走到他跟前。

白雪梅　我们又没吵着谁，为什么不准唱？

众女兵　　就是！

欧战军　　这里是高原！到了高原，你们就得老实点，少说话少唱歌，先当狗熊后当英雄！

白雪梅　　唱歌又不违反纪律，我们喜欢唱！

欧战军　　喜欢？到时候出现高原反应，我把你们一个个都遣送回家！

〔通讯员小冯上。

小　冯　　报告支队长，迎接女兵的准备工作就绪！

众女兵　　啊！支队长。

欧战军　　通知炊事班，今天的菜里面多加一些酥油，让她们尽快适应！

小　冯　　是！

〔欧战军看看几个女兵，停在白雪梅面前。

欧战军　　你们苏玉英队长呢？

白雪梅　　你认识我们苏队长？

〔刘毓蓉拽拽白雪梅。

刘毓蓉　　报告首长，苏队长给她孩子喂奶，落在后面了。

〔欧战军不知所措，女兵见状大笑。

欧战军　　（尴尬紧张地）歌唱得不错！舞跳得不错！……都不错！

〔女兵们笑得更厉害。

欧战军　　等你们苏队长一到，马上就餐。

刘毓蓉　　是！

〔欧战军和小冯下。女兵们又唱又跳起来。

白雪梅　　（唱）天上有星，像你晶莹的眼睛；地上有花，像你娇红的笑颜；你的歌声在我耳旁，你的微笑在我心上……

〔突然白雪梅一口气上不来，脸色变白。

众女兵　　你怎么了？

白雪梅　　我喘不上气……

〔几个女兵忙围上去。欧战军上。

欧战军　　唱什么唱？！跳什么跳？！

〔收光。

〔五十年后。

白雪梅　这是我第一次见到你们的父亲。他给我的印象就是一个火爆爆的武夫，我怎么也没想到后来会嫁给他。真的，结婚很长时间后，我都认为我不爱你们的父亲。我只是对他好而已。

〔五十年前的高原营地，重重叠叠的帐篷。
〔光起。赵月宁在哭泣，白雪梅、吴菲围在她身边劝慰。

白雪梅　月宁别哭了，我们一起去求求支队长，也许还有一丝希望。
赵月宁　我已经求过了，他说不行，说什么也得把我送回家去！
吴　菲　你别难过了。你才十四岁，太小了，以后跟不上队伍说不定把命都得搭上呢！
赵月宁　我愿意！我到西藏来就做好了牺牲的准备，现在可好，还没上战场呢，我就下战场了，我不甘心！

〔刘毓蓉上。

白雪梅　毓蓉姐！
刘毓蓉　小月宁，高兴吧，队长同意你的进藏请求了！

〔众欢呼。

刘毓蓉　哎哎，大家赶紧多喝点水，我听苏队长说一会儿还要称体重，必须要达到九十斤才合格。体重太轻的也要被遣送回家！
白雪梅　（大急）什么？我只有八十斤？！
刘毓蓉　你这也差得太远了！
白雪梅　我不管！我瘦怎么了？他们不能因为我瘦就不让我参加革命！
刘毓蓉　苏队长说这次我们的任务是给先遣支队运送物资，路上条件很险恶，身体太弱的怕到时候吃不消。
白雪梅　可是我瘦是瘦，我没病啊！

〔急促的哨音和喊声："集合体检了！"

白雪梅　（急哭了）我怎么办啊！你们快帮我想想办法！
　　　　〔辛医生和另一名女医生上。
辛医生　大家好。我叫辛明，是你们的随队医生兼女兵运输队副队长，我来执行体检任务，希望你们能够好好配合。好，先称体重吧！
　　　　〔白雪梅等的叙述性表演。
白雪梅　女兵们一个个依次称体重。我的心跳得很厉害，为了革命理想，我努力叫自己沉住气，不要慌乱。
女医生　白雪梅！
白雪梅　到！医生终于叫到我的名字了。我往磅秤上一站。
吴　菲　我猛往前靠，有意挡住她的视线。
刘毓蓉　我迅速往秤上踏上一只脚，用力一压。
赵月宁　我们都紧张极了。
白雪梅　医生只管看秤上的重量表，根本没有发现我们的计谋。
女医生　四十六公斤。
白雪梅　我赶紧跳下来，生怕有人发现。刘毓蓉紧跟着跳上磅秤。
刘毓蓉　瞧你轻的，看我的。保证有一百斤。
白雪梅　我们都听出了那句话的意思。我们都暗暗得意地笑起来。
　　　　〔女医生看着她们的笑，莫名其妙。
女医生　笑什么笑？
白雪梅　就在我笑着转头的一刹那，我看见辛医生的笑脸正对着我。我的脸涨得通红，情急之中我竟然对他说，我会唱歌，别看我体重轻，我唱歌声音很大。不信你问她们，再不信我马上就给你唱。他看看我，终于一句话也没说，走开了。很久以后他告诉我——
辛医生　你们的眼光都可怜极了，我不忍心揭穿你们。
白雪梅　就这样，我终于站到了女兵运输队的行列里。
　　　　〔收光。

　　　　〔五十年后。一束光。

—— 话剧《我在天堂等你》 >>>>>

白雪梅　这就是我和辛医生的第一次见面。后来，他在我的心里住了很久很久。关于他，我从来没跟你们的父亲说过。我从没什么瞒过你们的父亲，但这个人是个例外。如果没有这个例外该多好。可就是有了。

〔五十年前。
〔光起。白雪梅、吴菲、刘毓蓉争抱着虎子逗他玩，清脆的笑声在清晨高原清冽的空气中飘荡。

刘毓蓉　嘿，让我来抱抱。
众女兵　你？
刘毓蓉　（抱过孩子）妈妈抱！
众女兵　羞死了！
〔白雪梅逗孩子。
白雪梅　呀！苏队长，你快来啊，虎子饿得直咬我的手指头！
〔苏队长匆匆上。
苏队长　虎子，来，妈妈抱！
〔苏队长接过虎子，坐下来给虎子喂奶。
众女兵　（惊奇地）呀——
〔女兵围坐在一旁。

〔五十年后。
白雪梅　苏队长叫苏玉英，那年她二十二岁，只比我大四岁，就已经是个非常沉稳、能干的军官了，而且还做了母亲。人长得好看不说，身上还有一股说不清的帅气。我第一次见到她就喜欢她。她是一个勇敢非凡的女人。
〔收光。

〔五十年前。

白雪梅　苏队长，虎子的爸爸是谁呀？

〔苏队长的眼光朦胧起来。

苏队长　他呀，姓王，跟欧支队长是好战友，他们俩一个是政委，一个是支队长，配合得好着呢！

吴　菲　他长得好看吗？

苏队长　在我眼里，他就是世界上最好的男人。

〔苏队长自己说着不好意思地笑了，白雪梅她们兴奋得又叫又笑。

苏队长　可是他还没看见过虎子呢！我生虎子的时候他就已经进藏了。唉！

赵月宁　你一定很想他吧？

刘毓蓉　傻瓜，这还用问吗？

白雪梅　苏队长，说说你们的故事吧，你跟王政委是怎么认识的？

众女兵　是啊，怎么认识的？

苏队长　组织介绍的。

众女兵　组织介绍？

〔几个女孩子面面相觑。

白雪梅　什么是组织介绍啊？

苏队长　现在跟你们说你们也不懂，也许以后你们就知道了。

〔一身戎装，英姿勃发的欧战军和小冯匆忙上场。

苏队长　支队长，你们什么时候出发？

欧战军　马上！

〔欧战军走到苏队长身边亲了亲虎子。

欧战军　嗨，这小家伙。我会向王政委转告你和虎子的情况的。

苏队长　你叫他——多注意身体！（哽咽）还有，虎子想爸爸了！

〔欧战军点点头。

欧战军　一定。同志们，我们先遣支队马上就要出发了，我们能不能在前方打好仗，完成任务，很大程度取决于你们这些刚刚入伍的女兵！我知道你们肩上的责任很重，我也知道咱们的粮食和药品都

———— 话剧《我在天堂等你》 〉〉〉〉〉

很缺,但我们是革命军人,我相信你们能克服一切困难,把我们急需的各项物资送达!

苏队长　支队长,你放心,我们一定会圆满完成任务!

〔欧战军扫视女兵,替赵月宁扶正帽子。

欧战军　你们一定要注意安全。白雪梅,希望你能成为坚强的战士!

〔白雪梅立正敬礼。

白雪梅　是,首长!

〔欧战军回了一个军礼。

欧战军　走!

〔然后转身大步流星地走了。通讯员小冯跟在后面。女兵们目送。

〔集合号吹响。女兵们从四面八方汇集过来。整齐的队伍里,还有管理员和辛医生。

苏队长　辛医生,准备好了吗?

〔辛医生坚定地点了点头,帮苏队长把孩子背到背上。

苏队长　管理员!

管理员　到!

苏队长　牦牛喂过了吗?

管理员　喂过了!

苏队长　白雪梅!

白雪梅　到!

苏队长　运送的物资都装好了吗?

白雪梅　报告队长,今天一大早就装好了!

苏队长　好,同志们,女兵运输队——出发!

众　人　是!

〔嘹亮的军号响起,风呼呼地吹响红旗。庞大的牦牛群出现在地平线。它们披着长长的神秘的黑毛,瞪着圆圆的铜铃般的大眼,浩浩荡荡⋯⋯

〔女兵们揣着火一样的理想,踏上了未来的征途⋯⋯

〔音乐渐强，收光。

〔五十年后，营区。
〔光起。木凯和林亚东在喝酒。面前横七竖八放着酒瓶子，木凯又给自己倒上一碗。

木　凯　亚东，咱俩是从小玩到大的朋友，这次你来看我，可是上级领导来视察我的工作。

林亚东　你少来这一套。

木　凯　这一杯我敬你。

林亚东　木凯，你不能再喝了。

木　凯　你喝不喝？

林亚东　我一喝就醉。

木　凯　你醉也得喝。

〔二人碰杯，喝干酒。

林亚东　木凯，你虽然攒了好几个探亲假，可现在是非常时期，马上科技大练兵，一批新设备刚运到，正在调试的紧要关头，你是一团之长，不准你的假是很正常的，别往心里去。

〔木凯捂住脸，无声地抽泣。

林亚东　怎么了？出什么事了？

木　凯　父亲去世了！

林亚东　什么？欧叔叔他……你请假的时候为什么不说？欧木凯你这个笨蛋，我现在就给军区打电话！

木　凯　（拉住他）不，不要打。我知道，我真要说出来，师里会同意我回去的。但现在我确实不能离开部队。

〔林亚东伤感地搭着木凯的肩，倒上酒。

林亚东　我敬欧叔叔一碗。（一饮而尽）

木　凯　（矛盾地）哪怕我只回去一天，哪怕只在他床前站一分钟，我也能最后见他一面！我不是个合格的儿子！

——话剧《我在天堂等你》 〉〉〉〉〉

林亚东　（钦佩地）你是个合格的军人。五十年前，欧叔叔是这个英雄团的团长，五十年后，你继承了他的事业，而且你能比他干得更好！（微醺地）木凯，不光是欧叔叔，就是你亲生父母的在天之灵，也会为你这样一个儿子骄傲！

〔木凯一时没有反应过来。片刻，他疑惑地抬起头。

木　凯　什么？我的亲生父母？

林亚东　（已经醉了）对啊，听我爸爸说，你亲生父母都是西藏军人，去世之前把你托付给了欧叔叔和白阿姨，欧叔叔答应他们，要把你培养成一个优秀的军人。

木　凯　（心神激荡）你胡说什么？我亲生父亲是谁？我亲生母亲又是谁？

林亚东　母亲我不太清楚，父亲……我听我妈说，就是和你妈她们一起赶牦牛进藏的女兵队的医生，好像姓辛。

〔一束光。

木　凯　（转为独白）辛医生！在父母亲的谈话中，我听说过这个名字！他才是我的亲生父亲？为什么？（大喊）告诉我——

〔欧战军家。音乐中，一轮巨大的明月升起，银光洒在白雪梅的身上。

白雪梅　木凯，你确实不是我和你父亲的孩子，对你的亲生父亲，我珍藏着一份珍贵的回忆，他是我的战友，也是我曾经为之心动的男人。

〔山顶上，木凯困扰地站在月光下。

木　凯　为什么你们不告诉我？甚至到今天？

〔欧战军家。

白雪梅　我们本来想永远藏住这个秘密，我和你父亲早就把你当成亲生的孩子。

〔山顶上。

木　凯　我要知道我的父亲，我要知道他的一切！

〔欧战军家。

白雪梅　你不要着急，慢慢听我说，一切都会真相大白……
　　　　〔收光。

　　　　〔光起。五十年前的高原路上及营地。
　　　　〔夕阳下，只见一队虔诚朝拜叩长头的藏民出现在地平线。一个身着鲜红藏袍的美丽藏族少女走在队伍最后，她的脸上还带着少女稚嫩的气息，笨拙的身体却显示她已经怀了身孕。
吴　菲　（大叫）哎，你们快看，他们在干什么?!
苏队长　他们都是朝圣者，他们要这样一直叩着长头走到拉萨。
白雪梅　什么？要一直走到拉萨?!
辛医生　对，在他们心目中，那里就是圣地。他们会倾其所有去买酥油，为酥油灯添上不灭的生命之源。
赵月宁　可是——为什么呢？
苏队长　那是他们的信仰。
白雪梅　你们看，那个女孩子多美呀，就像一朵绽放的格桑花！
　　　　〔这时，那个穿红袍的藏族女孩转过头来看着他们，她们也静静地看着她，突然女孩的脸上绽放出一丝灿烂的微笑，他们不由自主地也望着女孩微笑，并对她挥着手。
吴　菲　（喊）你叫什么名字？
刘毓蓉　（用藏语重复喊）你叫什么名字？
尼　玛　尼——玛！
刘毓蓉　尼玛，是太阳的意思。
　　　　〔尼玛转身一个长头叩了下去，努力地追赶着朝圣的队伍。女兵们看着他们远去，心里有一种无言的感动。
吴　菲　我明白了，他们的信仰是佛，而我们的信仰是共产主义！
苏队长　你说得对，我们的信仰就是共产主义，让穷人翻身做主人的共产主义！
　　　　〔管理员看看四周的地形。

———话剧《我在天堂等你》 〉〉〉〉〉

管理员　苏队长，我看就在这里宿营吧！
苏队长　好，原地休息！
　　　　〔帐篷外，刘毓蓉趴在一块石头上写着什么。白雪梅悄悄从帐篷里探出头来，她蹑手蹑脚地走到刘毓蓉背后，突然抢走刘毓蓉的信纸，两人围着石头转着圈，白雪梅边笑边跑，刘毓蓉羞得脸通红。
刘毓蓉　给我！快给我！
白雪梅　你让我看，我就给你！
刘毓蓉　你也不羞，那是我给——那谁的信！
白雪梅　谁的信呀？
刘毓蓉　你管不着，快给我！
白雪梅　你不说我也知道，是给海子哥的！
　　　　〔刘毓蓉一把抢过信，小心地压平整。
白雪梅　毓蓉姐，你天天晚上写一封信，海子哥又收不到，干吗还写呀？
刘毓蓉　他能收到的。
　　　　〔白雪梅十分奇怪。
白雪梅　他能收到？那我现在给我妈写信，她也能收到吗？
刘毓蓉　傻瓜，当然收不到了。我是说，他心里能听见！虽然他收不到我的信，但是他和我是心有灵犀的，他知道我想他，我也知道他想我。
　　　　〔遥远处亮起一束光，一个男青年的身影。
海　子　是的，毓蓉，我能听见。
刘毓蓉　海子哥！等到西藏解放的那一天，我就回来和你结婚！
海　子　我等你，不管你什么时候回来，我都等你！
　　　　〔音乐中，白雪梅被深深地打动了，沉浸在一种朦胧的情绪中。
白雪梅　多美呀！
　　　　〔赵月宁跑上。
赵月宁　开饭啦！开饭啦！

〔管理员端着一个大锅上。女兵们拿着自己的饭盆从各个帐篷里跑出来。

管理员　（发火）姑娘们，孩子们，丫头们，你们知不知道，我今天早上发给你们每个人的那是两天的口粮，都像你们这么吃，走不到拉萨就会有人趴下！

〔白雪梅和几个女兵做着鬼脸表示不满。

白雪梅　（小声）不就是两个糌粑吗？

苏队长　白雪梅！管理员说得对，我们这次路途那么远，要是粮食不够吃，不光是我们挨饿的问题，要是完不成上级交给我们的任务，你负得起这个责任吗？！

〔白雪梅低头不说话了。

管理员　以后谁再违反规定就饿她一顿！

〔管理员说是说，还是一人发了半根蛋黄蜡。大家盛完汤到一边嚼蛋黄蜡、喝汤去了。

〔五十年后。光束。

白雪梅　在漫长的进军路上，留在我脑海里最深的记忆，就是饥饿。我不怕翻雪山不怕蹚冰河，甚至不怕高原反应，可是我恐惧饥饿。什么代食粉，什么蛋黄蜡，现在已经没人知道了，但它们曾是我们进军西藏赖以生存的食物。在长达两三年的时间里，它们是我们年轻的胃里仅有的食物。

〔五十年前。白雪梅是最后一个盛汤的。管理员给她盛完汤，白雪梅刚要走开。

管理员　雪梅！

〔白雪梅吓了一跳，转过身怯生生地看着管理员。管理员把锅里剩的最后一点野菜汤都倒给白雪梅。

白雪梅　管理员，您还没吃呢！

———话剧《我在天堂等你》 〉〉〉〉〉

管理员　我吃过了。你们正是长身体的时候,应该多吃点。(声音有点哽咽)

白雪梅　管理员,我们的粮食真的不够吃到拉萨吗?

管理员　当然够了!(拍了拍身边的一个大麻袋)你看,这里都是粮食。

白雪梅　我们有粮食,我们肯定能走到拉萨的。

〔白雪梅放心地笑了,管理员的笑却有点苦涩。白雪梅走开。

〔管理员坐到地上,拿出一个小红本,开始记录起来。光暗,一束追光打在管理员身上。除白雪梅,其他人隐去。

白雪梅　管理员!

〔白雪梅走到管理员身后,正要看,管理员惊觉。

管理员　你在这儿干什么?

白雪梅　管理员,是不是在给您儿子写信啊?

管理员　少啰唆,吃饭去!

〔白雪梅跑下。管理员小心地把小红本放在胸前的口袋里。

〔收光。

〔五十年后。光束。

白雪梅　我们不停地往前走。可那些山好像长了腿,不断地跑到我们前面去阻挡我们。终于有一天,牦牛,这被称为高原上最有力量和耐力的"高原之舟"也拒绝前进了,它们也被累垮了。

〔五十年前。光起。

〔白雪梅、刘毓蓉、吴菲、赵月宁等叙述性表演。

白雪梅　那天我最喜欢、最温顺老实的牦牛憨憨开始罢工,死活不往前走了。我知道它太累了。我心疼啊!可我们还必须一起走下去!我哄着它,乖乖的,快走,啊!

众　人　乖乖的,快走,啊!

刘毓蓉　憨憨鼻子里嗤嗤地吐着气,不但不肯往前走,还猛地把背上驮的物资抖在了地上。

赵月宁　你?! 这可是驮给先遣队的物资,你知不知道?!

吴　菲　你干什么?! 再不老实,今天我饿你的肚子!

刘毓蓉　不知道是不是吴菲的话起了作用,当我们再把那物资扛上牛背的时候,牦牛居然没有反抗。

白雪梅　突然,牦牛憋憋低吼起来,带动了整个牦牛群的齐声吼叫,吓得我们女兵们一个个缩着脖子不敢上前。

吴　菲　我攥起拳头悄悄挨近打了牦牛两拳,牦牛转过它硕大的脑袋,瞪着两只大眼看了我一眼,还是不动。

赵月宁　我壮着胆子从地上抓起拴在牛头的绳子,想拽着牦牛往前走。但牦牛还是纹丝不动。吴菲、我和白雪梅都冲上去帮忙。突然,牦牛火了,一抬蹄子把白雪梅踢倒在地,白雪梅疼得大叫起来。

白雪梅　(捂着肚子) 啊!

吴　菲　牦牛发狂了,狂奔起来。

赵月宁　我们俩抓不住绳子,只好放开。

白雪梅　突然,只见刘毓蓉想都不想就冲出去抓住了绳子,牦牛拖着她狂奔起来……

〔紧张的音乐起。

众　人　(大叫) 毓蓉姐,快松手——!

刘毓蓉　(死不松手) 牛背上有物资——!

〔雪地上已有斑斑血迹。转眼间,刘毓蓉被牦牛拉上悬崖,一切都在电光火石中发生,牦牛拉着刘毓蓉冲下了山崖……

〔刘毓蓉的书包挂在了崖边的树上,一封封情书雪片似地散落出来,飞飞扬扬飘下山崖……

〔舒柔的音乐中,一身新娘装的刘毓蓉从崖下走上来。光束中,海子与她遥遥相望。

刘毓蓉　海子哥,我回来了!

———话剧《我在天堂等你》 〉〉〉〉〉

海　子　我知道你会回来的!

刘毓蓉　海子哥,我回来结婚来了!

海　子　你终于回来了,我一直在等你!

　　　　〔雪地上的斑斑血迹幻化成长长的红绸带,毓蓉与海子红绸缠绵,忽远忽近,总也不能相拥在一起……

　　　　〔光束下,红绸骤然扯断,收光。

　　　　〔五十年后。

　　　　〔光起。音乐中,木槿与郑义分别卷起扯断的红绸,相视而立。

木　槿　你终于回来了!

郑　义　我只有几个小时时间,还要飞回上海开会。

　　　　〔郑义环顾四周,显然有些疑惑。

木　槿　怎么,自己住了十几年的家都不认识了吗?

郑　义　你平时不住这儿?

木　槿　我天天都在这儿。

郑　义　(默然,片刻拿出一张纸)我同意离婚。这是协议书,你看一眼。

　　　　〔木槿不很在意地扫了一遍,随即拿起笔签字。

郑　义　爸妈还好吗?

　　　　〔木槿顿了顿,手上的笔在颤抖。

郑　义　我给他们带了些东西,这次时间太紧,不能看望他们了,请你转达我的问候,谢谢。

　　　　〔木槿把协议书递给郑义,郑义也签上自己的名字,两人相对无言。

木　槿　收拾东西吧。

郑　义　……我能不能见见他?

木　槿　谁?

郑　义　他,我们中间的那个男人。

木　槿　你怎么会这么想?

郑　义　这不是很自然吗？

木　槿　可笑！这么多年，你连正常的夫妻生活能力都没有，我一直默默忍受着。我陪了你十几年，为什么你非得认为我必须有个第三者才会离婚？为什么我就不能为自己离婚？！

郑　义　（居然有点失落）我宁愿相信有另外一个男人。你为什么要忍呢？把自己搞得不正常，你要早提出来，对大家都是解脱。

木　槿　原因你知道，我们的婚姻是两个家庭的联姻，牵涉的不仅仅是你我两个人。

郑　义　我明白，你父亲不愿意看见我们分手。（苦笑）他是个好人，可惜，有点固执，有点独断，你们一家都被他影响得不会像正常人一样生活了。

木　槿　（哭出来）请你不要侮辱他！父亲刚刚去世了！是我把他气死的，他一直把你当儿子，你要是还有良心，请不要侮辱他！

〔郑义呆住了，木槿悲从中来，大声痛哭起来。

郑　义　对不起，我不知道。

木　槿　你可以向我道歉，可我连道歉的机会都没有了。

郑　义　我们都不理解你父亲，但有一点我知道，你父亲的生命是和西藏，那座大高原维系在一起的。每次我见到你的父亲，都有一种情不自禁要仰视的感觉，有些东西你看不清，只是因为它太大了，超出了你的视野。

木　槿　这些话，为什么你从来不跟我说？

郑　义　我不愿意向你提起西藏，因为它也改变了我。

〔木槿不解地看着他。

郑　义　十三年前，驻藏某部一个连队的连长要迎娶新娘了，新娘是个中专老师，非常漂亮，连队的战士们兴奋得不得了。代职的参谋是连队的笔杆子，说咱们写幅欢迎词吧。连长说，人家一个老师，肯到海拔五六千米的地方跟咱们一起过苦日子，就叫"谢谢老师"吧！大家都笑了，笑着笑着眼圈却红了。老师来的前一

──话剧《我在天堂等你》 〉〉〉〉〉

　　　　天，连长一定要出去巡逻，参谋不让他去，他说我太幸福了，幸
　　　　福得在连里待不住啊。参谋拗不过，放他走了。后来，一场泥石
　　　　流，在乱石堆积的河床上，战友们找到了连长支离破碎的尸体。
　　　　老师终于来了，看到的是心上人的遗像和一朵朵白花，她一声惨
　　　　叫，当场昏死了过去。
木　槿　后来呢？
　　　　〔郑义看着她，木槿突然若有所悟。
木　槿　你……
郑　义　我就是那个参谋。我有半年时间精神恍惚，最后终于打报告离开
　　　　了部队，离开了西藏。从此一到夫妻同房，我脑海中总是连长血
　　　　肉模糊的身体，还有那位昏死过去的老师。
木　槿　所以你……
郑　义　木槿，对不起！
　　　　〔木槿愕然。收光。

　　　　〔五十年前，高原营地，清晨。随着苏队长的呼喊声，光起。
苏队长　管理员？
　　　　〔管理员靠在一块石头边睡着了。苏队长走到管理员身边。
苏队长　管理员？管理员！管理员！！
　　　　〔女兵们和辛医生披着衣服从帐篷里冲出来，只见苏队长拼命地
　　　　摇晃着管理员。大家都惊呆了，辛医生急忙冲上去，他检查着管
　　　　理员的身体，管理员虚弱地睁开眼睛。
管理员　苏队长，辛医生，丫头们，我累了，你们走吧！
苏队长　不，管理员，你别这么说！你会好的！
白雪梅　管理员，你快起来！我们一起走，你说过你要一直跟我们走到拉
　　　　萨的！
管理员　我走不动了。我有个儿子在江西老家，等你们以后回内地的时
　　　　候，把我这支钢笔送给他，让他记着他爹！

〔管理员说着闭上了眼睛。所有人呼唤着他的名字。苏队长打开管理员身边的红皮小本。

苏队长 （哽咽）这里有我们每个人每天的粮食定量，甚至有虎子的，可是却唯独没有管理员自己的名字。管理员为了让我们能走到拉萨，竟然偷偷地省掉了自己的口粮，可是我们，我们却没有一个人发现！

白雪梅 （突然意识到）管理员要吃东西！

〔白雪梅扑过去解开大麻袋。

白雪梅 （呆住了）这里面不是粮食，全是草根。

吴　菲 他是怕我们坚持不下去，走不到拉萨。

〔突然，坚强的辛医生像孩子般无助地哭了起来。

辛医生 我是医生，我却救不了他！我有什么用啊！

〔辛医生的哭声让所有人都回到了现实，大家都哭了起来。

〔遥远处，一名当代军人吹响了熄灯号……

〔收光。

〔五十年后。音乐起。

白雪梅 我们牺牲了那么多同志，倒下了那么多牦牛，历经千辛万苦终于走到了昌都，把所有的物资都送到了前线部队的手中。尽管这只是进藏路程的三分之一，并且还不是最艰难的三分之一。进藏大军在昌都驻扎下来，一待就是大半年。也就是从那时起，我的命运有了新的转折。

〔光束起。五十年前的辛医生与五十年后的白雪梅对话。

〔另一演区，五十年前的白雪梅在河边洗衣。

白雪梅 你怎么来了？你上哪儿去了？我怎么好几天都没看见你？

辛医生 （微笑着）你看你的脸。

〔辛医生从腰间扯下毛巾替白雪梅擦了一下。

———话剧《我在天堂等你》 〉〉〉〉〉

白雪梅　（不好意思）烧火做饭蹭的。
辛医生　我是来和你告别的。
白雪梅　你要去哪儿？
辛医生　师里调我去别的野战团。
白雪梅　是这样……你马上就走吗？
辛医生　现在就走。所以来和你告别。
　　　　〔两人沉默了一会儿。
辛医生　你的身体我不太放心，从昌都到拉萨还有一段非常艰苦的路，你能行吗？
白雪梅　还能苦到哪儿去，我肯定能行。
辛医生　我发现你这个人挺好强，小小年纪，就喜欢硬撑。
白雪梅　我会照顾好自己的。
辛医生　那我走了。
白雪梅　我发现他说完后还站在那儿，他并没走。我突然说，
　　　　〔另一演区，五十年前的白雪梅与辛医生对话。
白雪梅　你不是想听我唱歌吗？我给你唱个歌吧！
辛医生　（高兴地）好啊！
　　　　〔白雪梅欲唱。
辛医生　（为难地）不行，没时间了，他们在等我。
白雪梅　好吧，再见了。我会在拉萨等你的！
辛医生　真的？你在拉萨等我？
　　　　〔白雪梅点点头，她甩了甩手上的水，伸出手去。
白雪梅　来，我们握个手吧！
　　　　〔辛医生也伸出手来，可是他犹豫了一下，又收了回去。
辛医生　（像孩子似的）现在不握，等我们到了拉萨，胜利会师的时候再握！
　　　　〔辛医生走了，白雪梅呆立在那里。

〔五十年后。

白雪梅　辛医生走了，在后来的无数日子里，我无数次地回忆起我们分别的情景，无数次地确定，自己是否向他许下了诺言，回答是肯定的。可我，却没能遵守诺言。

〔收光。

〔光起。五十年前的昌都营地。

〔重重叠叠的帐篷外，女兵或坐或躺，望着天上那么近、那么皎洁的月亮。

白雪梅　好大好圆的月亮啊！那么近，就像在我的眼前！

〔苏队长在喂虎子。

苏队长　雪梅！

白雪梅　苏队长！王政委走了？

苏队长　他们开完会，就赶回先遣队了。

〔白雪梅抱过虎子，充满着母爱。

苏队长　雪梅，你还记不记得，你曾经问过我，什么是组织介绍？

白雪梅　（害羞地）苏队长，我现在还不想知道。

苏队长　是不好意思了吧？雪梅，你还记不记得那个欧支队长？

白雪梅　他？

苏队长　他对你印象挺好的。你呢？

白雪梅　我对他没什么印象，就觉得他——挺凶的，不近人情！

苏队长　他可是我们师里最优秀的军官，不但能打仗，还喜欢看书，能文能武，在我们军都是出了名的！

〔白雪梅摇头。

苏队长　怎么，你不愿意？

白雪梅　苏队长，我还小，我不想考虑这事。

苏队长　（笑了笑）你都二十了吧？在我们农村老家可都是好几个孩子的妈了！

———话剧《我在天堂等你》 〉〉〉〉〉

〔白雪梅不好意思地直摇头。

苏队长　雪梅，你应该相信组织。

白雪梅　我怎么能不相信组织？我已经把一切都交给了组织，不相信我能交吗？

苏队长　对啊，组织上可不会随便给你介绍对象的，都是经过慎重考虑的。

〔苏队长见白雪梅低头不吭声。

苏队长　当然，除非——你心里已经有人了！

〔白雪梅急忙摇头。

白雪梅　（不好意思地）没有！苏队长你想到哪儿去了。我——没有！

苏队长　（真诚地）你好好考虑考虑，欧支队长是个难得的好男人！

〔小冯上。

小　冯　报告。

苏队长　小冯！

小　冯　苏队长，我找白同志。

〔白雪梅站起来。苏队长有意走开。

白雪梅　找我干什么？

〔小冯从身上拿出一个纸包。

小　冯　这是我们一号给你带的牦牛肉干！

白雪梅　一号？

小　冯　就是欧支队长。

白雪梅　你回去吧。我不要他的东西！

小　冯　这可是我们一号攒了一个星期才攒下来的，他舍不得吃，让我带给你，怕你饿着。你……

〔白雪梅捧着牦牛肉干，感觉出了它沉甸甸的分量。她把牦牛肉干还给小冯。

白雪梅　你拿回去给他，他要打仗，要多补充点营养。

〔小冯不情愿地下。

〔五十年后。

白雪梅　苏队长跟我谈话的那天晚上,我梦见了欧战军。我以为我会梦见辛医生,谁知道却是他。这让我很不好意思,我不敢跟人说起,好像那是一件多么丢人的事情。那个梦很短,我们一起爬山,爬到一半他突然不见了,我怎么找也找不见他,我着急啊！一着急就醒了！听到苏队长在外面喊着什么。

〔收光。

〔五十年前。昌都营地。光起。

苏队长　雪梅,有人找！

〔白雪梅钻出帐篷,看见欧战军背着手站在外面,手里还拿着昨天让小冯拿回去的那包牦牛肉干。欧战军看见白雪梅,不容分说把牦牛肉干塞给她。

白雪梅　我不要！

欧战军　你必须拿着,这是命令！

白雪梅　我不听你这样的命令！

欧战军　你不听也得听！

〔白雪梅的眼泪出来了,咬着嘴唇不说话。欧战军哪见过女人在他面前流泪,顿时慌了手脚。

欧战军　对不起,我不是故意的。我是说你要好好补一补身体,别再弄坏了胃。

〔白雪梅气得说不出话。

欧战军　我一直觉得你的身子很弱,所以……

白雪梅　（赌气）我就是弱不禁风,我就是三天两头生病。

欧战军　（不让步）那就更要注意锻炼身体了。要知道,我们下面路途会更加艰苦,身子不好是走不到拉萨的。

〔白雪梅眼睛盯着他不说话。

欧战军　你是不是对我有意见啊？
白雪梅　我又不了解你，会有什么意见。
欧战军　那你怎么一见我就是满脸不高兴的表情？！
　　　　〔白雪梅扑哧一声笑了。
欧战军　我希望我们之间能坦诚相处，要有什么意见就提出来。
白雪梅　（反倒不好意思）没有，真的没有！
欧战军　（高兴地）没有就好，没有就好！
　　　　〔二人无语。
欧战军　你……还生气吗？
白雪梅　（佯装不懂）什么？
欧战军　（憨憨地）刚才……
　　　　〔白雪梅摇摇头，嫣然一笑跑开。
欧战军　我听说你们女兵都说我这人挺凶的？我带兵打仗习惯了，要是有什么不中听的话，你别往心里去就是了。
　　　　〔白雪梅在听。
欧战军　我要走了。我们的队伍要向前突进，以后再见你也不容易了，你要多保重。
　　　　〔白雪梅看着他不说话。
欧战军　（兴奋地）下次见面我可以带你去爬爬山，给你说说我那帮兵的故事……
白雪梅　（突然地）对了，我昨天晚上梦见你了。
欧战军　啊？！
白雪梅　就是梦见我们一起爬山。
　　　　〔欧战军脸红了，傻乐着。
白雪梅　可是后来你突然不见了。
欧战军　（失望地）啊？！
　　　　〔欧战军兴奋地望着白雪梅。
欧战军　（语无伦次）好……好！我走了，再见！

白雪梅　欧支队长，牛肉干还是你拿着吃吧！
欧战军　你吃，你吃，你比我更需要它！
　　　　〔欧战军帮白雪梅把帽子戴正。
欧战军　（认真地）以后做梦别再把我弄丢了。
　　　　〔说完转身走了。音乐中，白雪梅看着他远去。
　　　　〔收光。

　　　　〔五十年后。
白雪梅　这句话让我不再把你们的父亲当成一个首长，而是个男人。在后来漫长的婚姻生活中，你们的父亲再也没有说过这句话。他毕竟是个不善于表达儿女情长、一身戎装的军人。很久以后我才知道，每次你们的父亲到我们的驻地开会，要走五天，中间还要翻越一座大雪山。也就是说，他每次顺便来看我一次，来回得艰难地走上十天。可当时我对此一无所知。我以为他们想来就来呢。

　　　　〔光起。五十年前的高原。
　　　　〔苏队长独自在高坡上，眼泪止不住地往下流。白雪梅跑过来。
白雪梅　苏队长！
苏队长　你来得正好，我有事找你。
白雪梅　是真的吗？虎子不跟我们走了？
苏队长　是真的。
白雪梅　为什么？
苏队长　他太虚弱了，再向前走，他也许会——再说我还要照顾你们这一大帮孩子呢！
白雪梅　我们已经是大人了，我们能够自己照顾自己！我求你了，千万别把虎子留下，我们会想他的！
苏队长　你放心，组织上让我暂时把孩子留在藏民家里，等大部队到达拉萨安顿好，或者等进藏公路修好了，我们就回来接他。

——话剧《我在天堂等你》

白雪梅　可是要是那会儿我们找不着——
苏队长　雪梅，你别说了！你以为我愿意留下孩子吗？这是组织上决定的！我们是军人，要服从组织决定！
白雪梅　就像你要服从组织介绍一样吗？
苏队长　你？！——对！而且我还想让你知道，我们是革命夫妻，我们很爱对方，我感谢组织给我介绍了虎子他爸，能嫁给他是我的福气！
〔白雪梅转过头去不说话。
苏队长　雪梅，你收拾一下东西，待会儿小冯来了你就跟他走！
〔白雪梅一愣。
白雪梅　走？去哪儿？
苏队长　组织上决定把你调到先遣支队。
白雪梅　不，我不走，我不想离开你们！
苏队长　白雪梅同志，我再说一遍，你是军人！
白雪梅　是，队长！
〔苏队长隐去。

〔光束中，五十年前的白雪梅与五十年后的白雪梅心灵对话。
青年白雪梅　调到先遣支队，也就是说，我要调到欧支队长身边。
老年白雪梅　你是军人，是军人就要服从组织的决定！
青年白雪梅　可是，可是我——对了，还有辛医生，我心里将要面对两个我不得不面对的男人！
老年白雪梅　你必须做出选择。
青年白雪梅　我该怎么办？我该怎么办？！
老年白雪梅　你必须听从理智的召唤。
青年白雪梅　可是我已经向他做出了承诺！好看的、体贴的、博学的辛医生！
老年白雪梅　不，那不是承诺，那只是一个美好的愿望。不是每一个愿望都会实现的。

青年白雪梅　难道就这样放弃吗？

老年白雪梅　难道你不能放弃吗？为了更高的目标，为了更重要的任务——解放西藏！

青年白雪梅　更高的目标？是啊，我不就是为了这个来的吗？我来西藏不就是想奉献自己吗？

老年白雪梅　现在是考验你的时候了。

青年白雪梅　多么残酷的考验啊！放弃你心中对爱情浪漫的幻想吧！

老年白雪梅　你终于明白我的意思了！

青年白雪梅　我明白了。你是谁？你为什么要跟我说这些？

老年白雪梅　因为你的决定至关重要。我不想看你做出错误的决定，这样我们就体验不到后半生的幸福了。

青年白雪梅　我们？

老年白雪梅　你和我。

〔老年白雪梅隐去。

青年白雪梅　我知道了，还有那个叫欧战军的男人。

〔光起。五十年前的雪域高原。

小　冯　（喊）嫂子！

〔小冯帮白雪梅背上背包，白雪梅从小冯手里接过一把野花。

白雪梅　小冯，我跟你说，以后别叫我嫂子！

〔前面出现一个沟壑，小冯伸手去扶她。

小　冯　那好吧，我现在不叫，等你跟一号结了婚我再叫，嫂子！

白雪梅　你！

小　冯　对不起，我又忘了，嫂子！

〔白雪梅气得不想再说话了。

小　冯　生气了，嫂子？

白雪梅　（气得大喊）没——有！

————话剧《我在天堂等你》 〉〉〉〉〉

小　冯　　我们一号见着你，不知道该多高兴呢！
白雪梅　　你一口一个一号，他在你心目中就那么重要？
小　冯　　那当然，他可是我这辈子最佩服的人！
白雪梅　　为什么？
小　冯　　我就没见他打过败仗！没见过比他更不要命的人。我们过昌都的时候，要不是他扑到我的身上，我早让炸弹炸飞了。他还喜欢看书，人长得又精神，真的，嫂子，你真有福气！
白雪梅　　照你这么说，他还是个完人了！
小　冯　　不管怎么说，他是个男人，是铁铮铮的汉子！
　　　　　〔白雪梅心有所动。
白雪梅　　算了，我不跟你谈他了。反正不管怎么样你都说他的好话！
小　冯　　我们一号本来就好嘛！你们这些女人啊！
白雪梅　　哟，你年纪不大，哪里学来的这一套？
小　冯　　这你就别管了！
白雪梅　　（高兴地）这花，真是他送给我的？
小　冯　　嗯，他还给你一块牦牛肉干呢，过雪山来接你的时候，我饿得实在受不了啦，就……就偷偷吃掉了！……对不起！我回去会向一号报告的，我愿意写检查！
白雪梅　　牛肉干算什么？一百头牛也没你的生命重要！再说你要是不吃，万一过不了雪山，接不到我，一号才会批评你呢。
小　冯　　真的？
白雪梅　　真的！
　　　　　〔小冯和白雪梅都笑了起来。
小　冯　　其实我还是完成了任务的，我知道女孩子都喜欢花，我就漫山遍野地找啊，找啊，好不容易找到这一小把！
白雪梅　　怎么，这花——是你采的？
小　冯　　你不喜欢？
白雪梅　　喜欢喜欢，只是，可惜不是他——送的。

〔突然天空中乌云密布，暴风雪说来就来，一时间狂风大作，雪片如鹅毛般飞散下来。

小　冯　（喊）嫂子，暴风雪来了。快走！小心悬崖！

白雪梅　（喊）我知道！你别管我！我自己能行！

〔两人在风雪中挣扎着向前行。白雪梅挣开小冯的手，自己带头往前行，小冯急忙去追赶她。突然白雪梅要滑倒，路边就是万丈深渊，小冯飞身扑上去把白雪梅推向山壁，自己却滑向悬崖边。白雪梅惊叫着。

小　冯　快拉住我！

〔白雪梅扑过去一把抓住了他的胳膊，死死拽住。但冻僵的手指不听使唤，更要命的是白雪梅的身体也在往下滑……

小　冯　嫂子，你松手吧，不然你也会掉下去的！

白雪梅　（哭喊着）不！我不松手！

〔但冻僵的手却正在一点点地放弃小冯……

小　冯　嫂子，替我照顾好一号……我想在你们结婚的时候，再采一把花……

〔小冯突然挣脱白雪梅的手，扬着脸，朝悬崖下坠去……

白雪梅　小冯！

〔音乐中，收光。

〔五十年后。

白雪梅　那天晚上，我终于到达了先遣支队的营地。我不知道我是怎么走完剩下的那一段路的，小冯掉下去时说的话一直在我耳边挥之不去……

〔五十年前。欧战军的宿营地。光起。
〔门开了，欧战军看着门外一身水一身泥的白雪梅，愣了一下。他四下看了看，没有小冯的影子。白雪梅两眼呆滞。

——话剧《我在天堂等你》 〉〉〉〉〉

白雪梅　我想抓住他的！我真的想抓住他的！可是我的手却不听使唤！它不听使唤！
　　　　〔白雪梅发狂般在打着自己右手，欧战军呆住了，他猛然抓住白雪梅的手。
欧战军　小冯呢？
白雪梅　他——死——了！
欧战军　不……！不……！
　　　　〔欧战军泪流满面。

　　　　〔五十年后。
白雪梅　你们的父亲连夜带人上了山。回来的时候头上身上全是雪，就跟个雪人似的。他没有找到小冯，小冯永远留在了雪山。

　　　　〔五十年前。欧战军的宿营地。
　　　　〔欧战军把小冯留下的一盏小油灯点燃，当作红烛。
欧战军　我知道你心里很难过，我也一样，我一直把小冯当我的孩子。
　　　　〔白雪梅呆在那里久久说不出话来，欧战军开始铺床。突然他发现白雪梅的被子空空的没有棉花。
欧战军　你被子里的棉絮呢？
　　　　〔白雪梅不吭声。
欧战军　这么薄怎么盖？！
白雪梅　你这么大的人了，怎么连这都不懂？！
　　　　〔欧战军一愣。
欧战军　懂什么？
白雪梅　棉絮早被我扯出来用了！
　　　　〔欧战军还是不明白。
白雪梅　我们女同志都是这样的。
　　　　〔欧战军终于明白过来，他吸了口凉气。

欧战军　你们女兵就是这么过的冬天?! 这么过的雪山?!
　　　　〔白雪梅低头不语，欧战军丢下手里的被子走过来，定定地看着白雪梅，突然一把把她抱在怀里。
欧战军　我发誓，我再也不让你受冻，直到永远！
　　　　〔白雪梅一直紧绷的神经终于松懈下来，她一头栽倒在欧战军的怀里，她病倒了。

　　　　〔五十年后。
白雪梅　我没有想到，我没有想到我这一生所有浪漫的幻想就这样定格下来，我结婚了。新婚之夜，我病倒了。我不知道有人在我的床边整整守了一整夜，我更没想到，当我早上醒来睁开眼睛，第一眼看到的却是他。

　　　　〔两束光起，五十年前的白雪梅与辛医生在对话。
白雪梅　你怎么在这儿？
辛医生　我离开你们以后一直跟着欧参谋长，他是一个好人。
白雪梅　是啊，他是一个好人！
辛医生　对了，我应该祝贺你！
　　　　〔辛医生伸出手去，白雪梅却没有握住。

　　　　〔远处，雪白的山峰。音乐起。
　　　　〔尼玛又出现了，她还在磕长头匍匐前行。长长的祈愿队伍只剩下了五个人。

　　　　〔光束中，五十年后的白雪梅与五十年前的辛医生、白雪梅对话。
老年白雪梅　我可以告诉你们那个怀孕的尼玛现在在想什么。
辛医生　在想什么？
老年白雪梅　她说她要到菩萨面前许愿，许一个让相爱的人们长生不老、

———话剧《我在天堂等你》 〉〉〉〉〉

永远相守的愿⋯⋯

青年白雪梅　你怎么知道？

老年白雪梅　在以后的岁月里，你会无数次地梦见她，她会告诉你的。

辛医生　没有人会永远相守的。

青年白雪梅　但是可以永远相爱。

老年白雪梅　每一种爱都是独一无二的，即使穿越时空，生死相隔，那份爱依然存在。

〔收光。

〔五十年后。曹青家。

木　鑫　曹行长，你今晚真漂亮。

曹　青　你是在对银行行长说话，还是在对一个女人说话？

木　鑫　我在对财神姐姐说话。

曹　青　我今天晚上不想当财神姐姐，你拜错庙门了。

木　鑫　（连忙）那我就不客气了，叫你——曹青。

曹　青　（一笑）请。

〔桌上摆着斟好的红酒。

木　鑫　（举起酒杯）为了明天的会，为了我们的合作，干杯！

曹　青　你先别着急，你的商业对手也很有竞争力啊。

木　鑫　（郑重地）拜托了，我欧木鑫绝忘不了你的大恩大德。

曹　青　木鑫，我们认识也有一年多了吧，我单身带着孩子，顾不过来，你经常帮我照顾他我也很感激你。

木　鑫　这是什么话？应该的。

曹　青　为了我们的缘分，干杯。

木　鑫　为了我们的合作。

曹　青　（放下酒杯）今天不谈工作。

木　鑫　那好，那就什么都不为。

〔酒杯轻轻碰了一下，木鑫怔了片刻，一饮而尽。

曹　青　你和别的商人不一样，你比他们有人情味。木鑫？

木　鑫　什么？

曹　青　你今天好像心情不太好。为什么？

木　鑫　没什么，我想起我爸了，他一直希望我做一个有人情味的人。

曹　青　那你没有辜负他。

木　鑫　曹青，我祝你幸福，你这样的女人，应该得到幸福。

曹　青　（期盼地）真的？

木　鑫　真的，我希望今天在你眼里，我是一个善良的人。

曹　青　为什么非要今天？你一直是。

〔她借着酒意，凑近木鑫，木鑫本能地闪躲。

木　鑫　你该休息了。

曹　青　木鑫，你怎么了？

〔木鑫说不出话来。

曹　青　（冷淡地）你走吧。

〔木鑫走到门口，曹青伏在桌上无声地哭泣。木鑫不忍，回到她身边，搂着她的肩，曹青挣脱，木鑫再搂，曹青扑在他怀里。

曹　青　我天天把自己伪装成一个女强人，你知道有多难吗？

〔木鑫拍着她的背，要站起来，曹青抱紧他。

曹　青　今晚不要走，我有好多话要跟你说。

木　鑫　（为难地）曹青，我……

曹　青　留下来吧，（搂住木鑫）今天是个难忘的日子。

木　鑫　难忘的日子……（突然像被火烫了一样推开她）不行。

曹　青　（发作）你到底想怎么样？你以为我是那种随随便便的女人吗？！

木　鑫　我今天根本不应该来的！

曹　青　那你还跑来干什么？你走啊，你来就是为了钱，我真是看错你了！

木　鑫　（爆发）对！我他妈的就是为了钱！父亲今天去世，他尸骨未寒，我就跑到这儿来，为了一笔贷款和女行长打情骂俏，耳鬓厮磨，我不是人，我是畜生！
　　〔曹青惊呆了，木鑫蹲在地上，软弱地哭了起来。曹青把他扶起来，像姐姐一样抚拍着他的背，木鑫的泪水倾泻而出。
　　〔收光。

　　〔五十年后。
白雪梅　一个人可以拒绝许多东西，荣誉、地位、金钱、享受，甚至爱情，但他不能拒绝苦难。苦难是无法选择的。几个月后，苏队长率女兵队赶上了先遣支队，我们终于又会合到一起了。

　　〔五十年前。雪域冰河。光起。
白雪梅　（喊）吴菲——，赵月宁——
　　〔女兵们纷纷上来含泪拥抱。女兵们都惊喜地叫了起来。
吴　菲　雪梅！
白雪梅　吴菲！
吴　菲　我好想你！
白雪梅　我也想你！想你们大家！
　　〔苏队长和白雪梅相见。
苏队长　雪梅！
白雪梅　苏队长！
　　〔白雪梅与苏队长紧紧拥抱在一起。
苏队长　雪梅，祝贺你和欧支队长！
白雪梅　谢谢你，苏队长！我现在才明白你以前跟我说的话！
苏队长　真的？
白雪梅　我很幸福！
　　〔苏队长紧紧握住白雪梅的手握了握，两人四目相对，千言万语尽在不言中。
　　〔白雪梅突然注意到苏队长已经瘦得只剩皮包骨，脸和双腿却浮肿着，心疼万分。

〔五十年后。
白雪梅　我看着苏队长浮肿得变形的身体，看着她病得蜡黄的脸，我看见生命正一点点地离开她，而她正一点点地离开我们。

〔五十年前。
白雪梅　苏队长，你都病成这样了？
吴　菲　苏队长一路上只想着照顾我们，吃不好睡不好，虎子也下落不明……
苏队长　（笑笑）我没事。欧参谋长呢？
白雪梅　他们在前面，我是等不及了，所以特地来接你们的！
苏队长　那我们快走吧，我的兵们都累了，今天可得吃你们先遣支队一顿。
白雪梅　你们放心，我们早就准备好了酥油茶和糌粑，就等着你们呢！
　　　　〔女兵们一阵欢呼。
　　　　〔突然她们又看见了祈愿叩长头的尼玛，这一次朝圣的队伍只剩下她一个人了，她衣衫褴褛，面黄肌瘦。
白雪梅　你们看，朝圣的队伍只剩下尼玛一个人了？！
苏队长　有时信仰是要付出生命的代价的！
吴　菲　怀孕的尼玛，她会不会——？

〔五十年后。
白雪梅　这时怀孕的尼玛来到一条冰河边。她毫不犹豫地扑进了冰河！她冒起来又扑下去，仍保留着叩长头的动作往河对岸走，就在她快要到达河对岸时，尼玛却再也没有起来。突然，只见苏队长猛地扔下背包，纵身跳进了冰河。

————话剧《我在天堂等你》 〉〉〉〉〉

〔五十年前。

众　人　苏队长——！
　　　　〔收光。

　　　　〔大雪苍茫，风云变色，仿佛在哀悼战友。雪花飞扬中，尼玛手捧一枝雪莲在祈祷……一声婴儿的啼哭击碎了漫天阴霾。
　　　　〔稚嫩的童声唱起六字真言。白雪梅捧起一个极其美丽而硕大的雪莲，帐篷飞起，化作雪莲，化作白云，飞向天际。
　　　　〔收光。

　　　　〔五十年后。宾馆大堂。木兰穿着开衩旗袍，神情漠然地看着形形色色的人从眼前经过，隐隐传来KTV包间的欢笑喧闹声。
　　　　〔经理上，拿牙签剔牙。
木　兰　经理，我的工资……
经　理　会计不在，明天再说。
木　兰　你昨天亲口答应今天可以给我，我有急用。
经　理　我就不信一天都等不了，当年你上班的工厂一拖就拖半年，这才几天？找个工作不容易，不要得寸进尺。
木　兰　我今天本来打算请假，你说了能把钱给我我才来的。
经　理　你请什么假？什么理由？
　　　　〔木兰欲言又止。
经　理　编啊，编啊，我什么时候说了可以请假？老老实实干活，别一天就想着那几百块钱。
　　　　〔木鑫进来，见状停下脚步。
木　兰　你们一顿饭吃那么多，我要这几百块钱怎么就那么难！
经　理　很简单，你不值，这么大岁数还站在这儿，把我宾馆的档次都降低了。
木　兰　你不要侮辱人！

501

经　　理　你喊，你再喊！

木　　兰　我就喊！我凭劳动吃饭，不是你的佣人，你嘴巴放干净点！

经　　理　你别干了，把衣服脱下来，现在就滚。

木　　兰　把钱给我！

经　　理　没钱，里面有包间，有本事你上那儿挣去。

〔木兰气得发抖。

经　　理　你还想动手？来呀，来，冲这儿来。

〔木兰热血上涌，真要扑上去，被木鑫一把抱住。

木　　鑫　姐！你别这样，让我来！（猛地从腰间抽出皮带）

经　　理　（大喊）你把皮带给我放下。保安！保安——！

〔木鑫朝经理劈头盖脸一通猛抽。

木　　鑫　警察来之前我先废了你！我有的是钱，我欧木鑫在一天，你就别想在这座城里混！

〔木兰冲过来，抱住木鑫。经理吓得连滚带爬逃开。

木　　兰　爸爸刚去世，你让他安心走好不好！

木　　鑫　现在的人怎么他妈的全成这样了！咱爸的脾气，碰见这些王八蛋非全毙了他们不可！

木　　兰　木鑫——！

〔静场。

木　　鑫　姐，我心里堵得慌，爸爸一走，我像整个筋被抽掉了，像踩在棉花上一样，我感觉不到爸爸的目光，也听不到爸爸的声音，我干的这些事还有什么意义？你说？你说啊！

木　　兰　回家吧，不管怎么说，这个晚上，我们应该和爸爸在一起。

〔木鑫隐去。

〔光束中的木兰。白雪梅出现。

木　　兰　妈妈，我始终怀疑我不是你们的亲生孩子，为什么你们给姐姐木槿那么多的宠爱，唯独对我那么吝啬？

欧战军　木兰，我在保育院第一眼看见你的时候，你怯生生地独自站在角落，你和别的孩子不一样，你敏感、忧伤，从那时起，我几乎不敢直视你的眼睛。

木　兰　我的亲生父母到底是谁？

白雪梅　不要问了，我会告诉你，把一切都告诉你。

〔木兰隐去。

白雪梅　苏队长牺牲后不久，我们就到达了拉萨。在解放拉萨的时候，王政委也牺牲了，我和你们父亲的第一个孩子也流产了。虎子成了孤儿，也成了我心中永远的牵挂。西藏解放后，辛医生开始四处奔走为藏民治病，从那以后我就没见过他，只听说他结婚了。

〔五十年前。高原简易产房。

〔两束追光起，白雪梅和一位年轻产妇躺在两张病床上，正在等待孩子的出生。两人都已开始阵痛，但却都没有亲人陪在身边。

白雪梅　你是一个人来的？

〔女人点点头。

白雪梅　孩子的爸爸呢？

〔女人幸福地笑着。

女　人　他有事出去好长时间了，他跟我说，他一定赶回来看孩子出生，他要亲自给孩子取名字，把孩子的小脚印在衣服上——看来，他要赶不上了，小家伙等不及了！（忍痛看着白雪梅）

女　人　你也是一个人来的？

〔白雪梅也点点头。

女　人　孩子他爸呢？

白雪梅　他们前几天出去执行紧急任务，说是今天回来。我想，也许他一会儿会来的！

〔两个女人对视一眼，笑了起来，笑声中却夹杂着辛酸。

白雪梅　你还行吗？

〔女人点点头。

女　人　还行，你呢？

〔白雪梅咬着牙关，汗水打湿了眼睛，她勉强笑了一笑。

白雪梅　还行。

〔两个女人都在忍受着剧烈的阵痛，却相互鼓励着。

白雪梅　别怕。

女　人　我不怕。你也别怕。

〔女人刚一点头，突然一阵巨痛袭来，她不由自主地挺起身体，狂叫一声。白雪梅向她伸出手去，女人也向她伸出手。那么近的距离在此时的她们感觉仿佛远在天边，最后两只手紧紧握在一起。

〔阵痛向她们袭来，一声惨叫。

〔收光。

〔光起。

女医生　哪位是欧战军？

〔欧战军急忙迎上前去。

欧战军　我是我是！

女医生　你们的孩子——死了！

〔欧战军呆住了。

欧战军　怎么会？——怎么会又是这样？！

〔女医生下。

〔另一束光起，白雪梅脸色苍白地仰躺在床上。欧战军握着她冰冷的手。

白雪梅　孩子，我们的孩子呢？！

〔欧战军安慰地抱着她的肩。

白雪梅　为什么呀！为什么老天对我们这么残酷？！这已经是我们的第二个孩子了！

欧战军　雪梅，别难过，我们还年轻，我们还会有孩子的，有很多很多的

————话剧《我在天堂等你》

孩子！

〔白雪梅泣不成声。

欧战军　还记得你以前经常唱的那首歌吗？（轻声唱）天上有星，像你晶莹的眼睛；地上有花，像你娇红的笑颜……

〔白雪梅惊异地看着他。

白雪梅　你怎么会唱？我从来没听你唱过这首歌！

欧战军　我心里在唱，一直在唱！

〔这时，只听得一声宏亮的婴儿啼哭划破夜空。

白雪梅　她生了！是一个健康的孩子！一会儿她出来，我要祝贺她！

〔音乐中，年轻产妇的病床被推上了舞台。医生们将白布盖在她安详的身躯上。白雪梅和欧战军目瞪口呆。

〔白雪梅在欧战军的搀扶下吃力地站起来，跌跌撞撞地扑到女人的床边。

白雪梅　不怕，别怕，你会好的。好好睡一觉，你会好的！

欧战军　雪梅，你别这样，她——已经走了！

白雪梅　不，她只是累了，她睡着了。

欧战军　雪梅，我知道孩子没了你很伤心，可是你不要放弃希望！勇敢一些！她真的走了！

〔白雪梅终于哭了起来。这时，女医生抱着一个婴儿走出来。

白雪梅　这是——她的孩子？

〔女医生点点头。

白雪梅　让我抱抱他，代他妈妈喂他一口奶吧！

〔女医生含泪将孩子递给白雪梅，白雪梅怜爱地抱起孩子，掀起衣服给他喂奶。

白雪梅　你看，他喜欢我！他多高兴呀！

〔欧战军也怜爱地看着孩子。突然，白雪梅看见孩子襁褓的卡片上写着辛医生的名字。

白雪梅　辛医生？！

欧战军　——他是辛医生的孩子?!
　　　　〔白雪梅一下子把头俯在孩子的小脸上。
白雪梅　你看,我们的孩子没有死,老天又给我们送来了一个。
　　　　〔欧战军把白雪梅和孩子一起紧紧地搂在怀里。
　　　　〔突然,白雪梅发现婴儿脸色青紫。
白雪梅　这孩子怎么了?脸色怎么发紫啊!(大喊)医生——
欧战军　这里海拔太高,婴儿缺氧!只有尽快下山,足够的氧气才能使孩子活下来!
　　　　〔欧战军抱起孩子就跑出产房。
白雪梅　你去哪儿?!
欧战军　下山!
　　　　〔收光。
　　　　〔光起。高原筑路工地。音乐起。
　　　　〔许多战士正在筑路,欧战军抱着孩子跌跌撞撞地跑来。
　　　　〔战士抱过孩子,感人的一幕出现了,筑路的战士们放下工具,无数双手向山下传递着孩子!一道真正的血肉长城,维系着一个战友的血脉!

　　　　〔五十年后。光起。
白雪梅　我永远忘不了那个冬天,我无法估计它在我生命中的分量!辛医生在赶往另一个藏胞聚居地医疗服务的路上不幸遇难,遗体封在冰层中,战友们能看见他,却够不着,唯一能做的,是含泪向他敬一个长长的军礼。
　　　　〔收光。

　　　　〔五十年后,驻藏部队生活区。光起。
　　　　〔吉普车强劲的马达声,木凯和小峰上。小峰充满了青春朝气,木凯则是心事重重。

———话剧《我在天堂等你》 〉〉〉〉〉

小　峰　（兴高采烈）二叔，你快点呀！我这可是第一次开车，感觉真是太爽了！

木　凯　（淡淡一笑）过瘾了？

小　峰　当然不过瘾啦！二叔，我正在设计一种新式武器——空中装甲作战平台，它全面突破了对武器使用的传统认识。十年以后，我将开着一架"欧峰一号"作战平台，我爸，你，还有爷爷，都在上面，你们不害怕吧？爷爷肯定不怕，他们都说，爷爷才是胆大包天，比天还大！

木　凯　小峰，这次带你出来，是想和你说件事。

小　峰　说吧，我听着呢。

木　凯　（斟酌着字句）你也十八岁了，已经是大人了……

小　峰　（从木凯兜里掏出手机）二叔，你等等，我先把正事干完。

〔他抄起电话，从兜里掏出一把纸条，照着拨号。

小　峰　妈妈！您好！

木　凯　我和大嫂说两句。

小　峰　（使劲摆手）妈妈，我是赵学斌的战友，我是欧小峰。他让我告诉你们，他在这儿一切都好。你们寄给他的复习资料他都收到了，他正在复习。爸爸妈妈你们都好吧？好，我一定转告他，你们还有什么要交代的吗？那好，爸爸妈妈再见！

〔木凯怔怔地听着，涌起一阵感动。

木　凯　小峰，你这是替战友打电话？

小　峰　这叫捎电话，我们战友之间都这样。

木　凯　你们都是这么叫别人的父母？

小　峰　什么叫别人，我就是他们的儿子！

〔木凯的泪水夺眶而出，他拿起手机，拨通。音乐起。

木　凯　妈妈！

〔一束光。

白雪梅　木凯，我要告诉你一个埋藏了多年的秘密……

〔另一束光。

木　凯　（大声打断）妈妈！您什么都别说！请爸爸安息吧！我为有你们这样的爸爸妈妈自豪一辈子！

〔一束光。

白雪梅　木凯，你爸爸留下一封信，他说，你是他最骄傲的儿子。

〔另一束光。

木　凯　（喃喃地）你们是世界上最伟大的父亲和母亲，我最后悔的一件事，就是没有亲口把这句话告诉他，我要把这句话刻在高原上，父亲会看见的，因为那是刻在他的心上。

〔收光。

〔光起。

〔白雪梅与木军、木兰、木槿、木鑫。白雪梅翻开破旧的红皮本。

白雪梅　孩子们，我的故事讲完了。你们的父亲给我们每人都留下了一句话。你们已经知道了，木凯是辛医生的孩子，我要告诉你们其他的秘密。

〔木军和小峰出现。

白雪梅　木军，还是叫你虎子吧，这是你妈妈给你取的乳名，你不愧是她的儿子。你也是我们家的长子，父亲说，你是他最可信赖的孩子。

〔木槿出现。

白雪梅　木槿，你的妈妈叫尼玛，她是一个美丽纯洁的藏族姑娘，你和她一样，流淌着高原的血液，你是父亲最钟爱的孩子。

木　槿　（哭泣着跪下）我对不起父亲，我气死了他……

白雪梅　你父亲常说你是一朵雪莲花，他怎么会对雪莲花生气呢？爱都爱不够啊！

〔郑义走来，将她扶起。木兰出现。

白雪梅　木兰，现在我告诉你，你是我们的亲生女儿，正因为如此，你是父亲最感歉疚的孩子。

木　兰　不！是我们欠他的太多了……

〔木鑫出现。

白雪梅　木鑫，你是父亲最看重的孩子，他认定你是儿女中最有希望的一个。

〔木鑫一句话也说不出来，无声饮泣，身体剧烈地颤动着。半晌。

木　鑫　爸爸！放心吧！

木　军　（哽咽）妈妈，爸爸留给你的那句话是什么？

白雪梅　——我在天堂等你。

〔音乐中，金色的光芒耀眼夺目。

〔所有的逝者：欧战军、苏队长、辛医生、刘毓蓉、管理员、小冯、尼玛、辛医生妻，还有那些为修筑川藏公路而牺牲的战士们，他们如永恒的雕塑从天堂凝望人间，注视着我们的生活……

〔幸福的人们，让我们记住他（她）们……

〔剧终。

精品剧目·话剧

郭双印连他乡党

编剧 王 真

时间

二十世纪九十年代初。

地点

陕甘交界旱塬上的碾子沟。

人物

郭双印　乡村医生，碾子沟党支部书记。

梁生茂　六十左右，村民大小见了都叫叔。

王喜欢　郭双印媳妇，会唱歌不会还嘴的女人。

梁　婶　梁生茂老伴，会剪纸，陈病缠身。

程金霞　支部委员，党支部里没她不行。

老　习　乡镇干部，工作组长，抽烟不带火的人。

瞎　子　游乡算命者，有点神。

王长命　正当壮年，死于不该死的病。

李槐花　村干部，啥事都较真。

眼　镜　老党员，实诚人，会计。

神　婆　没眼色，啥事都爱掺和。

长命妻　爱管事的女党员。

九　斤　惹急了啥都敢说。

黑　娃　二球货，力气活上都有他。

新党员　女，就她爱笑，新鲜劲还没过去呢。

众乡党们

————话剧《郭双印连他乡党》 〉〉〉〉〉

一　引　子

〔村头。冬。日外。

〔混沌中，一伙瓜娃们数着口歌：

女　　槐花黄、黄槐花，
　　　　槐树底下剪娃娃，
　　　　金娃娃、银娃娃，
　　　　不及梁婶的红娃娃。

男　　红袄红鞋红袜子，
　　　　红红火火一家子！

女　　喊妈的、叫爸的，
　　　　都是梁婶拉大的。

男　　骑马的、坐轿的，
　　　　不要圪蹴下尿尿的。

女　　（展开剪纸）看好不！

男　　球！

女　　咋？

男　　没牛牛么！

女　　哼！（笑）

〔瞎子上。

瞎　子　　眼窝不观六路，
　　　　耳朵倒听八方。
　　　　大事小事肚里装，

大到中央、小到炕上

——你说我胡说，你看我是谁？我是你瞎伯！

〔瞎子继续向前走，有犬狂吠，挥棍边打边念叨："咬，我叫你咬。"

〔猛不防回身就是一棍，犬吠逃窜。

〔瞎子洋洋自得嘿嘿一笑，数起口歌：

瞎　子　　走村串县，

　　　　　听了个文件，

　　　　　事情重要，

　　　　　名叫一号。

　　　　　只要是个一号文，

　　　　　保险都是说农民。

你笑我操闲心呢？我不操心这碗饭咋吃呀？把他家的，走哪达沟子后头都撵着问命哩，说是瞎子会算命。算球啥呢，给你透个实话，两样东西就把你拿住咧，这话咋说呢？一老天，二是文件，你当啥呢好我的呱松！只要给吃喝，我就给他往好处说！（一个趔趄险乎跌倒）把他家的，碾子沟这路恶得很，狼都不走！

〔趁他歇气儿，一旁的人就搭了腔。

黑　娃　瞎子！

瞎　子　嗳！

黑　娃　你哪达的？

瞎　子　到哪达就是哪达的。

黑　娃　怪下了！

瞎　子　不怪。瞎子眼里没老少，我逢人都是爷。（白）说呱松呱松就来了。

黑　娃　你这瞎子怕是装的！

瞎　子　咋呢？

黑　娃　进我碾子沟亮眼（nian）人都寻（xin）不着（chuo）路，你倒能

———话剧《郭双印连他乡党》 〉〉〉〉〉

		寻过来！只怕还没（mo）瞎实！
瞎	子	好我瓜娃呢，你能看着你可闻不着，我是撵着味道儿的沟子后头寻来的。
黑	娃	你闻见啥了？
瞎	子	臊子的味道。
黑	娃	你还闻的好。
瞎	子	拾掇臊子要吃长面呢。
黑	娃	看把你奸馋的！
瞎	子	只怕不好！
黑	娃	咋？
瞎	子	不年不节谁家闲得没事擀长面呢，擀长面可听不着一声说笑，只怕是挖墓打坟、装棺抬人，擀面预备丧事哩。只怕你一村人都在那候着呢，说是帮忙，不济说候着那人咽气，放开肚子咥（die）面呷——你碾子沟有事呢！
黑	娃	咦，还叫你说准了，乃一家真格有事呢！这人神得很，真格有相况呢！来，吃个烟！（递烟）
瞎	子	（接，摸）啥烂屁烟么，连个嘴嘴都没有。
黑	娃	嗳？还不抽？拿来！
瞎	子	赶紧去！再不去那碗面就没了！把嘴角那涎水擦了，吊得跟清鼻一样。麻利仓仓，那人快咽得气了！

〔一听这话黑娃日急慌忙拧身就跑。
〔切光。

二

〔王长命家。冬。日内外。
〔陡然响起神婆一声吆喝："嗯——呔！——天神来啦！"
〔光起。

神　婆　（不歇气地念叨）

你走你走瘟神你走，
东南来的东南走，
西北来了西北走，
东南西北赶紧走！
哎——我来了！
地下来了地下走，
天上来的天上走，
后头来了后头走，
前头来的前头走，
瘟神瘟神麻利走！
啊——呀呀呀！——天神来了！

〔灯亮。神婆舞扎着念叨着走向舞台深处。

〔舞台出现三组分切画面：垂死的病人；正在抢救病人的郭双印；蹶在门外候着抬人吃长面的后生们伸直脖子，脸冲着病人眼角却瞟着锅灶。

〔病人四十来岁，弥留前的谵妄，挣扎着、嘶吼着。

〔郭双印被病人掀了个趔趄，又扑上去硬是把被撕扯掉的输液针头强给他扎上，跪在炕头死命摁住胳膊，任凭病人在他身上脸上撕扯挖抓。

王长命　不看！没钱！不——打！没钱！没——钱！（一把拔掉针头）
郭双印　按住！按住！把他按住！
〔王长命挣扎。
长命妻　梁叔哩！
〔梁生茂一进屋就耍脾气。
梁生茂　都拥这闹啥呢！烧锅的烧锅、擀面的擀面，该弄啥的弄啥去！
长命妻　梁叔……（盼他给拿个主意）
〔神婆仍在满屋乱窜下神，把梁生茂惹躁了。

———话剧《郭双印连他乡党》 >>>>>

梁生茂　　把你悄悄！在这胡舞扎啥呢！

神　婆　　看，把大仙吓跑了！

梁生茂　　闪远！

神　婆　　天爷，你造罪哩！

梁生茂　　滚！

神　婆　　老绝户你张狂，绝子绝孙我瞅着断你的根呀！（退下）

〔王长命仍在挣扎，针头始终扎不到胳膊上。

郭双印　　来，把他给我按住！

长命妻　　梁叔——

〔梁生茂把郭双印拉到一旁。

梁生茂　　双印，意思到了就对了吧。

郭双印　　（急了满头汗，一把甩开梁老汉）啥话么，这是条命！

梁生茂　　（对长命妻）长命屋里的，那你就给个话。

长命妻　　（眼巴巴望着梁生茂）梁叔……

梁生茂　　（对郭双印）没钱。

郭双印　　我不要钱！得成？！

长命妻　　（不相信的）——真格？

〔郭双印爬上炕就给病人扎上针管。

〔王长命使尽最后的力气嘶吼："没钱！！"

〔郭双印被他掀得一跟头跌倒在地上。

〔还没等他爬起身，王长命已经直挺挺没了声息。

眼　镜　　（惊呼）翻白眼咧！

〔郭双印刚扭过头去就见梁老汉把手搭在王长命脸上。

梁生茂　　毕咧。

〔郭双印扑过去。

郭双印　　长命！长命！王长命——

〔他慌忙从药箱里翻找急救药。梁老汉又给他装回药箱。

梁生茂　　白花钱。活着的还得过活……（转身对长命妻）哭！哭歇！

长命妻　（大哭）娃他大呀！你咋把俄们撂下就……
梁生茂　对咧！
　　　　〔长命妻哭声戛然而止。
　　　　〔后生们听见哭声抬起碗就往里拥。
梁生茂　（迎面截住）亏你先人了！抢着死去呀？抬了人再喋面。驴日下的们，你就欠那一口肉臊子？
梁生茂　（走到郭双印脸前）咋了？
郭双印　（一肚子的话化作一声深深的长叹）唉——！
梁生茂　双印，是这，还得再给你打一张欠条。
　　　　〔郭双印闷头不语。
梁生茂　你再不放心，我把我喔戳戳给你按上。到时节我替你要。（递欠条）呷，拿上。……说话，有啥不合适你就言传，有我哩么。
郭双印　就是一点点感冒，硬硬不看。
梁生茂　没钱么。
郭双印　这转成了肺炎还不看。
梁生茂　没钱么。
郭双印　这一屋精沟子碎娃，叫娃再靠谁去呀！
梁生茂　给你说没钱么！
郭双印　正当年纪说没就没了？！
梁生茂　你放心，他不成还有他娃么！
郭双印　（火）我郭双印见过钱！
梁生茂　我知道你是碾子沟的首富，开诊所天天十几个元，一年就是四五千，全村头一家撑起大瓦房，肉臊子见天揽得吱喽喽吱喽喽，谁敢跟你比么？他活一百岁能咋？活一百他只能多受一百年穷！给，把欠条拿上。（对众后生）招呼了——！
　　　　〔后生们抬杠提绳，程式如仪。
梁生茂　起棺——！
后　生　你稳稳儿——

——话剧《郭双印连他乡党》 〉〉〉〉〉

长命妻 （哭）我的人呀——
〔王长命纵身跳下灵床。
王长命 舒服呀！真舒服呀！
〔王长命饶有兴趣地看着给自己送葬的隔世之人。
〔摸着自己崭新的棺材感慨不已。
王长命 （心旷神怡）哎呀可算把这口气咽了，再也不为这穷日子熬煎了！——早知道死了这么轻省，我都死他八回了——舒服呀！打下生就叫这狗贼的穷命断贼一样撵得我两腿稀稀儿的，受罪不说受罪，只当是活人呢。这死了才亮清了！狗贼的穷命这回我叫你撵，我死了我看你上哪儿寻我去！
后　生 （大喊）换肩——
王长命 我才四十岁就把穷命熬到头了！舒服，真舒服啊！（跳进自己的棺材）走呗！（棺材远行）
郭双印 （望着王长命逝去的方向跳脚大骂）穷命穷命，我日你先人！！
〔切光。

三

〔村委会会议室。冬。夜内。
〔黑暗中一声大吼：
老　习 碾子沟怎么会这么穷？怎么能穷到这种程度？！
〔光起。党员会。一片沉默，一个个闷住头各想各的心思。
老　习 还是那一句话，今天选不出书记谁都不能走！哼，欠下一万多元外债，账上只有七毛六分钱。有哪个村穷成你们这副熊样子？就不嫌丢人？还要脸不，嗯？！难道碾子沟就没一个党员？坐了一堆的党员么！咋？当选上支书得是下油锅生炸着吃你呀？看你们吓的，是个党员就往起站么！我就不信没一个人敢挑这个头！说话！（众沉默）妈日的——火呢？（寻火）老郭，火！

〔郭双印递过火，刚要蹴下被他一把拽住。

老　习　你甭走！
郭双印　咋？
老　习　你说谁能当这个支书？
郭双印　球——我看我就行！

〔所有党员呼啦一下子站起来纷纷指着郭双印。

众党员　就他！就他！就是他！

〔郭双印愣住了。

〔收光。

四

〔村头。冬。日外。

〔瞎子声音："卦里有啥我说啥，卦里没有的不能胡说，你看我咋说呀？！"

〔演区的光亮，一伙人围着瞎子算命。

后生甲　看么，咱有啥说啥！
瞎　子　娃呀，你的命是个"炉中火"，旺着哩。
后生甲　真格么？
瞎　子　前些年你灶堂里没柴，肚子里没食，眼看着火灭球子咧。这阵子一添上柴，火头呼啦一下子，一锅馍眼瞅着就蒸熟了。娃呀，白蒸馍尽着你吃呢！来，我把你的运再给你揣一下。嗯，好人一个。只有你帮别人的，没有别人帮你的。
后生甲　我的爷呀，对对儿的！
瞎　子　看去是你亏欠呢，你可没麻达呢。要紧处你有贵人哩。手上紧些，吃喝上有——好着哩！
后生甲　贵人是谁哩咯？
瞎　子　你甭问，怕你吓坏哩。

———话剧《郭双印连他乡党》

后生甲　说歇说歇贵人是谁！
瞎　子　——邓爷。
后生甲　我的爷呀！
　　　　〔郭双印过场。
　　　　〔后生们发现忙打招呼。
后生乙　郭大夫——
后生甲　嗳！胡喊呢——郭书记，吃了没？
郭双印　没，咋？
后生甲　那到我屋里吃，走！
郭双印　我可不吃长面！
瞎　子　（话中有话的）喔不由人。
郭双印　哼！
瞎　子　哼哼！
郭双印　（吩咐后生）给个蒸馍叫走！（欲下）
　　　　〔瞎子忽然大笑。
郭双印　你笑啥呢？
瞎　子　你听我笑哩我说我哭呢。
郭双印　你倒是笑啥呢哭谁哩？
瞎　子　一村人都知道就你不知道。
　　　　〔郭双印一愣，欲上前理论，转念——
郭双印　甭听他胡说。我跟你不粘（ran）！（下）
瞎　子　哼哼，我胡说？（说口歌）
　　　　　　心放宽、胆放大，
　　　　　　邓爷南巡发了话，
　　　　　　天天坚持三中全，
　　　　　　顶少得管一百年
　　　　　　——我得是胡说？
后生丙　爷！政策高得很么！那你把我碾子沟揣一下，碾子沟咋能弄下活泛钱呢么？

瞎　子　碾子沟？娃呀这你就问的大了，这话本不该你问，该问的人没问！大了我就给你大模里说。你这沟里有动静哩，卦书上讲究动，一动就变，一变就来财——谝来没有？

众后生　真格？啥时节？

瞎　子　动是当下就发动了。变嘛——（手掐天干地支）子鼠丑牛寅虎卯兔——哎呀，哎呀，不敢说了不敢说了！

　众　　说呷！

瞎　子　变是定然的，喔要拿命换哩！

　众　　谁的命？

瞎　子　瞎子吃瞎饭可不敢说瞎话，我再要说瞎话，天爷收我呷！

　　　　〔一声闷雷。

瞎　子　听，（转向后生甲）走，动弹。今黑咱屋吃啥呀？

后生甲　蒸豆包哩。

瞎　子　好么好么，里外都是粮食你还当啥呢！（随下）

　　　　〔天雷阵阵。

　众　　（惶恐地望着天空）爷呀，这冬天里咋打开雷了？

　　　　〔又一声雷，众毛骨悚然。

　　　　〔切光。

五

〔郭双印家。冬。夜内。

〔郭双印家。

〔王喜欢在唱着歌缝鞋垫："月亮走我也走，我送我哥到村头……"

〔一声闷雷，王喜欢毛骨悚然。

〔郭双印从外面回家，随手把家门口的诊所牌子摘了下来。

——话剧《郭双印连他乡党》

王喜欢　（一把拉住丈夫）哎呀双印你咋才回来！

郭双印　咋咧？

王喜欢　你没听见打雷？那声音大得很！我听见把我吓得怕怕的！你说这冬天为啥打雷呢？

郭双印　心里在哪闹鬼呢吧？

王喜欢　你胡说啥呢！声音大得很，我刚才听得清清的！

郭双印　——我咋没听着？

〔雷声。

〔王喜欢一把抱住郭双印。

王喜欢　你听你听！

郭双印　（仍没听见，抱住扎在怀里的妻）甭怕甭怕，我给你扑挲扑挲。（几下之后一把推开）——对咧！

王喜欢　——咦？你咋把诊所牌子给摘下来了？

郭双印　摘了！

王喜欢　诊所不开了？

郭双印　哪还有喔工夫呢！

王喜欢　把牌牌给我！（抢诊所牌子）你丢手！

郭双印　给给给！你要它做啥呢么！

王喜欢　我把它挂出去！

郭双印　（又一把抢回来）挂出去不及把它填灶火里！

王喜欢　双印！好好的日子你不过你得是寻死呀？！

郭双印　看把你急的！险乎一泡尿把自家漂起来。

王喜欢　（差点被说笑了）没脸！几十岁的人咧……

郭双印　行了，该做啥做啥去！

王喜欢　这往后连个活泛钱也没有了，这娃们家上学吃饭……你男人家就知道操心外头的事情，屋里事啥啥都不管。

郭双印　对咧呷对咧呷！叫我把账看一下。

王喜欢　（转身又凑过来）你把脚伸过来叫我给你试按一下。——娘娘！

合适着呢!

〔雷声。

〔她一下子钻到双印怀里。

郭双印　（不怀好意的）来,叫我把你也按一下!

〔她当下就软瘫了。

郭双印　（越搂越紧）还敢顶嘴不?

王喜欢　（气紧）……不了……不了……

郭双印　往后听话不?

王喜欢　……听……听……（捶他）叫你把人挼（rua）潮了!

〔众村民跟着梁生茂走来。

众　　　嗳?梁叔呀你看,郭大夫那诊所牌牌咋没（mo）了?

梁生茂　没了就没了。咱寻人哩又不是寻牌牌——双印!（见人缩在门外便呵斥）进来进来呷迟逐啥哩!

〔郭双印连忙招呼。

梁生茂　（边说边上炕）甫说双印当下支书了,他就是当了国务院院长也得跟我叫叔哩——得是?

郭双印　啥事呀?

梁生茂　不咋,碎碎个事。是这,双印,听说你当上了支书,一村人都高兴得睡不着,一早起就拥到我屋争着给你还钱哩。

众　　　噢!

梁生茂　都说双印开诊所,人又好说话,看病拿药没钱,就写个字据先欠上。

众　　　好人么!
　　　　心善得很!
　　　　对着哩!

梁生茂　这阵双印是支书了,欠下支书的债可就那个的很了!我估摸了一下,全村在你手上赊下的药钱少说也得一千六七,人家怕一回还不上,我说了没多还有个少么,先还上个零头也是个立场态度么。

众　　　对着哩！

梁生茂　也是对咱的新支书的那个么！都表了态了，说欠下书记的钱一分都不能少。这帮挨球货箍着我豁上这张老脸来给你下个话，你看把钱都带下了。你对个数，碍莫再有啥那个。

郭双印　噢，这把钱都有带来了？

众　　　（纷纷站起掏钱）带着呢！带着呢！

梁生茂　蹴下蹴下！这些货黏得跟浆子一样，明明不是六指，扳着指头数数回回都数出个十一。嗳？双印，你屋这诊所牌牌咋不见了？

王喜欢　哎呀给你说啥呢！我双印把这诊所牌牌给摘下来了！

梁生茂　咋？诊所不开了？

郭双印　（对媳妇）去，把那些条子都拿过来。

梁生茂　双印，行医可是积德呢！

郭双印　积的啥德，亏心呢。这几年行医把心伤透了，几毛毛感冒药还得赊账。

梁生茂　这不是日急慌忙撵来给你还债么！

〔王喜欢拿欠条上。

郭双印　唉！都是些块数几毛，成几年还不起——谁有火哩？

〔众讪讪赔笑。

〔梁生茂递火，郭双印烧欠条。

〔梁生茂一把夺过。

梁生茂　做啥呀？！

王喜欢　（伸手就抢）双印！那可是一千六七呀！（被郭双印一把推过）

梁生茂　（夺过欠条）不能烧！

郭双印　我的东西由我作主！

梁生茂　我怕的就是这。就为怕这才不能叫你烧了。欠下你债这是实情谁也赖不过去，欠多欠少有这些欠条在还是个明账。你一把火烧了，多少往后就由着你说了，谁有脸跟你争——你是支书了，他谁敢？！

郭双印　叫你这一说，我今个做下这事还不及一条狗。

梁生茂　爷！这话就把我吓死了！这话我可没说。

郭双印　梁叔呀，你那话也残活得很，（气恼地拍打着地面大吼）滴地上把砖头能烫个燎泡！（闭气压火）我今个也把话搁到这儿，碾子沟家家户户谁都不欠我的，从今天起，是我郭双印欠大家——我这个支书欠下碾子沟一个富富裕裕的好日子！

众　　　（连声唯诺）嘿嘿嘿，对着哩对着哩！

梁生茂　（喝住）对球哩！

郭双印　信不信就由你了。是这，先叫我干上三年，干不成我自动下台不用你撵！我就不信把这穷帽子撇不掉！不信把这穷根挖不出来！不信碾子沟就没有那一天！

众　　　（连声答应）对着呢！

郭双印　真到了那天我把这诊所牌子再挂起来。到那时候卖人参蜂王浆都有人喝！

众　　　（连声答应）对！对！对着哩！

梁生茂　（故意吧哒烟锅）咋灭球咧。

郭双印　我知道你老个松不信。

梁生茂　谁说我不信？我信。你没看我楞熊点头呢？我信，我靠住了信！

郭双印　你信？

梁生茂　那当然。

郭双印　（要欠条）拿来。

梁生茂　（正色）做啥呀？蹴下！……双印，咱这达遇上啥熬煎都去求神许愿呢，许下的那愿都是估摸着说哩，二尺红布、一只公鸡，撑死也就一个猪头，谁都不敢把愿许大了。许愿许得太大就不是敬神了，那就成日鬼了。——呷给，好好拿下！

〔欠条又硬硬塞回郭双印手中。

郭双印　（一肚子话化为一声叹息）

　　　　唉——

〔收光。

六

〔村里的街口。冬。夜外。

〔夜,村头。

〔几个党员走上,顿时被几支手电光罩住了。

众村民　刘克思,你做啥去呀?

大　个　(支吾)不、不做啥。

〔手电光柱射向他手上的板凳。

众村民　不做啥手上拿的啥?

大　个　我、我我我、我做个啥去。

〔在村民哄笑中狼狈跑下。

〔青年党员走上,见状欲躲,又叫手电罩住了。

众村民　狗狗同志,黑模失道看丈人去呀?

〔青年党员勾住头含糊答应着紧走。

众村民　哟,这还提着礼呢,叫看提下啥礼?(手电一耀)——又是板凳!

〔青年党员在哄笑中窜下。

〔眼镜上,抬手遮手电。

眼　镜　(遮挡)吆吆,这谁家娃?!

众村民　眼镜!开会去呀?

眼　镜　(刚才还气势汹汹顿时结巴起来)不不不、不敢胡说!不敢胡说!

众村民　是我胡说还是你胡说?

眼　镜　都都、都胡说……都都都、都胡说。(急下)

〔手电立即又射向另一方向。

众村民　金霞吔,做啥去呀?

程金霞　(程金霞不躲避地昂头走上)你管呢!

众村民　哟?还给躁咧!

程金霞　碍你啥事？
众村民　黑麻咕咚的提着板凳打狼去呀？咋不把男人叫上，叫我把你跟上么！（哄笑）
〔程金霞哭着跑下。

七

〔村委会会议室。冬。夜内。
〔党员会。
程金霞　（哭）照这相况，咱在碾子沟都成地下党了！
郭双印　（瞪眼）哭啥呢？！
程金霞　（哭）谁再给咱编排天大的瞎瞎事都有人信，就是不信咱能做个啥好事！还没等你说完就哄地一声炸窝了。看！这可又提罐罐上河滩，给鳖灌米汤哩！
〔众笑，笑罢长叹。
郭双印　（立眉竖眼正要发火，却又心酸）没人信了，再也没人信了，就是不信咱能为群众谋一点好事情！思量起来也有道理：为人不图三分利，谁愿起明睡五更。你们都图下啥利了？就说这穷沟野洼能图个啥利？！你们推举我当支书，只能更苦更累。咱不就是图个在人前挺起腔子，亮亮堂堂说一声：我们党员开会呷！
〔一句话说得程金霞差点又哭了。
郭双印　金霞，宣布支部决定！
程金霞　明天一大早咱们十七名党员全体上山！这可是义务出工。
众党员　啥？上山？上山做啥去呀？
程金霞　咱开了一整会了，咱不能窝棚里头点瓜，只见拉蔓不见开花吧？
郭双印　槐花，李槐花同志！你在那支吾啥呢？来，往这说！
李槐花　真格明天上山？
程金霞　明天一大早。

——话剧《郭双印连他乡党》 〉〉〉〉〉

李槐花　啥时候回来呢?

程金霞　天黑收工。

李槐花　噢,就一天!

众党员　啥?天天天!

李槐花　天天天?再要有事咋办呢?

程金霞　有事先放下么。

李槐花　我是说再是个急事呢?

某党员　就是么!

程金霞　就你急大家谁不急?怪咧!

李槐花　豁出去了,干部那补助不要了!

郭双印　嗳,我还正想说这事情。从今天起干部的补助全部取消!

大　个　双印,这可不敢,喔是给干部的政策!

女党员　哎呀对着呢,账上都没钱了么!

眼　镜　双印呀,这怕是不合适吧?

某党员　不合适向上反映么!

程金霞　有啥不合适的?出工是义务工,当干部更是尽义务!

郭双印　反正啊我没屁脸要喔钱!谁要是觉着划不着谁可以退党。

眼　镜　耶!喔能成么?

郭双印　叫唤啥?退党又不是叛党。实在撑不住了咱允许你抽肩膀,咱党员是干啥的?党员就是勒紧裤腰带挺起肩膀头和党一块把沉担上!人家是干这的!从前是三座大山,现在是啥?现在就是喔就是喔就是——是啥我就不说了。村里喇叭唱的啥?东方红!咋唱的?

〔郭双印五音不全地唱,众笑。

郭双印　(立目)笑啥呢笑!?这是党给咱老百姓许下的愿!碾子沟党支部有义务替党把这个愿还上。人家梁叔说了句话,愿许得大了就不是敬神了,那是日鬼。——这是句话呀!咱不能叫党的宏天大愿在碾子沟变成弥天大谎!

529

〔掏出欠条默默点燃，陡然站起。

郭双印　明早起全体党员上山种树！谁敢不去小心我踢你沟门子！散会！

〔切光。

〔风骤起。

八

〔山梁上。冬。日外。

〔北风呼啸。

〔山梁上十七名党员顶风前行。

党员甲　今年的冬天来得早！

党员乙　今年的冬天冷得邪！

众党员　雪真大呀！

　　　　上南梁了——

　　　　过北坡了——

　　　　风来了——

〔一阵北风刮掉年轻姑娘手中的干粮袋。

新党员　馍！我的馍蛋蛋！

大　个　小心！你喔馍狼都撵不上，要不是我拉你你早都掉到梁梁底下去了！

程金霞　喂——留点神！小心——

女党员　这一身冷汗叫风一刮就像进了个冰窟窿！（放声大哭）

男党员　甭哭！我给咱把火点上！哎呀好家伙，这风大的呀火都点不着么！

女党员　冷馍就着凉水，咽下去都是个冰砣砣！

眼　镜　甭说了！干活吧！干起活来就热和了！

众党员　对！说干就干！

郭双印　每人每天二十五米，这是支部的决定！今天挖不完明天补上，这

———话剧《郭双印连他乡党》 〉〉〉〉〉

　　　　　　是一道死命令！
众党员　二十五个育林坑明年就是四百二十五棵树。
郭双印　抬头是山低头是沟，一架山套着一架山把碾子沟套得穷穷的！
众党员　靠山吃山、植树造林！
郭双印　林子就是碾子沟的绿色银行！
　　　　〔众党员手中镢头相继一把接一把抡下："嗨！""嗨！""嗨！"
　　　　"嗨！"
　　　　〔收光。

九

　　　　〔梁家。冬。黄昏。
　　　　〔寒风凛冽，远处梁上传来党员们干活的声音。
　　　　〔梁家。窑壁上贴着鲜艳的剪纸。梁婶正坐在炕上剪娃娃，咳嗽
　　　　不止，刚缓过气，又剪。
　　　　〔牛叫声，梁生茂教训牲口。
梁生茂　抢！抢！就知道抢！你个揉眼货，吃着碗里还看着锅里，多吃喔
　　　　一嘴能咋？
　　　　〔梁婶听见骂声慌忙放下剪纸跑出去烧炕。
梁生茂　叫你能木囊死，烧个炕半会也烧不热！过来看着！（熟练地用烧
　　　　火棍将火捅旺）看着了？瓷得跟疙瘩一样。
梁　婶　你光蹶我能成，有本事跟上双印他们上山种树去。
梁生茂　你懂个屁！我又不是党员，人家又不跟我言传，我骚情地上去叫
　　　　人家说我舔书记沟子！
梁　婶　咋说话呢！
　　　　〔传来山上收工的声音。
　　　　〔梁生茂赶忙跑出去看情况。
梁生茂　暖暖（太阳）下了，该下山的了。把他家的，可得由我门前过！

　　　　　　（欲进屋又停住）我怕啥呢？我就站到这。等他开口叫我，我就有话说。
　　　　　　〔梁婶咳嗽得不歇气，带出一股锐利的喘息。
梁生茂　（搀梁婶）进去进去！
梁　婶　噢噢噢。
梁生茂　回去！
梁　婶　你在这甭急噢。
　　　　　　〔郭双印与众人走过。
郭双印　梁家叔？
梁生茂　嗳嗳！
郭双印　烧炕呢？
梁生茂　不热么！
郭双印　天冷。
梁生茂　冷。
郭双印　年纪大了。
梁生茂　跟你说啥呢。
郭双印　把柴添多些。
梁生茂　添。
郭双印　把炕烧热些。（走下）
　　　　　　〔梁生茂老汉"咦"地一声，使劲眨巴眼睛。
　　　　　　〔切光。

　　　　　　〔冬。日内外。黎明。
　　　　　　〔公鸡叫。又是一个黎明。
　　　　　　〔梁家灯亮，梁婶披着袄在门外烧炕，不歇气地咳嗽。
　　　　　　〔梁生茂正蹲在炕上发火，把梁婶剪的纸娃娃扬了一地。
梁生茂　剪！剪！没黑到明你就知道个剪，剪下这多纸人人儿给谁上坟呀!？

〔梁婶跑进来，慌忙拾起她那些纸娃娃。

梁　婶　（咳嗽得气喘吁吁）哟哟把我娃绊疼了？我娃到炕上暖和噢。你看你呷，我娃咋惹你了？

梁生茂　（呸地一口）你娃在哪达哩？有这工夫你蹴到那儿瞎哩好哩给我巴个肉疙瘩！你那肚子光能糟贱粮食！说你是公鸡不打鸣，说你是母鸡不下蛋，狗日的你能干个啥？到纸上鼓闲劲呢！亏先人！

梁　婶　（满脸流泪埋头只顾剪娃娃）我娃不怕、我娃不怕……
〔梁生茂还要骂，心头一酸，叹气下炕出门。传来脚步声。

梁生茂　（一愣，抬头看天）天还黑着呢，暖暖还早着哩，这就上山了？
〔话音刚落，传出招呼声、咳嗽声，人群的身影从光区外走过。
〔他探头打量。
〔郭双印扛着镢头走进光区。

郭双印　梁家叔。
梁生茂　嗳！嗳嗳！
郭双印　烧炕呢？
梁生茂　不烧咋价！
郭双印　天冷。
梁生茂　跟你说啥呢！
郭双印　上年纪了。
梁生茂　他大球不死么！
郭双印　多添些柴。
梁生茂　添么！（憋不住了，脱口而出）双印——（话到嘴边却又变了）今天像是比昨个人又多了些？你连娃娃们也叫上了？
郭双印　我没叫，我谁也没叫，大家都是自愿——梁叔，把炕烧热些！
〔掂起镢头转身走。
梁生茂　把他家的，你过来过去就这句话！我炕烧热不热我自个不知道，用得着你骚情地在这一遍一遍交代！

〔进屋，吓得梁婶慌忙收起剪纸。

梁　婶　　快坐上来暖暖噢。
梁生茂　　哎呀你咳嗽哩你盖上！
梁　婶　　你说你呀，镢头老早都在那放着呢，拿上跟着走不就对了？
梁生茂　　你懂个屁！
梁　婶　　我不懂。
梁生茂　　植树造林没歇晌吆喝了几十年，你见着树了？碾子沟倒像我这个头，一年比一年秃。他郭双印比别人能？就算是有本事把树种上，家家不是羊就是牛，我看他咋护呀。我看他折腾来折腾去到头来还是个白忙活！
梁　婶　　那你是贵贱不去？
梁生茂　　我说你还是懂个屁！
梁　婶　　你、你看你呷！（咳嗽）
梁生茂　　三五成群跟着他上山的一天多起一天，噢，我不去，我比谁尿得高？
梁　婶　　就是的么。
梁生茂　　唉，管他白忙活不白忙活，全当是书记家过事哩。一村人都去凑热闹，我能不去？
梁　婶　　那你掂上镢头去呷！
梁生茂　　就是去，也得等他先捎个话过来。人家不捎话过来我就撵着沟子上去，那不成了胡骚情！
梁　婶　　你呀！你非得等着双印过来？
梁生茂　　你把嘴闭上！屁叨叨屁叨叨还有完没完？做饭去！
梁　婶　　（忙下炕）我给咱做饭去噢，来来来盖上。

〔郭梁二人分别在山上、窑里的心理交流：

郭双印　　我要等着你自个儿情愿。
梁生茂　　那你是白等。

——话剧《郭双印连他乡党》 〉〉〉〉〉

郭双印　咱等着看。
梁生茂　你得是想叫上山的男女老少戳脊梁骂我呢？
郭双印　你固执，可是你好面子。
梁生茂　人活一张脸么！
郭双印　那就上山么。
梁生茂　我不去，你看不成就来给我摊派。
郭双印　我不摊派，我要你自愿。
梁生茂　那你就等着！
郭双印　梁老汉！只要你一上山，全村人就都动弹了！上山的人还不到三成，错过今年一冬就耽搁明年一春哪！
梁生茂　你还亮清着哩！那你为啥还不来叫我？
郭双印　我不叫，我要你自己出来。

〔又一伙上山植树的党员从门前路过。

众　　　梁婶！
梁　婶　（出门）嗳！
众　　　吃咧莫？
梁　婶　正做着呢！
程金霞　梁婶，得空把你剪的红娃娃也给我一对？
梁　婶　能成么！我给你取去！
程金霞　山上候着哩，梁婶我先走了。
梁　婶　慢慢噢。
眼　镜　（上）掌柜的呢？
梁　婶　屋里头呢。
眼　镜　在屋做啥呢？
梁　婶　（蛮摇头）哎哟……
众　　　梁婶，好着呢嘛？
梁　婶　好着呢好着呢！
众　　　走呀、走呀！

梁　婶　（追撵着嘱咐）好好的噢！

〔梁婶踮脚眺望。

〔众党员挥锨挖山的声音此起彼伏。

〔梁婶从门后找出锨头，掂着就走。

梁　婶　（站在土坡上）金霞吔——哎金霞！等一下呷！

梁生茂　嗳嗳嗳，你做啥去呀？

梁　婶　我跟你丢不起这人咧！（下）

梁生茂　唉！把他家的，把我的计划全都搅臊了！（匆匆出门）唉，自古婆娘不成事！

〔梁婶爬上山坡。

梁　婶　金霞哎——等一下！

程金霞　（惊讶地）梁婶你咋来咧？

梁　婶　我是自愿来的。

众　　　梁婶你身体不欠活么咋都跑来了？

郭双印　（跑过来）梁婶你来了，我梁叔呢？

梁　婶　再甭提喔老东西咧！

梁生茂　（追上）死老婆子——你连袄也没拿！

郭双印　梁叔！坡陡，我拉你这老熊！

梁生茂　你胡骚情啥哩！你婶她身体不太那个，不是其我早就来咧！

郭双印　（兴奋地向众人喊）喂——梁叔来咧！

众　　　噢——梁叔来咧！

梁生茂　谁的家活什儿不欠活就言传！

郭双印　梁叔呀我就知道你要来哩！

梁生茂　来是来我可不是你叫来的！

郭双印　啥都不说了，只要你给蹴在喔儿，就胜过我开十个动员会！

梁生茂　啥话么，瓤人哩！我真格老球的使不得了？

郭双印　老将出马，一个顶俩！

众　　　对！老将出马一个顶俩！

〔众高昂的喊声震动旱塬上空。

〔秦声秦乐大作！郭双印、梁生茂、程金霞三人起舞。

众　　过年了！唱戏了！

〔盛装的秦腔生、旦、净、末上场。

〔乡亲们高兴得眼睛嘴巴张得多大，一脸的憨笑看大戏。

〔正在好处，突然有个女娃吱哇一声！

〔众人齐齐刷刷扭过头去："咋？"

女　娃　（指着黑娃）他把爪子伸到我怀里胡揣呢！

〔众人呼的一下冲黑娃站起。

眼　镜　嘿嘿嘿嘿，娃大咧，知道啥了……

〔众哄然憨笑，切光。

十

〔村委会会议室。冬。日内。

〔炭火盆熊熊，党支部会。

〔郭双印被几个妇女摁在地上扒裤子，他满到处寻不着裤腰带。

郭双印　喂喂喂，咱也要过了闹过了，开会开会！这咱说正经事。年节过完了，十五也闹出去了，今黑咱就说一下春上的事。去年一冬，全村义务投劳，在南梁开了二百八十亩荒坡，整整挖了四万个育林坑。四万个坑就得四万棵树苗，一棵树苗三分钱，三四一千二百元。现在村里账上只有七毛六分钱，同志们，我的每个党员同志们，七毛六分钱哟，恓惶得很啊！支部开了个会，决定捐款。支委每个人一百，党员五十。

〔有人惊呼："爷呀！"

郭双印　（眼珠一瞪声色俱厉）喊叫啥？！

〔众人沉默。

郭双印　（旁白）我比谁不清楚，这是蚊子腿上剔肉哩，都难肠得很

呀……（郭双印难过地蹲下）

〔乡党们的生存情景外化：

〔声音："喂！是谁的药方子？药房里等着划价交钱哩！"

〔大个猛地站起上前。

眼　镜　那是我的药方子，能不能少抓上几味药？我这一阵子钱紧……

〔声音："给媳妇看病还舍不得花钱？"

大　个　好我的你哩！娃不懂事，一下给咱考上了个大学，沟子后头跟着要学费哩！

〔声音："这是谁的鸡蛋？城管来了！"

〔老汉党员猛地站起上前护住鸡蛋筐筐。

老党员　……我的我的，我的鸡蛋！他叔呀你贵贱不敢！我老汉这么大年纪了，养鸡掏蛋一分钱一毛钱的攒，是想给我换个寿材钱哩！

〔猛然传来李槐花的声音："钱！我的钱呢？我的钱呢？贼！狠心的贼呀你咋下得去手呢？我这一屋的人就指望这几个钱呀！"

〔郭双印一声长叹："唉——"

〔心里外化结束。

〔郭双印黑着脸瞪着十七个党员。

郭双印　嗳？这咋没人言传？咋回事么？咋不说话？都可甭忘了，咱可是在党旗前边扎过捶头的。只要你扎过捶头，你就是把自己交给了党！（发火）说话！

〔无人应声。

郭双印　（哀求）节气不等人，都表个态呷，我的先人！！

眼　镜　（举手）我同意。

老党员　（举手）我服从。

李槐花　（举手）我服从。

党员丁　（举手）我同意！

〔众党员声音越来越响亮："服从！服从！服从……"

郭双印　（望着乡党们齐刷刷的拳头，悲从中起）望着大家沉重的手我真想大哭一场！都难肠的不行，我比谁不清楚？这硬硬是从每个党员手里抠他们的活命钱啊！我真想朝他们鞠上一躬说一声谢谢——可这话我不能说，服从组织决定是党的纪律！总有一天，碾子沟的乡亲会感谢他们的！（抹泪）

〔收光。

十一

〔村里。春。日外。
〔晨风习习。
〔山梁上的郭双印。

郭双印　（抬手试风，欣喜的）起风了。今儿的风不寒了……
　　　　〔梁家。梁生茂侧耳听风。
梁　婶　（剪着纸娃娃）东风刮开了，总算是又熬过了一冬。
郭双印　好闻啊，这风的味道真好。碾子沟的春天来了！
梁　婶　春打六九头，就盼着早早有一场透雨。
梁生茂　唉，盼吧，庄稼人的日子！
郭双印　四万棵树苗绿了南梁一片，碾子沟的穷日子该到头了！
　　　　〔春雨淅沥。
郭双印　下雨了？
　　　　〔梁婶、梁生茂跑出门。
梁生茂　雨下了！
梁　婶　（激动地捧起一掬润土）老天爷啊，你可千万不敢给咱刚下了雨又来上一场霜！
梁生茂　唉，庄稼人的日子哟！
郭双印　清明断雪、谷雨断霜。
梁生茂　一场春雨一场暖。
郭双印　三月天的暖暖来得早啊！

梁　婶　可算把这一茬麦子靠住了！

梁生茂　庄稼人就这下一年一年老球子了！

梁　婶　（互相搀扶着）老了，老了，你慢慢。

郭双印　三月清明青半山，四万棵树苗是绿了一片哟！

梁生茂　绿色银行算是成了，可啥时候能变成活泛钱呢？

梁生茂　唉！回！
郭双印

〔收光。

十二

〔梁家。春。日内。

〔牛叫。梁生茂正在窑后的牛圈里骂那头不要脸的牛。

梁生茂　你叫唤、叫唤！你寻着挨刀呷，嗯？寻着叫我剥你的皮呢！

梁　婶　喊叫、喊叫，对了呷！

〔郭双印上。

郭双印　梁婶！

梁　婶　哟，双印哪？快快，屋里坐！

郭双印　梁叔呢？

梁生茂　（窑外接话）我在这呢！（接着骂牲口）

梁　婶　这个死老头子嘴瞎得很，好话都没个好声气！——来来来，双印，快坐这！

郭双印　梁婶，你这病得抓紧时间看！

梁　婶　不咋不咋，春天里犯老病，挨到热天里就好了。

〔梁生茂从窑后出。

梁生茂　（意犹未尽的对牛）嗳嗳嗳！你拨揽那么多闹啥呢？你当你是村长还多吃多占哩？看把你撑死了着！（进屋）来了。我就知道你要来呢。

———话剧《郭双印连他乡党》 >>>>>

郭双印　　我给我婶把脉来了。

梁生茂　　噢，是这。脉——咋相么？

郭双印　　婶这病得抓紧看。

梁生茂　　手上没有一分钱，穷得精屁眼拿砖头捂着，看啥的病哩。

郭双印　　梁叔，我婶可是伺候了你一辈子！

梁生茂　　你咋不说我养活了她一辈子！

梁　婶　　你看你咋说话呢！

郭双印　　（劝解）婶！婶！

梁　婶　　说话难听得很！

郭双印　　算了算了，今个咱先不说这事。

梁生茂　　对。你也不是为这事来的！得是要说摊钱建学校的那事？

郭双印　　对！你今儿说到这儿了，那咱说一下这事！

梁　婶　　双印，好事情么！

梁生茂　　对咧，男人家说话婆娘家插啥的嘴呢！

梁　婶　　（知趣的）双印，我给咱烧水去，一阵喝水噢。

梁生茂　　（气定神静地坐到炕上）说。

郭双印　　梁叔，你说这小学校该建不？

梁生茂　　该建。

郭双印　　对么！

梁生茂　　建不建是你干部的事。

郭双印　　干部也得社员支持。

梁生茂　　还要咋支持？种树修路，这一春出了多少义务工？我跟大家吭过一声莫？汗还没有干透又要建学校。这怕不合适吧？

郭双印　　小学校那几间瓦房屋顶都塌了一半了拿棍棍撑着，透过屋顶能看见天。咱就忍心叫娃娃们在钻风漏雨的教室里念书？

梁生茂　　谁叫他脱生到碾子沟，脱生在这穷沟里就得认这个穷命。

〔那头不要脸的牛不合时宜地叫唤起来。

郭双印　　（笑指牛圈）听！你听！

梁生茂　（骂牛）你在喔胡叫唤啥呢？这阵在喔胡骚情，得是看见支书来了！

郭双印　你还在这哭穷呢，你的家底别人不知道，我还能不知道？

梁生茂　你知道？娘娘！你赶紧把我提醒一下，说不定我屋里哪达还藏着个金元宝叫我忘了！

郭双印　有没有金元宝我不知道。至少你不缺给我婶看病这几个钱！

梁生茂　咳嗽两声那也算病？她没那么金贵！

郭双印　等到没人伺候你这个老熊的时候你就知道谁金贵了！是这，后响让婶到我那去，我给她吊上两瓶子液体。

梁生茂　对咧！我没钱。

郭双印　谁倒问你要钱咧？

梁生茂　我欠不起你喔人情！

郭双印　哟，你还知道个人情？哎呀进步了进步了！欠我的倒没啥，咱可不敢欠下娃娃的！

梁生茂　你这话怕是有些大了，照你这下说我连点人味都没有了？我还一直以为这脸上长的是胡子，原来这全部是狗毛！

〔郭双印气急，一时不知道说啥，扭头就走。

梁生茂　（假心假意的）把饭喋了再走么。

〔程金霞急跑上。

程金霞　老郭，老习来了！

〔郭双印大惊。

郭双印　爷爷！三提五统还没收齐，这就催来了！？

〔远远的看见老习正往这里走来，身子一歪倒在地上。

〔把梁婶、金霞顿时吓坏了。

〔老习上。

老　习　老远看着你好好的么，骚啥怪呢？

〔梁生茂出。

梁　婶　（着急的）刚才还好……

——话剧《郭双印连他乡党》 >>>>>

梁生茂　（打断，认真地）刚才在我屋里就听他说哪达不欠火来着。（唤）书记，书记！

老　习　（弯腰观察）老郭，老郭——眼睛都睁不开，不行就往医院里送。

梁生茂　送啥哩，他就是大夫。我估摸着是叫你给吓死了？

老　习　咋个话？

梁生茂　你看么，他来问我收钱，你跟尻子就过来要款，两下里一夹，就把他牺牲到这了。

老　习　（瞪眼）叫你把我说成土匪了！

梁生茂　习书记，我说的不是你！

老　习　你绕着弯骂谁呢？他是小土匪我就是大土匪！

梁生茂　爷爷！这可是个反动话！土匪是明抢呢，咱们可是说服教育以理服人呢。三提五统，这费那款七七八八都有道理，都是政策。

〔老习无奈地掏烟摸火。

梁生茂　习书记你寻啥？

老　习　火！火呢？

梁　婵　习书记我给你取去。

梁生茂　（一把拉住）习书记，那是商品，我购买力上还不太那个！

老　习　妈日的我自己供销社买去！（欲下）

程金霞　（拉住老习）我去我去！

〔郭双印伸腿一勾，程金霞绊了个跟头。

老　习　（踢郭双印）起来！耍死狗。

梁生茂　你叫他赶紧死了去！料就他早晚得挣死，就没有料到死得这么快当！

老　习　你们再甭跟我演戏了！怨不得碾子沟穷成这样子，真是穷山出刁民！我到村委会候着去，看你们给我演戏演到啥时候！（下）

〔程金霞慌忙追下。

梁生茂　（悄悄推郭双印）走了。

郭双印　（一骨碌翻身起来）老熊你刚才骂谁着哩？

梁生茂　骂谁谁知道！

郭双印　（紧张的望老习方向）小点声！你小点声呷！

〔梁婶这才松了口气，却又犯了咳嗽。

郭双印　咱回屋，咱回屋里说！

梁生茂　还有啥说的！你能装死狗，我就不会学样？

郭双印　不一样，我这是代表乡党们耍死狗！

梁生茂　我这也是代表乡党们骂你哩！

〔梁婶朝老汉咳嗽。

郭双印　打从当支书那天我就候着你骂呢，能骂你只管骂，我该咋还咋！

梁生茂　你咋？你想把我咋呷？！

〔梁婶又朝老汉咳嗽。

郭双印　好我梁叔呢，咱这是给村上小学盖楼。今年不趁着市上"普九"这股顺风，往后再想建校就得花成倍资金。

梁生茂　说来说去还是要钱！

〔梁婶朝老汉咳嗽。

梁生茂　你要死快死，不死就给我住声！吭吭吭、吭吭吭！

〔老伴吓得闭上嘴，憋得脸涨红。

郭双印　唉！算了算了你甭拿我婶撒气。

〔梁婶下。

郭双印　捐款是自愿，你不情愿没人问你硬要。

梁生茂　你硬要我也得有！

郭双印　梁叔呀你再甭哭穷了行不行？你要再哭穷我可真得替你好好算一账哩！

梁生茂　我有也不出！

郭双印　你有你为啥不出？！

梁生茂　我为啥要出？你能叫党员团员服从你，人家不党不团的乡党们凭哪一条给你白往出掏钱？

郭双印　就凭我把你叫叔！连我叔都一分钱不出，我还咋说别人？

———话剧《郭双印连他乡党》 >>>>>

梁生茂　你这叔我当不起!
郭双印　当不起也得当! 噢,我把你叫了半辈子叔,你说不当就不当了?
梁生茂　那我还给你。——叔! 双印叔哎!
程金霞　(急上)老郭!
　　　　〔郭双印以为老习又回来了,立刻又倒在地上。
梁生茂　(紧张的)金霞,就你一个么?
程金霞　老习还在村委会候着呢! 我来看看老郭。
梁生茂　你去给习书记说,人还没活过来。
程金霞　今个这是咋咧? 咋都怪怪的!
梁生茂　你忙你的去。
　　　　〔程金霞不解的边回头边下。
梁生茂　(踢郭双印)起来吧。(又一把按住)——慢着我还没说完呢。双印你也是庄稼人你该明白,叫农民往出掏钱喔是剜农民的肉哩! 肉剜了还能长出来,钱能自家往出长么? 掏一分就是一分钱的窟窿!
　　　　〔郭双印干瞪着眼无语,默默爬起来从自己口袋掏钱。
郭双印　你拿上这钱交了,给咱带个头。(放下钱,下)
　　　　〔无处发泄的郭双印跳到坡上冲着全村破口大骂:
郭双印　穷? 再穷也不能日娃不管娃么! 这咋都是一帮子牲口?! 啊! 啊!
　　　　〔梁老汉端坐窑里。
　　　　〔山野静悄悄。
　　　　〔梁婶端着水碗追出。
梁　婶　双印! 双印! 喝了水再走呷。
郭双印　婶,我不渴。
梁　婶　你试尝一口些!
郭双印　(喝)甜的?
梁　婶　噢! 放了蜂糖,喝歇。——喔就不是个人,(梁婶把碗底的稠摇匀,又递给双印)你跟个牲口生啥气哩。再甭骂了,看叫老习寻

545

　　　　过来了！
郭双印　他能寻我不会跑！
　　　〔郭双印欲下，梁婶急忙为他指示另一方向。
郭双印　婶，老习再来寻我，你就说我跳崖了！（跑下）
梁　婶　唉，恓惶的！
　　　〔梁婶进门见梁生茂正要把钱揣进怀里。
梁　婶　你还要不要脸？
梁生茂　你说啥？！
梁　婶　双印恓惶成啥了，你没长眼睛么？把这钱送回去！
　　　〔梁婶与梁生茂撕扯。
梁生茂　你寻着挨打呀？
梁　婶　牲口！你个老不要脸！
　　　〔梁生茂猛然挥臂把她打倒在地上。
　　　〔切光。
　　　〔黑暗中梁婶不歇气的咳嗽声，咳嗽声陡然停止，传出乱纷纷脚步声，众人呼唤声，喊妈的叫婆的唤婶的……一切声音陡然停止。
　　　〔瞎子悄然又出现在山梁上。
瞎　子　前头刚穷死一个，这又气死一个，碾子沟又吃长面呀，外不由人！
　　　〔收光。

十三

　　　〔梁家。日外。
　　　〔舞台灯亮，梁老汉家的门前蹲着开场时的那几个抬棺后生。
　　　〔后生们捧着大碗津津有味挑拣着碗里的臊子。
　　　〔程金霞、王喜欢等帮梁老汉打理后事，劝慰梁生茂，抹泪告别。
梁生茂　金霞，（拾起梁婶的纸娃娃交给程金霞）送坟上去，叫娃娃都跟上走吧，给你婶做个伴。（老泪纵横）

——话剧《郭双印连他乡党》 〉〉〉〉〉

梁生茂　会擀面的人让你们给抬上走了，你的就凑合着吃，不够了言传。

〔神婆带着法器匆匆赶到。抬头见到梁生茂。

神　婆　（尴尬地解释）我来是……

梁生茂　人都埋了。

神　婆　噢，那我就回……（转身欲回）

梁生茂　屋里盛面去，来了么。

〔神婆忙不迭地进屋。

〔梁生茂不由自主地走向屋外的高坡，看着妻子远去的方向。

〔远处升起焚烧纸娃娃的青烟，郭双印默默眺望，抱头蹲在地上。

梁生茂　（对郭双印）哭啥呢哭？走了就走了，谁能不死？要大碗嘛小碗？

郭双印　（哭）老东西，你、你嘴硬，大婶的病，生是叫你耽搁了！

梁生茂　怎么是我？她自家不当回事，倒成了我！

郭双印　（哭）你、你怎么忍心打、打她！

梁生茂　我打她又不是一天了，她这辈子硬是叫我打的才有点人样。

郭双印　（哭）日妈的，你、你比旧社会还恶！

梁生茂　婆娘就是婆娘，啥时候一个球样。

郭双印　（哭）人都死了，你就不能说、说、说句人话？

梁生茂　说人话她懂？她得拿棍子教。

郭双印　碾子沟啊——

梁生茂　我没得罪碾子沟，我打的是自家婆娘。

郭双印　碾子沟啊！

梁生茂　哭两声停了吧。我都不哭，看把你恓惶的。

郭双印　你这也算活了回人？

梁生茂　那还要怎么活？活到这把年纪就是多余，不如死了干净。

郭双印　（怒吼）那你怎么不死？

梁生茂　（也吼）你以为我想活？不是死不了！

郭双印　你跳崖呀！你上吊呀！你喝老鼠药啊！

梁生茂　这是你支书说的话？

郭双印　不是这个支书挡着，我就，我就……

梁生茂　你咋呀?!

郭双印　我就抡你一巴掌!

梁生茂　啊呀，你来你来!（一头扎到郭双印胸前）

〔突然间，郭双印跑到窑里掂起镢头，冲出就打，众后生赶紧抢下。

众　　不敢不敢，好我书记哩贵贱不敢!

梁生茂　（痛心疾首）你管我叫叔哩呀!大侄子!（悲从心起，跳上高坡）死老婆子啊，你个死鬼!你咋这么狠心把我丢下就走了，我老了老了，你害得我炕没人烧、饭没人做，前半夜没个说话的、后半夜没个暖脚的。把我丢在世上活受罪呢吗?!

郭双印　大婶，你走得太急，我双印没让你等上好日子!

梁生茂　（叫火烧了一般）别!别!快别提你那好日子，听见你那好日子我一肚子气!不是你这好日子撑着，你大婶还走不了这么利索!

郭双印　（意外地）——啥话?

梁生茂　（突然蹦起）啥话?!不叫你偿命就是便宜你。你还有脸说三道四!

郭双印　（更吃惊）你真这么想?

梁生茂　你以为你是啥?你就是我梁生茂的催命阎王!你以为你是新官三把火就能把人心烧暖和?凉了!凉得透透的了!见天听你吆喝碾子沟穷得剩下七毛六，七毛六前头那些整数上哪了?把你那帮前任的沟门掰开看看有哪一个干净?骂我打婆娘?打婆娘生是叫这穷日子熬煎的，熬煎得心里头都长猪毛了!我不打婆娘我敢打哪个?敬着你们是领导，别以为一个个低眉顺眼还贴赔上一张笑脸，哪一个心里头不拴着一头叫驴!

郭双印　（惊呆）你就这么恨我?

梁生茂　不恨你，你叫我恨谁!

郭双印　（悲哀）你这么恨我……

〔冷酷的对峙，冷得叫人胆寒。

———话剧《郭双印连他乡党》

〔风起。

梁生茂 （内心白）我老汉必须恨个谁，我非得恨上个谁，心里才能过去。日子倒糟成这种样子，这一肚子熬煎就没地方倒。大的恨不起，也没有这个胆，眼前放着个郭支书，那就他吧！

郭双印 （内心白）梁老汉这几句话把我听得脊背发凉，碾子沟穷成这熊样子，逮住谁咬谁，穷成一窝疯狗了。再不赶紧脱贫，碾子沟说不定哪天就要出事。出大事呀！

〔远雷。

〔瞎子出现。

瞎 子 金木水火土，一物降一物，就看谁降谁呷！（呼唤）风来了——雨来了——

〔雷声滚滚。

十四

〔村外山梁。日外。

〔郭双印站在高处观察天象。

郭双印 喂——赶紧挖排水沟！往东梁走！都往北坡走！

〔一队人马四处奔跑。

郭双印 种树的都往东梁走了！——黑娃你俩还转悠啥？日妈的要脸不？

黑 娃 郭书记你不用日我妈，我发烧害冷今个不谙活！

郭双印 日你妈不打牌赌钱你就发烧害冷？给我挖排水沟去！

〔郭双印冲下去欲踢，黑娃吓跑。

郭双印 浇树的自家把桶担上！——你这也叫桶？你担个水瓢不是更轻快？日妈的还有脸笑！

〔男人提桶女人端盆，一路急急风。

〔雷声一阵紧似一阵。

郭双印 （转身向后方）你给我把嘴闭上！不管你有多难，我要的就是这条路！（掏出卷尺）你就是拿牙啃，你也得把它啃成四米宽！

郭双印　（对前方）轻点放！轻点放！撂稳当！一块砖六七分，一页瓦一毛五六——日妈的紧说慢说你给我打了！不愿意干滚回去！

〔抱砖的小伙子们抱头鼠窜。

郭双印　那是谁家的牛？——记吃不记打，这是谁家的牛钻到林子里来了？罚！狠狠的罚！罚得他记一辈子！

眼　镜　（跑上）我的，我的！

〔郭双印一把揪住眼镜。

郭双印　你给我领人修排水沟去！

眼　镜　（高喊）都跟我修排水沟去啊！（下）

〔人们跑上挥锨挖沟。

〔一声炸雷，电光闪闪！

郭双印　（指天大骂）狗日的老天！你把眼窝瞎了！点苞谷时节盼不下你一滴尿，要紧处你骚情开了！你下！有本事把你天河那水都倒下来，看你把我碾子沟装得满！（脱下鞋朝天扔去，刹那暴雨倾盆，他摔掉衣服赤膊站在大雨中）

〔眼镜返回。

眼　镜　（惊恐地指着远处）山——山——

郭双印　你寻着挨扇呀？！山洪下来冲垮了林子我把你狗日的填上！

眼　镜　（终于说出那句要紧话）山塌咧——！

〔众惊呼："天漏咧！！！"

〔音乐起。

〔山体移位，汹涌的山洪倾泻而下。

郭双印　我的林子！（纵身跳入洪水）

〔郭双印被洪水卷走。

〔众人纷纷跳入水中，伸手拉住郭双印，拽上。

〔乡党们被激流冲得无法站立，手拉手堵洪峰。

〔一个浪头过来，人们被冲散，又拼死冲上去挺立激流！

〔洪水终于退潮。人们累倒在地。

一村民　几年血汗全都埋到泥里头了……

郭双印　站起来!

〔众村民勉强站起身。

郭双印　……人都好着呢么?（无人吭声）只要人好着就好,明天上午……

老　习　（老习上,打断他）明天上午开会。

〔郭双印愕然。

〔远处的闷雷。

郭双印　（机械地）明天上午开会。

老　习　（旁白）乡政府接二连三收到碾子沟的告状信,乡政府派我前来碾子沟,调查处理郭双印的问题。

老　习　老郭!

郭双印　（烦躁的）明天上午开会!（转身走）

程金霞　（急）老郭,安排乡上同志吃饭……还有住处……

〔郭双印痴呆呆竟然半天没转过脑筋,等他省过神,工作组已经同众人交谈着走下。

程金霞　老郭……（望着他欲言又止）我去安排吧!（急下）

〔郭双印无力地蹲在地上。

〔王喜欢急上,见状收住脚。

王喜欢　……双印。

〔郭双印没搭理。

王喜欢　双印……（急着想说啥,话到嘴边又改了口）回家吃饭吧?

郭双印　你们先吃。

〔王喜欢一脸焦急,郭双印却始终没抬眼看她。

〔她不敢再打搅,只好用咳嗽叫他。

郭双印　（火了）叫先吃没听见?

〔王喜欢顿时满眼泪水。

郭双印　（愣）……怎么了？

〔王喜欢抽抽搭搭擦眼泪。

郭双印　（又火了）说话！

王喜欢　……老家打来电报，俺娘病得厉害……

郭双印　（惊）啥时候来？要紧不？你看你看偏偏这时候！

王喜欢　你先甭急，或许俺娘想俺，想叫俺回去一趟……

郭双印　那就赶紧回！有病就麻利看！该吃药吃药、该住院就住院！

王喜欢　（怯怯地）……没钱。

〔郭双印连忙掏钱，掏遍全身掏不出一张钱来，垂下头蹲在地上，仰起头可怜巴巴望着妻子。

郭双印　那……你，那……那就……你说呢？

〔王喜欢瞅着他心疼地差点哭出声，连忙用手堵着嘴，跑下。

〔郭双印撑着膝盖半天才站起身，向远处走去……

十五

〔村。会议室。日内。

〔郭双印一个人独坐在村委会空无一人的房子里。

郭双印　（突然大喝）都进来！不进来咋开会？

〔呼啦一下屋里进满了人，像老鼠见到猫一样躲着他坐。

〔老习与程金霞上。

老　习　老郭，你还来得早！

郭双印　（疑心地听着这话）那，你坐这儿。（起身让地方）

老　习　（拉住）你就坐这儿！——咱们开会。开个对话会、谈心会。郭双印同志担任支书五年来，碾子沟面貌有很大改变，成绩有目共睹，这个我就不多说了。今天这个会是谈问题、找问题，帮助郭双印同志把工作做得更好。对不对呀老郭？大家有话说在当面，竹筒里倒豆子——直来直去。小葱拌豆腐——一清二白。（自觉很风趣，先笑）呵、呵、呵……

〔众人陪着笑："嘿、嘿、嘿……"

老　习　谁先发言？

〔众人面面相觑。

老　习　这样吧，老郭，我看你还是先表个态。言者无罪、闻者足戒么！

〔郭双印心不在焉，望着外面的天。

老　习　老郭？

郭双印　对，抓紧开会！天眼看要下，那条路正修到半截里，老天给咱给了个脸，咱还得赶紧补种树苗……

老　习　老郭，先不说这个。

郭双印　（不快地）那你说。

〔他俩彼此望着对方。

〔众人望着他们交头接耳窃窃私语。

老　习　老郭，今天开这个会，事先可是征求过你的意见！

郭双印　我没说有意见么！

老　习　可是你这个态度……

郭双印　是不是我在这碍事？碍事了我走。小学校那边雇下匠人盖楼，我正放不下心！

老　习　我看你是说我们来了碍了你的事！

郭双印　我的事全是碾子沟的事！

老　习　那我们来又是为谁的事？

〔郭双印无语。

老　习　给我坐回去！

〔郭双印闷头坐回桌前。

老　习　咱们接着开。大家不要有顾虑么，你们在老郭跟前，总不至于像耗子见了猫吧？（笑）呵、呵、呵。

〔众人也陪着笑："嘿、嘿、嘿……"

老　习　说！谁先说？

〔他看谁，谁往人背后躲。

〔程金霞突然站起。

程金霞　我先说两句吧！

〔郭双印猛地抬起头，意外地望着她。

〔二人对视。

程金霞　（旁白）老郭，我得带这个头了。再不打破这种沉闷的局面，上级领导会对咱们村产生误解！

程金霞　（望着郭双印）这些意见我在支委会上给你提过，一是急躁，二是生硬，三是脾气大……

〔有人在她身后说："还骂人！"

〔立刻有人响应："日娘带老子！"

〔又有人接上："爷！歪得怕怕！"

黑　娃　（呼的一下站起来）他半夜里他一脚踢开门，进去就把我家桌子掀了！

郭双印　为啥掀你桌子？

黑　娃　……你先说你对不对？

郭双印　对。不掀桌子治不了你赌钱的毛病！

黑　娃　（嘟囔）谁见我赌钱了……

〔神婆突然拖着声哭起来。

神　婆　他不叫人活呀！他把人往绝路上撵呀！

老　习　别哭，有话慢慢说。

神　婆　他砸了我的家什，他比土匪还恶呀！

老　习　（问郭双印）有这事？

郭双印　有。

李槐花　她给人下神，老郭才砸了她的神器。

神　婆　造罪呀！我下神是替大仙行善啊！

郭双印　（拍桌站起）骗人钱也是行善？把病人耽搁了也是行善？我宁肯挨骂，也不能叫你们这些歪风邪气祸害全村！

〔神婆欲强辩。

李槐花　你把你坐下！
神　婆　（推搡）咋呷？
李槐花　（还手）你说咋呷！
〔二人撕扯。
郭双印　（大喝）把手丢开！
神　婆　你先丢手！
李槐花　你丢手！
神　婆　你丢我就丢！
李槐花　你不丢我就不丢！
郭双印　给给给！拿板凳抡！哎——不要屁脸的东西！（刚要放下板凳火气又窜上来）有本事你都往我头上抡！给给给！
〔板凳递到谁脸前吓得谁赶紧往后缩。
〔老习抢过板凳。
老　习　老郭你干啥呢，坐下！
〔郭双印仰着脸坐在那里，村民们没有看见他眼泪淌了一脸。
〔梁生茂裹着棉袄上。
梁生茂　（向工作组）病了。昨夜晚冻着了，请下假的。刚才邮电所的给村委会送信来了满世界寻不着人，碰见了个我，我就接下了。郭支书，给！
郭双印　（头也没抬）开会着哩，你先放在那儿。
〔梁生茂把信放在郭双印面前，转身欲下。
老　习　来了就坐下么。
梁生茂　（故问）这开的是啥会？
郭双印　给我提意见摆问题，帮助会。
梁生茂　哟，我人老嘴瞎（ha），水平没限，意识形态上怕不太那个。
老　习　看啥话么！来了就说，说罢你就走。
〔众人交头接耳窃窃私语："他怎么这会儿才来？""他就是单等着

这会儿才来！""这下子热闹了！""看他老郭咋对付这张铁嘴！""说的吧！人家双印也不是穰茬！""嘘！嘘！"

梁生茂　（向众人）那我说罢就走，锅里煮着洋芋哩。我就问个话——
〔全场皆静。

梁生茂　郭支书，九一年冬里你说过一句话，不知道你还记着不？你说，让我先干上三年，干不成不用别人撵我自动下台。郭书记，你已经干了五年了。
〔谁在人背后猛不丁喊了一声："下台！"

梁生茂　这是谁呀？有话站起来说。把头窝到裤裆里，给球算卦呢？
〔一妇女"咯"地笑出声，立刻招来众人白眼。

梁生茂　主事的要是一甩手走了，我们找谁去？
〔神婆接话喊道："叫他坦白交待！"

梁生茂　我说各发各的言行不？用不着借着我这口棺材哭自个的恓惶。

程金霞　（按耐不住）老郭就是工作方法上的问题。咱们平心静气想想，碾子沟这个烂摊子，搁上谁谁不着急上火？老郭就是想尽快给大家办几件实事把碾子沟往前推一推！
〔有人点头。
〔程金霞还要说，梁生茂先把话抢过去了。

梁生茂　噢——听见了，咱大家都得领双印这个情！一上任，就卷起袖子一口气办了砖厂、针织厂、电焊修理厂，好家伙，碾子沟三大企业！
〔有人窃笑。

梁生茂　笑啥呢！？三大企业不上半年垮了一对半，不心疼你还有脸笑！
（盯着郭双印）

黑　娃　（吼）站起来！

梁生茂　谁唊？这会子是邓爷坐天下，不是"文革"的章程了，你吼啥呢？！
〔郭双印默默拿着支烟，在指甲上蹾了又蹾。

梁生茂　对，咱们郭支书才学手呢，咱大家替他交点学费么。

　　　　〔众人窃声议论，算起了这笔账。

郭双印　这是我一辈子也忘不掉的教训。资金、技术、交通，这件事让我看清了制约碾子沟发展的三大因素……

老　习　（示意）老郭！

郭双印　我听着呢。（又默默蹾那支烟）

梁生茂　这不，好了咳嗽添上喘，企业不办了，又种树。南梁东梁前梁后梁，不歇气爬了五年，不给一分钱不说，一场大水……

王　嫂　你口口声声吆喝着说是绿色银行，能当钱么？我现在就想取出块儿八毛使唤使唤，郭书记你有么？就说是你向国家申请贷款嘛是基金，在哪里哩？把我们当圪娃子哄着哩！

　　　　〔众人窃窃议论。

郭双印　年年往上打报告……

梁生茂　钱呢么？

程金霞　这事得一级一级往上申请。

梁生茂　爷，那就申请到联合国去了！碾子沟怕都是瓜子？给谁挽笼嘴呢！年年打报告，只怕郭支书年年给咱编了个笤篱，叫你尿不满！

　　　　〔有人窃笑。

九　斤　正种树呢，又修路，一连修了两遍，还不行，又要修第三遍，两米了还嫌窄，非要挖成四米，这又投进去多少义务工？敢算么？

众　　　九斤说得对！

郭双印　四米还不够！得一直修到能够通汽车。想发展商品经济，碾子沟首先要解决的就是交通！

老　习　（又示意）老郭！

九　斤　那我就不说了。

老　习　说。

众　　　九斤，跟政府说歇！

九　斤　光这还不算完，又盖楼。一人二十五，家家户户摸着人头收钱，有尿没尿都得撑着尿。——刚刚盖起来，你又逼着交钱，又要盖！

〔众人议论声激动起来。

郭双印　那是给村上小学盖楼。

九　斤　啥叫强迫摊派？怎么叫个加重农民负担？我没文化，不懂。我就觉着我实实在在背不住了。

〔众人议论声越发激动。

梁生茂　唉，说起可怜。谁不想富，怕钱烧手么?！土里刨食的人敢有多大的指望？门前一畦萝卜葱就把日子打发了，一棵桐树就把一辈子安顿了，一只老母鸡就是农民的银行，搭眼能瞅着，抬手能够住。你说的喔好日子在哪达呢？黑麻咕咚跟上你跌绊了五年，谁倒见下一分钱？这五年我看明白了，穷根没挖出倒挖出个个穷坑！指望那个贷款嘛还是基金填上这穷窟窿，人家国家爱你得很么！嗯？你有多大面子？咱就是个农民！（对老习笑笑）病了，发烧害冷，人糊涂了，今晚说了些啥，明天早晨就忘了。谁要说我说了双印的坏话，我也只能干瞪眼睛。已经惹得人家不爱了……我回去，看锅里的洋芋糊了！

九　斤　梁叔你不要走！

梁生茂　趔开，跟你这伙松囊子打哇哇，我嫌耽误瞌睡哩。

众　　（拉住梁）你不能走！

神　婆　（嗖地跳起拉长了声音）我还听了个话。

李槐花　你又要倒啥怪哩！

神　婆　习书记我得是不能说话？

老　习　能说。

〔神婆凑到老习耳边密语。

老　习　（推开神婆）哎哎哎，你跟大家说！

神　婆　我听说村里花了三四万买的那辆推土机，咋一下子归到了他郭支

——话剧《郭双印连他乡党》

书名下了？

〔众人一下子站起来："这是怎么回事？""真的有这事？""这事得说明白！"

〔郭双印低着头一个劲蹾他那支烟。

程金霞　这件事我们知道，买这辆推土机是村上贷的款，一部分同志有意见，认为这样一来村上负担太重，老郭就把这三万两千元债务转到自己名下。

黑　娃　还是么，把猫叫了个咪！说来说去推土机还不是归了私人。没完没了成两三遍的修路，没别的，就是不能叫推土机闲着！咱投的是义务工，不值钱，人家三四万的机器能叫你白使唤？你光从修路上给自家捞了多少？

众　　　（顿时跟着吆喝起来）老实交待！

〔郭双印一下子转过身去。

郭双印　我知道给人个脊背难看得很，这是个啥态度嘛。去球，爱咋咋去！你只管吱哇，哪怕你把房顶掀翻了，随咋说，我就是个脊背。反正不能叫你看着郭双印像个婆娘一样掉眼泪！

老　习　老郭！事情是个啥你就说么！

〔郭双印把脸一抹，嘿嘿嘿笑了。

老　习　（转向眼镜）眼镜，你是会计，你说是咋回事？

众　　　对，你是会计，你说！你说！（众人围向眼镜）

眼　镜　（不会说话的他，嘴里呜噜着，突然放声大哭）我说……我说，我说以后谁都不要当干部了，谁都不要叫自家的后人当干部啊！（老泪纵横）

老　习　咋了眼镜？你慢慢说！

眼　镜　（老泪纵横）老郭替咱村背了三万元债又搭上油钱，为买柴油逼得老郭连自家那辆小四轮都卖了，推土机出的工根本就没入账！这话跟谁说谁信呀！（哭）

老　习　（明白了八分）眼镜，你能对你说的话负责吗？

眼　　镜　能！上法院去我都敢！

老　　习　黑娃，你能对你说的话负责任吗？

黑　　娃　这就是个群众反映吗，还咋呀？

〔吵吵嚷嚷的众人顿时缄口。

梁生茂　（朝黑娃发作）你个闲皮烂杆跟风扬碌碡，今黑这弄下个球嘛弄下个啥嘛！我回呀，再不回洋芋真格糊了！（气呼呼走下）

〔尴尬的众人也找个借口纷纷走，老习紧叫慢叫一个也没叫住。都没走，都气不顺，在门外蹴了一地。

〔程金霞出去喊人，叫谁谁不理。

〔郭双印孤零零一个人晾在屋里。

老　　习　（对郭双印）咋办？这伙爷再告到县上，告到市委，再蹴到省政府门前，就给咱巴到脸上了。老郭，你说这咋办？

郭双印　我就应了判决书上那句话，不杀不足以平民愤。老习你就宣判么。

〔气得老习咄地一声。

老　　习　你吓唬谁呢！

郭双印　（陡然发作）我再能吓唬谁？我就能吓唬个农民！笨狗扎个狼狗势、吓唬碾子沟这些穷乡党！我亏我先人！

老　　习　（厉声怒喝）郭双印同志！！

〔程金霞闻声跑进来。

老　　习　金霞你先出去一下，我跟双印说个话。

〔金霞出。屋内沉默。

〔老习掏烟寻来寻去就剩下一根，干脆一掰两半截，将一头插到郭双印嘴里，二人默默吸烟。

〔老习在紧张地思考什么，突然走到郭双印面前。

老　　习　（严肃地）跟你透个实话，今黑我是带着圣旨来的。我就是"杀庙"那一折戏里的韩琦！——你听着没有？

郭双印　我听着呢。

———话剧《郭双印连他乡党》 >>>>>

老　习　你谝来没？

郭双印　咋谝不来。

老　习　情况我已经清楚了，我得连夜回去汇报，咋汇报你就甭问了。我就跟你说一句话，你不能朝回缩！你听懂没有？

郭双印　唉！天天我都想朝回缩！

老　习　（气恼地）你个万祸你这不是害我嘛！

郭双印　我把人害匝了！五年了，全村跟上我除了下苦受罪没沾上一点好处，我许下的那些愿都是编了个谎，啥球绿色银行，那是种树又不是养猪！梁老汉一点都没说错，我给全村编了个笤篱，我自家先尿不满。有啥办法？除了昧着心哄人就是黑下脸骂咶（gua），哄着骂着，就这么当了五年支书。那年开党员会你问我谁能当这个支书，我说我就能成——给你说实话，当天晚上我就后悔了！就怕我后悔，我才把诊所的牌牌摘了，先断后路。我看明白了，咱这荒山秃岭就算维持个简单再生产，也得靠国家投资。咱有多大面子？你当你是大寨？谁知道你个碾子沟么？不服么，就是个不服。一心里弄出个动静，看不着也叫他听着。这就越扑腾越大，多少回半夜里都把自家吓醒了，眼看着全村几百口，黑水白汗淌着淌着就淌成眼泪了……唉，我背着人，寻那个瞎子算了卦去了。

老　习　他咋说？灵不？

郭双印　他给我不算。说我是个恶煞！

老　习　双印……要恶你就恶到底。再多的你也甭问我。

〔王喜欢喊着"双印"急上。

〔众尴尬地让路，问候。

〔王喜欢径直走到郭双印跟前。

王喜欢　还开会？……（怯怯地）你出来一下行不？……

郭双印　你回，没空。

〔王喜欢吓得再不敢吭声。刚走到门口，突然哇地哭出声来。

〔众人闻声拥到门前。

〔程金霞忙进去问她。

王喜欢　俺娘死了！……俺一心想回老家看看俺娘，（指着丈夫）他掏来掏去给了俺十块七毛钱……好好的日子叫他折腾成这样，俺娘临闭眼想见俺一面都见不上……只能瞅一眼电报……

郭双印　电报呢？

王喜欢　（掏出电报）你好好看！（哭）

〔郭双印直直的望着电报，接过。

梁生茂　唉，娘就一个，恓惶。双印，我回呷，你把信也赶紧看一下，遗了不要寻我。

郭双印　（捡起地上的那封信，瞥了一眼，递给老习）是给村委会的，你拿上。

老　习　今天你还是支书，你拆。

郭双印　对，那我就再给咱拆一回！（看信，震惊，扑通一下跌坐在凳子上）

程金霞　（惊）咋了？

〔郭双印将信递给程金霞。

程金霞　（读信）"……你们的《生态农业建设基金申请报告》经评审，认为规划合理，治理得当，已具备国家级生态农业基地的基础条件，决定划拨二十万元基金予以支持。"

〔程金霞跑向门外对大家："咱们的基金申请报告批下来了，给了二十万！"

〔片刻的寂静，门外众欢呼："真的有钱了！""义务工的钱得是能兑现了？""那还有啥说的呢！"

老　习　（望着门口欢呼的众人）老郭，你狗日的——这封信把你救了！

〔众人欢呼着冲进屋内，望见老郭又都戛然而止，停下了脚步，无人敢上前，好像看着一个陌生人。

〔郭双印也怯生生地抬头看着众人，无话可说。

——————话剧《郭双印连他乡党》

〔空气中的气味十分复杂。

〔郭双印摇摇晃晃地站起来。

郭双印　（大吼）金霞！程金霞！

程金霞　（连忙）我在这儿！

郭双印　你吃劲掐一下我的胳膊……

程金霞　咋？

郭双印　看疼不。

〔金霞明白了，使劲掐了一下。

金　霞　疼不？

郭双印　（笑）疼哩，是真的。（突然色变，一口血吐出）

程金霞　——老郭！！

王喜欢　呀！都咳出血了！（扑通跪在他脸前）双印，是不是叫我把你气的？——你打我！你打我！你打我！（抓起他的手朝自己脸上一劲地打）

郭双印　（望着妻子，一肚子话化为一声长叹）唉——！

老　习　老郭，你要跟我说实话！

郭双印　再说啥呢？

老　习　我是说你身体，你情况不对！

郭双印　……不碍事。

老　习　上医院检查去！

郭双印　检查了又能咋？

老　习　该咋就咋！

郭双印　老习，你是上级组织，今天跟你说实话。（指胸口）这儿害疼。（指脖子）咽不下东西，一碗面得拿四五缸子水往下冲……快半年了。

老　习　（一下子站起身，拉他）走！马上去医院检查！

郭双印　……我没钱。

老　习　你他妈没长嘴！你不会打发个人来跟我言喘一声？（哭）妈的个

屁！我在你眼窝里是个啥东西！你这条命你以为是你自己的？走！（朝呆望的众人怒喝）还戳在沃儿吗?！都是死人?！

〔众七手八脚架起郭双印。

梁老汉　黑娃！

〔黑娃跑上前顺从地伏在地上，众将郭双印放到背上，黑娃背起就跑。

〔梁生茂呆呆地看着这一切。

〔舞台高处亮起数十盏手电。

〔人们互相高喊着送行："郭书记你好歹挣扎些，贵贱给咱挺住！""双印，不敢睡着，把眼瞪大！""梁上风大，给郭书记盖严窝！""过沟了，看脚底下！""上坡了，后手挡起！"

〔声音渐渐远去。

梁生茂　唉——老松！（狠狠地抽了自己一个耳光！）

〔切光。

〔瞎子出现。

瞎　子　人说天黑哩我说天亮哩，人说天亮哩我可说天黑哩，啥是个黑啥是亮？——人心黑天就黑，人心亮天就亮了！

十六

〔村外筑路工地。夜外。

〔天光麻明，三星未落。

〔只见两个人影跷着脚步正在丈量路面，人影在东西两头，谁都没留意谁，光顾着脚下了。

那一头　一米——两米——三米——四米！刚馅。

这一头　一米——两米——三米——四米！罢了。

那一头　一米——两米——三米——这一步跷大了……

这一头　一米——两米——三米——这一脚跷碎了……

———话剧《郭双印连他乡党》 >>>>>

〔于是都回身重丈。

那一头　一米——两米——三米——四？四米——够了。

这一头　一米——两米——三米——四？四米——不够！你日弄谁呢，溜奸耍滑，良心叫狗吃了？嗯?!

那一头　够了够了，就错一扎。

这一头　错一扎也不行！郭书记说四米就是——嗯？双印？——你看你，连个袄也不穿，三更半夜跑这山梁上，看凉着了！

　　　　〔郭双印埋头丈量路面，他追过来攥过去一心想把自家袄给他披上。

梁生茂　咋？你不放心？你不放心啥？不放心我？你就是不放心我！——双印，我是你叔！你梁叔！你看你，只管跟你搭话就跟没听着一样。得是心里头记恨我呢？

　　　　〔郭双印丈量路面走下。

梁生茂　靠住把我记恨下了。唉，我知道我对不住人，老早就想认个错，说不出嘴，放不下这张脸么！这辈子从来就没给谁下过话！

　　　　〔郭双印丈量路面又上。

梁生茂　咳，仗着今黑把这张脸遮住，我就下一个软蛋。双印，一村人都说我犟，我到底没犟过你，我是撞倒南墙不回头，你是撞倒南墙连土担呢！——服了，服服的服了。打听去，你梁叔服气过谁？

　　　　〔郭双印丈量路面下。

梁生茂　这叫咋？真格跟我记上仇了？群众落后你就教育么。叔立在这静静候着你教育哩。就说你个书记咋能跟我这落后群众一样见识——不对！他不是在医院么？几百里路他咋回来的？回来咋又不进村？（四下寻找）人呢？人呢？明明看着就在这里么……不对，事情不对！

　　　　〔跑上郭双印丈量过的路面仔细打量。

梁生茂　刚才他说这里错一扎。叫我量，一米两米三米四米，刚刚一扎！双印人呢吗？（毛骨悚然）——啊呀不对！我这是到了啥地方？

565

得是我也……（咬自己，疼）噢，我还在阳世上。（往手心吐唾沫）叫我尝，险些把苦胆吓破了。真格是活见鬼呢，嘿嘿嘿——（猛然意识到）不好！老天爷收人呀！——老天爷、老天爷！你要收就把我收走，把我双印留下！

〔一声轰鸣一道强光将他击得扑通跪下。

〔黑暗中传出拖拉机刹车熄火的声音，立即响起村民七嘴八舌迎接郭双印的声音："郭书记！你可算回来了！""郭书记！看这一向好些么？""双印！你想吃啥言传！""趔开趔开！先叫老郭进屋上炕！"

〔各种声音戛然而止。

〔收光。

十七

〔郭家。夜内。

〔郭双印家。

〔郭双印挂着液体倚在床上，众党员围坐在他周围。

郭双印　（说胡话）……开会了，散会！（众不动）……要是老天爷能让我再多活一年，哪怕到明年五月，村里几件大事就有眉目了……

李槐花　郭书记啥话么，你放心住院去，我们一定……（哭）

郭双印　（笑）看你汪汤汪水的，你得是跟遗体告别呢！对了，回，（暴躁）都回！

〔一个个跟他拉手道别。

郭双印　（跟其一）再不敢打媳妇了，外是个可怜人。（跟其二）娃是个念书的材料，叫娃念，再艰难也要供出来。（跟程金霞）赶紧物色人选，我这一走，看谁担这沉呷！都回，走歇！

〔众退下。

〔王喜欢端饭走进。

王喜欢　你好歹吃一口……

郭双印　放喔。喜欢，我这一走，把你闪下了……甭哭，有个话你记下，我走了以后你再寻个人——甭哭甭哭，你记着，寻谁都甭寻当干部的，喔把你陪不到底——记下了？

王喜欢　我不！

郭双印　你说你记下了。

王喜欢　我不！

郭双印　你说呀！

王喜欢　我……记……下了。（大哭）

郭双印　（笑）我这命好着呢，叫我走到你头里了。去，给我把门帘撩起。

〔王喜欢下。

〔空，静。

郭双印　（呼唤）进来吧！（没动静）我知道你在哩！

〔梁生茂不知从哪里上来了。

郭双印　……先上炕暖暖脚，窑上蹾了一后晌了。

梁生茂　我知道你要寻我哩。

郭双印　我也想着你有话要说哩。

梁生茂　说好话的本事我还没学下。

郭双印　人前的话就不说了，你给我喋实的！

梁生茂　能成。

郭双印　我就问你一句话：当了这几年支书，你说我办了个好事还是瞎事？

梁生茂　这话看咋说哩。

郭双印　你就往瞎处说。

梁生茂　你把人家害扎了！你如今是人物了，集资建学、义务造林、自费修路，都是你的光荣事迹。你是根旗杆，碾子沟是块红布，那伙乡长村长舞扎着你，收费派款这税那捐，车堵到门上，警棍指着鼻子，除了不会日本话比日本鬼子还恶煞！说向郭双印学习就是要像郭双印同志那样敢下硬茬!

郭双印　放他妈的狗屁!——难怪我当了回支书成了个万人恨。

〔梁生茂不语。

郭双印　我是成事太急,性太躁?

梁生茂　不是。

郭双印　我张嘴骂人?

梁生茂　不是。

郭双印　那就是我编谎哄人?

梁生茂　你没有。

郭双印　那到底是为啥么?

梁生茂　(激忿的)咱党里头像你这号瓜松太少了!

〔长长的沉默。

郭双印　(长叹)唉!……你个老瞎松。

〔一声鸡叫。

〔瞎子飘然出现。

瞎　子　时辰到了——!

梁生茂　双印。

郭双印　嗯?

梁生茂　看你还有啥事安顿呢?

郭双印　梁叔,是这,……擀长面。叫乡亲们,吃好。

〔梁生茂泪如雨下,点头。

〔郭双印死。

瞎　子　(长呼)碾子沟换得风水了!

〔程金霞等众人搀王喜欢上。

梁生茂　哭!(王喜欢摇头)哭呷!

〔泪流满面的王喜欢冲出人群,无声地摇头,她不哭喊——她不承认丈夫就这样走了。

梁生茂　唉……起棺——!

———话剧《郭双印连他乡党》

众后生　郭书记！你稳稳儿——（抬棺，程式如仪）

〔郭双印展着懒腰站起。

郭双印　哎嘘嘘嘘，轻省了，这下可轻省了！

〔前演区，郭双印抱着一摞碗上，一只只摆放……

〔高墚上，抬棺的行列在行进。

梁生茂　（跳脚大骂）双印你这万祸！你咋这狠心呢呀！啊？你咋把这几百口子人撇下说走就走了，谁说人不恨你么！（跺脚，老泪横流）

抬棺后生　换肩！

梁生茂　唉——双印，到咱的学校了！——洋灰大楼读书声，保险都是大学生！

众后生　没说的！

梁生茂　双印！到咱的路上了！——油漆马路平又展，撒上面酼能擀面！

众后生　就是的！

梁生茂　双印！到北坡树林了！——绿色银行里果子撩，苹果酥梨水蜜桃！

众后生　真格的！

梁生茂　双印，到南梁了！——咦？叫我看这是谁，停下这多小卧车？是省委书记视察来了！现如今碾子沟的名气大得赛大寨，书记大笔一画，批给碾子沟生态农业建设基金——（想了想）二百万！

众后生　真真的！

梁生茂　（独白）嘿，给死人编谎是造罪呢呀！双印，不编谎怕你睡不踏实么。造罪就造罪，我就豁出来给你编上一回大谎！

众后生　换肩！

〔眼看着郭双印将碗摆满整个舞台。

〔高台上，梁老汉回身一看，全村的男女老少都给双印的灵跪下了。

梁生茂　双印！你这支书当得不冤，碾子沟全村老少都在你坟前跪下了！（抹去老泪）——后生们，刚才给郭书记编的谎都听下了？

569

众后生　听下了！

梁生茂　今后咋闹价？

众　　　就这样闹！

〔前演区，郭双印终于摆好最后一只碗，露出难得的笑容。

郭双印　（深情地望着他的村民们）——乡党们，吃好！

〔郭双印转身向天际走去，越走越远……

〔满台的粗瓷大碗成列成阵，朴朴实实，真真切切。

〔万杆唢呐在天边响起，那是碾子沟人感天撼地的力量！

〔天幕上层层升起红红绿绿的剪纸娃娃，那是碾子沟人生生不息的生命！

〔剧终。

精品剧目·话剧

天　籁

编剧　唐　栋　蒲　逊

人物

朱卉琪　女，二十三岁，红一军团战士剧社协理员，后为剧社社长。

田福贵　男，二十六岁，红军营长，后为红一军团战士剧社协理员。

周月儿　女，十七岁，战士剧社宣传队员。

李槐树　男，十九岁，红军战士。

马　冀　男，十九岁，战士剧社宣传队员。

小　赵　男，十八岁，战士剧社宣传队员。

小　孙　女，十六岁，战士剧社宣传队员兼卫生员。

小　陈　女，十六岁，战士剧社宣传队员。

王来德　男，三十四岁，国民党兵，俘虏。

战士剧社宣传队员若干

喇嘛、藏民及其他群众若干

———话剧《天籁》 >>>>>

一

〔舞台上悬挂着一幅巨大的战士剧社的历史照片。
〔旁白：一九三四年十月，中央红军主力八万余人渡过于都河，被迫踏上了战略大转移的征程。在那滚滚的铁流里，行进着一支小小的特殊队伍，它就是在井冈山诞生的我军最早的戏剧团体——红一军团战士剧社。离开苏区时，除了简单的武器装备外，剧社的宣传队员们还携带着演戏用的胡琴、竹板、服装和道具，以及这台从苏联带回来的留声机……
〔舞台缓缓转动，一部古旧的留声机越来越近，渐渐被推到舞台的中央，在特写光的照射下显得庄重而又神奇。
〔枪炮声响起，伴随着闪烁的血色红光，由远而近，愈来愈激烈，直至铺天盖地……

〔一九三四年十二月，湘江上游东岸。
〔这是中央红军从江西于都出发实行战略大转移以来，遇到的最为惨烈的一场战斗。枪声、爆炸声、敌机的呼啸声交织成一片。离江岸不远的地方，临时搭起的鼓动棚已被炸塌，残破的红旗歪斜着，横幅和标语被震落，一切都被战火熏得发黑。
〔马冀扛着一个木箱子上，突然脚下绊了一下，肩上的箱子掉下来摔开，花花绿绿的演出服装和道具散了一地，他急忙趴在地上去捡。
〔朱卉琪跌跌撞撞地跑上，她浑身是血，手里紧握着半副竹板；

〔一声爆炸，气浪将她冲倒。

马　冀　谁？……啊，协理员！你没事吧？

〔朱卉琪摇摇头。

马　冀　协理员，这仗打得太惨了，湘江的水都被血染红了！

朱卉琪　（呆呆地）敌人的飞机冲过来，可是江边连个隐蔽的地方都没有，炸弹扔下来，大家只能抱成一团，活生生地挨炸，我被他们包在中间，我这身上都是同志们的血啊……

马　冀　（目光落到朱卉琪手中残破的半副竹板上）这不是刘社长的快板吗？怎么就剩下了一片……（突然意识到什么）怎么？刘社长他……

〔朱卉琪再也忍不住，一把扯下军帽，捂住脸哭起来。

马　冀　（跳起朝着敌方）狗娘养的，老子跟你们拼了！（持枪欲冲向敌阵）

朱卉琪　马冀，回来！……（看到地上散开的道具箱）怎么，服装箱摔坏了？

马　冀　凑合着还能用吧。（收拾起箱子挪到一边）

朱卉琪　（蓦地想起什么，情急地）哎，咱们的留声机呢？

马　冀　噢，月儿找去了！

朱卉琪　一定要找回来呀……马冀，去，吹响咱们剧社的集合号！

马　冀　是！（跑向高处，用军号吹出一串特殊的号音）

〔满身硝烟的宣传队员们听到号音，纷纷跑上列队。

朱卉琪　现在点名，李伢子！

〔没有人应答。

小　赵　（难过地）李伢子他……光荣了。

朱卉琪　张水妹！

〔队列里仍是一片沉寂。

小　陈　（抽泣着）水妹姐她……再也来不了了。

马　冀　（沉痛地）我们的刘社长……也牺牲了。

————话剧《天籁》 >>>>>

众队员　啊？协理员……（忍不住纷纷哭泣起来）
朱卉琪　（点名进行不下去了，望着眼前的江水）这滚滚的湘江水，流的是我们战友的血啊！敌人想用他们的第四道封锁线把我们中央红军全部吃掉，我们的战友，一排一排地倒在了江边……（举起手中的半副竹板）刘社长牺牲的时候，那只拿竹板的手臂被炸到了十多米远的地方，可他手里还紧紧地抓着这片竹板……
〔有人哭出了声。
朱卉琪　（擦去自己的眼泪）同志们，不哭，谁也不许哭，现在需要的不是眼泪！来，大家一起动手，把我们的宣传鼓动棚重新搭起来！
〔宣传队员们正欲搭棚，一架敌机俯冲过来。
马　冀　敌机来了！
〔敌机从头顶呼啸而过，朱卉琪举枪射击。正赶到这里的田福贵大喊一声"卧倒"，扑过去将朱卉琪按倒在地，随即一串炸弹在附近爆炸。
〔敌机声远去，爆炸声也渐平息，朱卉琪这才发现自己被田福贵压在身下，急忙爬起。
朱卉琪　（拍拍身上的土，对田福贵）同志，谢谢你……
田福贵　（一肚子火气）谢什么谢？你们还不赶快转移到安全的地方去？赶快转移！
〔大家不动。
田福贵　还愣着干什么？……哎，你们就是红一军团战士剧社的吧？你们领导在哪里？
朱卉琪　我就是，战士剧社协理员朱卉琪。
田福贵　噢，你就是从莫斯科留学回来的朱卉琪同志？我叫田福贵，听说你们的社长牺牲了，上级派我这个营长来帮你照看照看剧社。这可是临时的，啊，临时的，打完了这一仗我就回去！
朱卉琪　（抑制着悲痛，紧紧握住田富贵的手）欢迎，欢迎……
田福贵　有你们这么欢迎的吗？我的第一个命令就不执行！

朱卉琪　（一时没反应过来）什么命令？

田福贵　什么命令？转移呀！（不由分说，举起驳壳枪）现在，大家听我指挥，都跟我……

〔周月儿背着留声机，搀扶着李槐树急上；李槐树的眼睛受了伤，渗着血迹。

周月儿　朱大姐……

朱卉琪　月儿！（望见李槐树）这位同志他……

周月儿　他为掩护我，眼睛给炸伤了。

朱卉琪　小孙，赶快包扎！

〔小孙急忙打开药箱给李槐树包扎伤口，李槐树疼痛得忍不住叫出了声。

周月儿　（又难过又焦急地）对不起，同志，都怪我……

李槐树　（忍住疼痛）哪能怪你呢！（转向朱卉琪的方向）首长，听说你们是战士剧社的，在瑞金我看过你们演的活报剧《活捉张辉瓒》，太好看了，那个反动派师长张辉瓒就是我们团抓住的呀。

朱卉琪　你是三团的？

李槐树　三团一营一连战士李槐树……

〔李槐树一阵剧痛袭来，马冀过去扶住他。

周月儿　（急得哭）槐树大哥，你一定要挺住啊！你救了我的命，我不会丢下你的。你记住我的名字，我叫周月儿，月亮的月。

李槐树　（周月儿的话似乎让疼痛减轻了一些）周月儿同志，我会坚持下去的，我还想听你刚才抢救的那个留声机呢！那个小木头匣匣，可真够神的，能从里面唱出那么好听的歌来，我们连的战士都特别爱听……

朱卉琪　（急切地）月儿，留声机找到了吗？

周月儿　找到了！（拿过留声机）朱大姐……

朱卉琪　唱片呢？

周月儿　在！（拿出几张唱片）都好好的。

朱卉琪　（感动地）月儿，真是好样的！来，就在这儿，把留声机架起来！

周月儿　是！（和马冀迅速将留声机架在高处的一块石头上）

田福贵　（再也忍不住了）你们开什么玩笑！（冲到留声机跟前）宣传鼓动也得看时候，闲着没事啦，你们刷刷标语演演戏，说说快板扭扭腰，那行！可这会儿，蒋介石三十万人压着我们八万人打，我一个营打得就剩十几个人了，这哪是你们耍嘴皮子的时候？上级派我来，给的任务就是保护你们的安全……

〔四周又响起枪炮声。

田福贵　看，敌人又一次进攻开始了……你们立即跟我转移，我也好完成上级交给的任务。

朱卉琪　你有你的任务，我们也有我们的任务，这个鼓动棚就是我们的阵地，留声机、胡琴和竹板就是我们的武器，我们要用我们的演出、用我们的歌声和琴声鼓舞战士们的士气！

田福贵　行了行了，你在莫斯科就学了这些东西回来？怪不得刚才连打枪的姿势都不对，像你这样能消灭敌人吗？

朱卉琪　你……

田福贵　（不顾朱卉琪的恼火）如果像你说的演个节目能有这么大的作用，那就给每个红军战士发一副竹板，发个木头匣子——哦，发个留声机得了，还要枪和手榴弹干吗？

朱卉琪　怎么跟你说呢，这留声机，在战场上它就是战斗的号角。

田福贵　你们知识分子说话咋这么费劲？它不就是个木头匣子吗，咋又成了号角？

朱卉琪　（脱口而出）大老粗！

田福贵　（被惹火了）你说啥？我是个大老粗，斗大的字不认识几个，可打仗还就得靠我这样的大老粗！（指着李槐树）看看，要不是你们这些文化人的拖累，我们的战士能负伤减员吗？

李槐树　不，这不怪他们……

田福贵　没有你们，我也不会被扯到这儿来白耽误工夫，早他娘的又干掉好几个敌人了！

朱卉琪　（气愤地）你……简直不可理喻！

田福贵　你说啥？

小　赵　协理员，敌人退下去了！

田福贵　（把枪一挥）目标：村口李家祠堂，都跟我转移！（看见留声机，返身走过去）上级有命令，为了减轻行军负担，凡是打仗用不着的东西，统统都得扔掉。这么大一个木头匣子，赶紧给我扔了！

周月儿　（抱住留声机惊叫）啊？不！

田福贵　执行命令！

朱卉琪　（激愤地）田福贵同志！这部留声机，是我在莫斯科学习时，一位苏联同学送给我的。她的父亲是苏联红军歌舞团的乐队指挥，这部留声机曾伴随着他在高加索、在伏尔加河的战场上给苏联红军演出过。他让女儿把留声机和几张贝多芬的唱片送给我，还特意把在我们中央苏区流传的一些革命歌曲灌制成唱片，就是希望能用这些乐曲鼓舞我们中国红军战士的斗志！我和刘社长背着它，越过千山万水回到中央苏区……我们剧社的前任领导罗荣桓、罗瑞卿、潘振武都要求我们一定要把这部留声机保护好！

田福贵　同志啊，现在情况不一样了，中央纵队把印钱的印钞机、印传单的印刷机都扔了，兵工厂把造枪弹的车床、钻床也扔了，你这不过是个会唱歌的匣子，有啥不能扔的！

朱卉琪　田营长，你能把你的枪也扔了吗？

田福贵　你……我说不过你。你们不扔，我来扔！（大步冲向留声机）

周月儿　（扑在留声机上）谁要是敢扔它，就先打死我吧！

田福贵　（一怔）你、你们……（突然意识到自己竟然对眼前这些宣传队员毫无办法，格外恼火，又十分无奈）我从一个赤卫队员干到红军营长，大小仗打过上百次啦，啥事儿没遇到过？可从来还没遇到过今天这么难完成的任务！娘的，等这临时任务一完，我田福贵说啥也不跟你们掺和了！

〔附近又响起密集的枪炮声。

小　赵　协理员，我们的突击队又和敌人交上火了！

田福贵　（果断地对朱卉琪）赶紧转移！（朝几个战士把枪一挥）你们几个跟我来！（冲下）

朱卉琪　（看着田福贵的身影消失在硝烟中）月儿，准备留声机！

周月儿　是！

朱卉琪　同志们，发挥我们宣传队员的作用，让我们把刘社长留下的竹板打起来，鼓舞我们的战士从血泊中爬起来，打过湘江去！

众队员　是！

〔炮火声中，多副竹板同时打响，朱卉琪将手中的那片竹板打在支撑鼓动棚的竹竿上，敲击出的节奏格外响亮。有的队员操起了用马粪纸卷成的喇叭筒，齐声高诵：

　　说湘江，道湘江，
　　英勇的红军来渡江。
　　不怕它水深波涛急，
　　更不怕敌人逞凶狂。

　　铁的红军勇难当，
　　打得敌人叫爹娘……
　　为了战略大转移，
　　克敌制胜过湘江……

〔炮火血光中，有的宣传队员倒下了，但没人躲闪。渐渐地，硝烟弥漫了整个舞台，而留声机播放出的红军战士熟悉的兴国山歌却越来越高亢——

　　哎呀来，炮火声来战号声，
　　打个山歌你们听，
　　快跟敌人决死战，同志哥，
　　打到抚州南昌城！

　　　　　哎呀来，山歌来自兴国城，
　　　　　句句唱来感动人，
　　　　　前方战士好兴奋，同志们，
　　　　　更加有劲杀敌人……
　　〔宣传队员们和着留声机一起高唱，就连李槐树也加入了进来。被打散的红军战士（有的是伤员），三三两两地被歌声招引过来，他们受到了鼓舞，组成队伍英勇地投入战斗。
　　〔田福贵返回来，吃惊地望着眼前的情景，似乎也被感染了……
　　〔收光。

二

　　〔一九三五年二月。
　　〔川黔边界，剧社宣传队员们的宿营地。晨雾弥漫，小溪潺潺，附近传来剧社宣传队员们的吊嗓声、胡琴声、竹板声和红军战士的操练声。
　　〔马冀背着枪靠在树上，脑袋一垂一垂地快要睡着的样子。
　　〔朱卉琪腰上没系皮带，身上的军装显得格外肥大，手里拿一个搪瓷缸和一把牙刷上，见状走到马冀身边。

朱卉琪　喂！马冀……马冀……
　　〔马冀惊醒，警觉地端枪。
朱卉琪　站岗怎么能打瞌睡呢？敌人摸过来怎么办？
马　冀　（发牢骚）累啊，白天行军要帮助李槐树，好不容易晚上宿营了还得站岗，这眼皮怎么使劲都抬不起来啊。协理员，咱们是不是又在往回走啊？
朱卉琪　是啊，看样子又要过赤水了。
马　冀　走啊走，没完没了地走啊走，走到哪儿才是个头啊？

————话剧《天籁》 >>>>>

朱卉琪　反正跟着毛主席走，就肯定没错。这次遵义会议让毛主席又来领导红军，让人觉得心里一下子踏实了好多，要是早这样，湘江那一仗咱们也许就不会吃那么大的亏了。

〔小孙和小陈嚷嚷着上。

小　陈　给我！

小　孙　不嘛。

小　陈　求你了，就给一个。

小　孙　这是我刚做的，不给。

小　陈　我要嘛，给我！

小　孙　（跑）就不给、不给……

〔小陈没有抢到，快哭了。

朱卉琪　怎么了怎么了？

小　孙　她昨天过河的时候把自己草鞋上的红绒球弄丢了，现在非要把我的拿去……

小　陈　下次演出的时候她们的草鞋上都有红绒球，就我没有……（哭起来）

朱卉琪　（像哄孩子）好了好了，别哭了，等会儿把我的给你。

小　陈　真的？（立刻破涕为笑）谢谢朱大姐。

朱卉琪　别忘了你们俩今天的任务。

小　陈　是！

小　孙　（亮出一沓红红绿绿的标语）今天要贴的标语都准备好了！（同小陈拉手跑下）

朱卉琪　（望着她们的背影）真是一群孩子！（蹲在溪边刷牙）

马　冀　（用鼻子嗅着）咦，哪来的酒味？

〔田福贵一手抱着酒坛，一手端着酒碗，兴冲冲走上。

田福贵　马冀啊，我今天可撞大运了。我到镇上去，路过一个黑乎乎的屋子，乖乖，里面摆了一百多个大缸！谁见过这么好的东西啊？有的战士舀去泡脚，还说泡了特别解乏，太糟蹋了！我一闻，好酒啊，得有上百年了，马上跟他们说，这"洗脚水"我得抱走一坛……

马　冀　（馋的）田营长，这"洗脚水"……给我也喝一口！

朱卉琪　马冀，别搞得满身酒气，给战士什么影响！（这话显然是说给田福贵听的）

田福贵　（一愣，这才注意到刷牙的朱卉琪，借着些许酒劲）我这一路上都没好意思问，你每天早一回、晚一回，在嘴里鼓捣啥呢？

马　冀　这你不知道了吧？这叫刷牙。

田福贵　哦，对了，在瑞金的时候我见过那个德国顾问李德刷牙，弄得满嘴吐白沫子，头一回看见吓我一跳，还以为他犯羊角疯了呢——（看着朱卉琪）哎，你刷牙咋不吐白沫子啊？

〔朱卉琪差点被水呛着，站起想说什么却又说不出来，白了田福贵一眼，走下。

田福贵　嘿，这人……

马　冀　本来是要吐白沫的，可这都出来小半年了，离开中央苏区时带的牙粉早就用光了。

田福贵　（取下背着的大刀在溪边磨）那还刷什么刷？还不如我用这坛老酒漱漱口呢。我就看不惯有些知识分子这假模假式，心里想着这，嘴上说着那；话里说的是你，其实是在说我……

马　冀　噢，你听出这个来了？

田福贵　我听不出来，我是傻子？

马　冀　谁敢说你傻呀？整个红一军团谁不知道你大名鼎鼎的英雄营长田福贵？就是进了这贵州省，据说王家烈的双枪兵听到你的名字都吓得尿裤子呢。

田福贵　（立刻来了精神，神采飞扬地）那是啊！我在战场上，在千军万马中间冲冲杀杀，一枪撂倒一个敌人，抡起大刀片，在敌阵中砍瓜切菜一样，那叫痛快呀！（传来宣传队员们拉二胡、吹笛子的声音，顿时使他意识到自己现在所处的环境，神情一下子黯淡下来）就是和你们这帮文化人在一块儿，不知道究竟是怎么了，我这后脖子上的汗毛整天竖着，生怕哪句话又说得不合适，让你们笑话。仗打得少了，手老痒痒，可唱啊跳啊的那些我又不会干，一天到晚手脚都不知道往哪儿放，那个累呀！好在马上就不用这么受罪了，刚才我在镇上碰到军里的通信员了，他说我的调令这两天就下来。

马　冀　田营长，你真的要走？

田福贵　那当然，我都向军团首长要求好几回了。本来就说好的，我是来临时工作的嘛，从过湘江到现在，已经"临时"两个多月了，怎么着都该放我走了吧。

马　冀　那调你去哪儿啊？

田福贵　通信员没说。只要不在剧社，去哪儿我都愿意！（抱起酒坛，哼着兴国山歌走去）

马　冀　（冲着田福贵的背影）田营长，记着给我留一口啊！

〔周月儿身背留声机，用竹竿牵着李槐树上。李槐树眼睛上仍然蒙着绷带，但看上去身体已经好了很多。

〔马冀上前接过留声机。周月儿把李槐树扶到溪边坐下。

周月儿　（拿出毛巾）来，擦擦脸吧。

李槐树　（很不自在地）月儿，让我……我自己来吧。

周月儿　哎呀，这么久了，你还这么扭扭捏捏的，真是封建。

李槐树　你批评得对……我、我还是自己洗吧……（想抓过月儿手里的毛巾，因为看不见，不仅没抓到毛巾还差点倒在小溪里）

周月儿　你看你！你……就把我当成你的妹妹槐花，行了吧？

李槐树　槐花……哦，那行！（这才顺从地让月儿给自己洗脸）月儿，说实话，我就是感觉你像我妹妹槐花。打小我爹我娘就不在了，我和槐花是一起互相拉扯着长大的……

〔周月儿给李槐树擦脸，不禁被他英俊的相貌所吸引……

李槐树　（感觉到月儿的手不动了）月儿，月儿……

周月儿　（回过神来，有些害羞地）你先休息一会儿，我去擦擦留声机，再给你采敷眼伤的草药去。（到一边去擦留声机）

马　冀　（走到李槐树身边不无妒意地）你小子，享受的可是特殊护理啊！

周月儿　你要是像槐树大哥那样英勇负伤，我也这么护理你。

马　冀　（被噎得说不出话来，脸上露出坏笑）是吗……槐树，你知道月儿为啥那么喜欢这个留声机吗？

李槐树　为啥？

马　冀　月儿从她当童养媳的婆家跑来参加红军时，她那个婆婆追到剧社来了，非要拽她回去。那时候朱协理员刚把留声机交给月儿保管，她婆婆一见留声机上的喇叭，以为是红军给月儿发了一门炮要轰她，吓得转身就跑，小脚上的鞋都跑掉了。听说她那个男人，后来当了国民党的兵……

周月儿　（难堪而又生气地）马冀，你少说几句好不好……

马　冀　月儿，你生气了？

李槐树　（听说月儿生气了，站起来朝月儿摸去）月儿，月儿，你别生气……（被一块石头绊倒）

〔周月儿急忙扶起李槐树。

李槐树　我给你唱一支我们兴国的山歌吧，你一听就不会生气了。

周月儿　兴国山歌？

马　冀　唱什么山歌，是我惹月儿生的气，还是罚我吧，我会倒栽葱，我给月儿来个倒栽葱。

周月儿　（揪住马冀的耳朵）不行，我还要罚你！

马　冀　罚我什么？

周月儿　罚你……罚……

马　冀　罚猜谜语吧！你出谜面，我要是猜不对，我就给你倒栽葱！

〔朱卉琪、田福贵和一些宣传队员先后走上。田福贵依然蹲在溪边磨他的大刀，却注意着这边的热闹。

周月儿　听好了：慢——慢——行，行走的行，打一红四方面军领导人。

———话剧《天籁》 >>>>>

马　冀　嗨呀，协理员讲过的嘛，红四方面军总指挥徐向前！徐——徐——向前嘛。

〔大家鼓掌。

马　冀　我给你出一个谜面，你要是答不上，你也得栽！

李槐树　月儿，别再跟他玩这个。

马　冀　哟，看把某些人心疼的！

周月儿　好，你就出吧！

马　冀　听着：耳朵向上，打中央政府人民委员会一领导人。

〔周月儿思索着。

李槐树　（不急不慢地）张——闻——天。

周月儿　对对，耳朵向上，张闻天！你倒栽葱，快栽！

马　冀　（冲李槐树）谁让你猜啦？不算不算！

李槐树　张闻天同志到我们连给我们讲过苏维埃，讲过布尔什维克，还跟我握过手呢。

朱卉琪　马冀……（看一眼田福贵）我也来给你出个谜面吧：四四方方四张嘴，衣裳一件嘴四张，梦里才能吃上肉，权当虫子是宝贝。打一人名，猜吧！

马　冀　（思索着）四四方方四张嘴……

〔大家都在思索。

田福贵　（一直很想加入话题，却不知该说什么，现在总算抓住一个机会）谁呀，起这么贪心的名字！现在筹粮这么困难，一个红军战士一张嘴还不够吃呢，他一个人就四张嘴，那还不得吃掉四个人的粮食……

〔有些猜出来的队员开始互相挤眉弄眼地咬耳朵。

田福贵　（还浑然不觉地继续）他还想在梦里头吃肉，还把虫子当宝贝，嘻，见鬼！

〔有人已笑得前仰后合。

田福贵　（还不明所以）咋？是不是啊？

585

马　冀　（一拍大腿）我猜出来了！田营长，你没听出来啊？这个谜底就是你的名字啊，你看——（在空中比划着）"四四方方四张嘴"，就是你那个"田"字；"衣裳一件嘴四张"，不就是"福"字吗？"权当虫子是宝贝"，就是"贵"字呀——田、福、贵！哈哈哈哈……

田福贵　（霍地站起，大吼一声）笑什么笑！你们识字多，你们有文化，就出我这个大老粗的洋相啊？

〔大家都愣住了，顿时鸦雀无声。

朱卉琪　（没料到田福贵是这种反应）田营长，你生气了？大家不就是图个好玩嘛，而且用这样的方式能学习文化；你也应该学呀，会了这个谜语就会写自己的名字了。你看，你这个"田"字是这么写的——（用树枝在地上划）这不就是四个口吗，对了，加上最外面这个大口，其实是五个口……

田福贵　又成五张嘴了！行了行了，我不会写自己的名字，照样把敌人的脑袋砍得满地乱滚。（拎起大刀）你会认字，不光会中国字，还会认苏联字，你砍个敌人的脑袋给我看看！

朱卉琪　你……跟你简直就……没法交流！

田福贵　你不早就说过了吗，我是个大老粗，在你们这些有文化的人面前，我连话都不会说，还交……什么流？刚才，我有些失态，那是我自己在笑话自己……

马　冀　（打圆场）哎哎，这事是我招惹的，我认错，我认错，我给大家倒栽葱了！

〔马冀倒立不稳，摔倒，大家哄笑。

〔一阵马蹄声，通信员上。

通信员　朱协理员、田营长，军团首长来了，就在镇东头的小学校里，让你们现在过去。

朱卉琪　知道了！

〔通信员下。

田福贵　太好了，我的调令来了，我这"临时"也该结束了！（欲走又返回）我想和大家说几句心里话：这两个多月和你们在一起，怎么说呢，我挺高兴，又挺不自在的……我家祖祖辈辈都穷啊，上无一片瓦，下无一分地，爷爷给我取这么个名字，就是盼着能有地种，有饭吃，有衣穿。我17岁那年，家乡的革命暴动失败，光我们田家就有二十多口人被还乡团杀害，我是带着这深仇大恨参加红军的啊！（抽出大刀）我在战场上拼命杀敌，同志们说我是战斗英雄，庆功会上给我戴花给我鼓掌。在红军里，我这辈子从来没活得这么光荣、这么痛快过！可我怎么也没想到，来到你们剧社，却因为不识字，让我这么……难受……

〔朱卉琪和宣传队员们受到了震动，这才意识到这位淳朴、英勇的红军营长内心受到的伤害。

朱卉琪　田营长……

田福贵　好了，以后你们还唱你们的歌、演你们的戏，我走了，我回前线去了，那才是我最喜欢的地方！（抓起朱卉琪的手握了握，转身大步流星地下）

〔朱卉琪看着被田福贵握过的手，不知如何是好。

〔收光。

三

〔灯复明。

〔田福贵上，他一副懒散的、愁眉苦脸的样子。朱卉琪跟在他身后。

朱卉琪　老田……田协理员！

〔这个称呼像针一样扎了田福贵一下，他站住，长长地叹了口气。

朱卉琪　闹情绪呀？

田福贵　不知道首长是怎么想的，非要把我留在剧社！你说我这个粗人，怎么能整天和你们一样扭腰扭腿儿、蹦蹦跳跳、喊喊唱唱呢？这、这不是要难为死我吗？

朱卉琪　说实话，我对上级的这个决定也感到很意外。从内心来讲，我也不想和你搭档！

田福贵　（一愣）因为……前面有刘社长？

朱卉琪　（被戳到痛处）我……多么希望你能跟他一样啊！我们以前……一个眼神，就知道对方心里在想什么……（难抑心中的悲痛，抽泣起来）

田福贵　哎，别哭，别哭啊！可不是我想在这儿干的，我、我真的不想呆在这儿，我就想上前线抢大刀片。我再找军团首长说说去……

朱卉琪　（叫住他）老田同志，既然上级已经任命我为剧社社长，你为协理员，我想我们都应该无条件服从。

田福贵　可这……这不是赶鸭子上架吗？

朱卉琪　咱们穷人闹革命，有时候还就得赶着鸭子上架。军团首长说了，剧社需要有个像你这样懂军事的人。

田福贵　（苦笑）剧社需要我？

朱卉琪　首长还说了，你也需要剧社。

田福贵　我也需要剧社？（连连摇头）你这人说话怎么老是绕来绕去的？搞不懂！我看哪，谁也不需要谁。我参加红军，不是吃闲饭来的，跟你们掺和什么？我还是得找军团领导说说去！

朱卉琪　田福贵同志！（上前拦住）我不让你去！

田福贵　怎么了？！

朱卉琪　一、你这是不了解剧社的工作；二、你对我们剧社的同志有偏见。越是这样，我觉得你越有必要留在剧社。

田福贵　你……

朱卉琪　（打断）走吧田协理员，回去集合队伍把命令宣布一下。另外下午给附近的老百姓还有一场演出，主要是宣传妇女解放。对了，观众里还有一批这两天抓获的国民党俘虏兵，得做好对他们的扩红宣传，咱们把节目准备一下。

〔周月儿牵着李槐树上，月儿的竹筐里已经装满了草药。

周月儿　小心，脚下有条树根……

朱卉琪　月儿，又给槐树采草药去了？

周月儿　哎！

朱卉琪　赶快归队吧，有演出任务！

周月儿　是！（欲带李槐树下）

田福贵　（叫住他们）等等！部队马上又要开拔了，按照规定，伤病员要一律留在当地。我们是不是给李槐树同志找一户可靠的人家，留下一些银元和粮食……

李槐树　（惊慌地）啊？我不！

周月儿　（急忙挡在李槐树面前）那是指不能走路的重伤病员，李槐树他只是眼睛看不见，可他能行军、能走路啊，而且眼伤也在一天天地好。

田福贵　要是没人照顾，他自个能走吗？从湘江过来这一路上，险要的、不好走的路段，都得两个战士用担架抬着他，还有你，老得领着他，为了这个伤员，得有三个战士照顾他，多影响战斗力啊！你们放心，组织上会把他安排好的。

周月儿　不，我就要带他走，他是为我负伤的，我不能把他丢下！

田福贵　留在当地也是干革命嘛！

周月儿　你……（逼向田福贵）你一开始就要扔我们的留声机，现在又要把李槐树撇下，你是存心要跟我们过不去呀！

田福贵　（躲闪着月儿，对朱卉琪）你看看，你看看！

朱卉琪　月儿，田营长现在是我们剧社的协理员了，说话要礼貌一点。

周月儿　（吃惊地）啊，他当我们的协理员？

〔李槐树用棍子探着上前。

李槐树　田协理员，求求你不要把我留下，我不能离开队伍……

朱卉琪　老田，李槐树的部队到现在还没联系上。再说相处了这一路，大家都有感情了，就这样把他留下，心里怎么都有点过意不去。

田福贵　战友之间哪个没有感情？可是不能因为这……

周月儿　朱大姐……（突然想起什么）哎，对了，槐树，你不是说你会唱山歌吗？

〔李槐树不响。

周月儿　（恨不得捶他一拳）快唱啊，唱了你就能留在剧社啦！

李槐树　（顿了顿，突然唱出一曲高亢、悠扬的兴国山歌）

　　　　　当兵就要来——

　　　　　咯吱哩咯当红军。

　　　　　红军战士来——

　　　　　咯吱哩咯最光荣。

　　　　　勇敢冲锋来——

　　　　　咯吱哩咯把敌杀。

　　　　　解放天下来——

　　　　　咯吱哩咯受苦人……

〔山歌吸引来众宣传队员，朱卉琪带头鼓起掌来。

朱卉琪　槐树，太好了！老田，我看还是让槐树留下吧，他能在我们剧社发挥作用呢。

田福贵　他能唱，可他的眼睛还是不行啊！军团首长说了，往后的行军越来越艰难，战斗也会更残酷，别到最后整个剧社都让他给拖垮了。

朱卉琪　（沉吟片刻）这样吧，我们把拉道具和服装箱的那匹马腾出来给李槐树。

小　赵　那道具和服装怎么办？

朱卉琪　扔了吧。

小赵等　啊？

李槐树　不，我不用骑马，也不再用担架，只要让我跟着队伍走，再大的困难我都能克服！

——————话剧《天籁》 >>>>>

周月儿　有我呢，把他交给我一个人就行了，我保证绝不拖累队伍！
　　　　〔队员们也都纷纷帮着说话。
田福贵　你们这些人啊，真应了那句话："人难管，头难剃。"红军的纪律、上级的规定到了你们这儿，说变就变，连个黄毛丫头都敢跟领导顶嘴！行了，我还是找军团首长去，这个协理员我干不了……（欲走，想了想）这一回，我扛着背包去，不管首长答应不答应，就是把我撤职回老部队当战士，我都非走不可！（甩手走下）
朱卉琪　哎，老田同志……嗨！（回头对众）同志们，马上回去，准备演出！
众队员　是！
　　　　〔收光。

四

〔灯复明。
〔简易舞台，剧社宣传队员们正在给群众和俘虏演出。

朱卉琪　（一阵掌声后报幕）下一个节目，活报剧——《救救童养媳》。编剧：红一军团政委聂荣臻；导演：红一军团保卫局局长罗瑞卿。（做了个手势）开始！
　　　　〔锣鼓点响起。周月儿扮演童养媳，马冀扮演婆婆，小陈扮演丈夫，朱卉琪扮演红军干部。
　　　　〔田福贵扛着行李经过，他停下脚步，被台上的演出和台下的热烈气氛吸引住了。
婆　婆　（用手中长长的烟杆敲打着童养媳）你这个死丫头，一天到晚就知道偷懒！我问你，你男人的尿盆倒了吗？
童养媳　啊？我现在就去。
婆　婆　地里的草拔完了吗？

童养媳　还剩一点点，我马上去拔。

婆　婆　水烧了吗？饭煮了吗？柴劈了吗？地扫了吗？家里的牲口喂了没有啊？

童养媳　啊？我还没顾得上……

婆　婆　（挥动着烟杆）哼，我打死你！打死你……（然后对躺在一边抽大烟的童养媳的"丈夫"）还不赶快教训教训你女人！

丈　夫　（爬起来用鞋底抽打着童养媳）叫你不听话！我打死你，打死你……

〔田福贵在台下十分投入地看着，情绪激动得差点控制不住。

红军干部　住手！（冲上去扶起童养媳）不许欺压妇女！我们红军就是要铲除欺压妇女的童养媳制度！

田福贵　（大喊）不许欺压妇女！

红军干部　（跟着高呼）不许欺压妇女……打倒土豪劣绅……

〔台上台下一起跟着呼喊。

〔这时，一个俘虏兵——王来德战战兢兢地走到台上盯着月儿。演出中断。

王来德　月儿……月儿，真的是你，你当红军啦？

〔周月儿认出了这个俘虏兵，失声惊叫着躲到朱卉琪身后。

马　冀　哎哎，下去下去，我们在演戏哩！

王来德　（指着周月儿）她是我媳妇。（转身朝台下）弟兄们，我找到媳妇了！水根，这就是你嫂子……

〔台上台下顿时哗然。

周月儿　（突然操起旁边的一杆枪）王来德，我杀了你……

马　冀　（急忙拦住）月儿，你干什么？他是俘虏！

周月儿　（挣扎着）放开我！放开我……

朱卉琪　周月儿同志，你冷静点！

李槐树　（用竹竿探着路急上）他在哪儿？他在哪儿？

王来德　长官饶命，长官饶命……

————话剧《天籁》》》》》

李槐树 （脱下鞋子循声朝王来德打去）我拍扁你个狗头！

马　冀 槐树……（上前阻拦，被李槐树一鞋打在了脑袋上）哎哟！你咋跟娘儿们一样，用鞋底抽人？

李槐树 （感觉到不对）马冀……

朱卉琪 李槐树同志，你还像不像个红军战士？你忘了"三大纪律八项注意"啦？

李槐树 这个人以前就是这么对待月儿的！他就像刚才戏里演的那样欺负月儿，逼她干重活苦活，不让她吃饱饭，还经常用鞋底打她……我、我打死他！

王来德 （害怕地）别……别……长官，我不敢了，往后再也不敢了。其实我也是受欺负的呀！月儿跑了，我去找她，路上让国军抓了丁，那日子才不是人过的呢！白天吃饭，长官喝酒吃肉，我们吃残渣剩汤；晚上宿营，长官在祠堂里搂着姨太太睡觉，我们在屋檐下让风吹雨淋……那些长官可真拿我们这些弟兄不当人，打起我们来那个狠啊，拿枪托砸，用鞭子抽，比我打月儿可狠多了（台下一阵喧嚣）……我说的千真万确啊，你们看——（撩起衣服让大家看他身上的伤）

〔王来德的控诉起到了意想不到的效果，台下的俘虏们躁动起来，纷纷吐着肚里的苦水。

朱卉琪 （朝台下）静一静，大家静一静！其实，你们绝大多数人都是穷苦出身，是无产阶级。我们红军就是无产阶级的队伍，是为穷苦人求解放的。你们的父母，你们的妻子儿女，同样受着压迫和剥削。弟兄们，大家都来当红军吧，当了红军你们才能翻身，你们的家人才会不受压迫……

马　冀 我们红军官兵一致，不打人不骂人，有饭同吃，有衣同穿，大家都是兄弟姐妹！

〔俘虏们纷纷响应，要求当红军的喊声响成一片。

朱卉琪 好！愿意当红军的，到这边登记；想回家的，去那边领取大洋！

（问王来德）你呢？
王来德　（不假思索地）带月儿回家。
李槐树　（厉声地）你说什么？滚！
朱卉琪　（制止）槐树！
马　冀　（朝众俘虏）走啦走啦，愿意当红军的，来这边登记；想回家的，去那边领大洋！

〔宣传队员们分头去安顿俘虏。王来德跟在月儿的后面下。

〔朱卉琪被今天的扩红成果所陶醉，兴奋地挥了几下手中的标语旗；田福贵也被刚才的情景打动了，若有所思。

朱卉琪　（一回头发现田福贵，走到他身边）田协理员，在想什么呢？
田福贵　啊，没、没什么，我想……我该走了。（欲下）

〔小孙和小陈提着写标语的石灰桶和刷子兴奋地跑上。

小　孙　（激动得喘不过气来）朱、朱大姐，我们见到毛主席了！
朱卉琪　噢？
小　陈　毛主席和周副主席他们骑着马过来，看见我们正在那边刷标语，就下了马跟我们说话。
朱卉琪　（急切地）毛主席都说了些什么？
小　孙　当时我刚刷完一条标语："无产阶级团结起来！"毛主席指着标语说：小鬼，"无产阶级"是什么意思呀？大多数老百姓不懂，你写成"穷人"，老百姓就明白了。我一听马上就改了过来。
朱卉琪　毛主席说得好，以后我们都要注意这个问题。
田福贵　（返回身来，疑惑地）毛主席指挥打仗那么忙，还有工夫管这个？
朱卉琪　那当然，毛主席、周副主席一直在说我们的工作很重要；剧社成立时，毛主席还写来贺信呢！你刚才也看到了，经过我们的宣传鼓动，呼拉拉就有上百个俘虏弃暗投明加入了红军队伍。我们在这儿扩红，宣传革命的道理，和将士们在前线消灭敌人起的作用是一样的，可以说这就是另外一个战场，一个有特殊意义的战场！

————话剧《天籁》 〉〉〉〉〉

〔田福贵陷入沉思。

朱卉琪　老田,你真的还要走吗?

田福贵　(拉不下面子)男子汉大丈夫,话都说出去了,当然……要走。

朱卉琪　(突然高声地)我看你根本就不像个真正的战斗英雄!

田福贵　(惊诧地)咋?

朱卉琪　我不管你以前打仗怎么样,在我们剧社这个战场上,你现在就是个懦夫,是个逃兵!

田福贵　(被这句话所震撼)你、你敢这么说我?

朱卉琪　我就这么说了,懦夫,逃兵,你走啊!

田福贵　你要这么说,我还不走了呢!

朱卉琪　你走啊!

田福贵　我不走!

朱卉琪　你干吗不走?

田福贵　我干吗要走?

朱卉琪　你不走,我走!(转身走去)

田福贵　(上前拦住)哎哎,你别想溜走,你得给我把那句话收回去!

〔朱卉琪哼了一声,转向一边。

田福贵　(将背包用力摔在地上)娘的,豁出去了,我就不信,剧社这个工作比突破敌人的封锁线还难?我就不信在这儿干不好!

〔朱卉琪双手一击,脱口说出一句俄语。

田福贵　你说什么?

朱卉琪　噢,是句俄语:好!非常好!

田福贵　唏!怪里怪气的……(双手叉腰转了一圈,指着朱卉琪手上的标语旗)这上面,这个,什么字?

朱卉琪　打倒土豪,土豪的"豪"。

田福贵　(拿过标语旗)好,我今天认识你了,我就不信干不掉你!

朱卉琪　你说什么?

田福贵　我是说,我要把认识一个字当成消灭一个敌人;我消灭了那么多敌人，我就不信学不会这些字！

朱卉琪　田协理员，咱俩订个协议吧，以后我每天教你学会四个字，一个月就能学会一百二十个，一年就是将近一千五百个字，这样要不了多久你也就可以算个文化人了！

田福贵　你……教我认字？

朱卉琪　对呀！但也不是白教你，你也得教我点什么。

田福贵　我能教你什么？

朱卉琪　（指着田福贵腰上的驳壳枪）打枪！对，你就教我打枪吧。记得湘江之战那天你批评过我，说我拿枪的姿势不对，枪法糟糕……

田福贵　哎呀，你这人肚子里有点墨水心眼就是多，我随便一句话你还记到现在了。

朱卉琪　军事技术确实是我的弱点，我真心实意地向你学习。

田福贵　（神气起来）那没问题，打枪可是我的拿手绝活！（听到当空雁叫，拔出驳壳枪一挥，随着枪响一只大雁哀鸣着栽落下来）

〔众宣传队员闻声跑上："怎么回事？"

〔朱卉琪惊讶地看着地上的大雁，张着嘴说不出话来……

〔田福贵得意地笑了。

〔收光。

五

〔旁白：战士剧社的宣传队员们，跟随中央红军四渡赤水后，继续北上。在一次战斗中，敌人的一枚迫击炮弹落在了留声机旁，毁坏了留声机的唱针。留声机放不了唱片了，但岁月的留声机依然在缓缓转动，它记录着战士剧社宣传队员们的足迹，从波涛汹涌的金沙江畔，到白雪皑皑的夹金山和梦笔山，再到川西北的毛儿盖……

〔1935 年 7 月。川西北毛尔盖。浓郁的藏区风光，几个虔诚的藏

———话剧《天籁》 〉〉〉〉〉

民磕着长头前行而去。

〔朱卉琪和宣传队员们带着各自筹到的粮食上。朱卉琪的身体似乎有点虚弱，但她极力掩饰着。

朱卉琪　来，把筹到的粮食登记一下。（拿出个小本）

马　冀　青稞两碗。

小　赵　藏粑六块。

小　陈　（放下一个小布袋，孩子气地）玉米两斤。我给那个商贩唱歌，嗓子都唱哑了，他才给了这么一点点。

朱卉琪　（忧心地）上级给我们的任务是每个队员要筹集十斤粮食，照这样下去，什么时候才能完成筹粮任务啊！

小　赵　有几个反动土司煽风造谣，藏民们不明真相，好多人都吓跑了。

朱卉琪　马冀，你去传达命令，筹粮的工作还得加紧，只有筹集到足够的粮食，大部队才能走过前面的草地。另外通知大家做好准备，明天要给藏民们演出一场。

马　冀　是！（欲下又止）朱社长，你把分给自己的食品都给了别人，这几天尽喝野菜汤，这些粮食，你就先吃点吧。

朱卉琪　我没事。快去吧。

〔马冀嘟囔着下。田福贵上，走到朱卉琪身后边看她的后背边在小本上写着什么。

朱卉琪　（一回头，猛不防被吓了一跳）啊，你干什么呀！

田福贵　我、我在认字啊！你不是说，你的后背就是我的认字板吗？现在剧社每个人的名字我都会写了，就剩下这个马冀的"冀"字，真他娘难写。

朱卉琪　哎呀，你还没学会啊？说好的一天学四个字，就这个"冀"字，都两天了还不会写！（转过身去，这时看得到她背着一个写有大大的"冀"字的纸板）

田福贵　你说这个马冀，他爹也不给他起个简单点的名字，就叫……马三、马五多好，偏要叫个"冀"，笔画这么多，乱糟糟地在脑袋里直打架。

朱卉琪　你呀！写字跟打仗一样，要先分析敌情，掌握规律……坐下！

〔两人坐下，朱卉琪把纸板拿到前面。

朱卉琪　你看：冀，由三个字组成，上面，是北方的北，下面……

田福贵　共产党的共嘛……

朱卉琪　中间……

〔田福贵指指自己……

朱卉琪　对了，是种田的田，也就是你的姓。记住了这三个部分，就能把冀字记住。

田福贵　（一拍脑门）这这……太简单了！（指着纸板上的"冀"字）这不就是：跟着共产党北上就能有田种吗！

朱卉琪　这样理解，就更容易记住了。

田福贵　马冀这小子，是不是一生下来就知道会有今天啊？（扯下纸板上的"冀"字）剧社最后一个人的名字被我消灭了！来来，再换一个。

朱卉琪　我看呀，先别急着学新的，把我以前教你的好好复习复习，别像猴子掰苞米似的，学了新的，丢了旧的。

田福贵　（不悦地）咋？对我的学习成绩不满意啊？我看你学打枪也不怎么样嘛，我教了你多少次，一扣扳机枪管就歪，能把人急死！

朱卉琪　那好，咱们谁也别教谁了，这样大家都轻松一些。

田福贵　不教就不教，剧社识字的人多了，我跟他们学去，省得你横挑鼻子竖挑眼！（欲走）

〔朱卉琪将纸板用力摔在地上。

田福贵　（站住）怎么了？

朱卉琪　（伤感地）要是他在，我就不会这么累了……

田福贵　（有一种被刺伤的感觉）我知道，你总是拿我跟刘社长比，我哪能比得上他呢？不但帮不了你什么忙，还老是给你添麻烦……

〔朱卉琪不知该对他说什么，再次将纸板往地上一拍。

田福贵　行了，你以为我不知道你这几天为啥老发无名火吗，不就是为那个留声机吗？

朱卉琪　留声机坏了，剧社的人谁不急呀！

田福贵　你急，也不能拿我撒气啊？再这样下去，你都快不像个女人了……

朱卉琪　你、你说什么！（生气地走去，边走边脱下军帽，有意甩了甩秀发）

田福贵　哎哎，我说错话了吗？没错啊，你生的什么气……（跟下）

〔周月儿引着李槐树上。和以前相比，周月儿脸上多了一些忧郁。

〔王来德抱着一捆柴火，在他们后面远远地跟着。周月儿和李槐树停，王来德也停；周月儿和李槐树走，王来德又跟着走。

周月儿　（回头呵斥）你怎么还跟着？

王来德　我捡柴火，这么大草原，我想上哪儿捡就上哪儿捡。

周月儿　（扶李槐树坐下）来，坐这儿。

〔王来德隔着一段距离，也找了一块石头坐下。

周月儿　（对王来德）你到底要干什么？！

王来德　我捡累了，歇会儿，我爱坐哪儿歇就坐哪儿歇。

李槐树　（忍不住站起）我说你这个俘虏，猖狂什么！

王来德　（心虚但嘴硬地）我现在不是俘虏了，（拍拍头上的军帽）红军给我发了八角帽，我现在是剧社烧火的。红军里面可是人人平等，不打人不骂人哦。

李槐树　（气愤而又无奈）你……

周月儿　算了，别理他。

李槐树　哼！（坐下，摸出针在石头上磨）

周月儿　槐树大哥，你还在磨这根针啊？

李槐树　啊……自从留声机不能用了以后，你就再也没有笑过了，我好想听到你的笑声啊。

〔坐在另一头的王来德哼起了有点酸味的民间小调。

〔李槐树欲发作，周月儿急忙按住他。

李槐树　（察觉到月儿对王来德心存顾忌）月儿，你怎么了？

周月儿　啊，没什么……我、我在想，你都看不见，怎么能磨好留声机的唱针呢？

李槐树　不就是断了吗，唱针我没见过，不过我问过朱社长，她说跟缝衣服的针差不多。那我可知道，在我们村，我的针线活做得比女人都好，槐花妹妹小时候的衣服都是我给缝的。我磨磨试试看。来，你瞧瞧行不？

〔周月儿转头看看王来德，不由得把手抽了回来。

李槐树　月儿，你怎么了？你是不是还在怕那个人？

周月儿　（给自己壮胆）不，我是红军战士了，我谁也不怕！

〔周月儿说着去摸李槐树手上的针，王来德故意猛地弄出一声声响，周月儿一惊，手指被针扎了一下。

李槐树　扎着了？没事吧？

周月儿　没、没事。

李槐树　（怒冲冲地朝王来德）你狗日的，捣什么乱！欺负老子看不见是不是？（冲动地一把扯掉蒙在眼上的纱布）

周月儿　啊，快蒙上，你眼睛还没好呢！（急忙上前）

李槐树　（突然惊喜地）别动……月儿，我眼前有光了……我能看到光了！

周月儿　（高兴地）那……你能看见我吗？

李槐树　（朝着周月儿说话的方向）能，我能看见你，月儿……

周月儿　那你说说，我长的啥样儿？（说完这句话闪到一边）

李槐树　（仍朝着原来的方向，梦境般的）大大的、水汪汪的眼睛；圆圆的、白生生的脸蛋，一笑，两个酒窝；还扎着一条粗辫子，辫梢上扎着红头绳……

周月儿　（失望地摇头）错了，全错了，你还是看不见啊。

〔李槐树一怔，转向周月儿说话的地方。

周月儿　（安慰李槐树）别急，能看见光就是个好兆头，我再给你换药，再敷些日子，你就能看见我了。

王来德　（幸灾乐祸地）哼哼，你看呀，睁开眼睛看呀，看你还咋个勾引别人的女人！

李槐树　王来德，月儿现在和你没关系了！我们红军就是要铲除欺压妇女的童养媳制度，红军讲的是婚姻自由！

王来德　不管咋样，月儿都是我的媳妇，她一辈子都是我的女人。

周月儿　王来德！（突然爆发，举起采药的小铲子朝王来德扑去）我杀了你……

〔王来德嚎叫着躲闪，周月儿紧追不放。

〔朱卉琪和田福贵上。

田福贵　干什么？都给我站住！立正！

〔周月儿、王来德、李槐树三人立正。

田福贵　（问周月儿）咋回事？

〔周月儿只是掩面哭泣。

李槐树　王来德他个狗东西欺负月儿！

朱卉琪　说话要文明，王来德现在是我们红军队伍中的一员了。

李槐树　（不服气地）他……也算红军？

朱卉琪　你们先去吧，一会儿我要跟你们谈话。

〔周月儿、李槐树、王来德下。

田福贵　我一直就觉着那个王来德不地道，我看他参加红军的动机有问题。

朱卉琪　这些俘虏在国民党军队里养成了一些不好的习气，成分也比较复杂，不过我相信咱红军是个大熔炉，迟早会把这些杂质给提纯的。

田福贵　太天真了吧？

朱卉琪　那你认为呢？

田福贵　像王来德这样的人，就不能让他留下当红军；就是要留，也得审查清楚了再说。

朱卉琪　要是这样，俘虏们会怎么想？他们会觉得我们不信任他们，这就会影响转化工作啊。人心都是肉长的，只要我们平等、真诚地对待那些俘虏，我相信他们总会被感化的。

田福贵　（摇摇头）用嘴皮子打仗，我从来都不是你的对手。不过我把话放在这儿，到时候你可别后悔！（大步离去）

朱卉琪　哎，你别走，我还有事要跟你商量呢……（见田福贵头也不回，只好自个琢磨、试作着一种舞蹈动作）

〔马冀练习着打竹板走来，纳闷地看着朱卉琪的动作。

〔小陈端着一只小碗，高兴地喊着跑上。

小　陈　朱大姐！

朱卉琪　小陈……

小　陈　朱大姐，你别动，闭上眼睛。

朱卉琪　你又搞什么鬼把戏啊？（还是顺从地闭上了眼）

小　陈　（用草棍蘸着碗里的东西涂抹在朱卉琪嘴唇上）好啦，真漂亮！（递过一个小镜子）你看！

朱卉琪　（照着镜子惊叫起来）啊，口红！哪来的？

小　陈　刚才挖野菜的时候，我们发现了一种红色野花，采回来把花瓣捣烂，就能当口红用了，涂在脸上还能当胭脂呢！

朱卉琪　太好了，这下咱们演出就可以有化妆品用了，抽空多采一些！

小　陈　是！（跑下）

马　冀　朱社长，你要是打扮一下，肯定是咱们剧社最好看的女人。

朱卉琪　你说什么呀，没大没小的。

马　冀　嘿嘿……社长，刚才你那比划的是什么呀？

朱卉琪　是《打骑兵舞》，上级给咱们新的演出任务了。去，通知大家集合，马上排练。哎，把田协理员也叫来。

马　冀　是！（喊着跑下）集合了，排练了——

〔宣传队员们跑上列队。田福贵也跟着马冀走了过来。

朱卉琪　同志们，军团首长在《红星报》上写文章表扬我们了，说我们前一阶段扩红工作做得好！同时还表扬我们前两天给部队演唱的《打骑兵歌》很及时。首长说，敌人的骑兵部队企图阻止我红军北上，而我们又缺乏打骑兵的经验，这支《打骑兵歌》很能鼓舞我们的部队；首长要求我们剧社在还没有教唱这支歌的部队中教唱这支歌，树立起彻底打垮敌人骑兵的信心！

〔大家拍手欢呼。

朱卉琪 （看了看田福贵）咱们的田协理员出了个好主意，说要是把《打骑兵歌》编成《打骑兵舞》，边唱边跳，宣传效果就会更好……

田福贵 （纳闷地）哎，我什么时候说过……

朱卉琪 （打断他）就这么定了！老田，你也来。

田福贵 我？跳舞？开什么玩笑！

朱卉琪 谁跟你开玩笑了？这是工作、是战斗。

田福贵 我这胳膊腿儿硬得跟长枪筒子似的，哪能跳舞？（欲走）

朱卉琪 （一把将田福贵拽回）还生我的气啊？你是剧社的领导了，不会游泳也得下水扑腾两下，大家说对不对啊？

众队员 对！

朱卉琪 （田福贵还是要走，又被她拽回）来，大家注意要领，跟着我走——五、六、七、八，开始！

〔朱卉琪展开优美的舞姿，教大家一步一步地练习，并不时给田福贵纠正动作；田福贵无可奈何地跟着走步，显得拙笨迟钝，动作很不协调，最后还是退到一边当起了看客。

〔《打骑兵歌》的音乐响起，大家边唱边舞——

敌人的骑兵不可怕，

沉着应战来打他，

目标又大又好打，

排子枪快放齐射杀。

我们瞄准他，

我们打垮他，

我们消灭他。

无敌的红军是我们，

打垮了敌人百万兵，

努力再学打骑兵，

我们百战要百胜……

〔突然，远远地传来一阵枪响，然后是杂乱急促的马蹄声、吆喝声，显然是一支马队疾驰而来。

〔大家停止了排练，警惕地聚到一起。一名放哨的小战士跑上。

小战士　朱社长，来了一队骑兵，有几十号人！

朱卉琪　（有些慌乱地）啊，这可怎么办？我们才这么几个人……

〔马冀等战士急忙拿起武器准备应战。

田福贵　（上前远望）等等，好像有穿僧袍的喇嘛。上级有命令，一定要严格遵守民族政策。

马　冀　可来的要是反动土司武装呢？

田福贵　都别慌，做好战斗准备，等他们到跟前了，搞清楚情况再说！（看着朱卉琪）有我田福贵在，怕什么？来的如果是反动武装，我这把大刀可不是吃素的！

朱卉琪　（田福贵的话让她紧张的心情放松下来，脸上流露出依赖的神情）大家别、别慌，听田协理员指挥。

〔两个喇嘛带领一群背枪的藏民气势汹汹地冲上。

田福贵　请问，发生了什么事？

年轻喇嘛　今天上午贵军有一个士兵拿了我们寺院的粮食，活佛很生气！

朱卉琪　啊？这不可能，进入藏区以来，我们红军专门制定了纪律。

年轻喇嘛　我们亲眼所见，我们的眼睛比锥子还要尖利。

〔大喇嘛的目光在宣传队员们的脸上巡视着，王来德心虚地低下头想悄悄溜走，大喇嘛突然指着他叫喊起来。

年轻喇嘛　（走到王来德面前）就是这个人！

田福贵　王来德！

———话剧《天籁》 〉〉〉〉〉

王来德　有。

田福贵　你拿没拿他们说的那些东西？

王来德　没有，我没拿。

年轻喇嘛　肯定是这个人拿的，连天上飞的鹰都看见了，不会有错！

朱卉琪　请问你们丢的是什么东西？

年轻喇嘛　青稞、酥油茶，还有供奉的果品。

田福贵　（对马冀）去，把王来德的行李全部拿来！

马　冀　是！（下）

〔周月儿好像感觉到了什么，显出不安的神情，悄悄地下。

朱卉琪　（对年轻喇嘛）别急，我们会给你们一个交代的。

〔马冀拎着王来德的行李上。

田福贵　打开！

〔马冀打开行李检查，喇嘛和藏民们围上来看。

马　冀　报告，没有！

年轻喇嘛　怪了，我们不信。

王来德　没有就是没有，别想给我栽赃！

〔周月儿提着一个布口袋急上。

王来德　（见状大慌）月儿，你……

周月儿　（把布袋放到喇嘛面前，打开）是不是这些？

年轻喇嘛　没错，就是这些！

朱卉琪　周月儿，怎么回事？

周月儿　今天上午，王来德拿着这袋东西硬要给我，我没要，没想到他又偷偷塞到我的行李里去了。

王来德　月儿呀，这些吃的是我专门给你弄的，看看你都饿成啥样儿了？一阵风都能吹倒，我看着心里疼啊……我过去是对你不好，可不管咋样你是我女人呀，你咋就不识好歹呢？

周月儿　我、我说过了，不要你管！（掩面哭泣）

田福贵　（话中有话地对朱卉琪）怎么样？哼哼！（转身下令）把王来德捆

起来，按军法处置！

〔几个战士上去捆起王来德。年轻喇嘛附在大喇嘛耳边一阵嘀咕，他们脸上显出诧异的神情。

王来德　（哀求）那些东西我可一口都没有吃啊……月儿，我可是为了你呀……

〔周月儿流着眼泪，内心痛苦而又复杂。

朱卉琪　（对喇嘛和藏民们）乡亲们，同胞们，我想跟你们说几句话，行吗？（在大家的目光注视下走到他们面前）自古以来，藏汉一家，我们红军跟你们就更是一家人了。那个人（指王来德），他刚从国民党部队过来，身上染了些坏习气。今天这件事，他是为了我们的月儿，（拉过周月儿）是看着月儿实在太饿了，才违犯了红军的纪律，冒犯了佛爷……这是我们发的大洋，我一直没舍得用，请佛爷收下……（将大洋放到年轻喇嘛的手上）我给乡亲们赔不是，（深深地鞠躬）给佛爷赔……（突然栽倒在地）

周月儿　（惊喊）朱社长！朱大姐……

〔大家急忙围上。

田福贵　卫生员！

小　孙　（冲过去做了简单的检查）协理员，朱社长是饿昏的，她的身体太虚弱了。

小　陈　（哭着）朱大姐她……把吃的都给我了……

小　赵　也给了我……

〔年轻喇嘛同大喇嘛耳语了一下，将刚才朱卉琪给的银元放在地上，与藏民们悄悄退下。

〔人的吆喝声和杂沓的马蹄声渐渐远去。

众　　　（呼唤）朱社长……

〔切光。

六

〔光起。

〔田福贵趴在营地旁边的一块石头上磨着手上的唱针。朱卉琪走出帐篷,整理着衣服来到田福贵跟前。

朱卉琪　老田,在干什么呢?

田福贵　(一惊,手差点被针扎了)你、你怎么起来了?

朱卉琪　我感觉好多了……噢?你在磨唱针?

田福贵　噢,是……李槐树毕竟眼睛不方便,让他歇歇。

朱卉琪　你这双磨大刀片的手,能行吗?

田福贵　怎么不行?你看……(拈着针给朱卉琪看,却发现针已经从手指缝"溜"了,急忙满地寻找)哎,掉哪儿去了?

朱卉琪　(从地上找到针捡起)在这儿呢。

田福贵　嗨,我这手指头,又粗又硬……

朱卉琪　还是我来吧。

田福贵　行了,你还是歇歇吧。你这个人哪,把吃的都给了别人,真是不知道心疼自己。

朱卉琪　你不也一样吗?

田福贵　我是男人啊,堂堂五尺汉子,你能比?

朱卉琪　大男子主义!(心里还是被田福贵表现出的关心所感动,有意岔开话题)哎,昨天给藏民们的演出怎么样啊?

田福贵　好得很哪!藏民们高兴得不得了,跑上来和我们的队员一起又唱又跳,还给我们献了哈达,那可真是痛快啊!

朱卉琪　咦,你不是说,在战场上挥着大刀消灭敌人的时候才叫痛快吗?

田福贵　是啊,那也痛快,这也痛快……你看你又笑话我啦。

朱卉琪　不,我是为你高兴。真没想到,我病倒了,你还能带队去演出,你这个剧社领导真是越来越称职了。

田福贵　这算什么，比起刘社长就差远去了。
　　　　〔朱卉琪的情绪顿时低沉下去。
田福贵　对不起，你看我这张嘴……
朱卉琪　（从挎包里掏出那一片竹板，凝视着）我们是一起在莫斯科留学的同学，然后一起回国，一起到了江西苏区，一起到战士剧社工作。本来以为可以一起走上抗日前线，一起迎接革命胜利的，没想到……如今就剩这一片竹板了，那一片留在湘江边，永远也找不回来了。
田福贵　你太不容易了……我知道你心里经常在为刘社长哭，可一演出你就照样笑，照样带着一帮年轻娃娃唱啊跳啊……
朱卉琪　我不这样，会影响大家的情绪，会没法带这支队伍的。
田福贵　所以我佩服你了！可我……太不像话，老是跟你拧着，和你吵架，给你出了那么多难题……这两天看你病的样子，我心里那个难受啊，真想抽自己两个巴掌。
朱卉琪　不，我也有责任……其实，自从你来到剧社后，我们大家心里都踏实多了，像前天那种情况，关键时候你往那儿一站，我……我们一下子就感觉有了依靠。
田福贵　这么说，我在这儿还真的能起点作用？
朱卉琪　那还用说吗！我慢慢才明白军团首长为什么要把你派到剧社来，剧社的队员年龄都偏小，女孩子又多，这一路行军打仗，太需要有一个军事能力强的人来保护了。你不知道吧，好多女孩子很崇拜你呢。
田福贵　真的……我还以为大伙都瞧不起我这个大老粗呢。
朱卉琪　不识庐山真面目，只缘身在此山中。
田福贵　（茫然地摇摇头）不懂。
朱卉琪　（笑笑）以后等你字认得多了，自然会懂的。
田福贵　以后的事先不说，就说你刚才哭的时候啊，我仔细瞅啦，特别像个女人！

朱卉琪　（一怔）你不是说，我不像个女人吗？

田福贵　看你，又记仇了。

朱卉琪　其实，你说的不是没有道理……我出生在一个封建大家庭，我从小身边都是些逆来顺受、忍气吞声的女人。我不愿意过她们那样的生活，我要上学，要做新女性！后来我就参加了革命，幸运地被党组织派到苏联学习，回来后就到了中央苏区，整天不是在血与火里厮杀，就是在泥水里滚打，几乎都快忘了自己还是个女人……

田福贵　嘿嘿，实话说吧，开始那阵我是挺烦你的，老觉得你留过洋，肚子里灌了些墨水，两只眼睛朝天，瞧不起我们工农干部；还有你讲起话来一套一套的，我跟你说话感觉特别费劲。说句心里话你别生气，我那会儿想啊，这辈子打死也不娶你这样的女人当老婆！

朱卉琪　你说什么！

田福贵　（急忙）瞎说，瞎说，我怎么会想到娶你呢……那不是癞蛤蟆想吃天鹅肉嘛！

朱卉琪　你……越说越不像话了！

田福贵　不不，其实我是说呀……处得久了吧，慢慢发现你和我开始感觉的不一样。尤其是这几天，我把你好好地想了想，觉得你这人吧，心眼儿又实在，脑袋里又清亮，就跟雪山上流下来的水一样，一点渣子都没有，就连你严厉起来的时候，也挺……挺招人喜欢的！

朱卉琪　（禁不住红了脸，站起）田福贵同志！你怎么能这样想呢？（局促地）我、我走了……

田福贵　（拍拍脑门，像是自语）我今天是咋啦？没喝酒啊，怎么跟醉了似的……

〔马冀跑上。

马　冀　朱社长，田协理员，你们看！

〔战士们扛着几个装得满满的大口袋上。

朱卉琪　这是什么？

马　冀　青稞啊！粮食啊！是前天来过的喇嘛和藏民们送的。他们说还是头一回碰到像我们这样的军队，自己的人饿得昏倒了都不动他们的一颗粮食，还饿着肚子给他们演戏；还说佛爷会保佑我们红军……扎西德勒！

田福贵　（激动地）太好了，真是痛快啊！哎，给人家写欠条了吗？

朱卉琪　（不等马冀回答就用颤抖的手写下一张纸条）马上把欠条送去！等革命胜利了，我们一定回来好好答谢他们！

马　冀　是！（接过欠条跑下）

众队员　（欢呼）噢——我们有粮食了！

朱卉琪　（看了田福贵一眼）全部上缴大部队！

众队员　是！

〔切光。

七

〔起光。李槐树在一块石头上继续磨那根唱针，周月儿在旁边边擦留声机边想着什么心事。

周月儿　槐树哥，唱针还要磨多久啊？

李槐树　快了，一会儿咱们试试。田协理员、朱社长，还有马冀，都抢着拿去磨，我好容易才要回来……（见月儿没有反应）月儿，你好像有什么心事？我虽然眼睛看不见，可我能感觉到你不开心。

周月儿　没、没有啊。

李槐树　自从王来德来了后，你就和以前不一样了。

周月儿　我给你说过了，不要在我跟前提那个名字！

李槐树　哦，好，好。

周月儿　我问你，那天你说能看见我的模样了，可你说的根本就不是我，

——话剧《天籁》 >>>>>

你说你心里想的那个姑娘是谁呀？

〔李槐树沉默不语。

周月儿　你说呀！

李槐树　那是我的妹妹槐花。槐花已经死了。

周月儿　啊？

李槐树　那年，槐花被村里的地主老财强占了，那时她才十四岁呀！槐花受不了那个羞辱，跳了江；我去和那帮狗日的拼命，被他们打得差点没了命。我逃出来以后，就参加了红军，发誓要给槐花报仇……

周月儿　槐树哥，对不起，我不知道这些……

李槐树　（一把拉住周月儿的手）月儿，别离开我！在这世上我没有别的亲人了，我想和你在一起，一辈子都在一起……

周月儿　（把手抽回）槐树，你别、别这样想。

李槐树　为什么？

周月儿　你就别问了，我、我不能……

李槐树　"不能"什么呀？你要是不说，我就不换药了，我就让我的眼睛瞎掉，再也看不到你，看不到这个世界！

周月儿　不许你胡说！

李槐树　那你就快告诉我呀。

周月儿　（伤心地抽泣）槐树哥，我不是没这样想过，可我觉得我配不上你，我当过别人的童养媳呀，偏偏那个人又来到了跟前，想躲都躲不掉啊……（越哭越伤心）

李槐树　（摸索到月儿面前，重新拉住她的手）就为这个？

周月儿　（点头）朱大姐说过，革命了，我就和从前不一样了。可我总觉得是我的命不好，天底下这么大，偏偏叫我在这里跟他碰上……

李槐树　碰上了又怎么着？有我在，你什么都不用怕！

周月儿　对，有你在，我什么都不怕……（看着李槐树）你真的……不嫌弃我？

611

李槐树　这也要嫌弃,那还是个男人吗?在我心里,你是天底下最好最好的妹子啊!

周月儿　……槐树哥!

李槐树　(动情地)月儿,在湘江边上第一次遇见你时,不等我看清你的模样眼前就一片模糊了。月儿,我真想现在就看看你到底长的啥样儿啊!

周月儿　(感动地)槐树哥……我现在就让你看。(抓起李槐树的手放在自己头上)

李槐树　(一颤,本能地把手缩了回去)月儿……

周月儿　(再次抓过李槐树的手放在自己头上)这样,你就等于看见我了。

李槐树　(双手颤抖着,在周月儿头部缓缓移动)噢,不是一根辫子,是两把小刷子……不是圆脸,是瓜子脸……酒窝,还有两个酒窝……

〔周月儿陶醉地闭上了眼睛,李槐树的手却突然凝固般地停住了。

周月儿　槐树哥,你怎么啦?

李槐树　月儿,我有个愿望,就是只要能用我的眼睛看上你一回,就是死了也心甘!

周月儿　(捂住李槐树的嘴)不许说死,我们两个谁也不许死!

李槐树　(抓住月儿的手)对对,我们谁也不许死,不许死!

周月儿　(怕被人看见,推开李槐树)槐树哥,快试试你磨的唱针,看能不能用了。

李槐树　嗳!

〔李槐树递过唱针,周月儿小心地将唱针装在留声机上,一试,有了声音。

周月儿　哎呀,好啦!槐树哥,你真行!

李槐树　(高兴得手舞足蹈)月儿,咱就先放一回朱社长经常放的那个《英雄》吧,每当我听到它浑身就有使不完的劲,我就想上战场去杀敌人!

——话剧《天籁》 >>>>>

周月儿　（拿出一张唱片）今天，我要给你放一首《田园》。
李槐树　田园？
周月儿　这也是朱社长经常放给我们听的。
　　　　〔留声机播放出贝多芬的《田园》，两人贴近留声机侧耳倾听。
周月儿　（陶醉、向往地）等革命成功了，我们俩就去过田园那样的日子。那儿到处绿油油的，牛在耕地，鸟儿在叫，地上开好多好看的花；太阳暖暖的，亮得晃眼；人们有吃的，有穿的，有书读，没有谁欺负谁，多好啊……
李槐树　真有这样的地方？
周月儿　朱大姐说了，有咱们红军，就肯定会有这样的地方！那时候你的眼睛已经好了，我天天让你看我，让你看个够，还……还要让你亲个够！
李槐树　（一惊）月儿你说什么？你再说一遍……
周月儿　哎呀我……（不好意思地急忙把话岔开）我去告诉朱大姐他们……（边跑边喊）朱社长，留声机的唱针修好啦……
　　　　〔朱卉琪、田福贵和宣传队员们闻声跑上。
朱卉琪　（惊喜地）月儿，能放唱片了吗？
周月儿　能！试过了。
田福贵　（紧紧抱住李槐树拍打着）痛快啊！我的好兄弟……
朱卉琪　好！同志们，现在我们就来听一首大家都非常熟悉的歌曲……
　　　　〔朱卉琪将一张唱片放进留声机，示意田福贵来搭唱针，田福贵连忙摇头，表示自己不会；朱卉琪执意要他来放，他只好试着把唱针搭上，留声机发出一阵滋滋声。
　　　　〔留声机播放出的是激昂、雄壮的法语《国际歌》，宣传队员们为之振奋。
朱卉琪　（憧憬地）同志们，很快就要过草地了，草地会是什么样子呢？蓝天白云底下，一望无际的绿茵，绽放出一片片红的、黄的、蓝的野花，引来无数蝴蝶飞舞，多么美啊……当长龙般的红军队伍从草地上走过时，我们要继续用留声机播放出一首首歌曲，为红军的脚步声伴奏……

〔《国际歌》越来越响亮，朱卉琪有力地打着拍子，宣传队员们满怀激情跟着留声机用中文合唱起来……

〔收光。

八

〔旁白：他们带着歌声、琴声，带着梦想，走进了一望无边、苍苍茫茫的大草地。可是，草地并不像朱社长想象的那样浪漫，他们每一天都经历着饥饿、疾病和死亡。小刘饿得只剩下一把骨头，用最后一点力气把至死都舍不得吃的五粒青稞给了战友；小魏打着竹板倒在了行军路上，死后脸上还挂着演出时的微笑；小陈为采演出化妆用的红花陷进了沼泽，她刚刚采到的那束鲜花漂浮在泥淖上，成为美丽的墓碑……他们没有看到想象中在绿草和花丛中飞舞的蝴蝶，但他们死了的生命却化作了蝴蝶，在那片草地上空快乐地飞翔；活着的，走出了草地，继续北上，参加了甘肃南部的腊子口之战……

〔一九三五年九月。甘南腊子口附近。

〔战斗间隙。从不远处的腊子口战场，不时传来激烈的枪声和爆炸声。

〔周月儿匆匆跑上，小孙拎着一副担架迎面跑来。

周月儿　小孙！

小　孙　月儿姐……

周月儿　留声机不见了！你看到谁拿了吗？

小　孙　（摇摇头）怎么会不见了呢？

周月儿　（指指身后）刚才还在那儿，我带李槐树去了趟卫生所，回来就不见了……（急得哭）

——话剧《天籁》〉〉〉〉〉

小　孙　会不会是朱社长他们拿去用了？

周月儿　不会的，朱社长他们一直在前面给敌人喊话……（突然想起什么）小孙，你看到有谁来过吗？

小　孙　哎，有一个人，好像是王来德。

周月儿　（一惊）他往哪儿去了？

小　孙　那边，石头崖方向。

周月儿　（拔腿欲追，跑两步返回）小孙，李槐树正在卫生所做眼睛检查，你去先替我照看一下。（跑下）

小　孙　哎，小心点，前面在打枪——！

　　〔小孙欲下，马冀捂着受伤的胳膊跑上。

马　冀　小孙……

小　孙　马冀！你负伤啦？

马　冀　妈的，我给他们唱河州花儿听，他们还给了我一枪。

小　孙　（给马冀包扎伤口）还好，没伤着筋骨。

马　冀　只要没伤着喉咙，老子就还上去给他们唱！

小　孙　你说你唱河州花儿？你会唱花儿？

马　冀　腊子口的守敌大多是宁夏、甘肃一带人，李槐树这两天就特意跟当地一个老乡学唱了河州花儿，然后他又教给了我，我刚才就唱了这么两句——（唱）"叫一声拔了兵的尕娃娃你给谁卖命哩，屋里那白头发的老母亲正把你想着哩……"我一唱呀，那些守敌好些个都不打枪了，扯着脖子听呢！

小　孙　这说明，你已经起到瓦解敌人的作用了。

马　冀　我现在可是李槐树的第一弟子了。不过，学一句，还得给他卷一根烟抽。其实哪是烟啊，卷的是树叶，我还往里加了点马粪，他居然说好味道。

小　孙　你可真坏！

　　〔李槐树跌跌撞撞地跑上，他已经去掉了眼部绷带，能看得见了。

李槐树　（边跑边喊）月儿，月儿……我眼睛好了！我能看见了！我能看见了……

马　冀　槐树！你真能看见了？

李槐树　马冀？（站住看着马冀）你小子，原来长这熊样儿啊……（然后紧紧抱住马冀，哽咽着）谢谢你呀，兄弟，这一路上你用担架抬我，把胳膊都拽长了！

小　孙　（在一旁）槐树……

李槐树　你是……噢，小孙，卫生员！哎，月儿呢？她在哪儿？

小　孙　月儿姐刚走，到石头崖那边去了。

李槐树　（急切地）她走的哪条道？

小　孙　（指路）这儿。

李槐树　回头见！（转身跑去）

马　冀　不行，李槐树的眼睛刚好，我得跟去！（追下）

小　孙　小心点——！（下）

〔朱卉琪和田福贵一前一后地上，从他们的脸上可以看出，两人刚刚发生过争吵。

田福贵　（认错的样子）我不就是一遇上打仗，这拿枪的手就痒痒吗，值得你发这么大的火？

朱卉琪　你是剧社的协理员，不是过去那个营长！拎着枪只顾往上冲，你认为这么做对吗？

田福贵　嗨，我这不是一时来劲吗，认个错！（向朱卉琪敬礼）我知道，你是担心我伤着，心疼我！

朱卉琪　自作多情！

田福贵　（笑笑）哎，你知道我干掉了几个？

朱卉琪　不知道！

田福贵　（自傲地）三个！你呢？半个。当然了，你不能跟我比。我看见有个家伙想朝你扔手榴弹，刚一抬手，你一枪过去就打伤了那家伙的腿。有进步，啊，有进步。

朱卉琪　那还不是你这个老师教得好？

——话剧《天籁》 〉〉〉〉〉

田福贵　我说你们娘儿们打枪……噢，女同志！女同志使手枪有个毛病，总爱眯着一只眼瞄半天，这是不行的。来来，我再教你一遍。（把住朱卉琪的双手）使手枪应该这样，枪、双臂、身体同时移动，快速指向目标，指得准就打得准；要想指得准，就得多练。记住，这样……这样……

〔小赵上，见状惊叫一声。

小　赵　啊！我不是故意来看的……（回头就跑）

朱卉琪　（甩开田福贵的手）看看，叫大伙怎么说？

田福贵　爱咋说就咋说吧！还、还留过学呢，封建！

朱卉琪　哦？敢情你还挺解放的？

田福贵　那当然！仗都敢打，还不敢搞对象？（走近朱卉琪）卉、卉琪——你看我叫你社长叫惯了，叫名字咋这么别扭啊！直说吧，我……我还真想跟你搞那个……啊对象！

朱卉琪　（没想到他会说出这话，半天缓不过神来）你……你胡说什么呀！

田福贵　咋的？瞧不起我？

朱卉琪　（局促地）不不，你怎么会说出这样的话，你……是不是打仗打晕了？

田福贵　不打仗才晕呢！我给你说，我这个大老粗还就想找个文化人做老婆，我就看上你了，算你倒霉！不过，你也别为难，我现在还只是"想"，没有说一定得跟你搞对象。等到我也算得上是个文化人了，你再回我话行不？

朱卉琪　（顿了顿）行，等到你起码学会一千个字的时候，才可以跟我谈这个话题。

田福贵　一千字算个鸟……（意识到自己说了粗话，忙收口，转对朱卉琪）那就一言为定！

朱卉琪　（笑笑）说说今天给你布置的作业，四个字，会了吗？

田福贵　"贝、多、芬"，会了，那个耳朵不好使的写曲儿的嘛；还有腊子口的"腊"，也会了。你一说这个"腊"字就是腊肉的"腊"，

617

我一下就记到肠子里去了！我打小就爱吃腊肉，可吃不上；等革命成功了，天天有腊肉吃，我就满足了！

朱卉琪　有腊肉吃你就满足了？我不信！等胜利后做了官，住洋楼，用电灯，坐轿车，谁知道你会变成什么样子呢！

田福贵　我还能变成啥样？这枪林弹雨两万里都能穿过来，还有啥过不去的坎儿？

朱卉琪　我不知道……

〔通信员跑上。

通信员　报告！指挥部命令！（递上一张纸函，下）

朱卉琪　（看过命令）老田，第二次攻打腊子口的战斗就要开始了，指挥部命令我们进一步做好鼓舞士气、瓦解敌军的宣传鼓动工作。咱们就按拟定好的方案，行动吧！

田福贵　好，你下命令！

朱卉琪　你带领快板队上一号阵地，我带领其他同志去主攻连！

田福贵　是！

〔朱卉琪下。

田福贵　（本能地拔出驳壳枪，但随即又将枪插回，把竹板一举）快板队，跟我来！（冲下）

〔枪炮声骤响。快板队的队员们跟着田福贵往前冲去。

〔暗转。

九

〔光起。

〔周月儿在崎岖不平的山路上奔跑着，不时有流弹飞来，打在她身边的岩石上。

〔王来德突然从一块大石头后面闪出，挡在周月儿面前。

王来德　月儿，我就知道你会跟来的。

——话剧《天籁》 〉〉〉〉〉

周月儿　（被吓了一跳）王来德，你……

王来德　找留声机吗？在这儿。（从石头后面搬出留声机）看，好好的。

周月儿　（气愤异常）你、你偷它出来干什么！

王来德　我不偷它出来，你能追到这儿来吗？

周月儿　（警觉地）你想干什么？

王来德　我要你跟我回去，还做我的女人。

周月儿　你做梦去吧！（去抱留声机）

王来德　（挡住月儿）那你就别想把它拿走！

周月儿　（退后两步，用手枪对准王来德）你要再拦着我，就打死你！

王来德　（先有些害怕，随后壮起胆）我不信你会开枪打我，不管怎么说，我是你男人哪……

周月儿　（哗啦一下将子弹上膛）那你就试试看！

王来德　（慌了）月儿，你真要打死我啊？我娘虽然对你不好，可她也快七十岁了，在家里眼巴巴地盼着我这根独苗续香火呢。

〔周月儿举枪的手哆嗦着……

王来德　月儿，我知道你心眼好，你就跟我回去吧，求你了……我以前是对你不好，只要你跟我回去，我再也不打你了，也不许我娘打你，还不让你下地干活，不让你做饭……红军队伍里是好，可你一个女人家成天唱唱跳跳、打打杀杀的，这样下去都不像个屋里的女人了……

周月儿　不许你这么说我！我只有在红军队伍里，才觉得自己翻了身，才觉得自己是个人！再说了，就算你们今后不再打我欺负我，我跟你也没有一点儿情分，你知道的，我爱的是李槐树！

王来德　呸，不要脸！你都是我的人了，还跟那个瞎眼睛勾勾搭搭！什么情分不情分？女人一辈子不就是嫁鸡随鸡、嫁狗随狗、下地干活、回屋做饭、上炕跟男人生娃娃吗？走，跟我回家！（上去一把抓住月儿）

周月儿　（挣开，用枪指着王来德）你再这样，我、我真开枪了！

619

王来德　啊，别、别……（一阵枪响，他吓得抱头爬在地上。过了一会儿，他把头抬起）月儿，不是你开的枪？

〔周月儿隐蔽在岩石后朝打枪的对面山上观望。

王来德　（惊恐地）不能开枪啊，对面山上就是国军，枪一响，他们就会发现我们……

周月儿　你要是怕他们发现，就把留声机留下，滚！

王来德　（愣了一下，突然举起留声机登上山崖）月儿，别逼我！这下面可是十几丈深啊，你今天要是不跟我走，我就把它从这儿扔下去！

周月儿　（一下慌了手脚，只好把枪收回）我不开枪了，你把留声机放下，放下……

王来德　（依然举着留声机）那你得答应我，跟我回去！

周月儿　（慢慢往前靠近）你先把留声机放下，咱们再好好商量……

王来德　月儿，你不是哄我？

〔周月儿痛苦地摇摇头。

王来德　（迟疑了一下，放下留声机靠近月儿）月儿，吓着你了吧？你知道不？我都快想死你了……（说着去抱月儿）

周月儿　滚开——！（猛地推开王来德，抱起留声机就跑）

〔突然一串机枪子弹打来，周月儿叫了一声，中弹倒下，但留声机仍被她紧紧抱在怀里。

王来德　（扑上去呼叫着）月儿！月儿……（见月儿没有了动静，跪下，喃喃地）是我害死了你呀，月儿，是我害死了你……（从月儿手上掰下手枪）你说过，要我去杀敌人，去杀敌人……（他站起，发疯般地举枪朝对面山上狂喊狂射）狗日的！还我媳妇……还我女人……

〔一串枪响，王来德中弹摔下山崖。

〔朱卉琪、田福贵率宣传队员们跑上。

朱卉琪　（抱住周月儿）月儿！月儿！你醒醒啊，月儿……

〔大家悲痛地哽咽着,脱下军帽,肃立在周月儿身旁。

〔李槐树呼喊着跑上。

李槐树 (跪倒在周月儿身边,端详着)月儿……你就是月儿?(闭上眼睛,双手轻轻抚摸着月儿的头发和脸颊)是的……你就是月儿!(抱起周月儿)月儿,你醒醒,你醒醒啊……你不是说,我们谁也不许死吗?你怎么说话不算数呀……你还说,等我眼睛好了,要叫我把你看个够,现在我眼睛好了,我看你来了,你却又看不到我了……(号啕大哭)

朱卉琪 (将留声机放置在周月儿身边)月儿这一路,用它给红军指战员们播放了多少乐曲啊!(拿出一张唱片)这是月儿最喜欢听的贝多芬第六交响曲《田园》,就让我们给月儿再播放一次吧。

〔留声机播放出贝多芬的交响曲《田园》。

〔周月儿爽朗的笑声,画外音:"槐树哥,你的眼睛会好的,你会看见我的,到那时我让你天天看我,让你看个够,还……还要让你亲个够……"

〔李槐树抱起月儿,在她脸上深情地、久久地亲吻着……

〔暗转。

〔枪声大作。小赵跑上。

小 赵 朱社长,田协理员,一股腊子口的守敌迂回过来,把我们包围了!

田福贵 (登高察看四周)娘的,至少有一个营哪!

朱卉琪 啊,可、可我们只有二十几个人……

田福贵 卉琪,你赶快带大家从那边突围,我留下掩护!

朱卉琪 啊,不……

田福贵 (不由分说)现在听我指挥!

〔李槐树拎着一把大刀奔上。

李槐树 田协理员,我也要跟你留下!

马 冀 我也要留下!

田福贵　槐树，马冀，你们都跟朱社长走！

李槐树　不，我要给月儿报仇！（说着就要往上冲）

众队员　我们都要留下，给月儿报仇！

田福贵　（一把抓住李槐树，显示出一个指挥员的成熟）仇，是一定要报的！我们过湘江、渡赤水、翻雪山、过草地，一个劲地往北走，为的就是报这个仇！我们要把国民党反动派、军阀团匪、日本鬼子，统统杀他个落花流水！可现在，需要你帮助朱社长他们突围，还有月儿留下的留声机也需要你保护！你打过仗，一定要把大家带出去，与大部队会合！

李槐树　……是！宣传队员们，撤！（带领大家撤下）

朱卉琪　老田……（返回到田福贵跟前，似有千言万语却又说不出来）

田福贵　噢，卉琪！（从挎包里拿出一片穿着红绳子的竹板）这片竹板是我做的，跟刘社长留下的那片合在一起，就是完整的一副了。我本来想……拿着吧，用它好好为咱红军战士演节目！

朱卉琪　（接过竹板，泪水夺眶而出）老田……

〔密集的枪声愈来愈近。

小　赵　协理员，敌人越来越近了！

田福贵　（把朱卉琪一推）快走！（对几个战士）你们跟我来！（冲下）

朱卉琪　（追出几步，朝着田福贵的背影大喊）田——福——贵——你一定要活着回来……我还要教你认字呢……

〔激烈的枪声。

〔收光。

十

〔一九三五年十月。陕北。

〔欢快的晚会气氛。为庆祝中央红军与红十五军团胜利会师，战士剧社的宣传队员们，正在军民联欢会上演出他们编排的《长征小调》。

〔江西民歌——

　　三四年十月秋风凉，

　　中央红军远征忙。

　　星夜渡过于都河，

　　古陂新田打胜仗。

〔湖南花鼓——

　　十一月里来走湖南，

　　宜、临、蓝、道一齐占。

　　冲破两道封锁线，

　　吓得何键狗胆寒。

〔广西民歌——

　　十二月里过湘江，

　　广西军阀大恐慌。

　　四道封锁线都突破，

　　势如破竹谁能挡？

〔贵州民歌——

　　三五年一月梅花香，

　　打进贵州过乌江。

　　连占黔北十数县，

　　红军威名天下扬。

〔四川民歌——

　　二月里来到扎西，

　　部队整编好神气。

　　发展川南游击队，

　　扩大红军三千几。

〔快板——

　　三月里打回贵州省，

二次占领遵义城。
打垮王家烈八个团，
消灭蒋吴两师兵。
四月里来向南进，
打了贵阳打昆明。
巧妙渡过金沙江，
浩浩荡荡蜀中行。
五月里飞夺泸定桥，
打得守敌撒鸭子跑。
飞越天险大渡河，
十七勇士逞英豪。
六月里来过雪山，
夹金山上受考验。
一、四两个方面军，
懋功会合笑开颜。
七月里进入川西北，
黑水芦花青稞麦。
艰苦奋斗为哪个？
为了抗日救中国！
八月继续向前进，
千难万险草地行。
野菜草根煮皮带，
无坚不摧是红军。

〔河州花儿——

九月出发潘州城，
指路的是咯北斗星。
哗啦啦打下腊子口，
哈达铺来了咱穷人的兵。

〔陕北民歌——

　　二万五千里大长征，

　　走了南北十一个省。

　　咱红军会师在陕北，

　　山丹丹开花迎亲人……

〔雷鸣般的掌声。

〔暗转。

十一

〔窑洞前。朱卉琪坐在留声机旁，神情忧伤地捧着那副由刘社长那片和田福贵那片合起来的竹板……

〔小孙高兴地跑上。

小　孙　朱大姐，听说毛主席、周副主席一个劲地夸我们《长征小调》演得好呢！

朱卉琪　（点点头）周副主席还让我们给部队和老百姓多演呢。

小　孙　（看见朱卉琪手上的竹板，知道她又在想什么了）朱大姐，田协理员他……

朱卉琪　这么长时间了，还是没有他的消息。

小　孙　（安慰）田协理员他会回来的，会回来的……（轻轻走下）

〔马冀扛着一捆布上。

马　冀　报告社长！咱红军在直罗镇战斗中，从敌一零九师缴获了一些棉布，邓小平部长指示送给战士剧社两捆，让为每个宣传队员做一身新服装。

朱卉琪　太好啦，我们有三年都没换过新衣服了！

〔马冀朝后招招手，下；田福贵随后上，肩上扛着的一大捆布遮挡住他的脸。

田福贵　请问放在哪里？

朱卉琪　哦，就放剧社那边吧……（蓦地感觉到这声音好熟悉，打量着扛布人的背影，激动地大声叫道）老田——！
　　　　〔田福贵慢慢转过身来，露出了微笑的脸。
朱卉琪　老田……
田福贵　卉琪……（放下布匹）
朱卉琪　（扑上前去，却又手脚无措；发现田福贵缠在脖子伤口上的纱布，用手轻抚着）我还担心你……（忍不住抹泪）
田福贵　担心我回不来了是不是？那怎么可能？我这身板，顶多让敌人的子弹在脖子上挠挠痒，想取我的命？没门！
朱卉琪　（突然捶打着田福贵的胸脯）你吓死我了，吓死我了……
田福贵　（一把抓住朱卉琪的手）卉琪，我也很想念你，想念同志们啊……我要告诉你一件事，我一从医院出来，组织上就找我谈话，要派我去红军大学学习，很快就去报到。
朱卉琪　这可太好啦！
田福贵　（感激地）卉琪，要不是你教我学文化，我哪有这个资格？
朱卉琪　（显出些忧伤）可咱们刚刚见面，就又要分开了……
田福贵　是啊，要不是为了学习，我真不想离开你……卉琪，听说你们很快也要开赴抗日前线了，到了前线，要多搞战地演出，那可是有着特殊意义的战场啊！
朱卉琪　哦？把我给你说过的话又送回给我啦？
田福贵　这才叫痛快呢！（一笑）卉琪，我这次走，想带上两样东西。
朱卉琪　两样什么？
田福贵　一是那副竹板……
朱卉琪　竹板？
田福贵　一半是刘社长留下的，一半是我做的。
朱卉琪　（拿出那副竹板，郑重地插在田福贵的背包上）我就知道，早晚有一天你会要它。那另一样呢？
田福贵　另一样是……是你的一句话。

——话剧《天籁》 〉〉〉〉〉

朱卉琪　　我的一句话？

田福贵　　你、你得说：等着我回来。

朱卉琪　　（故作不懂地）等你回来？为什么呀？

田福贵　　哎？搞对象啊！嫁给我做老婆啊！等我从红军大学学习回来，我俩就是一个水平了，我们一起革命、一起打仗、一起演节目，还要……一起生娃娃，壮大咱红军的队伍啊！

朱卉琪　　你、你胡说些什么呀！

田福贵　　咋？你不愿意啊？那我走了！（扭头就走）

朱卉琪　　老田……（追上去紧紧抱住田福贵背上的背包）

田福贵　　你们女人哪……嘿嘿，我怎么会这样走呢？你说过的，等我学会一千个字的时候，你就……卉琪呀，我仔细数了数，就差一个字了。现在，你就教我这一个字吧。

朱卉琪　　（少顿）这个字，我已经准备好了。

〔田福贵拿出笔和本子，朱卉琪则走到留声机旁。

田福贵　　留声机……

朱卉琪　　你来听听，看能不能听到什么？

田福贵　　还没有放唱片哩！

朱卉琪　　我知道没放唱片，可是此时此刻，你静静地看着它，想着它，试一试能不能听到什么声音？

田福贵　　（把耳朵贴在留声机上）啥声音也没有啊！

朱卉琪　　你再听听，用心去听……

〔田福贵凝视着留声机，似乎若有所悟。

朱卉琪　　（动情地）从江西，到陕北，一年来，一路上，它陪伴着我们唱出了多少歌儿，宣传了多少革命的道理啊。这些声音，留在了湘江赤水，留在了雪山草地，留在了月儿牺牲的腊子口，留在了红军战士的心里，留在了我们剧社每一个宣传队员的生命里！无论何时何地，只要我们用心去听，它就会在我们的耳边响起……这，就是天籁之音！

田福贵　（思索、品味着）天籁之音……噢，我听到了……

朱卉琪　现在，我要教给你的第一千个字，就是天籁的"籁"！

〔田福贵递给朱卉琪笔，朱卉琪则从田福贵的背上抽出大刀，用刀尖在地上写下"天籁"两个大字，这两个字随着笔势出现在天幕上。

朱卉琪　来，跟我读：天——籁！

田福贵　（像小学生似的跟读）天——籁！

朱卉琪　籁，天籁的"籁"！

田福贵　籁，天籁的"籁"……

〔田福贵的读字声延续着、回响着，渐渐叠加出儿童的诵读声……

〔田福贵匍匐在地上，以手用力地摹写着"天籁"二字。

〔旁白：到达陕北后不久，战士剧社的队员们就奉命分赴西北、山东、东北的各个战场，积极开展各种形式的文艺宣传工作，开始了红色文化的新长征……让我们记住它，就像记住我军最初的枪声、炮声那样，记住前辈们最初的歌声和琴声，记住这来自两万五千里长征的天籁之音！

〔高亢、激昂的音乐。

〔战士剧社的宣传队员们走上，分别展示出他们用各种器乐、各种形式演出的造型。

〔剧终。

精品提名剧目·话剧

爱尔纳·突击

编剧　兰晓龙

时间

一九九五年十一月至二〇〇一年八月。

人物

许三多　爱尔纳中国队第二战斗小组成员，某机步团装甲侦察连二级士官。

许百顺　许三多的老爹，南方某山村的农民。

班　长　某机步团装甲侦察连钢七连三班班长。

伍六一　某机步团装甲侦察连钢七连三班班副。

连　长　某机步团装甲侦察连钢七连连长，后升为师属装甲侦察营副营长。

袁　朗　爱尔纳中国队第二战斗小组领队，特种兵，少校。

其　他　周卫国、邓友等三班士兵。

———— 话剧《爱尔纳·突击》 〉〉〉〉〉

序　幕

〔直升机旋翼声，伴着无线电的静噪和英语的通话声压近。
〔一个从直升机上传下来的声音，中文。
〔直升机：……我们知道您的国籍，知道您躲在里面，知道您伤得很重，我们要警告您，这是险恶的丛林，这是一场允许真实死亡的竞赛，我们不希望出现意外，请发射绿色信号弹，您将得到充分的礼遇和救护……
〔灯光晃过了伤重躺在大树之下的许三多，许三多在昏沉中掏出信号枪指向天空。
〔许三多幕后音：我叫许三多，今天是我当兵的五年八个月零八天。昨天我来到爱沙尼亚参加这场比赛，我没想过我也许会死在这，当了五年的兵，我还是更喜欢清晨五点起来训练时的阳光。
〔直升机：……爱尔纳·突击，爱尔纳是渗透生存，突击是战斗，首先是生存，然后才能战斗。这只是比赛，不是战争，投降并不影响您心目中的荣誉……
〔许三多忽然甩手把那支枪扔了出去，乏力地躺在台上听着那直升机远去。
〔许三多幕后音：我叫许三多，今天是我当兵的五年八个月零八天，我想我大概是真的要死在这了，我不知道为什么要扔掉那支信号枪，我想我真的很傻。我只是一个士兵，来到爱沙尼亚，参加一场叫做爱尔纳·突击的比赛，五年前我来自农村，那年我十八岁。

〔在幕后音中舞台完全暗下。

第一场

〔音乐。

〔五年前的许三多上场。

许三多　我是许三多，我爸十八年前就想让我当兵，可现在接兵连长说我个儿不够，年龄终于够了，可文化水平却没到高中，爸死活要请接兵的干部，却只来了个班长……

〔许三多消失了，灯光亮起，时空回到了一九九五年十一月，许三多的家。

〔葱花在锅里爆香，有人在打喷嚏。

〔许百顺在幕后活跃至极地嚷嚷："加红的！要大红！让班长瞧瞧这个菜地道！"

〔班长上，可以说是逃了出屋，惊天动地轰出个喷嚏，眼泪汪汪仰望苍天。

〔许百顺上。

许百顺　班长回屋坐，屋里好！

班　长　（拭泪）还是外……外边……（喷嚏）……好！

许百顺　过瘾啊！到这儿就要过口辣瘾！——龟儿子，把桌子搬出来！你班长乐意在外边吃，你龟儿子还不勤快着些！

〔许三多拖桌子上，拖出令人牙酸的噪音，许百顺在屁股上踢了一脚。

许百顺　搬呢！拖?!——桌子腿卖给谁去？

〔许三多便搬，放下桌子的许三多无所适从，对班长背过半拉身子。

许百顺　你班长来家访你，你还就不跟班长说话？（对班长）他机灵，就是没见过穿军装的，紧张。（又踢了许三多屁股一脚后下）

——话剧《爱尔纳·突击》 >>>>>

班　长　放轻松，许三多同志，我们来谈……

〔许三多不好意思地挤个哭样的笑脸，深吸口大气像是打算宏论，结果是狠蹭鼻子下边一紧张就有的奇痒。班长伸出的手也只好落在空处。

〔许百顺端了菜上来，顺手把许三多蹭鼻子的手打落。

许百顺　龟儿子这毛病是我给落下来的，打小流鼻涕，打也改不掉。我当兵那会儿……

班　长　你当过兵？

许百顺　民兵！全民皆兵，我那部队上有个法子，往袖口上抹辣椒面，谁想这龟儿子鼻涕是不流了，一紧张就这样这样的！

班　长　……他就这么爱紧张？

许百顺　打打就好，棍子下头出孝子。他孬不了？为啥？他老子不孬！老鼠儿子会打洞嘛！（说得性起）我当年可是个好兵，叫个民兵，受的可是正规训练，六几年，顿顿棒子面窝窝头，口令可喊得山响——预备，用枪！突刺，刺——杀！突刺，刺——杀！

班　长　老前辈的功底真是一点没丢。

许百顺　（乐极，对准班长）防左刺，杀！防右刺，杀！……哎哟，班长上桌，龟儿子！班长，抹了个鸡脖子打了点儿酒，农家小菜，你随便。

〔许三多拿起碗筷，看看许百顺。

许百顺　吃吧。进了军队就吃不到家里菜了。

〔许三多犹疑着伸了筷子，又看看班长。

许百顺　对对，班长也吃。（高兴地回味）全民皆兵那会儿我们常跟部队上会餐呢！

班　长　（看着一桌红色发愣）我……我跟老前辈喝……一杯。（喷嚏）

〔两人喝，而许三多得了许百顺的默许，开始筷下如雨。

〔许百顺喝不喝酒基本一个状态，班长却深吁口大气。

班　长　老前辈，有句话我还是得说。

许百顺　嗯，说、说……

班　长　现在的部队和您老那时候可大不一样了，不是说逮个人就能干的。就拿我们团来说，机械化步兵团……老前辈，我的意思您明白了？

许百顺　明白明白！机械化就是开着坦克上呗！

许三多　（冷不丁地）八八式。

许百顺　龟儿子又胡叨什么呢？

班　长　（明白过来）对，对，八八式主战坦克，步兵战车……

许三多　八六式。

班　长　……自行火炮……

许三多　（眼里放着光）自行一二二。

班　长　……导弹……

许三多　红箭八。

班　长　对，你打哪知道的？

许百顺　（捶打着儿子）龟儿子，听明白了没有？一步登天哪！干出去导弹能打到勃列日涅夫！

许三多　这不对……

许百顺　（立时横眉立目）吃你的！

〔许三多忙俯首饭碗。

班　长　是不对，部队是支好部队，可再好的步兵连也不兴装备洲际导弹，我说的是步战车上的反坦克导弹红箭七三……嗨，我跟你数落这个干吗？我想说什么来着，哦，我是说这都是些现代技术，我军正加速机械化装甲化进程，拿我们连来说就打算在近年内实现全高中连，因为这事儿不是有心就能干好……您在听吗？

〔许百顺没在听，就这会工夫又灌下两杯，而后对着班长一拳撸了过来。

许百顺　知道为啥非得跟你喝酒吗？

〔班长只好摇头。

许百顺　你以为就为个小龟儿子当兵？

〔班长只好再摇头。

许百顺　怎么不是？就是！我不知道当兵的不兴吃请？生拉硬拽给你弄来为的什么？就为个小龟儿子当兵嘛！他没出息，不会种地也不会发财，胆小得连杀猪也不敢看！这么着就交给你了！部队上炼人哪！许百顺多想他像点样哪！这话实在不？

班　长　……啊。

许百顺　部队上就讲个实在，这么实在的人你们要不要？你瞧瞧他……

〔顺着许三多忙碌的筷子望了过去，顿时怒从心头起，恶向胆边生。

许百顺　龟儿子！

〔许三多忙蹿了起来，嘴里还支支吾吾含着口食。

许百顺　今天说的可是你的前程哪！你能不能走出这山沟沟就听班长一句话了，你还就知道吃吃吃！（对班长）他要在家就这点出息，许百顺想盖房，龟儿子一口就吃掉我一块上好红砖！知道为啥叫个许三多？打出娘胎起，许百顺就看他没出息！生一个是儿子，生两个还算是儿子，生三个就只能是他妈龟儿子！——你瞧他缩手缩脚的龟样！把食咽了！

〔许三多忙咽食。

班　长　喝口水，别噎着。

许百顺　没事，他皮实。班长，到了部队上由你打骂。

班　长　到了部队上那是一辈子的战友，哪能说打说骂？

许百顺　（乐了）你要他了！你都叫战友了！

班　长　老前辈，您能不能让我跟许三多同志单独聊聊？

许百顺　你们聊，你们聊……我去喂喂遭瘟瘟的鸡。

〔许百顺盯了儿子一眼不放心地下。

许三多　他……

班　长　我先想知道你打哪儿知道那些名词。

许三多　我会看书，爸不给买，我会借书。他……

班　长　（看着许三多犹豫）你说，我今儿来就为听你说话。

　　　　〔眼瞅着许百顺走远，许三多终于把头抬起一点，似乎受了多大委屈。

许三多　他尽吹！不赖我，是他自己要生的！

班　长　这个……我知道。

许三多　他是响应毛主席号召，为人民战争准备兵源来着。生我那回他恨不得在大喇叭里对全村人嚷嚷：瞧瞧我，生了三个，三个都是儿子！这么多！

班　长　（苦笑）咱们说点别的，你想当兵？

许三多　想！想得要命。

班　长　为什么？

许三多　当了兵，爸不会再叫我龟儿子了，叫了我也听不到。

　　　　〔班长皱眉。

许三多　我还爱看打仗的电影。我特爱看好人一把枪消灭一百多。

班　长　（提不起什么精神来）那不是真的。

许三多　我胆大，上回杀猪我是没敢看，可让爸一通说，上月下旬东旺村杀猪，我跑了十几里地去看。我初中，他们都小学，老师说我学习好，爸说不念了，当兵小学……（许三多忽然顿了一下，班长回头瞧见许百顺趾高气扬地上来，叹了口气）……够使了。

许百顺　龟儿子，聊得怎么样？（看来不怎么样，于是回头对班长）这小子满脑袋糨糊，说几句就胡说八道。

班　长　聊得挺好，他年轻，跳跃性思维。

许百顺　（乐了）跳跃啊？对，光聊管什么？龟儿子，跑起来让班长瞧瞧！龟儿子跑得快，龟儿子属兔子的！……还戳着干什么？

　　　　〔许三多在原地忸怩，许百顺顶屁股一脚，许三多躲开，一阵风似地跑下场。

许百顺　（兴奋至极地挥着手臂）噢——噢——噢——

―――话剧《爱尔纳·突击》〉〉〉〉〉

班　长　不用……喂，回来！——老前辈，不能这么教育孩子吧？

许百顺　教育我懂。打的时候不能光打，嘴里还得骂，要不白打了，教育嘛。

〔话没完，许三多蹿了上场，被许百顺费劲儿地拽住。班长不由看看表。

许百顺　到哪儿了？

许三多　村口……

班　长　这……不会吧？

许百顺　（乐得呵呵大笑）没骗你吧？（早预备好的一副弹弓掏了出来）龟儿子，打一个！

班　长　这……

许百顺　龟儿子弹弓打得准，打枪肯定准！

〔许三多拉开的架势无意间对准了班长。

班　长　（忙抢了过来）不用了……

许百顺　爬树，爬个树给班长瞧瞧！

〔这回没等许百顺再抬腿，许三多一骨碌下场。

许百顺　龟儿子是属猴子的。

班　长　我说不用了！

许三多　（场外）还爬吗？

许百顺　还爬！

班　长　不用了！别摔着！

许三多　还爬吗？

许百顺　还要高啊！

许三多　（场外）班长，以后鬼子来了我帮你把枪藏进鸟窝里！

许百顺　耶？龟儿子跟你挺有缘嘛。

班　长　许三多，快下来！别摔着……（话没完，砰的一声）瞧我说什么来着？

许三多　（一脸失败地捂着屁股上来）不痛，真的不痛！

许百顺　（气得跺脚）我这就让你知道啥叫痛！尽给我丢人！

班　长　真没事？

〔许三多摇头不迭，许百顺下，许三多吓得又跳了起来。

许三多　他去找东西了，他要打我！

班　长　不会的。你放心，我在这他打不了你。许三多同志，我问你个问题……

〔许三多又弹了起来——许百顺一脸笑意，拿着本书上来。

许百顺　背两句外语给班长听！（一见儿子愣住了，顿时笑意全失）一肚子的学问都让你沤了粪肥！第一页！

许三多　A——ABCDEFGHIJKL……

许百顺　嘘！他是中国人民解放军，怎么说？

许三多　Chinese People's Liberation Army.

班　长　（一把扶住了一脸笑意的许百顺）老前辈，让我和他单独聊聊。（看着许百顺远去，一把拉过许三多）中国人民解放军……

许三多　（机械快速地）Chinese People's Liberation Army.

班　长　我知道，这七个字能让你有什么特殊的想法吗？

〔太抽象了，许三多蹭了蹭鼻子，他又开始紧张。

许三多　想……

班　长　想什么？

许三多　想当兵。

班　长　（苦笑）我以为你会说保卫祖国保卫人民呢，人家都这么说，那叫一个嘴巧。你说你个头儿不高、学历也不够，可当兵，至少这句话也得会说呀。

许三多　想当兵……（如临末日地低下了头）

班　长　其实你不错，挺不错，你体能好，肯用心，我没当兵时候跟你一个样，不，我还不如你呢，我那时可不知道中国人民解放军用英语怎么说。

〔许三多很有希望地抬头。

———话剧《爱尔纳·突击》 》》》》》

班　　长　我那时挺傻的，又傻又木，比你还傻……

〔许三多如临末日地低头。

班　　长　不不，我不是说你傻，我说我挺傻。我爹一直管我叫猪，吃饭就说给你个猪食槽，给你个搅料棍，一边长膘去。

〔许三多很有同感地笑。

班　　长　你看你比我强多了，你有很多长处，你要当兵多半是个好兵，可现在的部队跟四年前不一样，要学的东西很多，学历都往高中上靠……

许三多　（再度的末日来临）……一九四一年十二月七日珍珠港事变……

班　　长　（叹口气）……你学历不够，我们要高中连……

许三多　一年半后香港回归中国，这个协议是一九八四年九月三十日签订的……

班　　长　（已经没脸看他）……我很想要你，可我不能。

许百顺　（幽魂般不知何时已立在班长身后）没有声音啦？背书，背书！

许三多　（开足发条一般）呜呼！先天下之忧而忧，后天下之乐而乐。……This is a pig! This is a dog! ……万有引力是牛顿说的，人家爱因斯坦那叫相对论……（见许百顺手背在身后，一步步过来，许三多也越来越紧张，颇有些垂死挣扎）我会写童年往事，我作文能写一千多字，还在村里大喇叭里广播过。爸你别让我背了，背了他也不要我！你不要我，是不是？

〔许百顺至少听到了"不要"两字，登时瞪圆了眼睛。

班　　长　（心情沉重之极）许三多，别管你爸叫你什么，你不可能一辈子活在你爸身上……你就是不当兵一样可以做很多有意义的事情。

许三多　（终于哭了）我一定一定做很多很多有意义的事情。

许百顺　（握着的拳头已经抡了过来）个龟儿子，就连当兵你都当不上啊！

班　　长　（抬手挡住）老前辈，您不能这么对他！

许百顺　（点着儿子的头）你什么不给我丢人？（下）

班　　长　别跟你爸生气，其实他对你挺好。

许三多　（抹了把泪）他是个死老东西！

〔许百顺冲上来又要揍，让班长挡住了，班长叹口气，到桌边拿起杯子。

班　长　老前辈，您儿子挺聪明，他在这里给沤的，您让他出去，他擦了这块眼屎立马成人。可这眼屎他得自己擦，我不能给他这机会，我们天天精简、训练，图什么？就为赶个时间，我们没时间给他适应和学习——他也许能成个好兵，可那得玩命，他如果真能那样玩命，他走别的道也哪条都行。

许百顺　说那么些可不还是个不要。

〔许三多哭兮兮地过来，端了班长身后的凳子坐下。班长正一饮为尽，一屁股坐下，于是一跤摔倒。

许百顺　（笑着来扶）人活一世，这是个儿子还是龟儿子可头三年就看出来了。

〔许三多却早已拎着凳子跑开了。

班　长　别动我，都别扶我！

〔许百顺和许三多目瞪口呆瞧着班长一个鲤鱼打挺从地上跃了起来。

许百顺　看看！

班　长　老前辈，你家许三多交给我了是不是？

许百顺　啥意思？你要他啦？

班　长　包在我身上了啦！

许百顺　（乐了）可不是醉话？

班　长　什么醉话？喝酒不就是挺吗？当兵的还有什么没挺过？

许百顺　（乐了）龟儿子嗳！

班　长　要了他，他就是我的兵。你叫你儿子什么，我管不着，你叫我的兵龟儿子，怎么都不行！

〔这回轮到许百顺愣住。班长回头看看许三多。

班　长　许三多，要了你，不见得是个好事，你跟我走了就得玩命！老前

────话剧《爱尔纳·突击》 〉〉〉〉〉

辈，一年时间，我把你龟儿子……不，你儿子带成堂堂正正的兵！

〔许三多又愣了，又去蹭鼻子，这回他用左手狠狠把右手打了下来，却被左手原先的凳子狠砸了脚面。

〔音乐。

第二场

〔机步团的战车轰鸣之声震颤了舞台。台上交叉着钢七连两面带着金穗的连旗：一面浴血先锋钢七连，一面装甲猛虎钢七连。一个连队的旗帜弄得如此招摇，正说明了这支连队只有身经百战后才有的一种殊荣。

〔全连官兵列队旗下，班长、伍六一站在队前。

〔装甲侦察连连长立在台口，这是个从十八岁起就立志穿一生军装的人。

班　　长　许三多！

许三多　　到！

班　　长　出列！

许三多　　是！

班　　长　列兵许三多，钢七连有多少人？

许三多　　（嗫嚅）一……一百来人？

伍六一　　不对！你应该说四千九百五十六人！这中间有一千一百零四名烈士。我们要永远记住他们。列兵许三多，你是钢七连的第四千九百五十六名成员！

连　　长　谁都想在家过好日子，可我这钢七连要的是用得上的兵！有人说钢七连淘汰率最高，我要说我这连长因此而骄傲，没几个连长敢说他的兵都是十里挑一甚至百里挑一的！因为钢七连是装甲侦察连，钢七连是本团的刀锋，模拟的真实的战争我们都会冲在最前边，钢七连的口号是训练，训练，——

〔全连官兵异口同声："继续训练！"〕

连　　长　这是钢七连骄傲的理由。列兵许三多入列！

许三多　是！

连　　长　钢七连有五十一年的连史，钢七连是活在烈士的希望与荣誉之间的，钢七连的兵喜欢在荣誉和压力下生存。今后会有很多连长来挖墙撬角，但是我肯定你们不会去，因为你们已经懂得了钢七连的荣誉。列兵许三多，下面跟我们一起朗诵七连连歌。没有人会唱这首歌，会唱的前辈已经全部在一次阵地战中牺牲，我们只有这份手抄的歌词，但我希望你能听到从这四千九百五十六条喉咙里吼出的歌声。

〔全连开始朗诵连歌。这是个古老而庄严的仪式，为七连独有，也是七连每个兵都有的特殊经历：

　　一声霹雳一把剑，一群猛虎刚七连。
　　钢铁意志钢铁汉，铁血为国保家园。
　　杀声吓破敌人胆，百战百胜美名传。
　　攻必克，守必坚。
　　钢刀七连惊天地，踏敌尸骨唱凯旋。

第三场

〔光暗，许三多上台。

许三多　我没在学，我紧张的时候，什么事都不过脑子，背多少战车型号都无济于事，动真格的和叶公好龙就是两回事。装甲兵作战讲两个字：高速。要一个观念：协同。可我一跟人打交道就紧张，紧张就出错，怕出错就更加出错，我不会协同。我越来越喜欢班长，因为他对我好；我越来越疏远三班，因为我从他们眼神里看出来了：你不是这里的，孬蛋。今天，冬季演习，我们连担任伪

———话剧《爱尔纳·突击》 〉〉〉〉〉

装潜伏任务，各级首长都非常重视。班长跟连长拍了胸脯，连长跟团长拍了胸脯，团长又跟师长拍了胸脯，班长让我跟他也拍了胸脯。

〔他狠狠地拍下胸脯，咳嗽。

〔朔风呼啸，舞台上空荡荡的。直升机旋翼声掠过，似乎在左近盘旋，忽然报警声响起："发现目标，发现目标。"那个声音远去之后，尖厉的刹车声在幕后响起，连长上。

连　　长　都出来吧！……还藏什么？都让人家发现啦！

〔几乎就在他脚边，零零错错的三班士兵钻了出来。

班　　长　报告连长，大家都尽力啦。

连　　长　我不要听你说什么我们都尽力了！真打仗，这片阵地早让燃烧弹燎过了！三班，你们的防红外作业怎么搞的？在红外成像上就那么明显的一个热源。够醒目呀，各位，哪位公子哥把烤手炉带出来了？

伍六一　三班没这号糊涂蛋。连长，别不是师部的红外成像又换代了？

连　　长　没换！……（苦恼不堪）三班原地待命。

〔三班一脸屈辱，原地坐息。伍六一给连长递烟。

连　　长　伍六一，你小子刚才抽烟啦？

伍六一　我还放火了呢。

连　　长　（看看大家神情）得得，算我没说。

〔许三多荣辱不惊地从掩体里爬出来。

许三多　班长，班长早上没吃饭，我瞧见了。

班　　长　吃了……对，是没吃。

许三多　给。

〔许三多一脸自鸣得意，班长伸手接，给烫得缩了手。

班　　长　鸡蛋？

许三多　我特地留的。

〔叹了口气，班长拿了鸡蛋找到连长。

班　　长　　报告连长，热源找到了，早上没吃饭，我揣了俩鸡蛋……回营我写检查。

连　　长　　（接过鸡蛋，看看班长）你把我当傻子呀？你当了五年兵，不踢正步快不会走路了，上回防红外作业你连热水都不敢喝！三班的，全体都有，真觉得你们班长对你好就别靠他挡事，谁干的？
　　　　　　〔沉默。

连　　长　　……行，你们协同观念挺强，我再追究也没意思，全班检查！
　　　　　　（下）

许三多　　连长！
　　　　　　〔伍六一想拦，可连长已经回头，瞪着他。

许三多　　连长，鸡蛋。

连　　长　　鸡蛋怎么啦？

许三多　　鸡蛋，留下。

连　　长　　留下？

许三多　　……班长还没吃早饭呢……

连　　长　　（连长瞧他半天，终于明白这位仁兄并非在坦白认错，只是牵记拿走鸡蛋班长就没了早饭）我也没吃早饭。如果咱们这趟能不让人发现，我不吃明天的饭，不吃后天的饭——我三天不吃饭！

许三多　　（不太乐意）那……要不您吃一个，给班长留一个？

连　　长　　全连三星期作业全部泡汤，我吃不下，你说咋办？

许三多　　那……那饭也得吃，人是铁饭是钢，一顿不吃……

连　　长　　（实在按捺不住）我真想把你拖出去毙了！
　　　　　　〔众人愕然，那当然只是句气话。

许三多　　连长！
　　　　　　〔连长将鸡蛋拍在许三多手上，掉头走开时身子都气得微微发颤。

许三多　　（兴奋地）班长！趁热吃呀！
　　　　　　〔许三多捧着鸡蛋回头，愣住——连他都能感觉到来自全班的强烈敌意。

———话剧《爱尔纳·突击》 〉〉〉〉〉

〔音乐。

第四场

〔车库里，班长正在保养车辆。

〔伍六一冲了上来。

伍六一　班长？——班长，你知不知道咱们这月先进班集体泡了汤啦？

班　长　知道。

伍六一　你能不能把那位鼻子不会喘气的请走了呀？

班　长　你们俩可是老乡，我九三年在东旺村接的你，九五年在西旺村接的可就是他。

伍六一　老乡？嗨，军队就是个适者生存的地方，因为战场也是个适者生存的战场！认老乡就能活下来？我伍六一五公里越野跑了五千公里才跑出个全集团军第三，就靠这今年才能转志愿兵！想就这么混？门都没有！

班　长　你算是长出息了。

伍六一　这出息是你教的，这话也是你跟我说过的。

班　长　（苦笑）他跟你不一样。……六一，这个月先进个人不选你，成吗？

伍六一　（哈哈大笑）就这啊？早该换换人了！选谁啊？

班　长　（抬头看看他）……许三多。

伍六一　啊？！

〔丁零当啷的声音中，伍六一打一堆汽车零件里跳了起来。

班　长　哎，最好全班宣布时别这个反应。

伍六一　我有意见！班长！为什么老有人把军队当成不花钱的学校？为什么你给他擦了屁股还打洗脚水？你要鼓舞他的士气得有个赏罚分明，打枪跑靶，走队出列，全连唯一一个上车晕下车倒！这不是生日蛋糕，是个先进，你这是打击全班士气！

〔班长静静地看他一眼。

伍六一　我这是实话！代表三班的六分之五。

班　长　六分之五，你是钢七连的第几个兵？

〔这是钢七连任何一名士兵都记到了血液里的问题，伍六一亦不得不正色。

伍六一　我是钢七连的第四千九百个兵！（笑）问这干吗？做梦都答得上来。

班　长　我们记住这些数字的意义是什么？

伍六一　为了记住每一个战友，为了不抛弃任何一个战友……

班　长　噢——

伍六一　你绕我呀？不抛弃战友，他也得够格做我的战友！他得配在机步团三营钢七连一排三班待着！

〔他的声音太大，似乎是回声，叮咣的水盆落地的声音。

伍六一　（指指声源）全团只有一个人，能让人一嗓子吓得东西落地！

〔许三多上，一手水盆一手抹布。伍六一直冲向他。

许三多　（脱口而出）班长！

〔伍六一却只是捡起了地上的工具。

班　长　许三多，下午自由活动，你怎么不跟大伙一块儿玩儿呀？

许三多　（一脸梦幻般笑容）我来帮班长擦车。

伍六一　我看你是不招大家待见。

许三多　什么是待见？

伍六一　待见就是……

班　长　伍六一。

伍六一　（转话茬儿，看看许三多手上水盆）你以为你来擦玻璃呢？这是十二点七吨重的家伙，十二点七吨！得他妈用这个。（挥起手上的大锤）

班　长　你歇会行吗？

伍六一　你看他那样，还先进呢！

班　长　……许三多，你应该跟大家玩。

伍六一　对，你拿人家当根葱人家才会拿你当碟菜。

〔又被班长瞪一眼，伍六一终于歇了。

许三多　他们在打牌，打牌没意义。做很多很多有意义的事情，班长说的。

〔伍六一哈的一声。

班　长　那什么是有意义呢？

许三多　有意义就是好好活，我爸说的。

班　长　那什么是好好活？

许三多　好好活就是做有意义的事情，做很多很多有意义的事情。

班　长　……

伍六一　你小子老做错事，怎么还好意思老站在真理那边？

许三多　（对付着瞧他一眼）东旺村比西旺村穷，六几年你们东旺村收不上粮，跟我们西旺村借红薯……

〔伍六一蹲了起来。

伍六一　这你记得倒清楚！

许三多　我爸说的！

班　长　（半边身子挡着伍六一，心生一计）这样吧，一会儿我们要保养车，单销履带，一副履带几百公斤，得用十八磅锤狠砸才能退出来。咱们连人人都会，你也学着点儿。

许三多　是。

班　长　那盆用不上，你搁那吧。

〔说着拽了刚刚反应过来却又极不情愿的伍六一，对班长和伍六一来说，这早是轻车熟路了，班长掌钎，伍六一娴熟地拉开架势，想要抢锤。

许三多　（微笑）这有意义。

伍六一　有意义，就是你干不了。

许三多　我能，我干。

班　　长　（看看他）好，许三多你替我，你来掌钎。

伍六一　许三多，你还是去炊事班帮厨吧。

许三多　（摇头）掌钎没意义，抡锤才有意义。

〔那两人愕然，伍六一就要哈哈大笑。

班　　长　好，我来掌钎，你来抡锤。

伍六一　（活活地把笑声吃了回去）等等！你小子抡过锤吗？砸了人怎么办？！

班　　长　（已经就驾）许三多你砸吧。你能干这个，准就能干别的。

伍六一　我掌钎，我来掌钎！许三多我求求你了，你还是去帮厨吧！

班　　长　你在那磨磨唧唧捣什么乱？许三多我跟你说，这活挺容易，照准了点，砸就行了，干不好的人都是因为心理素质不好。

伍六一　（一把抓过许三多，一掌拍在他心窝）他心理素质很好吗？他？（又一掌）就他？

〔再一掌，却被许三多挣开，这让伍六一着实吃惊。

〔许三多用不着鼓励也跃跃欲试了，拿了那锤比比划划，伍六一的架势像是马上就要扑到班长头上。

许三多　（放下锤）手抖，眼晕。

伍六一　哼，蛮适合你的。

班　　长　（期待着）没关系，砸下第一锤就没事了。

许三多　（又试）越来越抖。

伍六一　（吁了口气）我谢谢你许三多，你还是去帮厨吧，这点儿粗活还是让我们这些粗人来干吧。

班　　长　（没动窝）许三多你不能老这样，你爱紧张不是吗？你干成点事就不紧张了！你老给自己鼓半天劲，到头来又躲。你看你上车就晕，为什么？因为你老想我会吐的。你射击，姿势连长都说标准，可就是打不中，为什么？因为你老怕做错事。打不中是自然的，不算做错事——砸！

〔许三多机器人一样，锤又举了起来。

———话剧《爱尔纳·突击》　>>>>>

伍六一　我跟你说，打不中是个靶子，打中了可是脑袋！

班　长　我跟你说，你要为我好就别制造紧张空气。

〔伍六一老实了，简直是噤若寒蝉。

〔许三多飘飘忽忽锤下来，一锤便把班长砸趴下了。

伍六一　你个许三呆子！你给我站住，站住！……

许三多　班长！

班　长　伍六一，你是先揍他还是先扶我？

伍六一　我不揍他，我揍都懒得揍他。（搀班长起来）走，我送你去卫生队。

班　长　（一时有些心烦意乱）不用啦，剩下这点干完，咱们回去。

伍六一　别强撑着！

班　长　（摇摇头，很有些失望）他真是个属豆腐的，一锤子也就蹭破点油皮。

伍六一　十八磅锤呀，掉下来就是个颅骨开裂……

班　长　我没精神头跟你吵吵。

〔许三多早瘫了下来，沿着墙根子滑在一边轻声哭泣。

〔班长被伍六一扶到台口，愣住，他听着身后许三多的那个哭声。

班　长　许三多，你再来试试。

〔许三多身子缩了一下，猛力地摇头。

伍六一　你……你——上回是胳膊，这回你要卖他脑袋呀？

班　长　得让他试，要不然他以后完了。

伍六一　他，早就完了！（欲下，终于不放心，坐一边瞪着）

班　长　许三多，你聪明，你也用心，这是打见你就有的印象。连长水平高吧？连长都没你那本事，能把整本技术手册背下来。你为什么老做错事呢？因为你太怕做错事，在家怕，到这里更怕。我告诉你，在班长这你不用怕，在这里你做什么都不能算错。

许三多　（可劲地摇着头，蹭着鼻子）我不行，我想家，我想我爸。

班　长　（脸沉了下来）许三多，你答应过我不这样了。

许三多　我太笨，做好做坏不能勉强，这叫命。

班　长　……许三多，早跟我说这话，我绝不会要你这个兵。

伍六一　（拖起班长）走吧。有种泥糊不上墙，那叫烂泥。有种蛋不能算蛋，那是笨蛋。

〔班长被伍六一拖着走了两步，许三多似乎也知道这一走就是彻底的失望，可怜巴巴地抬起了头。

许三多　我也不信什么命不命的，这也是我爸说的。

〔这似乎给班长又燃起了一点希望，他挣开了伍六一，回到许三多跟前。

班　长　许三多，你给我听着。

〔班长没用过这种语气说话，许三多惊讶地抬头。

班　长　一句实话，你这一锤子伤得我不轻，我不想白挨这一锤。你的眼泪值不得什么，我不想用这条胳膊来换你的眼泪。我这个班带得不错，我还想跟兄弟们一块待着，你这么稀松算是什么？赶我回家？招兵的时候我没想要你，为什么你来了？因为我觉得你也不信——你不信自个是眼前这副屌样，你想成一条汉子！你没完没了地跟我念叨，想当兵，想当兵，你也觉得当了兵跟以前不一样！可你这兵当的，吸鼻涕！流眼泪！想家！没人待见！伍六一，给我告诉他什么叫不招人待见！

伍六一　（愣了一下）班长……

班　长　你怎么也变温吞啦？

伍六一　不招人待见……在钢七连就是说你的战友打心里不当你是战友，连死都不愿意死在一块。

〔许三多茫然地听着，慢慢地由蹲到坐。

班　长　我对你好，是看你着急，我不知道你那块眼屎要多大的火力才能击穿。别再吸鼻子，也别流眼泪，你的眼屎会越来越厚，最后满世界就觉得自个的不幸，那你就彻底地完蛋。我不是你爸，不惯你的毛病。不就是容易紧张？紧张是好事，能让你绷紧了认认真真去做事情。可一紧张就撒丫子，这算啥？逃兵！你吸鼻子和做逃兵没什么两样。你大概没觉得逃兵这词有啥大不了，因为你也浑浑噩噩十几年了，没啥对你特重要的事情。可我得告诉你，你现在进了军队，进了钢七连，你如果还觉得你没啥重要的事情，我现在去给你买车票，你回家。你要回家吗？

〔许三多摇摇头。

班　　长　那就把锤拿过来。

〔许三多愣着。

班　　长　或者回家，让你爸叫你龟儿子。

许三多　（玩儿命地喊）龟——儿——子——

〔音乐。

〔许三多终于抡起了锤，他和班长的身影定格。

〔剧场里回响起金属的交击声。

〔伍六一很不自然地看了一眼两个人的身影。

〔许三多幕后声：每一锤下去，伍六一都惊得浑身弹一下，每一锤下去，班长都痛得浑身颤一下，每一锤下去，我的眼泪都止不住地往下流。

第五场

〔许三多上场。

许三多　从那以后，我经常跟班长去保养车，他掌钎，我抡锤。我的一生中第一次开始觉得有些东西确实很重要，这个重要的东西是什么呢？当然是影响了我人生的人——班长。原来班长想留下是要靠我的，这个发现让我荣幸，这份荣幸让我明白一个生词叫做责任。我就一锤接一锤，一锤接一锤——似乎和班长砸出了一份无言的协定。班长指哪儿我打哪儿，班长说什么我就做什么。笨，不要紧，笨鸟可以先飞呀，笨蛋，嗯……那也是蛋呀。

〔班长追在连长身后上来。

班　长　喂，连长，我那兵今儿挺给连里挣面子吧？

连　长　你别想推翻我对黏液性格的看法！不就是技术考核背个车辆维护手册吗？这是他死记硬背的功夫够泄密标准，可话说回来，除这号死心眼子谁去背那个？他能把战车给我开起来吗？（走开）

班　长　（追上）报告连长，死心眼子现在射击成绩跟大家追平嗳！

连　长　追平算什么？钢七连就爱冒尖户。（欲下）

班　长　报告连长，他晕车，我让他练单杠大回环，现在他大回环能做整……三十个！

连　长　就这吐得你们全班没衣服换的主？三十个？

班　长　嗯！

连　长　晕火药晕油烟的许三多？

班　长　三十个。

连　长　哈，他做出三十个，这月先进集体归你们班啦。

班　长　是！许三多！

　　　　〔远处，许三多答了声："到！"

班　长　过来！

许三多　是！（跑过来敬礼）连长，班长。

班　长　许三多，你现在单杠大回环能做多少个了？

许三多　二十七个。得没人的时候。

　　　　〔连长果不其然地笑笑。

班　长　（有点恨恨）做五十个！

许三多　谁？（看看周围）

班　长　你！连长说了，做满五十个，这个月先进集体归咱们班。

许三多　（瞪着连长）连长，不蒙人吧？

　　　　〔连长扫他一眼，无奈又恨恨地点点头。

　　　　〔许三多二话不说，冲下台去。

　　　　〔班长紧张地数着。

————话剧《爱尔纳·突击》 〉〉〉〉〉

连　长　没戏，我说个死没戏，这主万籁俱寂委委屈屈磨二十七个我信，这满操场都是人，顶死，七个。

班　长　……八、九、十……

连　长　（一愣，笑了）兴许能撑二十，你给他五十个的限嘛，兔子急了还咬人呢。三班长你也忒死性，这月先进本来就是三班，要不我跟你信口开河？

班　长　没关系！我练的可是他！

连　长　行，算你赢，反正全师标兵本来就是你班伍六一，三十个算啥？人家一百一十个。三班长，转过来，我跟你说点事。

〔班长喜滋滋地看着连长。

连　长　你上军校的事可能要黄。（看了一眼愣住的班长）团里是真想办了，用得上的兵谁不想留下？可不由团里批。这几年装备更换，人员精简，你……

班　长　我明白您的意思。连长，我没想过走，你说咋办？

连　长　机会留给冒尖的。你曾经冒尖，可你带出个伍六一，人比你还冒尖。

班　长　他是比我强。

连　长　（苦笑着摇摇头）你这人是没得说，可是……我给你吹个风吧，这次夏季演习——注意，是对抗演习不是演练——很重要，钢七连还是刀锋，钢七连会把最好的钢用到刀尖儿上。你明白了？

班　长　明白，连长，我肯定会有突出表现，超水平发挥！

连　长　别说白了！全连就你知道！

〔班长点了点头，却让那边战士们齐声数出来的一个数字吓了一跳，那个声音在数"一百一，一百一十一，一百一十二……"连长也听愣住，跟班长看着。

〔伍六一绷着脸踱过，没寻思有两人正在看他。他循声望去，却被一个跑去看热闹的战士撞了一下。

伍六一　干什么呢？！毛毛糙糙的！

〔许三多在幕后喘着气："班长，有没有五十了？"

班　长　没有没有，差好些呢！

连　长　（冲那边打着手势）别数！别数出声！

〔许三多幕后："我做不动了。"

班　长　别想，你就一个心思，做到你真撑不住的时候！

〔一会的静默后，幕后响起许三多发力的一声低吼。

连　长　……一百二十二，一百二十三……伍六一。

伍六一　啊？

连　长　已经破你纪录了……一百二十五……

伍六一　这玩意儿，打仗时又不顶用。

连　长　（笑）你这么想就好。

〔许三多幕后声嘶力竭的声音："班长，我实在做不动了……"

连　长　（狠狠地砸了班长一拳）早有了！

班　长　快扶进来！

〔外面的战士齐声喊出一个数字："一百三十一！"而后一拥而上。

〔许三多被几个兵抬了上来，脚早软了，刚被放下便扑地要跪，强撑起来又摔下去，人们想扶。

伍六一　别扶……一扶明儿都好不了！（情绪极为复杂）他挺得住。

〔许三多竭力想抓住个人，大家都躲。

许三多　班长，班长，你帮帮我，我难受。

班　长　你站得住的。

许三多　班长你在哪儿？（他抓住了连长）

连　长　（看着他，生硬地）我是连长。

〔许三多忙放手，这回他揪住的是伍六一。

许三多　班长。

伍六一　立正，站稳了。许三多，你没这么弱。

〔许三多竭力立正，却终于倒下，班长扶住。

许三多　（终于认准了人）班长……先进集体，咱们拿到了吗？

———话剧《爱尔纳·突击》 〉〉〉〉〉

班　长　（看着他）拿到了。许三多，真没招错你这个兵。

〔许三多仰天倒了下去。

〔音乐。

第六场

〔许三多上场。

许三多　人说第一次成功时会觉得晕，那我的晕无人可比。晕得呀，以后无论怎样的成功都不会再让我觉得晕。我知道，我为集体争来的第一个荣誉，那是被班长蒙出来的。成功了很多次以后，有人开始叫我聪明人、尖子，我问班长我时来运转了？班长说，军队说什么时运？接轴上。哎。夏季对抗演习开始了，参谋部跟我们团长说，你平原铁骑也打腻了吧？改山地！你全歼蓝军也打烦了吧？换人打你。

〔黑暗之中，直升机旋翼声中夹杂着零星的枪声。

〔班长的声音："是狙击手！"

〔启光。

〔山岳地带，全副丛林迷彩的三班士兵大半已横躺在地，只有班长还在徒劳地喊叫，除此之外，只有寂静。

班　长　注意隐蔽！……周卫国？

周卫国　班长，我已经阵亡了。

班　长　邓友？

邓　友　到！我……

〔邓友翻出一张表示阵亡的白牌，苦笑着晃了晃。

班　长　还有活着的吗？伍班副，伍班副呢？

〔伍六一的声音："别喊了！"继而，伍六一从一堆掩体后匍匐出来。

伍六一　打中我伍六一的子弹还没造出来呢！

班　　长　跟我搜索！

伍六一　这事就透着不公平！一线装甲侦察部队，冲击速度够快了吧？人家玩直升机降，下回得乘喷气式飞机了。（站直了身体）狙击手，躲在暗处算什么能耐？有本事出来！

班　　长　（制止他）吵吵什么？！注意隐蔽。

伍六一　（连忙蹲下）知道。

班　　长　谁告诉你打仗还得公平了？（忽然想起来什么）哎，看见许三多了吗？

伍六一　许三多？哼，枪一响，我就见不着他人影儿了。

班　　长　许三多，许三多！

　　　　〔班长被掩体挡了个正着，只好站起身来，谁知一声枪响，他的头顶便冒起了白烟。

伍六一　班长！你中弹了！

　　　　〔又一声枪响。

一个躺地的士兵　伍班副，你也冒烟了！

伍六一　（火了）出来，有本事你出来！

班　　长　伍班副，注意演习规则，哪儿打中的给我躺哪儿，别乱说乱动。

伍六一　冤死我了！

　　　　〔班长、伍六一躺倒在地，一切又归于死寂。

　　　　〔连长匆匆跑上。

连　　长　都冒烟了？

　　　　〔话音未落，又一声枪响。

伍六一　连长，狙击手！注意隐蔽！

　　　　〔连长岿然不动。

班　　长　报告连长，三班全体阵亡。

连　　长　（拍地而起）这就是我的钢七连？这就是我的尖刀班？一个个躺得都挺舒服呀，干脆回宿舍，那有床，躺着更舒服！

班　　长　报告连长，许三多失踪，可我不知道他现在是不是还活着。

———话剧《爱尔纳·突击》 〉〉〉〉

伍六一　哼！擒拿格斗集团军第二，越野障碍集团军第一，真打起仗来，活不见人，死不见尸！

班　长　你少说两句吧。

连　长　这就是三班的突出表现，这就是你的超水平发挥？！（欲下）

众战士　连长！

连　长　都给我躺着吧！（下）

〔"尸体"们一个个垂头丧气。

〔一身奇装异服的袁朗端着狙击步枪出现在"尸体"们眼前，"尸体"们恍然大悟全站了起来。

袁　朗　哎？你们都该躺下呀！

〔众"尸体"群情激愤，逼向袁朗。

班　长　（连忙制止）都别动！

袁　朗　这就是大名鼎鼎的钢七连尖刀三班？真是久闻不如一见呀！不过按照演习规则，尸体都得躺下。

〔"尸体"哪里肯听，继续逼向袁朗，剑拔弩张。

班　长　（对伍六一）躺下！

伍六一　服从命令！

〔伍六一委屈至极地仰躺在地，大伙也都相继卧倒。

〔袁朗并不在意众"尸体"，依旧搜寻着什么。

〔一个人影悄无声息地由地洞里冒了出来，肩上的火箭炮筒也同样无声地对准面含微笑的袁朗，那是许三多。

许三多　站住！把枪放下。你已经被瞄准了。

袁　朗　你终于出现了。我说少了一个嘛！

班　长　许三多，你还活着？

袁　朗　（回头看着许三多）你叫什么名字？

许三多　钢七连三班战士许三多。

袁　朗　噢，火箭炮？

许三多　对，火箭炮。它在实战中的主要用途是反坦克装甲，每秒飞行速

　　　　　度一百七十六米，有效射程三百米，照现在你我间距，零点三秒
　　　　　内把你击成碎片。

袁　　朗　（放下枪，笑了）小兄弟，我知道你一直盯着我，钢七连到底是
　　　　　钢七连，我今天主要是栽在你手上。

许三多　　你是什么人？

袁　　朗　我是特种兵，你可以叫我 A. C. E。

班　　长　A. C. E？

许三多　　王牌飞行员？

伍六一　　甭管他是什么，他现在跟我们一样是陆军！

袁　　朗　（笑了）我们可是飞过来的。

伍六一　　（一时语塞）许三多，开炮轰他！

袁　　朗　（面向许三多）没错，只要你现在扣动扳机，我就会和你的战友
　　　　　一样成为尸体。

　　　　　〔许三多愣着。

伍六一　　许三多你傻呀，手里又不是烧火棍儿，轰他！

袁　　朗　等一等！小兄弟，你敢不敢放下手中武器，徒手跟我过过招？战
　　　　　场上什么情况都可能发生，如果你手中没有武器，只身面对我，
　　　　　你会怎么办？

　　　　　〔许三多依旧愣着。

伍六一　　许三多，就是他，给咱们全班都撂倒了，别跟他客气。

班　　长　许三多，三班现在就看你一个人的了！

袁　　朗　我丛林战纪录是毙敌一百三，收拾个十个八个的不成问题。这样
　　　　　吧，咱俩定个规矩，只要你能制服我，我就带你到特种兵去淬淬
　　　　　火。

伍六一　　钢七连的兵还没有跳过槽的呢！

袁　　郎　你是"尸体"，我不跟"尸体"对话。

伍六一　　谁怕谁呀？咱俩过过招。

袁　　朗　原来还是具很有骨气的"尸体"，不过按照演习规则，再有骨气

的"尸体"也得给我躺着。

伍六一　我就看不惯有些兵脑袋上挂个特种、特殊什么的就不可一世，别看是个少校，钢七连的兵不怵跟团长顶。

班　长　伍六一。

伍六一　许三多，不能上他的当，别放下武器。

袁　朗　（不再理会伍六一，而是把目光重新聚向扛着火箭筒纹丝不动的许三多）怎么样，你害怕了？怕，就扣动扳机。

〔许三多把火箭筒慢慢放在地上。

众战士　许三多！上啊！

许三多　害怕？（放下火箭筒）害怕我就不是钢七连第四千九百五十六个兵！来吧！

〔许三多大喝一声冲向特种兵袁朗。

〔定格，收光。

第七场

〔音乐。许三多上。

许三多　这次不公平的夏季演习，我因为活捉了那个特种兵少校而受到了全师的通报表扬，我一直认为我每受一次表扬、每得一张奖状，都会使班长的进步上一个台阶，全师的通报表扬啊，这对班长的去留……嗯，有意义。

〔许三多边喊着"班长"边气喘吁吁地跑上，却一下子定住了，他看看连长的表情，看看伍六一低垂的头，看着伍六一帮班长拎着的包。

许三多　……干什么？……班长，班长，不是说三班搞好了你就不走吗？连长，三班搞得好不好？是不是最好？你还要什么？训练，我们抓上去！锦旗，我们拿回来！

连　长　你在说什么？这话谁跟你说的？

班　　长　许三多，记得咱们的协定。

许三多　（又气又急）可是……可是你都要走啦！（眼圈发红）

班　　长　你想跟在家时不一样吗？那你就记住，协定就是个协定，走不走都一样。

〔许三多呛住，强忍着眼泪站直了。

班　　长　（笑着拍打他）你呀，你个聪明人怎么还这么傻呢？……班长就得一步步把这班往好上带呀，这跟我退不退伍有什么关系？

连　　长　退伍报告是班长自己打的，演习完就送上来了，钢七连也不想班长走……

〔许三多对他是截然不同，眼睛光瞪着他，终于瞪得他再也说不下去。

班　　长　许三多你哪都好，可你是个兵，不是个孩子。铁打的营盘流水的兵，当兵的不能太恋人。许三多你今年是长出息了，我知道你为啥这么长出息，那是秘密不是吗？男人的秘密不能轻易往外说的。你瞧瞧，你二十一了，班长没能赶上你生日，可真是想你负的那份责任不光是对班长，也对自己，对钢七连。二十一啊，二十一的人不能靠别人哄你活着啦，什么对你最重要……

许三多　（直愣愣地）班长。

班　　长　（噎住）别见天把些个想头全放在别人身上！你这么活是飘着的！（有些说不出话来，拍拍许三多转身）

班　　长　……六一。

伍六一　到！

班　　长　我这话也是说你。

〔伍六一直挺挺戳着，可以说面无表情。

班　　长　你性子倔，爱憎分明，这是个好事，可也不好，谁不是你的战友啊？真打起仗来谁拿命来护着你恐怕做梦也想不到。你要强，这我明白，可为啥要强？为钢七连，不是为咱们这些兵。谁这辈子不想牛一下子？可不能为了那一下子啥都不管不顾。

伍六一　是。

班　长　许三多，你得学文化，体能训练倒是立竿见影，可路还长着呢，我就怕你忘了学文化。你得跟连长排长学，你瞧他们，都是军校毕业，有见识，有自信，也有前程。你是好孩子，不，你是好兵，你能学会——你别跟我一样的，没文化的兵可不是个好兵……走了！（拿起伍六一手上的背包转身就走）

许三多　班长！

〔班长背身站住。

〔许三多扑上去，一把抢下班长手上的包，同时退往一个角落。

许三多　我不管，班长指哪我打哪！班长不指……班长没了……我……我……

班　长　（逼上去）许三多，你已经是个老兵了！

许三多　（后退）什么新兵老兵，我不管！

连　长　许三多同志，注意素质！

许三多　什么素质，没素质！

班　长　（又逼近一步）许三多，你别傻了，我就是个班长，班长几年就要一换的，又不是你爹……（他冲着许三多身后使个眼神）

许三多　后边没人。你教过的，格斗时尽量背靠墙角。

班　长　（愣住）你还真是都学会了。（摇摇头）包不要了，我走。

〔班长是真说走就走，许三多愣住，看看手上的包又看看班长，终于追上去。

许三多　班长你别走！

〔这就让班长逮住了，班长从他手上夺着那个包。

班　长　许三多你别使劲！看伤着！

许三多　（已经快绝望了）你骗我！你明知道我好骗你还骗我！你骗我过来，骗我争第一，骗我做尖子……

〔班长呆呆地看着他。

连　长　（终于看不下去）许三多，我命令你放手！

〔许三多军人的习惯是早已有了，下意识地放手。班长终于拿过了包，愣一会儿，摸摸许三多的头。

班　长　连长，您别怪他。我是骗了他，谁练成他这样都不是个易事。

连　长　我为什么要怪他？

班　长　……怪我。

连　长　（恨得挥了挥手）我凭什么怪你？

班　长　（愣了会儿）连长，我想再看看咱们那车。

连　长　我陪你去。许三多，哭完了去营部汇报比武情况。完了把铺搬到班长铺上，新兵马上就到，你代理班长。命令马上就下。

〔伍六一一惊。

连　长　瞧瞧，都做班长的人了，还哭！（忽然一股无名火）伍六一你也别去，我怕了看你们哭！每年都来这出！军营里流眼泪？我一百十好几号人都是要打仗的！要哭回头送站时哭！我他妈陪你们一起哭！

〔连长拍一下班长的肩。两人低着头离开。

许三多　班长！班长！

〔班长回头看着他，发现许三多终于是没能忍住自己的眼泪。

许三多　我答应你！这是最后一次，我再也不哭！不吸鼻子！不流眼泪！不说自己不行！不服输！不犯孬！……

〔他没有说完班长已经再也撑不下去，掩面疾走。发出长长的一声抽泣声。

〔许三多呆呆地坐了下来。

许三多　……不投降，不当逃兵。

〔伍六一过来，呆呆地看着他。

伍六一　报告班长。

许三多　（茫然）什么？

伍六一　请班长指示。

许三多　……我不是班长。

伍六一　那你就是逃兵。

———— 话剧《爱尔纳·突击》 >>>>>

〔许三多恍惚地站了起来。

许三多　你要我做什么？

伍六一　我是班副，我不能让班长做什么。

许三多　你别这么叫我。

伍六一　我只是提醒你，连长让班长把被褥搬到老班长的铺上。

许三多　搬到哪？

伍六一　老班长的铺上。

〔许三多一把揪住了伍六一的衣领。

许三多　我杀了你！

伍六一　（纹丝不动）我提醒你，那张空铺板是老班长唯一留在这个班的痕迹，你舍得你就把你的被子往上搬。你可以不搬，可你现在是尖子、标兵、责任的班长、合格的军人，军人以服从命令为天职，你不做逃兵。

〔他忽然猛地一下挣开了许三多的手，那是一场爆发。

伍六一　你不哭啦？好啊！那我就可以告诉你，你干好了班长留下？你这聪明人也信这天方夜谭？你真就这么乐意被人哄？你出风头，你当尖子，上边就问了，这么优秀的士兵怎么还是个列兵？可三班有班长啊！所有的名次都让你拿了，演习又没打好，他那人什么时候愿意拖累别人呀？自己打了退伍报告！我也走，我不退伍，我跳槽，我去机步一连。对，有你在这，我做不了第一，做不了第一，我认了，我只好做钢七连第一个跳槽的兵！（他狠狠推了一下许三多）

伍六一　去搬你的被子啊！班长……已经没啦！

第八场

〔许三多上。

许三多　我把被子放在班长的铺上，伍六一瞪着我，我好像听到什么东西碎了。不久，他调到机步一连做了班长。那场不公平的夏季演习很重要，它暴露了老编制的弱点。没过多久，整个儿团缩编，钢七连被精简掉了，旧有的侦察连将被归入 C4I 系统，由电子单位取代。因为几个人、几台电脑、几架无人驾驶的小飞机就把我们整个连的任务给 OK 了，而且更高、更远、更详细。连长一直撑到最后。今天他主持了钢七连第五千名士兵的入伍仪式，这是钢七连的最后一名士兵，可他以后将和老兵一起分散到其他兄弟连队。

〔连长在台上直挺挺面对着连旗和自己笔挺的下属，已经沉默了很久。他剑拔弩张地转过身来。

连　　长　……挺胸！昂头！不管去了哪里，就算迎面射来的是子弹，也得这么挺胸昂头地挨着！

〔他对着新兵的眼眶狠狠砸过去两拳，在接近新兵眉毛时才收住。那新兵没让他失望，纹丝不动。

〔连长满意地对旁边的许三多和伍六一示意。

〔许三多和伍六一持旗，出列，郑重地与新兵马小帅互致军礼。

许三多　列兵马小帅，钢七连有多少人？

马小帅　钢七连有五十三年的历史！在五十三年的连史中，一共有五千人成为钢七连的一员！

伍六一　马小帅，你是钢七连的多少名士兵？

马小帅　我是钢七连的第五千名士兵！我为我自己骄傲！为我之前的四千九百九十九人骄傲！

许三多　马小帅，你是否还记得钢七连那些为国捐躯的前辈？

马小帅　我记得钢七连为国捐躯的一千一百零四名前辈！

许三多　马小帅，当战斗到最后一人，你是否有勇气扛起这杆连旗？

马小帅　我是钢七连的第五千名士兵！我有扛起这杆旗的勇气！但我更有第一个战死的勇气！

伍六一　马小帅，你是否有勇气为你的战友而牺牲？

马小帅　他们是我的兄弟。我为我的兄弟而死。

许三多　马小帅，不论是谁，不论是将军、列兵，只要他曾是钢七连的一员，你就有权利要求他记住钢七连的先辈！

马小帅　我会要求他记住钢七连的前辈，我也会记住我今天说的每一句话。

许三多　马小帅，现在跟我们一起背诵这首无曲的连歌，会唱这首歌的前辈已经全部牺牲了，只剩下钢七连的士兵在这里背诵歌词，但是我希望你能听见五千个喉咙里吼出来的歌声……

〔那个说话的声音和随之而起的歌词声都慢慢地被暗下的灯光淹没了，它们渐渐地遥远，渐渐地隐去。

第九场

〔许三多上。

许三多　（OS）人去楼空，只剩下我和连长留守。兵役期快满了，我够条件转志愿兵，可我害怕这样的日子。班长，你说这算不算逃兵？这天我看守的电话响了，爸来了，爸来了！我叫上了伍六一，爸爱热闹，因为六一是老乡，也因为连长不爱跟我说话，所以我就很久没跟人说过话了。爸非拉我们到餐馆儿去改善，他和以前不太一样了。

〔许百顺和许三多、伍六一坐着，伍六一格格不入，许三多已经不习惯说话。

许百顺　……干吗不喝酒？干吗就要这几个菜？当你老子我掏不起钱？

许三多　多了吃不了。

许百顺　（使劲打量着他儿子）以为你当了兵能有多大长进呢，跟原来差不多嘛。还他妈的大锤子砸不出个屁来。也是，当兵嘛，能有什么长进。

〔伍六一尖锐地看了许百顺一眼。

许百顺　（使劲揉着儿子）来，让老子看看肥瘦——也没怎么养肥。

许三多　结实了。

许百顺　听说你干了班长了？

许三多　代理的。

许百顺　这是你的兵啊？

伍六一　我是机步一连五班班长，我们不是一个连的。

许百顺　那个把人带走的……那个那个……？

许三多　我们老班长。

伍六一　那不叫把人带走，那叫义务服兵役，班长是去接兵。

许百顺　噢，他怎么没来？……升了？

许三多　老班长退伍了。

许百顺　（笑）开窍了，没错，他开窍了。

〔伍六一瞪着他。

许百顺　……你跟你哥们都怪怪的，说话也怪怪的。

伍六一　我跟他不是哥们，是同团。

许三多　战友。

许百顺　管他呢管他呢，喝酒吃菜。（一只手又去揉着拍着儿子）儿子啊儿子，一个月就寄二十，苦了你啦！

许三多　没有。我还攒了五百块钱呢，回头给您。

许百顺　多少？

许三多　五百。

许百顺　（笑）花了花了！以后每个月给你寄二百！

许三多　不要。

许百顺　挣了钱不给儿子给谁？你以为你老子还在屁股朝天种水稻呢？你老子撂了锹做生意啦！儿子，你这回要跟我回去肯定得不认家门了，五间房，全是青瓦红砖！了不得哪！（拍着伍六一的肩头）这个……这个……

伍六一　伍六一，同团的！

———话剧《爱尔纳·突击》 〉〉〉〉〉

许三多　是战友。

许百顺　……这位战友，知道我儿子为什么叫个许三多吗？因为他一出娘胎我就看他有出息，啥叫三多？就是钱多！房子多！地多！（又被伍六一瞪了个正着）……儿子，我算着你三年兵役该满了吧？

许三多　还有三个月零三天，我不知道该不该转志愿兵。

许百顺　什么志愿兵？

许三多　就是延长服役期，每月都有薪水的，我每个月给家里寄钱。

许百顺　延长？——延长！你脑子进水啊？老子恨不得现在就把你提溜回去，家里挣钱呢，你妈你哥都用上了，不够呢，就等你回来当帮手了。

许三多　我不知道该不该转志愿兵，可做生意……我肯定不行。

许百顺　什么行不行的？不行也得行！儿子，我告诉你什么是最实在的，这只手，这只手，（两手抓着钞票）两只手都有钞票数的时候，那才叫一个踏实。军队，老皇历了。

〔许三多下意识地看看伍六一，伍六一微笑。

许三多　爸，快收起来。

许百顺　噢，财不露白呢。

许三多　爸，当年您为什么让我参军？

许百顺　（喝酒）图个前程呗。

许三多　就这么简单？

许百顺　倒也不是啦，也有了个心愿的意思嘛，你老子怎么也是当过民兵的人嘛。

许三多　爸，您接着往下说呀。

许百顺　说什么？

许三多　说您的防左刺，防右刺，还有您的老班长给您袖口上抹辣椒……您怎么不说了？

许百顺　（略有些难堪）去去，说那些干吗？

许三多　（看看伍六一）我还以为咱们三个能聊得很开心，因为……爸，

667

您儿子现在也是当兵的，您儿子能听懂您最得意的事情。

〔许百顺挠了挠头，他终于冷静了些，或者说终于发现儿子跟以前不太一样。

许百顺 ……觉得你老子像个暴发户是不是？傻？那有什么？都是自己挣来的呀！

许三多 （摇头，笑）不，我觉得爸一点没变。

许百顺 才怪！

许三多 真的。您过得好，我当然高兴。衣食住行都靠自己挣，您过得比我们要难。可您知道我那时候为什么要当兵吗？

许百顺 为啥？

许三多 开始我就是为了不想再听您叫我龟儿子，后来发现不是，其实我从第一眼看见班长的时候就想当兵，因为他跟您不一样，我觉得他跟我们那里所有的人都不一样。

许百顺 什么不一样？不就是穿了身军装嘛。

许三多 军装要穿得他那么妥帖不是容易的，他要做好多好多的事情。

许百顺 我知道，做那些亏欠自己的事呗！我不想你亏着自己嘛！

许三多 亏着自己？我没觉得啊？我喜欢。我在家就喜欢那些坦克大炮的图片，到这才发现不那么回事，第一次上车我就吐了。后来，我才知道什么叫真喜欢，真喜欢就是这东西在你心里拿别的东西已经替不掉了。

许百顺 我瞧你是有些个魔障了。

许三多 爸，我喜欢军装、喜欢枪、喜欢战车，可这些都对又都不对，我应该告诉您，我就是喜欢做……这样的……一个人。

许百顺 什么了不起的鸟人？说话这么绕？

许三多 爸，我二十一啦，您就让我自己过吧！我喜欢部队，甚至这么说，感激部队。

〔音乐。

许三多 人要有一个目标的，好拼搏嘛，我有，从拿下这个阵地到拿回那面

——话剧《爱尔纳·突击》 >>>>>

锦旗；人要有些朋友的，我有啊，好多，都叫战友，是一辆车里打仗一个锅里盛饭的；人要觉得踏实的，我每天起床都踏实，我知道自己要干什么呀；人要有些满足的，有满足，每天睡觉的时候都知道自己比昨天要好。爸，我喜欢这种生活，我不可能再过别的生活了。说实话，我的连没有啦，我现在天天跟我的连长大眼瞪小眼的，可我忽然明白什么是光荣。我一个人在扫七连宿舍，老听见那些宿舍里好像有人在报数，不光是我认识的那一百二十七个人，是五千个人，对，整整五千，七连出过这么多的兵。我就想，如果部队不让我走，我是绝不会离开部队的！（看伍六一）六一，我明白了，你和班长那时候都骂我，不能活在别人的身上，我现在才明白，班长也走了，钢七连也没了，可是……我明白了。

〔许百顺有些目瞪口呆。

伍六一　你早已经不是靠别人活着了！（他站起来，举杯）老伯，我和许三多不是朋友，我就这么一句话——许三多，是我认识的优秀士兵。您就让他接着干吧。（没碰许百顺敬过来的酒杯，死死盯住许三多，然后一口干完，扬长而去）

〔许百顺诧异地看着自己的儿子。

第十场

〔许三多上。

许三多　爸走后不久，我转成了志愿兵。
　　　　我是中国人民解放军军人，我宣誓：服从中国共产党的领导，全心全意为人民服务，服从命令，严守纪律，英勇战斗，不怕牺牲，忠于职守，努力工作，苦练杀敌本领，坚决完成任务，在任何情况下，绝不背叛祖国，绝不叛离军队。（微微叹了口气）宣誓回来和连长一块儿瞪着空荡荡的营房，我忽然发现这首誓词很符合我现在的心情。

669

〔熄灯号刚刚响过。

〔空空的三班宿舍,许三多一个人摆放着全班的马扎。

许三多　班长……伍六一……邓友……周为国……赵琪……许三多……

〔他一个人坐在属于自己的马扎上。

〔连长上,他的神情有些异样。

连　长　许三多。

许三多　到!

连　长　(看看马扎)你在干什么?

许三多　我在……整理内务。

连　长　(看看他)你不是在整理内务。坐下。

〔许三多坐下,连长在马扎旁边踱着。

连　长　(看着地上整齐的马扎)赵琪……周为国……邓友……伍六一……三班长……我的尖刀三班就剩下你一个人了,钢七连就剩下咱们两个人了。你想他们啦?我也想。

许三多　是的。

连　长　今儿晚上……跟我一块聊聊天好吗?

〔许三多愣住……

连　长　我俩月没查你内务,你照整理内务;俩月没考你体能,你照旧每天一万米。那天我瞧你在外边做单杠大回环,我替你记着数,做到一百三十一个你就坐那发呆。我知道你想他们,想得要命……可你从来不跟我聊。许三多,你还从来没跟我聊过呢。

许三多　是的,连长,我很想跟你聊天。

连　长　(高兴地)好,聊聊!(坐在班长的位置上期待地望着许三多)

〔连长把一盒烟扔向许三多,许三多要扔回去。

连　长　(制止)别动!知道你不抽,可也许想抽呢,拿着……聊什么呢?

许三多　请连长指示!……

〔连长苦笑,许三多自己也知道说错了话。

许三多　对不起,连长。

———— 话剧《爱尔纳·突击》 >>>>>

连　长　这样是聊不下去的。许三多,我来说吧。(他看着许三多发了会儿呆)我要走了。

〔他停顿了一会儿,看着许三多。许三多等待着下文。

连　长　我今天已经接到了通知,调任师部装甲侦察营,副营长。

许三多　(兴奋地)连班长都说您有想法有创见……

连　长　(几乎是有些沮丧)我要走了!我再也不是钢七连的人了!许三多,钢七连以后只剩下你一个人了!

〔许三多愣住,这是个他还没来得及想的问题,想起来就成了个打击。

连　长　我拿了命令就在外边走,我觉得钢七连就是个人,站在操场上,看着我,比这房子还高,跟操场上的白杨树一样高。我躲回来,看着连旗,我想那是钢七连的精气神,我就后悔,后悔这几个月没跟你说话,后悔我怠慢了在钢七连留到最后的士兵,我就很想跟你说话……许三多,你不哭吗?

许三多　不哭。

连　长　你还真是说话算话,我记得老班长走的时候,你跟他说过不哭的。

许三多　我说过。

连　长　我兴许陪你哭。

许三多　我替您高兴。

〔连长长长地吐了口气,也下了一个决定。

连　长　许三多,我没安好心,我自己想哭,把你惹哭了我就好哭。你小子不上当……许三多,我对不住你,我想帮你。

许三多　连长,您从来没有对不住我。

连　长　讲道理我是讲不过你的。许三多,我是他们叫做将门之后的那种人,(苦笑)没人知道,我不让人知道。我这连长是全凭自己干出来的,就冲我爸跟我说"你个二五眼"的时候,我能一嗓子回过去,老子从列兵到军校,从军校到连长,从没干过二五眼的事

671

情……现在我想帮你，找我爸说一声……

许三多　不要。

连　　长　这不是走后门，你这个兵放哪都不会逊色！你要再傲气点你就是个兵王！你要在这沤着兴许就沤死了！

许三多　这是二五眼。

〔连长为之气结，站了起来，绕了半圈仍说不出话。

连　　长　我……我这是干什么来了？我图个什么？我……我这就走了，你爱怎么着怎么着吧。（气急欲下）

许三多　（站了起来）连长……

连　　长　（站住）有话就说。

许三多　我不能送您……我没力气送您，我得……坐会儿。

连　　长　不用你送。（走了两步，没回身，也似乎感觉到身后许三多的悲凉）许三多？

许三多　……哎？

连　　长　我这人又臭又硬的，这辈子没几个哥们。你要瞧得起的话，我是你三年的连长，一辈子的哥们。（疾下）

〔许三多呆呆地坐了下来，一会儿，他起身慢慢收拾起那些马扎。
〔袁朗上。

袁　　朗　士官许三多！

许三多　（立正）到！（他看清是袁朗，愣住）

袁　　朗　（笑）你还记得我吗？

许三多　A.C.E。

袁　　朗　亏你还记得我这个胡诌的名字！不过这回我可不是飞过来的，我是开车来的，可也跑细了我两条腿儿。（看着许三多）所以我能坐下吗？

许三多　可以。

〔他放下那些马扎，给袁朗又搬出了一把方凳，袁朗奇怪地看着他。

袁　　朗　不问我为什么跑细了腿儿吗？

许三多　不该说的不要说,不该问的不要问。

袁　朗　好好,我找你找断了腿,就得了你这么个答复。

许三多　找我?

袁　朗　认真说是找钢七连,可是钢七连已经不在了,可你还在。上次演习你们给我留下了很深的印象。

许三多　我们败了。

袁　朗　不是败在单兵素质上。我没有太多时间,你给我听着,有这么个国际比赛,我们叫它爱尔纳·突击,从九二年在爱沙尼亚开办以来就因环境恶劣条件严苛获得了死亡角逐的名声。我这么跟你说吧,爱尔纳,渗透生存的意思,突击,对咱们来说只意味着战斗,为战斗而生存,为生存而战斗。这种比赛允许真实死亡,要求八十四小时内完成两百公里丛林奔袭的二十多个课目,能在爱尔纳取得名次的兵实际上已经是全世界拔了尖的步兵。

〔许三多静静咀嚼着他话里的信息。

袁　朗　我们军区将为这次参赛进行选拔和集训,简而言之我希望你参加选拔。我们在选拔中设置了与爱尔纳相似的环境,和更严苛的条件,负重三十公斤,两天一夜完成一百公里奔袭,这期间你们唯一的食物是一盒午餐罐头。会有一个营的兵力协助我们沿途布防,被发现者退出比赛。我呢?我会开车在终点等候你们,我的车上只有三个空座,我只带走前三个到达的人。有兴趣吗?

许三多　……有。可我不一定能……

袁　朗　我本来担心你因为孩子气在选拔中输掉,现在看见你的处境,我想你是终于成熟了,所以我只问你,会不会全力发挥?

许三多　……会。可是真的很难……

袁　朗　我驶车近百公里到了这里。你要说我高估了你吗?

许三多　没有。

袁　朗　那你为什么要低估你自己呢?

〔暗。

第十一场

〔许三多上。

许三多　在我们这些被人称为尖子、兵王的士兵中间，这个消息很快不胫而走。伍六一参加了选拔，钢七连的很多战友也参加了选拔。做最好的步兵，去一个陌生而艰苦卓绝的丛林，跟全世界的同行们比一比。那两天一夜一百公里的行程中，我们领教了什么是步兵的战斗和生存，领教了什么是暴风烈火般的围剿袭击，我们弹尽粮绝，靠着植物根茎撑过了大部分的时间。临近终点的时候，我和六一跑到了一起——他拖着一条受伤的腿撑过了绝大部分的路程。

〔远处仍有零星的枪响，那两个筋疲力尽的人躺在舞台上，许三多已经有点昏昏沉沉。

许三多　……六一，你还有水吗？
伍六一　没有。
许三多　还好，翻过这座山头就到终点啦。
伍六一　好什么？让人包饺子的足再凑出个钢七连了。
许三多　可咱们顶住了，咱们跑在最前头，是头两个呀，都能选上。六一，等赛完了，咱们去看班长。
伍六一　你就别预支幸福了。翻过这座山头？不歇这会咱等着山头来翻咱们吧。
许三多　（笑了笑）六一，你饿吗？
伍六一　（没好气地）不饿。五十多个小时前就吃得饱饱的。
许三多　你饿了，我知道。
伍六一　你是不是又给我留了俩鸡蛋哪？
许三多　没鸡蛋，就一午餐罐头。
伍六一　（惊得瞪了眼睛）你那罐头就没动哪？许三多，你属骆驼呀？

——话剧《爱尔纳·突击》 〉〉〉〉〉

许三多　不舍得吃，你吃吧。

〔伍六一看着许三多扔过来那个罐头，愣了一会儿，强行将头扭开。

伍六一　不饿，不吃。

许三多　你从来就饭量大，你又伤了腿，不吃，咱到不了终点了。

伍六一　到得了。（又看看那罐头）

许三多　……咱们就不能一块去看班长了。

〔伍六一愣了会儿，看看那个因累而恍惚，因恍惚而又是梦幻般微笑的许三多，忽然间勃然大怒。

伍六一　我不吃！我要吃了它我烂掉肠子！我吃了它我连心肺都烂掉！许三多，你赶紧给我吃了它，然后咱们出发！

许三多　我不吃，不饿，我困。

伍六一　……你……你怎么这个时候掉链子？

许三多　我就睡一会儿。我刚才浑身发冷，现在好了，热了，我就睡五分钟……

伍六一　不能睡！许三多，别睡，这时候睡着你就起不来了！

〔一个筋疲力尽的士兵在台口出现，伍六一看着他愣住，然后拼命摇撼着许三多。

伍六一　许三多，快起来！人家赶上来啦！

许三多　好困。吹熄灯号了吗？

伍六一　是起床号！老七连集合啦！

〔那名士兵缓慢而艰难地通过他们身边，走下舞台。

许三多　老七连是什么？

伍六一　是钢七连！钢七连！许三多，钢七连等着你呢！班长又挨训了，都是因为你不争气！

许三多　（哭诉般的声音）我已经很争气啦……（他猛然惊醒，坐起）你骗我。

伍六一　（吁了口长气）我骗你。班长走啦，钢七连也散啦，只剩下咱们两个人，快跑吧——你不是要去看班长吗？你不是要做最好的兵吗？快跑呀！

〔许三多快速地扎起了背包，刚恢复丁点的体力让他冲了两步。伍六一刚挎上背包迈出一步，却重重倒下。

许三多　六一，你怎么啦？

伍六一　跑你的！我没事！

〔他挣扎起来，许三多搀起他。

许三多　你的腿可能就是抽筋儿了，坚持一下就好了。

伍六一　对，就是腿抽筋了，休息一下就好了。你先跑吧。

许三多　我背你。

伍六一　你还真当自己是骆驼啦？你现在背得动我？

许三多　背得动！

伍六一　许三多，我能上得了那辆鬼车，我不用你帮我！

许三多　还有两个，两个名额，咱们俩一块到。

〔又一名士兵出现在台口，状况比上名兵更惨，也比上名兵更显坚决。

〔三人面面相觑着，他超过了这两人。

〔许三多忽然弯下腰，强行将伍六一架到背上，刚晃出一步便体力不支摔倒。

伍六一　他们都快上车了，你还愣在这干什么？还不快跑？！

〔许三多把枪挎在身前，把包也挎在身前，那是腾出背上的空地。

伍六一　许三多，你犯什么糊涂心思？车上就一个名额了！我们是两个人！两个人！你懂吗？

许三多　钢七连的兵，不扔下自己的战友。（伸手要抓伍六一，让他一拳搪开）

伍六一　许三多你跑糊涂啦？这不是野战行军，这是选拔！我要能落下你一米，我就争取落下你两米！我绝不带让你的！

〔许三多作势，又打算扑上来。

————话剧《爱尔纳·突击》 〉〉〉〉〉

伍六一　我知道你想干什么！你想快到了终点再装蛋趴窝，让我上那个鬼车是不是？你把自己当什么？你又把我当什么？

〔许三多拦腰抱住伍六一，伍六一腿不便利，手劲还在，强行将他摔开。

伍六一　许三多你放开我……我求求你了，许三多，我跑不到终点是我该着的，我不要你来施舍！（再次甩开许三多）……许三多我知道你不聪明，你傻，你他妈就是个多情种子，可你不能这么犯傻……

〔许三多这次没有再起来，他是爬向伍六一，那已经不折不扣是一个恳求的姿势。

许三多　六一，上不了那个座位，你今年就该退伍了。

伍六一　（光火）退伍也是我该着的！

许三多　我不想你走！

〔音乐。

许三多　你和班长是看着我长大的，班长走了，我不想你再走！我跟班长亲近，因为班长好亲近。其实我心里跟你也挺亲近。咱们俩是老乡。

〔伍六一愣愣地看着这个傻瓜。

许三多　（苦笑）伍班副，其实许三多还是那个新兵蛋子许三多。

伍六一　我很后悔，我刚想起来咱们是老乡，可我这几年光顾跟你争了，一点没想起来，咱们其实也挺有情谊。（他伸出一只手）拉我起来。

〔许三多高兴地抓住那只手，伍六一艰难地站了起来。

伍六一　许三多，你记住了，钢七连的兵到哪都是最棒的！

〔他一只手紧握着许三多的手，身上却袅袅地冒出了求救的烟雾。

许三多　（怔住）你干什么？！

〔伍六一笑，笑着甩开许三多的那只手，挥扬起冒着烟雾的救生筒，艰难地在台上走动着。

伍六一　我跑不动了！我放弃了！我跑不动了！我跑不动了！

〔许三多目瞪口呆地软倒，身子缓缓地跪倒。

〔伍六一也摔倒了。

伍六一　（苦笑）你看，我没撒谎，我真的跑不动了，其实离开钢七连那会儿我就跑不动了，可我死要面子，一直撑着在跑……（勉强站起来）跑吧，许三多，你还跑得动，你还能跑得更快！跑吧，许三多，起跑就不要再停下！跑吧，许三多，人生不就是一场长跑吗？

〔许三多依旧愣着。

伍六一　（使出全身力气）跑——（然后就摔在地上）

〔许三多掉头狂奔，身影像是在哭。

〔伍六一微笑。

第十二场

〔许三多上。

许三多　我终于结束了我的钢七连生涯，前往参加集训。临走前我最后一次打扫了宿舍，空荡荡的宿舍向我讲着士兵的故事。六一却进了医院，不久他默默地离开了军队，一根钢筋取代了他左腿断裂的肌腱。那是在我当兵四年零九个月的时候，当兵五年八个月零八天的时候，我来到了爱沙尼亚。比赛过程中我们几次被打散，又几次重新聚合，几次濒临绝境，又几次死里逃生。第一天我们被打成排名倒数第二，但并没妨碍在此之后的顽强追上。我忽然发现我真的已经长大，忽然发现我已经有能力应付任何事情。

〔枪林弹雨的爱沙尼亚竞赛场。

〔一场战斗中能听到的一切声音：枪声、爆炸、炮弹呼啸、战斗机俯冲、直升机盘旋、战车轰鸣——瞬间变成为席卷剧场的交响乐，让人有一种印象：战争已经爆发，战斗正在进行。

──────话剧《爱尔纳·突击》 〉〉〉〉〉

〔探照灯在晃动，如同在对着天空发射愤怒。

〔画外音："二〇〇一年八月八日，爱沙尼亚时间下午六点，我方在波罗的海文卡尔海湾完成抢滩登陆；晚十时四十四分，短暂接火，敌十一名，毙敌十一名，我方零伤亡；晚十一时五十一分，袭击敌 B 哨所，敌八名，毙敌八名，我方零伤亡。八月九日一时一分，手工排雷四十一颗；二时十四分，机枪手陷入沼泽，获救；三时四十五分，我方潜伏地被敌直升机发现；五十七分，我方完成火力突围。"

许三多　由北京军区严格选拔的侦察兵们在第十届爱尔纳·突击国际侦察兵比赛上，勇夺外国参赛队总分第一，并摘取竞赛最高桂冠——军事技能最佳表现奖。

〔探照灯光束和直升机旋翼声渐渐远去。

〔人们的欢呼声。

〔袁朗和许三多走上来。

袁　朗　瞧瞧他们吧，来自院校，脑子里装的东西比咱俩加起来还多，可咱俩摞一块还不如他们一个小手指头好激动，你说他们，他们还说我热爱国家，热爱军队，热爱生命，我有一万个欢呼的理由啊。

许三多　（自言自语）我也热爱，我们都热爱。

袁　朗　哎，你不嚷嚷两句吗？你才二十三岁呀。（下）

许三多　我喜欢看着。

〔音乐。

许三多　我喜欢想。我想看看我的老连队，班长、连长、伍六一，还有我爸……

〔这四个人一次出现在四道追光中。

许三多　我想看见你们，我想知道你们都在做什么。其实我知道，不管在哪里，你们要跟我说的话是一样的，跑吧，许三多，起跑就不要停下来。

班　长　跑啊！

连　长　跑！

伍六一　跑！

许三多　我跑到了这里，跑到了爱尔纳，我不会停下来的，我还会跑向未来。

〔四个人消失。

〔许三多看着周围的丛林微笑。

许三多　爱尔纳·突击，战斗，生存，几次死里逃生，几次濒临绝境。（摇了摇头）我参加了这次竞赛才知道，这没什么难的，实际上我们每天不都在做着这样的事吗？好多时候，比这要难。我当了五年八个月零十二天的兵了，这不过是说，有四天时间，我参加了这次叫做爱尔纳·突击的竞赛，别的时间我都在当兵。

I'm Chinese people's Liberation Army……我是中国人民解放军，I'm Chinese people's Liberation Army！

〔定格。

〔收光。

〔剧终。

精品提名剧目·话剧

叫我一声哥

编剧　李龙云

人物

小　　骡　又名银骡，金骡的弟弟。二十六岁，新南城酒家小老板。北大荒知青。马成祥、马吉祥兄弟的生死弟兄。

二　　祥　大名马吉祥。男，二十六七岁。新南城酒家小老板。"老三届"中的六九届初中生，曾长期在西北插队。

大　　祥　大名马成祥，马吉祥的哥哥。七十年代初死在了北大荒。

细　　草　女，二十二三岁。小骡与二祥儿时的伙伴，与小骡同时到北大荒，后嫁给了当地一马车夫。

小骡的父亲　六十来岁。粗通文墨。

小骡的母亲　五十多岁。一切以丈夫为中心，典型的贤妻良母。

小骡的妻子　与小骡同岁。对丈夫忠诚，对公婆孝顺。

曹有志　外号满把主。男，二十七八岁。祖上曾是钟鸣鼎食之家，酷爱书法，自号逸仙堂主。七七级本科生。先是某电影厂的编辑，最终沦为新南城酒家的伙计。

周简文　女，二十七八岁。某电影厂职工。

小　　陆　男，二十六岁。市场管委会工作人员。小骡与二祥的朋友。

边老大　男，与小骡年龄相仿。南方人。原永昌缝纫部老板，后被小骡兼并。老实、本分。

边老二　边老大的弟弟，永昌缝纫部老板。仿佛与哥哥隔着教。精明、贪婪，关键时刻肯坑兄灭弟。

群众若干

注：以上人物中，大祥、小骡、小骡的妻子、曹有志、小陆均为原北大荒知青，或"老三届"中的高中生，或六九届初中生。

——话剧《叫我一声哥》 〉〉〉〉〉

序　幕

〔一九七八年冬。一个风和日丽的清晨。

〔三江平原深处某农场。

〔深冬的北大荒，是一个银冰玉雪的世界。举目四望，起伏的雪浪一直漫向遥远的天地之交。暖融融的阳光洒在雪海里，像一只巨大的母亲般的手臂拂动着大地。

〔这里是一片平缓的丘陵。舞台一侧，是一排茂密的白桦树。残存的枝杈上，雪粉凝成的树挂闪烁着宝石般的光泽，像一串串晶莹的泪珠。坡岗处，结成硬壳的雪壳子上，一簇冰凌花在寒风中抖动着。

〔舞台正中是个三叉路口，平坦的国防公路横贯舞台而过。一条清晰的爬犁辙劈开雪浪，曲曲弯弯一直伸向荒原深处。更遥远的地方——天幕上，冰封的乌苏里江像条银色的丝带在飞舞。

〔幕启。

〔场灯亮了。舞台上空荡荡的。本剧主人公之一小骡，胳膊上搭着件旧棉布黄大衣，身穿一件破旧的黄棉袄迎着我们走来。他手里抓着个狗皮帽子，左肩挂着两个沉甸甸的帆布提包。

小　骡　（扭头往天幕望了望，嘴里小声喃喃着）都走了……

〔此时我们发现，一大排的黄棉袄出现在舞台深处。

小　骡　来的那年，我十七。火车一拉鼻儿！好几十万人，跑这儿来了……一晃，二十七了，火车又一拉鼻儿，又都回去了……人就像是一根草……

〔远处，一种梦幻般的音乐出现了。

〔歌声变得逐渐清晰起来。

小　骡　（热血一下子涌满全身）……刚来的时候，大祥哥写过一首诗，（思绪一下子回到了十几年前，情绪瞬间燃烧了起来，对着空荡荡的荒原喊了起来）战旗漫卷着风雪，军号伴奏着凯歌，面对大雪覆盖的千里荒原，（大喊一声）我们来了！……

（背到此处，小骡的声音戛然而止）

〔舞台上所有的声音同时消失，周围变得死一样的静。

小　骡　（喃喃着）……做梦似的……又都走了……可是大祥，大祥哥！就把您一个人儿搁这儿了……大祥！大祥哥……我老觉得你没死。一早一晚儿，走到没人的地方，我净小声跟你说话儿……

〔此时，死去的大祥出现在舞台一侧。他身穿一件当年知青们最常穿的那种单布黄军衣，手里一把小号，脸上挂着微笑。

大　祥　（脸对观众，淡淡地一笑）我比他们都大。六六年，我高三……

小　骡　谁都知道，你起小就爱念书……

大　祥　我老忘不了我那个化学老师。那是一个挺刻板的老知识分子。他左手托着个燃烧皿，右手从煤油瓶里夹出一小块单质金属"钠"，他说，单质金属能在空气里自燃……一会儿，就见噗的一股火苗。老师说，同学们，这股火苗，七十块！……七十块合一千斤小麦……

小　骡　（嘴里轻声喃喃着）……（发现大祥脸上的笑更加灿烂）大祥哥，什么时候想我们了，就给我托个梦……用不了多少日子，我们哥几个准来接你……大祥，不是我，没准你死不了！那么大的烟泡，哥们儿迷了路，你领着大伙儿去找我……

大　祥　（似乎陷入了幽远的回忆之中）小骡，我记得，你好像是腊月生日……

小　骡　是！（用力点着头）

——话剧《叫我一声哥》 〉〉〉〉〉

大　祥　二祥比你大。

小　骡　是！二祥是哥哥！亲哥哥！那是发小儿……

大　祥　他也回去了……

小　骡　是！他从西北回去了！跟你们老太太在一块儿……

大　祥　哦……不知你陈静姐怎么样了？

小　骡　陈静姐考上大学了！领着小雪早回去了……

大　祥　你跟二祥，你们哥们儿，得对你陈静姐好……

小　骡　那还用说！二祥信里说，你妈说了，没有你了，陈静姐就是你们家的大姑娘……（心里开始哆嗦）大祥哥，还有什么不放心的事吗？

大　祥　……还有，你不该对细草那样……

〔此时，随着那种梦幻般的音乐，细草像一尊幽美的雕像似的出现了。她是那样宁静慈和，像一名天使降临到了人间。

细　草　（脸上在笑，眼睛里却浮动着泪花）大祥哥！……

小　骡　（声音在发颤）细草？

细　草　小骡哥！你们都要走了……

小　骡　都要走了。

细　草　可我不能走……我不是不想走，是走不了……

小　骡　你那女儿好吗？（语吻中隐含着报复）

细　草　我的女儿？（脸上始终带着微笑）那也是你的女儿……

小　骡　（十分烦躁地）别胡扯了！那哪是我女儿！

细　草　（像个诗人似的开始述说）你知道吗？一个女人要是爱上一个男人，就会在天地间产生一种神奇的力量……五年前，你亲自赶着个爬犁，把一个热恋着的女人送到底窑，送给了一个愚笨的马车夫……

小　骡　赖我吗？是你！你自个儿要嫁给那个马车夫。

细　草　我知道，你送我是出于报复……你一直觉得我肚子里那个孩子不是你的……

685

小　骡　（暴躁地）那孩子本来就不是我的……

细　草　（并不争辩，只是在诉说）有些事，你永远也不会明白……其实，我是你的……（脸上再次出现了那种天使般的微笑）小时候多好啊！你、我、二祥。你们男孩叫"发小儿"……小骡，你命不错。回到北京，你会有另一个哥哥，二祥哥……有一个哥哥该有多好啊……

〔此时，幕外一声长长的汽笛。

小　骡　（突然发现了大祥眼里异样的光彩）大祥哥，我们哥儿几个走了……再给我们吹一段小号吧！

〔大祥举起了小号。

〔小号响起来了！小号发出了悠长的长音。小号吹奏的是苏俄民歌《小路》。乐曲那样深情动人……

〔突然，小号呜咽了。

大　祥　（似乎是鼓足了勇气）小骡，再叫我一声哥吧……

小　骡　（喃喃着）哥……大祥哥……（突然歇斯底里地喊叫了起来）哥哥哎……

〔巨大的回声在空旷的荒原上回荡着。

〔火车，汽笛撕人心肺地鸣叫起来。

〔灯暗。

第一场

〔前场三天之后。夜晚。

〔北京南城广安门大街。

〔这是一条东西走向的大街。舞台深处是一排邻街铺面房。这些铺面房历史上都曾有过往昔的峥嵘：油盐店、羊肉床子、钱庄、饽饽铺……但近几十年来，却都已偃旗息鼓。门脸经过简单的改造与封堵，变做了民居。房檐上的枯草在风雪中摇曳着。

———话剧《叫我一声哥》 〉〉〉〉〉

〔最引人注目的是舞台中部的一处门脸。门楣顶端，一片青砖砌成的牌额上，三个巨大的颜体字——文利栈。估计它早年间应该是个绒线铺，专卖针头线脑。它的门脸是那么小，那么残破。但它却比周围其他的房子都高。于是，这种鹤立鸡群的架势，反而衬托得它更加招眼，更加褴褛破败。

〔幕启。
〔瑞雪飘飘。放眼望去，错落起伏的屋脊，被雪花涂抹得一片银白。
〔夜深人静，不知谁家的收音机里正在播报中共十一届三中全会公报。更远一点的地方，北京站悠扬的钟声隐隐飘来。
〔随着大幕的拉开，清洁工马吉祥走上舞台。他身穿蓝布棉大衣，头上一块破旧的包袱皮儿，肩上一把特大号的板锹，边走边指挥着倒车。
〔与此同时，小骡推着辆自行车从另一侧走上舞台。他狗皮帽子抓在手里，嘴里试着喊着："二祥！是二祥吧？！"

二　祥　（转回身，辨认着）谁？小骡！

小　骡　（凑了上去）是我！我是小骡啊……

二　祥　哟！哥们儿！是你呀？（扔下板锹迎了过来）哥们儿，回来了！

小　骡　回来了，都回来了……
　　　　〔两人紧紧地抱在了一起。

二　祥　你这是刚下火车？

小　骡　（点着头）刚下火车。那边乱套了！车上那人，大串联似的！哥们儿从佳木斯一气儿站到锦州！两天一宿，我就吃了二两排叉儿，（擦了擦干裂的嘴唇）你车上有水吗？
　　　　〔二祥从大衣口袋里拿出个大玻璃瓶子。

小　骡　（对着瓶子口儿试了一口，很快又吐了出来）嚯！真烫！（用大襟抹了一把脑门子上的汗，打量了一下二祥的打扮）哥们儿，练板儿锹哪？惨点儿……

二　　祥　（淡然一笑）比在西北强多了。居委会问我想干点儿什么，我跟他们说，什么挣钱多干什么。

〔幕后传来司机的喊叫声："二祥，这车还得倒点儿！"

小　　骡　二祥！你哥那点事儿你听说了吗？（非常动感情的）他们给平反啦！

二　　祥　（惊讶异常）真的？（捏着烟卷的手指头开始哆嗦）

〔小骡手指了指墙根儿，两人蹲在了墙角儿。

小　　骡　（狠劲嘬了口烟）农场派人来了……（一下子回到深远的痛苦之中）整你哥你嫂子，是在修路连。开除团籍，说小雪是私生女……

〔二祥用力吸着纸烟。

小　　骡　不说这个了，好赖算是给平反了……（猛然想到）小雪跟着谁呢？

二　　祥　在我妈那儿呢。

小　　骡　好！谁疼也不如奶奶疼……这不，我们连的老职工给小雪带来点瓜子儿……（开始从提包里往外掏东西）这是点大楂子。小雪爱吃楂子粥……（无意中掏出根笛子！一下子愣住了）这是那根笛子！

二　　祥　这根笛子你还留着呢？（刹那间陷入久远的回忆）

小　　骡　这还是大祥哥给我买的呢……给你买了把口琴。算起来十好几年了……

二　　祥　（有意岔开话题）听你刚才那意思，那边乱套了？

〔小号与童声齐唱消失了。

小　　骡　乱套啦！都说江那边开来了好几个装甲师，谁不怕打仗啊？也有人说，全国知青会上掐起来了！告诉不让走了……

二　　祥　谁这么说？

小　　骡　（蹲着往前挪了两步）都嚷嚷动啦！（捂住半拉嘴，压低嗓门）知

———话剧《叫我一声哥》 >>>>>

道谁把咱们哥们儿放回来的吗?

二　祥　邓!

小　骡　(加重语气)没错。邓!

二　祥　(若有所思地)哥们儿,瞧出来没有?别看邓这人不言不语的,他可主意正……

小　骡　(深表赞同地)正!

二　祥　把我嫂子这样的人弄进大学,给右派摘帽儿,把地分给种庄稼的主儿……都是他!

小　骡　没错儿!东北这帮哥们儿怎么回来的?起头儿是一个洋人写了篇文章,叫《透过第三只眼看中国》。那哥们儿说:在边境线上搁着好几十万大小伙子,吃不好喝不好不说,还不许搞对象!早晚是个娄子!不知是谁,给捅到邓的秘书那儿去了。秘书也是个明白主儿,找一天瞅准了老头儿高兴,把报纸递了过去。老头儿瞧着瞧着报纸,"呼"!身上冒出一身冷汗,心说:干啦!立马给秘书写了个条儿!赶紧!把他们哥儿几个放回来!(用力吸了口烟)可真到办的时候,北京这边还凑合,下边不成!

二　祥　滋扭?

小　骡　滋扭!我们那个王八营长,哥们手续都齐了,就差营里一个戳儿!他死活不给盖!小子!不让我活,你也甭活!哥们儿拿着个大喇叭爬到窑厂的大烟筒上去了!站到烟筒顶上我就开始数落!我念了那王八营长的十大罪状!我跟大伙说,念完喽我就蹦下去!营长一看,吓得弹弦子啦!站底下直喊:你下来!下来给你盖还不成吗?下去?下去你丫就变卦了!我还不知道你?你派人拿戳儿上来吧!这么着,文书拿着他那个破戳儿爬了上来……嚯!腿蹲麻了……(站起身)

〔此时,垃圾车的司机出现在舞台一侧。

司　机　(张嘴嗓门儿就挺冲)二位!不大离儿了吧?二祥!你那哥们儿可够能哨的!一会儿越南吧,一会儿蒙古吧,我跟你说,咱们今儿晚上可是四车的数！你们这么关心国事，明儿把你们调党校去得啦！

小　骡　（眉毛立楞了起来，不紧不慢地开了腔）怎么茬儿哥们儿？你够横的！（顺手抓过二祥手里的大板锹，双手轻轻一顺劲，大板锹"嗖"的飞进了侧幕）

〔"咣当"一声，小簸箕似的板锹头砸在了驾驶楼的楼顶上。

司　机　（吓得一闭眼）我操！（口气马上变得十分客气）哥们儿，别急啊！我可是一片好意！大街上这么冰天雪地的，哥儿俩找个地方！找个小铺儿，喝两盅儿……

小　骡　（口气也和缓了下来）今儿晚上咱们不是四车的数吗？

司　机　四车还叫活儿？我跟大刘，我们俩唱着歌儿就干了！（走下舞台）

小　骡　这孙子，敬酒不吃吃罚酒！

〔二祥推过小骡的自行车。

小　骡　二祥，你这活儿一个月多少钱？

二　祥　加上出车补助、夜班补助，能有四十八九块。

小　骡　行！打明儿起，我跟你抡板儿锹了……

〔此时，从文利栈内传来的播报公报的声音再次清晰了起来。

小　骡　（自言自语道）党中央开会了。往后备不住许可大伙做买卖了……

〔一束光打在了文利栈的砖匾上。

二　祥　其实北京早就有人做小买卖了。我看这地界就不错。

小　骡　（眼睛盯住了那块匾）那当然。早年间这是寸金之地。

二　祥　要是能把这个破门脸盘下来就好了……

小　骡　那得多少钱啊？非把咱哥们累吐了血不可。

二　祥　（咬了咬牙）大不了三年！三年不动荤腥！

小　骡　行！

〔公报声越来越清晰。

〔自行车上，兄弟二人的背影渐渐远去。

——话剧《叫我一声哥》 〉〉〉〉〉

〔灯暗。

第二场

〔前场四年之后——一九八二年冬。上午。
〔广安门大街。
〔雪后初晴，天空中飘动着细碎的雪花。
〔文利栈屋内，二祥与小骡近半月的辛劳已初见成效。

〔幕启。
〔场灯亮起时，二祥与小骡正在把一个半人高的汽油桶改造成炉灶。十冬腊月，屋内寒冷异常。小骡挽着袖子，蘸着凉水，把一块块的耐火瓦贴在炉壁上；二祥则手里拿着根半人多高的大竹板子，把瓦片搪在炉壁上。

小　骡　（搓了搓满是泥水的手，用力攥了攥手指头）嚯！让猫咬了似的……好几年不干这路活儿了！在北大荒，冬天夜班脱谷，零下二三十度，车一出毛病，哥们儿从车上把零件卸下来，手里攥着铁疙瘩，往柴油盆儿里一扎，那滋味儿，骨头都疼……
　　〔二祥的嘴角流出极淡的一笑。
小　骡　你笑什么？我们没你苦？我听你妈说，你插队那地方一年吃五个月的土豆！村里十三个知青跑回来十二个，就剩下了你自个儿……
二　祥　（淡然一笑）跑回来怎么办？吃家里？家里那么困难……
小　骡　（埋怨的）可你信也那么少！
二　祥　（更淡了）我们村一个工一毛三，一张邮票八分，哪儿那么多钱写信。
小　骡　那你不闷得慌吗？
二　祥　闷得慌就到山头去吹口琴。吹咱们小时候那些老歌：《洪湖水》、

《二郎山》……幸亏这把口琴……（始终没停下手里的活儿）

小　骡　（仰头四下里望望）我有时想，为开这么个破饭馆，咱们哥们儿遭这么多的罪，值吗？这他妈破门脸儿，透风楼似的。房主，老丫挺的，心那么黑！两间北房都不干，还得搭上四千块钱！

二　祥　你没听说？那孙子跑合儿出身！

小　骡　四千块！哥们儿，抡板儿锹，拉沙子，当装卸工……整整四年的血汗！就换回这么个破门脸儿……你歇会儿成不成？毛衣都塌透了……

二　祥　你爸他们今儿搬吗？

小　骡　搬。（眼盯着二祥的后脊梁）我的朋友里，我爸最佩服的是你！掐着半分眼儿看不上我。

二　祥　（乐了）甭听他那么说，褒贬是买主！

小　骡　（十分动情地）我也佩服你。我把咱们俩的交情，看得比命都值钱……

〔此时，悠远的抒情音乐出现了。

小　骡　有一回夜里做梦，梦见你跟我掰了，追着你叫哥，怎么叫都不应！哥们儿哇的一声就哭了……

二　祥　（心里十分感动）梦都是反话……（敏感的）你今儿到底想说什么？

小　骡　（憋在心底的话冲口而出）哥哥，哪天你要是闪我一道，我可活着一点意思都没有了……

二　祥　（一惊）怎么茬儿？你怎么说这个？

小　骡　（心烦意乱地把大竹板子一扔）好些人都说，再好的哥们儿也是有难同当，有福不能同享。说得有枝儿有叶儿的……

二　祥　那也分人！

小　骡　分人？朱元璋算人物吧？他领着他那帮哥们儿打天下那阵儿，都好着哪！一帮人破衣拉撒要饭的似的，甭管从哪儿找来个窝头，哥儿几个，赶紧！找个背风儿的地方，往地下一蹲，把窝头一掰！您是哥哥，您来这块儿！不！您是哥哥，您来这块儿！都他妈是哥哥！等一进了城，一吃上大米白面，完！三句话上不来，就给你放躺下；徐达长疮，愣打发太监送去只蒸鹅！鹅是什么？发物！那是发小儿的朋友！就这么下黑手……一想到这儿我就浑身起鸡皮疙瘩！（突然眼盯着二祥，目光中充满惶恐）哥哥！咱可不带那样儿的！

二　祥　（心里翻搅着滚热的浪头）你净没事胡琢磨……

〔此时，屋外传来汽车喇叭声音，屋门"啪"的一声被推开了！

〔小骡的媳妇头上肩上都是雪花，手里拿着一把雨伞出现在屋门口："小骡！麻烦啦！"

小　骡　怎么啦？

小骡的媳妇　东西都搬来了！爸爸不下车！一看这破门脸儿，嘴唇都气紫了！你快来看看吧！

〔小骡与二祥的脑袋"嗡"的一声大了。

〔灯暗。

〔场灯再亮时，场景已转换到大街上。一家副食店门前戳起了一块公用电话标牌。

〔雪大了。

〔行人疏朗的大街上，孤零零地停着一辆一三〇卡车。

〔小骡的父亲坐在卡车上。他双目微合，双唇紧闭，一任雪花飘飘洒洒，像一名正在圆寂的老和尚。

〔小骡的母亲怀里抱着小骡的儿子站在车厢边，惴惴不安地望着老伴。此时小骡从屋子里跑了出来。

小骡的母亲　小骡！（抬起头——文利栈店铺外边的装修刚刚开始，显得越发寒碜）这就是你们拿两间北房换来的破门脸？打个喷嚏就能震躺下！还要倒找给人家多少钱！不成傻子了吗？难怪你爸爸生这么大的气……

小　骡　（走到车边）爸！您哪能这样啊?!有什么话咱们到屋里说不成

吗？您那手术刚好利索喽，您哪能动这么大气呀？（抬头看看文利栈）爸！您别看它现在这揍像，等归置出来就不这样了！咱不是说得好好的吗？一年！顶多一年，我们准给您弄一套好房子……（急得不知说什么好了）

〔小骡媳妇翻身跨上卡车，为公公打起了伞。

小骡的母亲　老头子！老头子！孩子们也不易！要不然咱们东西先不卸啦！你先坐到驾驶楼里，有什么话跟孩子们商量商量，成吗？

〔卡车边的小骡已急得语无伦次。

小　　骡　爸！非得我给您跪下吗？大街上咱们这么着好看怎么着？您要是冻出个好歹来，我怎么办呀？爸！

二　　祥　（凑了过去）大叔！大叔！我是二祥！是祥子！我跟小骡，我们俩年轻，不懂事，惹您生这么大的气……可是，我们哥儿俩是好心，咱们不能祖祖辈辈老过那路穷日子。您能听我句劝吗？只要您下来，什么我都依着您，还不成吗？

〔小骡的父亲仍旧不为所动。

小　　骡　（急得像热锅上的蚂蚁似的）再耗下去您就冻坏啦！（又急又气，黔驴技穷，突然伸出双手左右开弓地扇开了自己，边扇边骂着）我操！不他妈过啦！都他妈甭过啦！开饭馆、换房，我为谁呀！我混蛋！混蛋！（歇斯底里之中，大耳刮子扇出"啪啪"的响声）

〔奶奶怀里的小孙子吓得"哇"一声哭了起来。

小骡的母亲　（喊叫着）干什么你？！畜类！你这么闹腾，你爸听着好受怎么着？你那是扇谁呢？！你扇我呢！

〔老头儿的嘴唇微微颤抖了几下，一粒泪珠溢出了眼角。

小骡的媳妇　（一直站在卡车上为公公打着伞）你还闹！我告诉你！爸可有心脏病！（低下头）爸！爸！您可别跟他真生气！他不是人脾气！

小骡的母亲　（揪了揪小骡的媳妇）快！快去叫小曹！

〔小骡媳妇匆匆下车跑了。

——话剧《叫我一声哥》 〉〉〉〉〉

小骡的父亲　（突然抽抽搭搭地啜泣了起来。睁开眼，声音喑哑的）二祥！祥子！

小　骡　二祥哥！叫你！

〔二祥答应着匆忙凑到老头身边。

〔老头伸出了一只手，却什么也没说。

二　祥　（抓住老人的手）大叔，我知道您为什么……您看着我们这么奔，这么受累，您心疼我们……

小骡的父亲　（突然失声哭了起来）我是在跟我自个儿较劲！

二　祥　（蹲在老人面前，用力攥住老人的手，很长时间之后，开始说话）大叔，您跟我爸爸，是那么好的朋友。我跟我哥哥，都是您眼瞅着长大的……像咱们这样的人家，无权无势，我们又没什么能耐，日子想过得好一点儿，就得靠多吃点苦。我知道您的心，您希望我们多念点书，知书达礼……可是，年头不好，都让我们赶上了……您得放心我们。

〔音乐出现了。

二　祥　我哥活着时，跟我讲过一件事，他说挨饿那年，正上初中，正是长身体的时候，一天到晚从来没觉着吃饱了过。有一天，您把大祥一个人儿领进一家小饭铺，连小骡他们哥儿俩都没带着。您说：小子，大叔今儿管你一顿饱饭！你撒开了吃！那顿饭，大祥吃了一斤一两！一斤一两是多少？那是您五天的早点！那会儿，亲哥儿弟兄为一口吃的都有动了刀子的，可您把自个儿朋友的儿子领进饭铺，管他顿饱饭！您自个儿，五六天空着肚子去上班……我跟小骡，我们从小有这样的家教，我们能办丢人的事吗……

〔雪停了。胡同一头，小曹——满把主领着两位女同胞——周简文和女同胞甲匆匆走了过来。两人均与小曹年岁相仿，每人夹着一件旧工作服，唯有满把主头上打着发蜡，风度翩翩。

〔小骡的母亲匆匆迎了过去。

695

女同胞甲　大婶，怎么着啦？

小骡的母亲　（压低嗓门儿）有点松口啦！唉！他那脾气，他好脸儿，打死也不会在儿女面前服软儿！

满把主　（永远说话那么甜甘）大妈！您还真别拿实话当瞎话说！凭什么当老家儿的要听儿女的？那这世界不混了蛋了吗？是说大爷死活不睁眼吗？我先过去给他把眼睛拨拉开！

小骡的母亲　小子！瞧你的啦！有你在大妈就踏实啦！

〔满把主胸有成竹，一骗腿上了卡车。

满把主　大爷！怎么啦咱们这是？让风给迷了眼了吧？腊月这风可不讲理！这可不能耽误！（不由分说，两个手指十分灵巧地翻开老爷子一只眼皮，像真事儿似的轻轻一吹）呋！怎么样？试试！还硌得慌吗？不硌得慌了吧？大爷，瞧瞧我是谁？小曹！满把主。您那亲侄子！（发现了老头眼角的泪痕）哟！掉眼泪儿啦！想我了吧？往后再有这时候，您就打发他们拨一电话，别这儿偷着掉眼泪儿。（掏出手绢，俯在老人面前，极温柔地为老人擦去泪痕，压低嗓门儿）谁又招您生气了？小点声儿，告诉我！我非刀儿了他们不可！（放下哄孩子的口吻，改为十分严肃诚恳的轻声）多孝顺哪！儿子、媳妇、孙男第女，一个儿赛一个儿！在我们北大荒这帮朋友里，小骡可是出了名的孝子。大爷，不大离儿咱们见好就收吧。（收起手绢直起身，转对车下的人）我可跟你们说，大爷可不是凡人！十二岁进北京，一边学徒一边上夜校！有好几回差点跟地下党勾上！大爷一九一六年生人，一九三六年二十，回老家跟大妈结的婚。我没记错吧？然后，夫妻双双进北京……（突然想到）大爷，您那会儿干吗来北京呀，您要是领着大妈奔了延安！那！咱们这阵儿早拿下来啦……

小骡的父亲　（扑哧乐了）你小子，没正格的……（双手扶住膝盖活动了一下）

满把主　大爷，腿麻了吧？！说句公平话，今儿您发脾气，一丁点儿都不

———话剧《叫我一声哥》 〉〉〉〉〉

在您！就这么个小破楼子，甭说您这么有身份的主儿，我都不住！可是，咱们那房已然让人家算计走了。怎么办？（顿了一下）大爷听我的不听?！

〔老头儿仍是没有表示，小骡的母亲则急不可耐的。

小骡的母亲　听！就听你的！

满把主　那好！一句话！一会儿，我去打一电话。再过一会儿，来一辆小车！小车给您拉进一个宾馆。到那儿，您呀，一到吃饭钟点儿，有人来接您到餐厅。吃完饭一抹嘴儿，连碗都不用刷，有人接您回客房。然后，服务员给您泡上杯茶、削点水果。睡完晌午觉，您看一会儿报纸，管管国家大事。完喽，到下边的小花园里拿一弯儿……您的任务，记住喽！就一样儿！您就管端住喽！就跟老丈人住到姑爷家似的……

小骡的母亲　（极不相信的）哼！那得多大的挑费！

满把主　钱，一个子不要您的！也不打我这儿出。这边这个小楼，我抓空儿给您收拾好喽，算您的一个别墅。多会儿等开了春儿天暖和了，咱们再搬回来……我这主意，您要能答应，咱们就下车。干脆！我背您下去吧……

小骡的父亲　甭用！我自个儿能动！

满把主　（手一挥）好！扶老爷子下车！我这就去打电话！

〔小骡匆忙走到卡车边，背起父亲。
〔二祥搀扶着老太太往屋内走去。
〔两位女同胞在满把主的率领下匆匆走向副食店。

周简文　（紧走了几步）小曹！你先别走！你刚才跟人家小骡他爸爸又拍胸脯又许愿的，人家一家子可指着你呢！不要钱的宾馆？净办这路不贴谱的事！

满把主　你看！一到负责任的时候就急了不是?！（犹豫了一下，凑到周简文面前）周大姐，这事儿，还是非您办不了……

周简文　我？

满把主　（下了下决心）我、我想把老头搁西门马那儿去……

周简文　（半天没琢磨过味儿来）西门马？谁叫西门马？

满把主　就您原来那男朋友……那个有妇之夫……那个长得像西门庆似的老马……让他给找个宾馆。（索性一吐为快）俩老人，我就说是您的父母！老丈杆子来了，西门马断不敢不接着……再说他又是做官的，这点事对他也不算什么……

周简文　（一下子急了）谁是谁的老丈杆子？啊？你明明知道我跟那姓马的早就没关系了，还在这里头瞎掺和？

满把主　您看！您看！他不是历史上欺骗过咱们一段吗？咱们那点青春就白搭给他啦？您哪，忒认真！不就花他俩钱儿吗？

周简文　小曹！我一个女人，用这种办法敲诈别人，我还算不算人了……（眼泪快下来了）

满把主　周大姐！亲姐姐！您别急！您千万别急！您不同意咱们就不办，成不成？我什么时候不经您批准就去办什么事了？……（叹了口气）咱们这些人哪，忒纯洁……（龇了龇牙花子）唉！现在就剩下了一条道儿，老头归我，我把老头拉走……

女同胞乙　拉哪儿去？你横不能拉家去！

满把主　我干吗拉家去呀！我家里那一个爸爸就够难崴咕的了！我呀，把老头搁我们电影厂招待所去！

女同胞乙　电影厂招待所也得要钱！

满把主　妹妹！您别净打岔好不好？我就跟他们说这是我请来的一位老作家，到厂里来改稿。电影厂请来的作家，管吃管住，一天多少钱补助，这是规矩！再者说，小骡他爸爸，又确实认识几个字儿，冷眼一瞅，也像个作家……

周简文　你这主意，悬！

满把主　只要能拖过一个月，小楼差不离儿也就能住人了……我这就去要车！

周简文　要车？跟哪儿要车？

———话剧《叫我一声哥》 >>>>>

满把主　跟哪儿要车？跟部队要车！

〔满把主开始拨电话。

女同胞乙　哼！八路军的公车，快成他们家三轮了……

满把主　您就别说便宜话儿啦！（抄起了电话）丁部长家吗？哟！阿姨！是您啊，我是小曹！……我哪知道您满世界找我啊？！……您要那东西干吗呀？！美人蕉那东西招蚊子！我给您弄两盆儿君子兰不好吗？君子兰开花儿脑瓜儿冲上，跟咱们中国的士大夫似的……当然有事啦！您呀，赶紧打发小安过来一趟！广安门！对！就这么着了！（电话挂上转对诸人）赶紧！让老爷子归置东西。

〔女同胞甲匆匆走进屋去通报情况。

满把主　（站在舞台中央，第一次流露出惆怅）唉！坐蜡的事儿都是我的。今儿这个哥哥家里第三者插足了，我得去帮着编瞎话；明儿那个姐姐没结婚就先有了身孕，我又得去帮助联系打胎……一档子没办利索呢，又来一档子，你们这是怕我骄傲啊。

〔灯暗。

第三场

〔前场一周之后。早半天。

〔文利栈门前。

〔小饭铺历经九九八十一难，终于开张志喜！一根竹杆子高挑着一挂大鞭，鞭炮齐鸣。

〔饭铺门楣上方一块纸匾，五个颜体字透着不俗：新南城酒家。纸匾上方，老年间墙匾上的"文利栈"三个大字，依旧残存在那里。

〔门面两侧空出来的两溜地方，本来应该是一副对子。但不知何故，对子未到。

〔屋内屋外，人客熙熙攘攘。

二　　祥　（一推屋门，从酒铺走了出来）诸位！锅子可开啦！不大离儿就先比划着吧?！差谁？满把主？小骡！满把主怎么茬儿？

小　　骡　谁知道呢！街门口这对子还指着他呢……（扭头望望胡同口）哎！来了！来了！

〔姗姗来迟的满把主依旧风度翩翩，自行车货架子上夹着一卷红纸。
〔众人匆忙迎了过去。

小　　骡　哥哥哎！您怎么才来？对联您写好了吗？

满把主　（取下货架子上的那卷红纸）写好了！（向众人一抱拳）对不住了，诸位！公事私事都忙，迟来一步！对不住了！

〔说话间众人七手八脚把对联挂了起来。
〔大红对子通天扯地。

一名客人　一屋一椽，一粥一饭，檀越膏脂，行人血汗，尔戒不持，尔事不办，可惧可忧可嗟可叹；一时一日，一月一年，流光易度，幻影非坚，凡心未尽，圣果未圆，可惊可怕可悲可叹。（朗声读着对子）尔戒不持，尔事不办……不对吧？这不是买卖地儿的对子吧？

满把主　（匆匆挤到对子跟前）哟！拿错了！这是头些日子，门头沟盖了个小庙，里头养了几个和尚，糊里糊涂的让他们拉去吃了素斋……忙忙叨叨，拿错了……

二　　祥　那怎么办？哥哥，这儿马上就要开张了，派人去取行吗？

满把主　那多耽误事啊！（十分不吝惜地哗啦把墙上的对联揿了下来）贴张红纸，就在这儿写吧！

〔众人走进屋内。

满把主　（挽起袖口，擎起毛笔。突然发现了门楣顶端老年间的字号）文利栈？（玩味着）好！这字号可太好了！文利！一文钱的利！瞅这意思，早年间这应该是个绒线铺……（口吻中充满赞叹）一个买卖人，一打谱就有够！太有学问了！早知道人家原来有这么好个字号，我就不给你们写这个匾了。（伸手就往上够，打算把自己写的那个纸匾也拽下来）找个梯子，我把它摘下来。

二　　祥　　哎！您拽它干吗？我们好容易才挂上去的！新南城酒家，不是挺好吗……

满把主　　管子有道：斗满人概，人满天概。概，就是刮的意思。明白吗？粮斗满了，人把它刮平，人要是太满了，天就会把它刮平。你们呀，一辈子钻在钱眼里，有不了大出息……

小　　骡　　曹哥，不怕您笑话，我们都是俗人，挣钱有够？那不都成傻子了吗……

〔此时，一名市政管理人员甲出现在胡同口。他耳朵上夹着根烟卷，手里拿一个小脏本。

甲　　（僵着鼻子冲小骡走来）你是老板？

小　　骡　　我、我是老板，（匆忙迎了过去）您抽烟！（把烟递了过去）

甲　　（一扒拉烟卷，手一指新砌起的山墙）听清楚喽！国家的市政设施跟民居的远近，都有固定尺寸！您当这是在您家里哪？这儿砌一鸡窝，那儿支一案板？高兴喽您敢在炕上砌一马圈！一句话，炉子缩回屋里去……

小　　骡　　师傅！炉子可实在缩不回去……

甲　　那么说，你是打算让我们往外挪电线杆子啦？你知道那得多少钱吗？

小　　骡　　这是根简易灯杆儿，也就是两三家住户用电……

〔幕后传来小陆的喊声："走"！〕

甲　　它就是一根韭菜，只要是国家插在这儿的，动，就算犯法！

〔此时，工商所的小陆押着一名肉贩子走了过来。小陆敞怀穿着件蓝布棉大衣，红箍很俏实的别在袖口。肉贩子怀里抱着两卷冻驴肉。

小　　陆　　说！还把假肉批给谁了？

甲　　把炉子缩回去！（说着进了饭馆）

701

小　陆　（发现二祥）你们也敢卖假肉?!

二　祥　（十分恼怒地盯着肉贩子，用脚一撩，把窗根下白菜垛上的小棉被掀了起来，露出了两卷肉）你们这帮东西！冲你们北京的买卖就都得砸了字号！

小　骡　（一把揪住了肉贩子的脖领子）假肉？把钱退给我！少一个子儿我劈了你！

小　陆　（十分不耐烦地把两人拨拉开了，语吻中对双方都充满了不信任）行啦！行啦！（转对小骡）牌照呢？

小　骡　这师傅！我们可不知道他这是假肉！再说我这儿还没开张呢……

小　陆　牌照呢？

〔说话间管理员甲已然从屋里把营业牌照提拉了出来。

甲　　牌照没收了！

小　陆　（指着地下的两卷肉，对肉贩子咆哮着）没收了！抱起来！抱住喽！跟抱你儿子似的！

甲　　把炉子缩回去！

小　陆　掉地下我他妈不熟了你！

甲　　明天我来检查！

小　陆　（顺手撕了一块金山寺的对联，把营业执照好歹一裹，哐的一声扔进车筐）好好的一个北京城，快让你们给弄成旧社会了！（骑上自行车走了）

〔肉贩子抱着驴肉卷吃力地跟在车后小跑着。

小　骡　我操！我的牌照！

〔恰在此时一名市容管理员疾走到小铺门口。

市容管理员　（耷拉着脸，嗓门像大喇叭似的）高老板！听清楚喽！美化市容！你这儿一百五十盆串儿红！一盆一块五！晌午我派车给你拉过来！（说完扭头走了）

小　骡　我的牌照！

〔二祥、小骡呆若木鸡。

———话剧《叫我一声哥》 〉〉〉〉〉

〔灯暗。

〔场灯亮了，酒家内部。

〔时间已是当天夜晚。透过餐馆门板的缝隙，观众能看到大街上影影绰绰的灯光，能感觉到大街上一片清冷。

〔屋内，一个小火盆。小骡眼珠子上浮动着血丝盘腿坐在一个啤酒箱子上，边喝着闷酒边用扑克牌在通关。二祥则脸对着窗外默默地抽着烟。

小　骡　（烦躁至极，哗啦把扑克牌胡噜到地下）操他妈的！开个破买卖这么难！打今儿起，傻逼才信命呢！瞧见没有？（举起桌上一张旧版的十元票）这是一张"大团结"，（啪！往桌子上一拍）哥们儿改信这个了！（心里突然涌起一股惆怅）这他妈北京城，人变得这么难崴咕。头些年兴的那一套，都吃不开了……

二　祥　（引起深刻的共鸣）那阵儿那人多靠谱儿啊！现在的人都快要不得了！

小　骡　往后谁是角儿？（捏起桌上的大团结）它！它他妈成了角儿啦！只要把它磕下来，您就算到了西天成了大爷！不信你点一沓子大团结，往戴箍儿的那孙子兜里塞塞看？扑腾这么些年我算看明白了，想发财就得把心打成一把刀子……

二　祥　（脸始终对着窗外）您当是个人的心就能打成刀子哪？人家那心是弓子板儿崴的，您那心是半发面儿做的！

小　骡　半发面儿也架不住成天过火！

〔说话间工商所的小陆已走进屋里。他胳肢窝里夹着个镜框，左手捏着个小纸卷。

〔二祥与小骡诚惶诚恐迎了上去。

二　祥　哟！是您？

小　骡　陆师傅！

小　陆　（十分客气）不敢！小陆！小陆！这趟街上的人都叫我小陆……二位老板，这么晚了，还没歇着哪？

二　　祥　　实话跟您说，执照让您摘走了，没心思歇着啦！

小　　陆　　怨我！都怨我！耽误您们的买卖了。瞧见没有？（放下镜框）东西，我给您送回来了！

〔二祥、小骡惊喜万状。

小　　骡　　哎哟！您看！还让您跑一趟！您打个招呼，我们去取一趟不结了！（手哆嗦着匆忙给小陆点上烟）

小　　陆　　我这人哪，工作上原则性倒是有。就一样儿，眼拙！咱们这趟街，好劲！藏龙卧虎！我哪知道你们二位是这么有学问的人哪！

二　　祥　　我们有学问？我们俩，一对六九届！

小　　陆　　您别客气啦！就您？六九届？（手一指执照）把这买卖拿走那工夫，我不顺手撕了块红纸吗？那块红纸，让我们所长看见了！所长那眼珠子立马就瞪了起来！好嘛！您那块红纸，那敢情叫书法！所长俩手捧着那块纸，像捧着张支票似的：“小陆！你这是打哪儿弄来的？”我一看这阵势，吓坏啦！"怎么啦？酒铺门口撕的！"所长那嘴皮子开始哆嗦："知道这是谁的字吗？曹有志曹先生！瞧见这枚章子了吗？逸仙堂主！人家那是皇族！跟皇上家是没出五服的叔伯兄弟！这几个字儿要是搁在日本，能换一辆丰田汽车！好嘛，摘曹先生的牌子？您就如同把齐白石他们家的街门给卸下来啦！赶紧，去给人家赔个不是……"我一听，这么贵重的东西，别在抽屉里窝着啦！赶紧上裱糊铺裱上啦……（把拿来的纸卷——一幅大中堂似的——小心翼翼地打开了）

〔字幅中央，是满把主为门头沟小庙所书的那幅对联中间，当不当正不正地撕下来的七个字：尔事不办，可惧可。

小　　陆　　（对着那块红纸）"尔事不办可惧可"？我跟我们所长研究了一晚上，没弄明白。我们所长说，"尔事不办"，好像是批评咱们工作没什么效率，可这"可惧可"太深了……

二　　祥　　你没跟你们所长说，这是一块吗？

小　　陆　　（坚决地）没有！一块都看不明白，要是整张的，更看不明白了！

———话剧《叫我一声哥》 >>>>>

二位，朋友归朋友，事儿还得按规矩办。（说着从口袋里掏出张纸）你们得补个手续。

〔二祥接过那张纸，坐到桌边开始签字。

小　陆　（突然问道）瞧你们俩这做派……东北回来的吧？

小　骡　对。我东北，他西北。

小　陆　（眼睛立刻睁大了）你东北哪儿？

小　骡　六师！

小　陆　（声音变得更急切）六师哪儿？

小　骡　六师七星！

小　陆　（立刻急了）我"秦得利"的！（埋怨道）你们干吗呢这是？！（发现二祥还在填那张表，十分烦躁地抓了起来）别那儿瞎鸡巴填啦！你们可真够可以的！折腾这么些天，最该说的话愣一句没说！合着你们白在外边混了这么些年了！（三把两把把手里那张纸撕碎）打这儿往后，踏踏实实的做你们的买卖！碰到诈刺儿的，言语一声！行了！歇着吧！（出门低头看了看手里那块红纸）我今儿可没白来！瞧瞧，这字儿，多有功夫！（小心翼翼地卷动着那点书法）回头我得挂我们办公室墙上去！

〔一束追光打在小陆手里那块对联上，"尔事不办，可惧可"七个大字变得十分醒目。

〔小陆走了。满把主匆匆上场和小陆打了个照面。

满把主　牌照拿回来了吧？

〔二祥、小骡同时把敬重的目光投向了满把主。

小　骡　（激动的声音有点颤抖）哥哥，谢谢了！

满把主　（略显矜持的）他们那所长，认识几个字儿，老想往书画界圈里掺和。晌午我管了他顿饭，我带去了一份家谱儿。吃饭的时候，挑了两篇儿有用的，让他瞅了瞅……

二　祥　（略有所悟，点着头）曹哥，您府上真跟皇上家沾亲？

满把主　反正你要是生够啊，也能够得上。印家谱那阵儿，不严实地

705

小　　骡　（一下子明白了）家谱也带编的？

满把主　（语气里充满嘲弄）家谱也带编的？睁开眼看看吧！（弓起食指敲着桌子）这年头儿，除了咱们哥们儿这点交情，还有真东西吗？家谱是什么？是名片儿！两位兄弟，咱们忒纯洁啦！好好做你们的买卖吧。（欲下又止步）二祥，听说你嫂子要嫁人了。都是兵团战友，大伙一定要给她好好操办操办。（下场）

小　　骡　二祥你想什么呢？

二　　祥　我想大祥了。（声音突然颤抖起来）今天，是我哥下乡纪念日……十五年前的今天，我哥离开了家……那一走，就再没回来……（鼓起勇气，索性把心灵深处的一切一吐为快）现在我又听说，我嫂子要嫁人了……（扭头向舞台深处望去）……照说我跟我妈一直希望我嫂子有个家……真到了这一天，我又真受不了……我替我妈难受，更替我哥难受……我老觉得他还活着。他一个人儿，孤零零的，几千里外，待在北大荒，我嫂子要走主儿……他得多难受啊……可有时又觉得，他知道自个儿死了，嫂子嫁人，他会很高兴……他疼我嫂子……这些日子我净梦见大祥，只要合上眼就是他！昨儿晚上我又梦见他了……梦见我哥没死！好像是让人家抓走了！

〔此时，那种梦幻般的音乐出现了！接着马成祥走上舞台。他仍旧是一脸青春的气息，仍旧是面带微笑。

二　　祥　（脸上闪烁着异样的光彩，像是在讲述一个天堂里的故事）你知在哪儿？就在咱们胡同里。年头儿好像是他刚下乡不久。他手里夹着个破大衣……那是早晨五点来钟，天刚麻麻亮，他在胡同里转悠……

小　　骡　他怎不进家呀？

二　　祥　他是跑回来的！好像是在那边犯了什么事……他在那儿转悠……咱那胡同里虽说特静，可恍恍惚惚的好像又能听见那些老年间的

―――话剧《叫我一声哥》 >>>>>

民谣……

〔小胡同里那些古老的民谣似乎从九天之上飘落了下来：

小红孩儿，

戴红帽儿，

四个耗子来抬轿儿。

花猫打灯笼，

黄狗来喝道……

二　祥　（诉说得更加动情）他不是不想进家，是不敢进家。东北那边的通缉令早就到咱们派出所了。进了家，会让家里人为难。可是，好几千里地，回来干吗来了？不能这么走！得找个地方，把家里所有的人都偷着看上一眼。就是死喽，也闭上眼了……你知道，他找那地方，恍恍惚惚就像天坛东门。那儿躺着一大片一人多高的洋灰管子。他点上根烟，钻进了管子……一会儿的工夫，就见胡同里滑出两辆车，一辆车上是我爸爸！那阵儿我爸爸还活着呢，另一辆车上是陈静姐！要不怎么说是梦呢！

二　祥　（仍在述说）我哥没敢言声儿，眼瞅着我爸跟陈静姐的车从马路上骑过去了……可是，到见着我的时候，他熬不住了！……那天我刚下了夜班，刚洗完澡。走到水泥管子那儿，有人叫我！我一看，是他！扔下车我就跑过去了！大老远我就喊：哥！你怎么回来了？

大　祥　老二，这么冷的天儿，你怎么不戴个帽子呀？

二　祥　（抖抖嗦嗦的重新点上棵烟）在一根洋灰管子里，我们哥儿俩坐在那件破大衣上，他把什么都跟我说了：他怎么惹的事儿；怎么跑回来的；怎么打算看看家里人，回去就自首……说完话，他的脑袋耷拉下来了。我站在他跟前儿，不敢看他。他伸出手，用指甲盖抠着我衣裳上的扣子。半天的工夫，他抬起脑袋……

大　祥　老二，家里都好吗？妈下了班还做外活吗？你告诉妈，别这么干了，家里不像头两年那么困难了……

| 二 祥 | 我说过,妈不听,妈说你跟陈静姐都这么大岁数了,妈想给你们预备几个钱……说到这儿,我哥开始掉眼泪。我又跟他说:妈可想你了!前些日子,有好几回妈半夜里把我轰起来,说是你回来了,有人敲门。我到外头瞅了瞅,什么都没有……说到这儿,我一下子搂住了他的胳膊:哥!咱们回家吧!你不能就这么走喽!你一走,什么时候才能再回来?爸跟妈要是知道了该多难受啊…… |

〔小骡的手在发抖。

二 祥	他趴在我肩膀上,他没哭。可他说话那动静比哭还让人难受……
大 祥	老二、老二,别这样儿!你这样儿我心里更难受……记住我嘱咐你的话,下了班别满世界乱跑去。别跟我学,我是个不孝的儿子……你答应哥,哥会感激你一辈子……
二 祥	哥,别说了!我就觉得天大亮了,我哥开始有点慌乱。
大 祥	一会儿你回趟家,给我拿点钱和粮票。我得赶紧走!听话,不许跟妈说……
二 祥	你想想,我能不说吗?工夫不大,我妈就跟着我跑来了!她来了就喊,大祥!你在哪儿?我是你妈!妈来了!我赶紧拦着她,您不能喊!我哥是怕连累家里才不让告诉您的。她哪儿管那个呀,什么都不顾了,还是喊,大祥!好孩子!你在哪儿?犯了错儿不怕!承认了,改了,就过去了!喊着喊着,她站住了,她跟我说,你听!你哥在跟我说话!我怕我妈急糊涂了,我跟她说,没有啊!没听见他说话呀!她说,没错儿!你哥在问我——
大 祥	妈!这么大冷的天儿,您怎么不穿棉衣裳?
二 祥	我妈站在那个管子边上,像真看见了我哥似的回答说,儿子待的地方那么冷,当妈的自个儿穿得暖暖和和的,对不住儿子。
大 祥	妈!谢谢您了……
二 祥	这会儿,就听远处北京站的火车鸣的一声汽笛儿,我哥一把抓住了我的胳膊。

————话剧《叫我一声哥》 〉〉〉〉〉

大　祥　老二，往后，爸跟妈可就交给你了！
二　祥　说着，他突然把我推后两步，站在我面前，深深地给我鞠了个躬！我一下子把他抱住了，叫了他一声：哥！
　　　　〔大祥嘴里轻声喃喃着："二祥，好兄弟……缓缓向台下走去。"
二　祥　（跟着，声音颤抖着轻声叫道）大祥——哥哥——
小　骡　（像在自言自语）一个大活人，说没就没了。在北大荒，大祥哥是主心骨。回到北京，你是主心骨。（一种恐惧感突然袭上心头）哥哥，（一下子用力抱住了二祥的胳膊）您可不能哪天闪我一道……
　　　　〔幕落。

第四场

〔六年之后。春末夏初。一个上午。
〔新南城酒家门前。
〔三十年河东，三十年河西。二祥、小骡兄弟，终于时来运转。酒店的生意已经做大，左侧的店铺永昌缝纫部刚刚被兼并；右侧的花店也已风雨飘摇……

〔幕启。
〔新南城酒家正在大兴土木，重新装修门面。
〔小骡上身穿着件进口T恤衫，手上一个很大的金戒指。昔日乱蓬蓬的头发如今梳理得十分细致。此刻他正指挥着几名架子工，把刚刚兼并过来的店铺的牌匾由房子顶端拆卸下来。

小　骡　（皱着眉头子正欲点烟，突然停住了，冲着两名架子工喊了起来）你们他妈干吗呢？磨磨蹭蹭的！一块破匾，不说一、二、三，一撒手扔下来，还在那儿又拴又捆的！侍候月子人哪你们？
一名架子工　（不服气的）人家边老板嘱咐啦！这牌子人家还要哪！两位

老板全都千嘱咐万嘱咐的，告诉字号没了，匾留下是个念想儿……

小　骡　听他的还是听我的？是我兼并他们还是他们兼并我？这活儿这么干得折腾到什么工夫？扔！

〔这时，二祥走上了舞台。

二　祥　怎么茬儿？又这么嗷嗷的？

〔永昌缝纫部的两位小老板边老大边老二兄弟同时从屋里跑了出来。

房上的架子工　（手里端着牌匾）边老板！官儿大表准！高老板有话，我们可扔啦？

边老大　（急了）不要扔！不要扔！

〔但架子工已然悠起牌匾收不住了！"一、二、三！"一声喊，牌匾"啪"的从房上扔了下来。

〔边老大极不高兴地追进了侧幕。

边老二　（明显的不像哥哥那般憨厚，嘴里一口带有南方味的北京话，贼鬼子似的）入乡随俗！既然入了酒家的股，就如同改嫁给了酒家。怀念永昌，就是思念前夫，如同女人不重视贞节。一块破匾，扔了便是。高老板，你说我讲得有没有道理？

小　骡　匾留不留你们自个儿做主。咱们得把话说明白喽，打今儿起，酒店这份买卖可成咱们大伙的了。虽说是我兼并了你们，实际上咱们是股份制，我们七；你们哥儿俩三。你们是亲哥儿俩，我跟二祥比亲哥儿俩还亲哥儿俩……

边老大　（挟着那块破匾走回舞台，不服气的）亲哥儿俩？仇家转弟兄！亲兄弟碰到钱，动刀子的不是一个两个地……

小　骡　哟！你还真明白！

边老大　朱元璋你们是晓得地！穷朋友一起闹革命时亲兄弟一样，是很团结地！革命一成功，全部！杀死！

小　骡　（被刺到了疼处）你他妈逼一个土鳖也懂得朱元璋！

―――话剧《叫我一声哥》 〉〉〉〉〉

边老大　（不服气的）朱元璋是哪里人晓得吗？是我们安徽人！朱元璋只晓得为自己改善生活，好东西只给自己吃，安排了很多的女秘书……

边老二　（劝阻着哥哥）老大！一块做买卖，要团结！

边老大　（手一指饭馆门口，固执的）谁也不是傻子！要不是他们一年四季在我们门前用扇子扇火锅，永昌缝纫部是垮不掉的！

〔兄弟二人悻悻然而去。

〔舞台上仅剩下了二祥、小骡两个人。

〔此时，二祥看见一块画好了的招工广告牌。

二　祥　（突然在广告牌下方发现了一条小注）"如有大专以上学历，月薪为原单位工资的两倍。"您当咱们这儿是美国哪？博士硕士上这儿来打工……

小　骡　（眼睛眯缝成两个香火头儿，望着远处）明儿买卖做大喽，凡给我打工的，不够研究生的我不要！让他们干粗活儿！钱撒开喽给！

二　祥　听你这么说，我可瘆得慌……

小　骡　起小就他妈让人管着！在胡同里得听居委会的！到东北得听连长的！开买卖得听戴箍儿的！（屈辱感在心里燃烧着）哥们儿当不了官儿，当官得朝里有人。哥们儿靠钱！哥们儿这么扑腾，就是想尝尝有了钱管人是什么滋味儿……

二　祥　哥们儿，你可真变了……（扭头要走）

小　骡　哥哥！（伸手截住二祥）您知道您毛病出在哪儿吗？一句话！见着谁您都是先把人家当成好人！

二　祥　依着你呢？见着谁都先把人家当成坏人？

小　骡　多新鲜哪！哪个不是憋着来宰您啊？别看笑面虎似的在那儿山哨，都他妈手里攥着刀呢！这是什么地方？买卖地儿！吃人不吐骨头的地方！甭管谁，先把他当成歹人！谁不是为自个儿？（手往周围一划拉——把所有人全部包括了进去）瞧见了吗？有一个算一个，都是冲我的钱来的……

二　祥　（极不赞成的）照你这么说没好人了……

小　骡　好人？您说出一个来我听听！

二　祥　小陆！那横是过得着的兄弟……

小　骡　（脸上露出冷笑）小陆？数他势利眼！别看这阵儿甜哥哥蜜姐姐的，哪天您混背了试试看？……

二　祥　（眼里泛起冰冷的光）照你这么说，我呢？

小　骡　你？（语塞）你当然跟他们不一样了！咱们是父一辈子一辈的交情。（尴尬地乐了）我操！怎么说到咱们这儿来了……

〔此时，幕外传来了汽车刹车的声音。

〔二祥、小骡同时把目光转向侧幕。

小　骡　一辆丰田？这是谁呀这么牛逼？（轻声读着车身上的字）酸枣汁华夏名人钓鱼俱乐部……

二　祥　（惊讶的）哟！满把主！

小　骡　我操！成了精了！

〔满把主衣冠楚楚走上舞台。身后跟着一名司机，一个姑娘。司机五大三粗；姑娘二十出头，一看就是农村来的。

满把主　高老板！马老板！（打量了一眼正在装修的门脸）小铺儿，扎势起来啦！（眼睛寻找着文利栈那块砖匾）文利栈那块匾没给人喀哧下去吧？

小　骡　喀哧不动！跟块膏药似的贴那儿，甭提多寒碜了……

满把主　拿雷管，崩！（开始上话）我现在也学坏了，瞅着文利栈这仨字儿也不那么顺眼了。明儿我开买卖，门框四周不贴对子不写字儿，转圈儿全画上支票！（笑，突然反口）真那么办您就钻到钱眼儿里去了！兄弟！留点后手吧！

二　祥　曹哥！看您这派头，煽起来啦！

满把主　煽起来啦？脑血栓！差点弯回去！去年，在澳门，哥们儿对着一个老虎机正数钱呢，咕咚！躺下了！五天没睁眼……

————话剧《叫我一声哥》 >>>>>

小　骡　那么邪乎？

满把主　香港一个大师，九十多了，带着仨媳妇。又是掐、又是扎、又是发功……哥们儿人都到了那边了！阎王爷一看，哟！这不曹先生吗？中国那边的事儿您还没弄利索呢！中国离了您就没法儿要啦！早早儿跑这边来干吗？这边可凉！这么着，哥们儿又回来了……（自个儿先呵呵地笑了）

二　祥　（眼看看姑娘）这是您的，女秘书？

满把主　（受了侮辱似的嘴角泛起冷笑）骂我？你曹哥就配这样的女秘书？哥们儿的私人护士！（转对姑娘）兰子！叫！管他们叫大爷！

姑　娘　（冲小骡、二祥一鞠躬）大爷。（一嘴山东味儿）

满把主　（像炫耀一件展品似的）乡下姑娘。二十四小时全天候陪护。兜里揣个小瓶儿，是事儿都不管，就一样！只要看哥哥一翻白眼，上来就往鼻子眼里喷药。（兰子上前给满把主喷药，被满挡住）

小　骡　哥哥，您到底是什么买卖？

满把主　华夏名人钓鱼俱乐部！说白喽，就是张名片。三教九流，哪儿哪儿都勾着。（掏出香烟）兰子！给大爷们点烟！

〔二祥、小骡赶紧拒绝着："别！别！"

满把主　去年，惠州，比赛！飞机接送，头等奖一台桑塔纳。

二　祥　那得多大挑费？！

满把主　挑费？赞助厂商举着钱挤破脑瓜子！一帮名人傻柱子似的，钱都让别人挣去了自个儿还挺高兴……钓完鱼领他们到赞助厂家转转。春秋大酒店，五层大楼！总经理出来了，身上皱皱巴巴一身西装，像一捆咸菜似的。魏老板，请讲讲您的发家之道！那孙子一句话差点儿把那帮名人气死，（广东话）主要是靠走私啦！

〔二祥、小骡将信将疑地盯着满把主。

满把主　年头儿乱啦！特区征地，一棵香蕉苗十五块。那帮农民，头天夜里就把全村的香蕉苗挪了过来！密得跟他妈韭菜似的！更有胆儿大的！买艘报废的军舰，焊上点钢板，武装走私！共军来了打共军，国军来了打国军……（说着话拉开手包拿出个信封）二位，礼拜五俱乐部一周年，给我预备几桌饭……

小　骡　（想到了回扣）曹哥，打回去的钱，给您现金？

满把主　什么打回去的钱？我操！你把哥们儿当成要饭的了！凭什么我把人拉这来吃饭？凭咱们是发小儿！兰子！给大爷们鞠躬！（领着司机和兰子走了）

〔此时，边家兄弟抬着那块匾从舞台上走过。

小　骡　（眼珠子闪着亮光）别的都是假的，他们哥儿俩那点股份，非把它盘过来不可！

二　祥　你甭长那脏心！边老二虽说不是东西，边老大可是个孝子。再说边家哥们儿这阵子正背……

小　骡　（不耐烦的）您又来了！不背还算计不过来呢！（心里突然涌起一阵烦躁）一个他妈小饭铺，靠给人炒菜三块五块的挣小钱，几儿才能挣得够花的？（眼里闪着冰冷的光）头一步儿，先把边家兄弟股份算计过来！稍微腾出工夫，就挤对花店！只要几个铺面一连成片儿，我就办一歌厅！找俩唱歌儿的，把她捧红喽！那就是摇钱树！到那会儿，哥们儿站在树底下，一天到晚不用干别的，就管哈悠那棵树。那树就得哗啦哗啦往下掉钱！

二　祥　饭馆还没弄利索呢，又要改歌厅啦！弄到什么时候您才算够啊？！

小　骡　我？（眼里闪烁着攫取的目光）我想把这趟街买下来！（手一指台阶上的火锅，眼珠子冲伙计们一瞪）听好喽！把锅子给我搬到上风头儿！拿扇子给我扇！

〔几名伙计匆忙把火锅搬到了花店的上风头儿，一人手里一把扇子，像打了鸡血似的疯狂地扇动着。转眼之间，火锅灰炭向花店的鲜花桶飘去。

〔花店姑娘见状大惊，嘴里狂喊着："经理！不好了！"一边匆忙下场。

小　骡　（掏出手机压低嗓门）小陆！我是小骡！有个事你得帮个忙。明儿你领个房管所的人来，找边家兄弟要他们房产证看看……对，真事儿似的！让他们觉着这儿马上要拆迁……废话！不这么说谁他妈愿把股份让出来？！

〔灯暗。

第五场

〔前场一年之后。夏末秋初。黄昏。
〔新南城酒家门前。
〔新南城酒家像一名贪婪的掠食者，身躯不断膨胀着。兼并花店的欲望已成
　为现实，酒家门前又在大兴土木。

〔幕启。
〔天暗下来了。小骡独自坐在一张餐桌旁，一杆猎枪一瓶啤酒，准备擦枪。
〔舞台上很静，静得怕人。
〔二祥走上舞台。小骡浑身一激灵。

小　骡　哟！哥、哥哥，是您……
二　祥　（半开玩笑的）这些日子，我怎么听你嘴里这哥这么不是味儿啊！
小　骡　（十分敏感）是吗？您是说我有亏心事？
二　祥　（笑了）那倒不是。听着虚……
小　骡　（一下子松弛了下来）嘴里有火……
二　祥　满把主又血栓了听说了吗？
小　骡　（不以为然的）不又缓过来了吗？弹弦子啦？
二　祥　弹弦子倒不至于，就是手脚、脑瓜子都没原来利索了……
小　骡　没瘫炕上就得认便宜……
二　祥　（感慨的）那么煞利的主儿，一棵烟的工夫……多精明的人哪！

居然也会让人骗！还骗那么瓷实！一个子儿没剩，还落下那么大窟窿，光医药费就压着好几万……那天跟我聊天，话里话外想上咱们这儿来……

小　骡　上咱们这儿来干吗？

二　祥　找口饭吃呗！（见小骡一直不吐口，急了）满把主可是哥们儿！不是混得特别背，人家不会跑您这儿来打杂儿……

小　骡　他混背了？咱们背那阵儿谁管啦？我这儿是买卖……

二　祥　买卖也不能六亲不认哪！他这么病病歪歪的，媳妇又跟别人跑了……

小　骡　跑了不会找别人吗！

二　祥　你！

小　骡　让一个女人弄得这么颠三倒四的！值吗？

二　祥　满把主是为了女人吗？啊？我都应了人家了……

〔恰在此时，满把主走上了舞台。与一年前那个风流潇洒的满把主相比已判若两人。从外形上看他并没发胖，但所有生理反应都比过去慢了半拍。

二　祥　哟！哥哥！来了？正说去接您呢！（有意宽慰着对方）哥哥，咱们可胖了……

满把主　（苦笑着轻轻拂开二祥的手）不用扶……我这是虚胖！身上都是囊肉啦！（自嘲的）哥们儿一辈子那么矫健的主儿，做梦也没想到会落到这一步……（又笑了）

小　骡　（并不同情）明儿少喝酒少闹花柳案吧……

满把主　这一片儿都知道，我们老曹家在旗，将就着点说也算皇族。光院子就有四五进！厨子、老妈子、花把式、使唤丫头……好几十号！听我们老太太说，民国初年家里卖抄家货，四十挂大车拉了三天才拉走一小半……

小　骡　（张嘴就截了回去）您现在就别说那个啦！

满把主　唉！人一走背字儿净好琢磨过去的事儿。我原以为自个儿命不

——话剧《叫我一声哥》

错！起小老妈子侍候着，别人家孩子吃早点，大不了三分钱到街上买碗老豆腐。哥们儿多会儿都是萨其马、牛奶！打牌也是！打得那么臭，可一抓，就是满把主……真正落飐是六六年……可下乡一回城、一上大学，哥们儿就又煽起来了。可刚煽起来没几年，就又折下去了……看起来呀，老天爷给谁多少，手里还真有准儿……（惨然一笑）

小　骡　曹哥！咱们呀，到哪步说哪步！您上我们这儿来，您能干点什么呢？

满把主　（仰头看着门脸儿）看来文利栈这仨字儿风水不错！我借这点仙气儿在这养养性。算你们的军师吧！哪天赶上机缘遇上明主哥哥再出山……

小　骡　（早已十分不耐烦）您真是瘦死的骆驼比马大。这么着吧，（掏出一张纸）您先把这份招工广告画画成吗？

满把主　（仰天长叹道）唉！可叹我曹有志这一肚子的学问啊！（接过纸条走进屋内）

小　骡　（不满地嘟囔着）这么大岁数的人了，这么木……

二　祥　不是跟你说了吗？他有病！（转身走了）

〔小骡快步走到屋门口叫出满把主。

小　骡　（眼斜了斜广告，明显露出了不满）曹哥，曹哥。您上边这一大片画这么热闹，这是什么呀？

满把主　这是篆书……

小　骡　（脸立刻耷拉了下来）怎么瞅着跟尿碱似的……曹哥，您呀，您听清楚喽！咱们这地方，这是买卖地儿！不像您原来待那地方，那是文化团体，那儿的人把书法当回事儿，这儿的人就认一个字儿，钱！

满把主　（脸腾地红了）那什么，我找张纸，找张纸重弄弄……（放下牌子下去了）

〔舞台上仅剩下了小骡一人。冥冥之中，那首《兵团战士之歌》

又出现了。

小　　骡　（晃了晃脑袋）操他妈的！今儿怎这么发毛啊……

〔此时，小骡的母亲在儿媳的陪伴下匆匆走上舞台。从她们的神情上看，似乎是发生了惊天动地的事情。

小　　骡　（心绪慌乱地站起身）妈！您怎么来了？

小骡的母亲　（几步走到桌边，声音不大但十分严厉）你看着我！看着我！

小　　骡　怎么啦？我又怎么啦……

小骡的媳妇　你自个儿办的事自个儿知道！

小骡的母亲　小子！你今儿个要是敢跟你妈有半句瞎话，老天爷就打雷劈了你！我问你，你是不是在打谱算计二祥的股份？

小　　骡　怕什么来什么！（跌坐在椅子里）谁说的？您听谁说的？（很快又站起身）

小骡的媳妇　谁说的？（拿出一份合同"啪"的拍在桌子上）你在西城给二祥哥买了个小门脸儿！合同你都捏咕好了，你憋着把二祥哥开出去！

小骡的母亲　算计这个算计那个，算计到自家兄弟身上来了！小子！不是我咒你，只要你真办了那路缺德事，大祥他们哥们儿就会见天儿价夜里来给你讨梦！（转身走了）

小骡的媳妇　妈！妈！（追了下去）

小　　骡　（一下子跌坐在了椅子上）哎……

〔灯暗。

第六场

〔前场半年后。傍晚。

〔新南城酒家。

〔新南城酒家门前竖起两只很大的灯箱。红灯闪烁。

〔歌厅里不时传来卡拉 OK 唱歌声。

———话剧《叫我一声哥》〉〉〉〉〉

〔幕启。

〔终于明白上当受骗的边老二,像只杀红了眼的野兽似的来找后账了。他手里拎着一根镐把子,眼珠子上浮动着血丝。

满把主 (手里拿着抹布擦桌子,远远地发现了胡同口的边老二) 小骡!可了不得了!边老二来了!手里可拿着家伙儿呢!

〔里面传来边老二的喊叫声。

小 骡 (嘴角流出冷笑) 小丫挺的,活腻歪了!(从皮包里拽出两捆钱,放在了桌面的左手;接着从身后抄起一把筒锹,摆在桌面的右手,然后塞到嘴里一根烟)

〔说话间边老二到了!

边老二 小骡!你丫挺的,心也太黑了!你骗走了我的股份!今儿有你没我,有我没你!(抡起镐把打了一下椅子)

小 骡 (站起身) 姓边的!我告诉你!我可什么都见过!我十七岁下乡,满村的人除了我没一人儿能拦得下道儿上的卡车!哥们儿多会儿都是右手一块砖头左手一包烟卷!荤的素的你自个儿挑!瞧见没有?(手一指桌面) 说人话,我补你俩钱儿;跟我滋扭,我就他妈剁了你……

边老二 我不要钱!要我的股份!("哐"一镐把,又打倒一把椅子)

小 骡 小丫挺的,毁我?(抓起桌面的筒锹,照着边老二扔了过去)

〔边老二一闪身,筒锹狠狠地砸在了一个鱼柜上,"哐"的一声碎了。

〔小骡蹿过马路,钻进歌厅去找切菜刀。

满把主 (冲边老二喊叫着) 边老二!动铁为凶!懂不懂?跑到人家里来又砸又打的?桌面上又搁着钱!判就判你抢劫!小骡是什么主儿?!派出所都不惹他!还不快跑!

〔小骡手里拎着两把切菜刀从歌厅钻了出来。

〔边老二慌忙跑到舞台一侧,但仍在叫骂。

小 骡 (手一指屋门) 孙子,今儿只要你再敢沾我这门坎儿,我就剁了

你！（哗啦把切菜刀扔在了桌面上）

边老二　（突然把镐把一扔，哭着跑了回来）大哥！您可不能这么待我呀！怎么说我也鞍前马后的跟您跑过啊！（扑通跪下了）您总得让兄弟活下去吧？我那老奶奶，透析呢！家里房子都典出去了！大妹妹二十九啦，嫁不出去。一家子都指着我们哥儿俩在外边扑腾俩钱儿呢……（伤心地哭了起来）

〔此时，二祥从街上走了过来。

小　骡　（心一下子软了）别他妈哭！我最看不了老爷们儿掉眼泪儿了。（用脚踢了踢边老二）起来！男人为钱下跪，连太监都不如！（从皮包里又拽出一捆钱，连同桌上的两捆）我补你三方！先给老太太治病！这趟街上，换了谁也不会补你这么些钱！

边老二　（望着桌上的钱，心里一下子涌满惊喜）大哥！凭心说，不少。可是……三方钱我跟边老大一分，一人才落一万五。孝敬完老人，不还是没抓挠儿吗？（又哭了起来）

小　骡　那天公证给你们俩那钱哪？（犹豫了一下，又拽出两捆钱）再补你两方！看你丫还有什么说的！

边老二　（破涕为笑）大哥！您可真是条汉子！有用得着兄弟的时候，您言声儿……（哗啦抱起了桌上的钱）

小　骡　等等！你得补一手续！（推过一张纸条）你在这上头签个字！

边老二　成！甭说签个字，让我画张画我都干！（草草签着字，抬起头，脸上一脸的乞求与媚态）大哥，我知道您最疼我。帮人帮到底，救人救到家，这点事儿……您就别跟边老大说了，边老大手里有钱……

小　骡　你们不是亲哥儿俩吗？

边老二　亲哥儿俩当然是亲哥儿俩啦！这不碰上钱的事儿了吗？哥哥再大，也没钱大呀！您说是这么个理儿不是？！

二　祥　（突然抓起桌上的钱，狠狠向边老二的脸上摔去）你丫挺的，连亲哥哥都坑，真他妈黑了心了！

———话剧《叫我一声哥》 >>>>>

〔纸票像雪片儿似的在大街上飘落着。

边老二 （一边忙乱地扑抓着钱，一边喊叫着）哥哥哎，您有气哪怕砸巴我一顿呢，也不能拿钱撒气呀！这是我的钱呀！（扑抓中手被玻璃碴子划破一块）操！手破了！（恼羞成怒，突然冲二祥咆哮了起来）我连亲哥哥都坑？天底下谁不这样儿啊？！明告诉您吧，我们哥儿俩那股份，小骡一个人儿买走啦！（"哗啦"从怀里掏出张公证材料）上头没您什么事儿！您还这个那个的呢！我今儿就把话都跟您说透吧，您那点股份，小骡照样憋着倒过去！在西城早给您号下另一个小门脸儿了！……就在我们隔壁。

〔二祥一下子惊呆了！惊讶地望着小骡。

二　祥 小骡！

〔小骡一惊，望着二祥，很快低下了头。

〔愤怒与绝望的二祥突然抄起边老二的镐把儿，几步蹿进屋里。接着，屋里传来了砸东西的响声。

小　骡 （愣了一下神，狠狠地抽了自己个嘴巴，声嘶力竭地喊了一嗓子）哥们儿！砸吧！我跟你一块砸！（抓起地上的筒锹，冲进屋里，像二祥一样疯狂地砸了起来）

〔灯暗。

〔场灯再亮时，已是深夜。

小　骡 （孤零零地坐在一张桌子边，看来喝了不少的酒。突然他发现了墙角另一张桌边的小陆，走了过去，一下子变得十分清醒）哥们儿，知道最难受的滋味是什么吗？啊？（声音在哆嗦）是没钱让人瞧不起！上小学，一学期的学费才两块五，可我交不起！我们那女老师，整个儿一笑面虎！她不呲打你，她他妈臊你！一到礼拜一就问，还有哪几位同学没交学费，请站起来！然后挨着个问，你几号交，他几号交……到下个礼拜一，又是"还有谁没交，站起来！"越往后站起来的人越少。末了儿，屋里站着的就剩下了我一个人……（打了个冷战）周围大伙儿那眼睛，锥子似的！（屈辱感使满脸变得通红）我穷怕啦！（脸对着小陆）哥们儿，你信吗？

小　陆　（咬人似的）我他妈不信！

小　骡　爱他妈信不信！……我要是有更多的钱，我就捎一篮子，里头搁满了钱。那帮穷哥们儿，走进哪家我都给他们搁下几捆儿！谁下岗了？上我这儿来！哥们儿把钱柜一掀，拿！谁要说半个谢字儿，我就扇自个儿！知道我打算干什么吗？我要把大祥哥的坟迁回来！到西山买块地！一到清明祭日就到他坟上去！（脸又对向小陆）哥们儿，你信吗？

小　陆　不信！我他妈不信！

〔此时，二祥晃晃悠悠地出现在舞台另一侧。满把主紧紧跟在他身后。小陆站起身迎了过去。

二　祥　兄弟？

满把主　（冲二祥喊着）你今儿可别摸车！一瓶二锅头，闹着玩儿的！（边追边冲侧幕另一个朋友喊叫着）哥们儿！拦他一把！他今儿可高啦！

二　祥　……我就在二环路上跑跑……我看看有没有违章的……

〔侧幕外"砰"的传来一声巨响。

小　骡　哥们儿！

〔接着，车着了。听声音，汽车已疯狂地驶上了马路。
〔灯暗。
〔片刻之后舞台上亮起两束追光，二祥与小骡分别站在追光里。两人都是神情平静。二祥手里拎着个旅行袋，像要远行。

小　骡　（从桌边站起身）你这是要上哪儿？

二　祥　奔南边。（举目四望，一片茫然）我妈不在了，嫂子嫁人了，我的亲人里，就剩下了你……可最终你闪了我一道……

小　骡　（声音在发颤）哥们儿……伤着你了……（怯生生的）哥哥——

二　祥　谁是你哥哥？（声色俱厉）打今儿往后，再不许你丫挺的叫我哥

———话剧《叫我一声哥》 〉〉〉〉〉

哥!（转身与小骡对视）

〔此时，幕外传来一声长长的汽笛。

〔灯暗。

第七场

〔前场五年之后。深秋。

〔广安门大街。

〔一晃又是五年，小骡的理想已成为现实——整条大街都已被他兼并了下来，所有的产业正在被改造成一个综合系统——广安门娱乐城。此番改造的最醒目之处，就是"文利栈"那块砖砌匾额终于消失了!

〔娱乐城新张志喜的夜晚，同业们恭贺新禧的花篮摆成两排。贺幅彩带从房子顶端一直垂挂到地面。

〔但这一切的始作俑者小骡本人已伤了原气。此刻，他孤零零地坐在一张餐桌旁，伏在桌上睡着了。

〔幕启。

〔场灯亮了，满把主正在把最后一批朋友送走。

满把主　（对客人，压低嗓门）诸位，对不住啦!（下巴颏指了指小骡）一个呀，是高了点儿；再一个呀，主要的，是心里不痛快。您想呀，这么多朋友，最过得着、最该来、最想见的朋友，没露!

客人甲　谁呀?

满把主　还能有谁?马吉祥呀!自打那年哥儿俩撕破了脸儿，二祥一个猛子扎了南边。溜溜五年了，甭管这边怎么托人带话儿，那边就是死活不见!电话一响，只要一听是小骡，啪就撂喽!

客人乙　兴许是伤透了……唉!掰就掰吧……

满把主　掰就掰?您那么说不成啊!夜里做梦净喊醒喽!

小　陆　（厌烦的）满把主!你哪儿那么多没用的话!（站起身，对客人们）诸位！对不住啦！今儿他高啦！我替他送送大伙……

〔客人们走了。舞台上变得死一样的静。

〔沉睡中的小骡突然喊叫了起来。

小　　骡　……二祥！是我！你别又撂电话……哥哥，哥们儿走单啦！我孤单得慌……（一激灵，醒了。眼睛往四周望了望）

〔小陆的目光中涌现出更深的同情和埋怨。

小　　骡　（擦了擦眼角，苦笑了一下，自言自语的）那么多年的朋友啦……哥们儿，我有病了……不是一样两样……睁开眼，浑身上下没一块儿骨头不难受的……我爸爸活着那阵儿老说，黄泉路上没老少……不定哪天我就弯回去了……真到了那会儿，你也不回来看看我……（又笑了，笑着抹了抹眼角。再次端起桌上的酒杯）

小　　陆　（站起身走过去，一把抢过了小骡手里的酒瓶子）别喝了成不成！（凶狠地）别他妈喝了成不成！非得喝死才拉倒怎么着？

小　　骡　（站起身，眼珠子上都是血丝）你少管！少他妈管！

小　　陆　（气呼呼的）喝！喝死你！你瞅你那相儿！眼睛老跟拉着线儿似的……（咬人似的咆哮着）我怕你死喽你知道不知道？！

小　　骡　（烦躁的）我懂！我懂！

小　　陆　（情绪已失去控制）你挣这俩钱容易吗！啊？弄得都快没人搭理你了！弄这破娱乐城！花这么多的钱！刚弄利索喽，北京城，恢复古都风貌！钱庄、饽饽铺、羊肉床子……旧门脸儿老字号都得亮出来！该！退一万步说，就说不拆，这地方能这么折腾吗？（手往大街一指）这都是顺治康熙年的房！你在上边又盖舞厅又修澡堂子的……不定哪天，赶上风大点，就都得他妈塌喽！

小　　骡　（烦躁的）能让我吃口东西不能？啊？能不能让我吃口东西？（突然冲屋里喊了一嗓子）满把主！饭！

〔满把主端着一个托盘放到小骡面前。

小　　骡　（看了看托盘，烦躁呼地拱上脑瓜顶）满把主！大爷！求您了！

———话剧《叫我一声哥》 >>>>>

我就光得吃拌萝卜皮吗？（手指头敲打着桌面）能不能让我沾点荤腥！（悲凉的）一个大活人，不定哪天，从医院小窗户里塞出个小纸条，一看，一串加号！完！二指宽的小纸条就把您给判啦！（抬起眼望望街面）买卖起来了，我也完了。（眼里涌起无限的惆怅）我不光有糖尿病，我还……哥们儿！你们替我想想吧！酒色财气，我一样都不能沾啦……

〔舞台再次恢复了宁静。

〔小骡头一低，又睡着了。

〔在梦幻的音乐声中，听到了鸽子哨声。小骡走进了自己的梦境。

小　骡　（站起身，自言自语道）这是哪儿啊？像我们家那条小胡同。哪回做梦，老是跑到这地方来。这是那片小空场，一棵老椿树，小时候上学，二祥老是在这儿等我……一晃，那都是三十多年前的事了……

〔此时，二祥走进了小骡的梦境。他眉头微皱，似乎仍沉浸在五年前的愤怒里。

小　骡　（发现了远处的二祥）二祥？哥哥哎！（几步扑了上去）可把哥们儿想坏啦……净梦见你……

二　祥　（冷冷地扒拉开小骡的手）别碰我！我不是你哥！我不是冲你来的！是冲你爸爸来的！是冲你爸爸跟我爸爸那点儿交情来的！老人不行了，我得回来尽我那份心……

小　骡　（怯生生的）哥，那您也不能……

二　祥　（更加愤怒的）你他妈少管我叫哥！你姓高，我姓马！我没你这么个兄弟！

小　骡　（一下子十分颓唐）是，您没我这么个兄弟！您是冲老爷子来的……可是，哥们儿，您来晚啦……

二　祥　什么？来晚啦？

小　骡　（突然变得十分理智，似乎陷入了一种思维）我爸去世之前，我从没想到过死。敢情人还有个死!？我好像咔嚓一下子，什么都

725

明白了……（更加冷静的）其实，不是一下子。你走了五年，我琢磨了五年……他一死，我想起那么多后悔的事！兴许也搭上我病了！那股后悔的滋味儿，太难受了！……（恐惧的）人活着的时候可千万不能留那么多后悔的事儿。比如对你，钱大还是哥哥大？当然他妈哥哥大了！可……

二　祥　人都是在变着法儿的挣钱。钱，哥哥，都想两头顾着……（走下舞台）

小　骡　要是钱跟哥哥打起来了呢？我知道我自个儿，一到那阵儿我就好拉便宜手儿……怎么说也不该往钱旁边一站，转身给哥哥一杠子……其实，我眼珠子盯着钱的时候，心里那个哥哥也直咕容……（一转头，发现二祥早已离开了）

小　骡　（脸对着二祥消失的方向）二祥，二祥！哥们儿，除了钱，我什么都没有啦！我爸爸到死都没给过我笑脸儿……做梦梦见他，老是耷拉着脸……

〔此时，小骡的父亲出现在舞台的一侧。老人的脸上，一脸慈和的笑。

小　骡　（惊喜异常）爸！爸！您怎么来啦？我们想您都想坏了……这么些年了，您从来就没给过我笑脸儿……今儿您怎么啦？您怎么冲我乐了……

小骡的父亲　（无限同情地望着儿子）怎么说，你也是我儿子呀……

小　骡　（脱口而出）爸！您还能认我这个儿子，我，我谢谢您了……

小骡的父亲　（无限感慨的）有时候我净想，还不如你们小时候呢。那阵儿虽说穷，可我跟你妈拉绷着这个家过着可有劲了。现在，（眼里突然涌满痛苦）倒是有了钱了，可是……怎么会……真的是仇家转弟兄吗？

〔老人的话在小骡心中引起深刻共鸣。

小　骡　是！爸！您说得没错儿……（匆匆追了过去）您还记得吗？奶奶瘫在炕上那些年，为了给奶奶治病，咱们家借得净是窟窿。奶奶怕您为难，从来什么都不提！甭管多难受，脸上老是笑不唧儿的……可到临咽气儿那天，奶奶突然说她想吃糖葫芦！那种麻山药的糖葫芦。我跟我哥掉头就跑出去了。跑了半拉北京城，最后在永定门车站买着了。我们哥儿俩那叫高兴！举着糖葫芦就往家跑！可跑进家门，我奶奶早没了……打那往后，我跟我哥一辈子不吃糖葫芦……这些日子，我老梦见您！可哪回您都是耷拉着脸，手里还老举着串糖葫芦！（再也克制不住自己）爸——

〔老人的脸上依旧是淡然地笑着，但眼里已涌出泪水。

小　骡　（更加困惑的）爸！啊？……爸！您别走啊！

〔父亲终于走下了舞台。

〔随着一种梦幻般的音乐，我们久违了的细草出现在了舞台上。像在序幕中一样，她仍旧穿着那件洗得发白的旧军衣。气质中仍是一种诗人般的平静与智慧。

小　骡　（一下子惊呆了）你？细草？……这么些年，都快把你给忘了……你还想着来看看我……

〔舞台深处，那排黄棉袄再次出现了。

细　草　（脸上挂着天使般的微笑）我不可能忘了你……二十年前我就跟你说过，你需要我的时候，我就会出现在你面前……（笑得更加灿烂）

小　骡　（被深深打动了）你还是那么心善……

细　草　我今天来，是想告诉你，那个孩子真的是你的！她已经长成大姑娘了……

〔此时，舞台深处出现了一个姑娘。她是那样光彩照人！她站在那里，目光中流溢出无尽的惆怅与怨艾。

小　骡　真的？

细　草　也许你现在能听进我的话了……你知道，一个女人，只要不是那种烂透了的女人，她就绝对知道自己孩子的父亲是谁……（脸上闪烁着诗人般的光彩）那一年的秋天，一望无边的落马湖荒原上，大车轱辘似的夕阳把金黄色的霞光泼洒在草原上。周围是那样静，草野是那样绵软。身边，别拉洪河的河水在缓缓流淌……远处，大祥哥的小号响起来了……（目光中流溢出无尽的幸福）很快，月亮升起来了！月光星光洒满荒原……

〔小骡灵魂受到极大震动，动情地望着姑娘。

〔姑娘转身离去了。

细　　草　（望着姑娘的背影，似乎已彻底变成了一个诗人）她走了。当你想接纳她的时候，她走了……人的一辈子，很多事儿会擦肩而过，永远的擦肩而过……明白了，就晚了……你知道，一个女人把那样的事隐忍在心里该有多么不易。可是，我从没埋怨过你！过去、现在、将来，永远不会埋怨。男人女人之间那点事儿，干干净净，很美……可是，你知道吗？俩男人之间的事儿，更美，有时会惊心动魄。

小　　骡　为什么呢？

细　　草　男人是缺了一根肋骨的人，那根肋骨拿去做了女人。因此男人天生就是不完整的。而一个不完整的人却要去抵挡生活的主要雨雪风霜，他就必然要把很多的痛苦、孤单隐忍在心里。而当隐忍到实在不能隐忍，急迫地需要温情的时候，给他温情的恰恰是另一个男人……那该多让人心动啊……

小　　骡　（心里一哆嗦）你是说我跟二祥？

细　　草　不是哪个男人一辈子都能碰上这样的男人……

小　　骡　（自尊心袭上心头）你好像长学问了？

细　　草　（脸上闪烁着更加夺目的光彩）其实，我就是大祥……

小　　骡　你就是大祥？

细　　草　对。二祥哥也是大祥……

小　　骡　（更加惊讶的）二祥哥也是大祥？

细　　草　小骡哥，你一辈子能碰上我们这么三个人，（手往广安门大街一指）就是这整趟大街都倒塌了，你也是富有的……

〔歌声再次出现了。

〔黄棉袄们凝视着细草在微笑。

〔细草走了过去，融入那排黄棉袄之中。

〔此时，剧场里突然传来了轰轰隆隆的巨响！声音经久不息惊天动地。

小　骡　这是什么动静？

小　陆　（喃喃着）广安门大街！整条大街！塌了……

小　骡　拆了？

小　陆　（眼望着侧幕自言自语着）这倒好，东头一哈悠，西头先躺下了……那么大的老吊，拍躺下个楼就跟拍个洋火盒似的……

〔剧场里的轰鸣声终于沉寂了，舞台上的一切逐渐清晰起来。广安门大街似乎再也无法承受强加给它的重负，更留恋它原来的样子。顷刻之间，所有依附在它身上的现代化装修材料全部塌落了下来。

〔一片废墟之上，只有那座最原始的绒线铺完整地保留了下来。文利栈的砖砌匾额无声地立在那里，显得那么神秘……

〔剧场里死一样的静。

小　骡　（目光向观众梭寻着）老年间的铺面房，后贴上去那些东西，全下来了……就剩了文利栈这仨字儿……这是一整趟大街啊！忙活这么些年，一个小手指头一捅，就倒了……

〔满把主和小陆出现在小骡身边。

满把主　（仰着脑袋，眼盯着文利栈）二十年了，这儿好像什么事儿都没出过……瞧那仨颜体字！肉墩墩的，多神气……

小　陆　昨儿我听说上海一哥们儿，也是东北的，办回多少年了，日子过的特业障！哥们儿一怒，又回去了……

满把主　回去那滋味就好受啊？哥们儿两头儿够不上啦……

小　陆　人还是得扎堆儿……（一笑）

满把主　扎堆儿？一堆人有一堆人的孤单。

小　陆　昨儿电视里说，北大荒，三江地区，是世界上最大的湿地。开出的那些地都得退回去，还林还草……

小　骡　好几十万人，忙活了那么些年，白忙活了？

〔满把主、小陆走下场去。

〔二祥从舞台一侧出现。

小　骡　二祥、哥……您这是要去哪儿？

二　祥　上东北，去把我哥接回来……

小　骡　（心里呼的一热）去接大祥？哥们儿，那得带着我！

二　祥　那当然了！

小　骡　（脸对着二祥苦笑着）这些日子做梦净梦见你，可怎么叫你，都不带答应的……

二　祥　发小儿的朋友，那点事儿我不会老记心里。

小　骡　我说嘛！梦都是反梦……你手里那是什么？（心里一动）口琴？

二　祥　（看到了小骡手里的笛子）笛子？这两样东西还是大祥哥给咱们买的呢……

小　骡　快三十年了……大祥哥其实不玩笛子，玩小号……

二　祥　他是学校军乐队的，后来一到晚半晌儿，胡同里就跟有个小乐队似的！我吹口琴，你吹笛子。吹《北风吹》、吹《洪湖赤卫队》、吹《长征组歌》！咱们吹，细草唱……

〔幕外突然出现了清脆的童声齐唱。锣鼓敲，秧歌起。

小　骡　后来到北大荒后，有时候在宿舍里，大祥、我，笛子小号。后来，大祥哥死了，就剩下这根笛子了……我净上场院上去吹……

二　祥　在西北，（抚摩着手里的口琴）我也净上场院上去吹……

小　骡　回到北京，又凑成了两样。可是，吹不到一块去了……

〔大祥手里拿着小号。

〔舞台深处再次出现了那排黄棉袄。

小　骡　（突然喊了起来）哥们儿！哪天咱们得再吹一回！

二　祥　对！再吹一回！（两人深情地握手）

———话剧《叫我一声哥》 〉〉〉〉〉

〔舞台深处再次出现了那排黄棉袄。大祥和细草同样是一脸慈和的笑。

小　骡　大祥，大祥哥！

大　祥　（动情地盯着小骡）小骡，叫我一声哥吧……

小　骡　（嘴里轻声喃喃着。先是磨磨叨叨）哥、哥……（情感终于像冲出闸门的洪水一样倾泻了出来，声嘶力竭地喊叫了一声）哥哥哎——

〔此时，幕外的《兵团战士之歌》铺天盖地而来。歌声有如黄钟大吕，有如奔腾而下的万里江河。整个剧场笼罩在巨大的立体声之中……

〔幕落。

〔剧终。

精品提名剧目·话剧

为你喝彩

编剧 王 磊

人物

林英杰　（英文名字 麦可）四十二岁，HITECH（中国）电子有限公司天津公司副总裁兼人力资源部经理。

威廉姆·哈特　四十岁，简称威廉姆，天津公司总裁，美国人。

朱　迪　二十八岁，总经理助理。

皮　特　姓乔，三十二岁，研发部经理。

加　森　姓李，四十三岁，市场部经理。

莫　蓉　四十岁，研发部工程师，林英杰妻子。

吉　米　四十岁，北京总部外事处职员。

小　刘　二十二岁，生产线上的技术员。

甜　甜　八岁，林英杰的女儿。

小　陈、桑地、经理、珍妮 HITECH 员工若干

————话剧《为你喝彩》 〉〉〉〉〉

一　餐　厅

〔大屏幕上正报道911事件新闻，美国世贸大厦正在慢镜头中倒塌。

〔光起，移动台载道具上，员工们关注新闻，情绪低落。

加　森　有什么新消息吗？
员　工　（操作电脑）失踪人数还在增加，不知道最后有多少人丧生。
加　森　我是说，有关我们HITECH的消息。
员　工　还没有。
皮　特　快看，华尔街股市正在狂跌。
员　工　我们HITECH已经跌到了历史最低点。
桑　地　照这样跌下去，我们的股票会全部套牢的。
员　工　说不定会引发全球性经济危机的。
员　工　咱们HITECH怎么办？会不会倒闭？
员　工　怎么会？我们这是在中国。
员　工　可是总部在美国，我们是外资企业！
员　工　我们公司肯定会受到很大影响的。
员　工　各地分公司都受到严重波及，只有中国公司还算稳定。
员　工　也不知美国总部到底有什么对策。
员　工　偏偏在这个时候做高层人事的调整，我们的新总裁什么时候到任哪？
皮　特　加森，这都什么时候了，麦可怎么还不回来？
加　森　麦可到北京总部去了，现在也该回来了。

〔员工们焦虑地议论着。

珍　　妮　嗨！麦可回来了！麦可！

〔麦可匆匆上。众人围拢他。

加　　森　麦可，你可回来了！总部有什么消息？

麦　　可　除了中国公司少数事业部，其他世界各地的公司都在停摆。美国总部正在筹划对策，一半天时间就该有消息了。

加　　森　我们现在怎么办？

麦　　可　等待新总裁的到任。除此之外，没什么办法。据说他已经上路两天了。

加　　森　你就不能主动跟他联系一下？你可是执行副总裁兼人力资源部经理！

麦　　可　我每隔一小时给他发一封信，他根本不在网上，手机也不开。要知道这个时候旅行是很危险的。不过我对这位新总裁很有信心，他一定有办法让企业渡过难关。

〔众人沉默。

〔吉米的声音："嘿！哈特先生到了！"

麦　　可　好像是吉米来了？

加　　森　吉米会带些消息来的。

〔大家兴奋起来，引起一片骚动。吉米上。

吉　　米　麦可！你们的新总裁到了！他知道现在正是午餐时间，坚持直接来餐厅同大家见面！

〔一位美国男人疾步走上，面色庄严，身后有随同人员。

麦　　可　嘿！Mr. 哈特！你总算来了！大家都快急死了！路上还顺利吗？
威廉姆　还好。你是……

吉　　米　这位就是您的执行副总裁，兼人力资源部经理，麦可·林。

威廉姆　（用英文）认识你很高兴，麦可·林。我是乘火车前往多伦多登机，先到法兰克福，然后转机来这里，路上走了三天。一切都是随机应变的，所以不能给你一个准确计划。

麦　　可　你太辛苦了！应该好好休息一下，调整调整时差。

威廉姆　没有时间休息了！我们遇到了大麻烦，我们的公司正在严重贬值，有不少大公司正操纵我们的破产或是并购，要知道，如果他们的操纵成功就意味着一家有九十年历史的跨国公司在世界上消失。总部派我来的目的是不择手段地保住天津公司。

〔众人情绪激奋。

麦　　可　（警觉地）那么……你具体打算怎么做？

威廉姆　马上全线停产，现在多生产一件产品就增加一份亏损。

麦　　可　然后呢？

威廉姆　卖掉多余的地产，减少税率。

麦　　可　你在人事方面有什么打算？

威廉姆　（不满地）你是人事经理，应该明白。我们要立即拿出一个调整方案，四十八小时后公布于众。

〔麦可及众员工惊愕。朱迪喘息上，肩上搭着外套，脚一跛一跛地走上。

朱　　迪　嘿！请问人力资源部在哪里？

员　　工　您找谁？

朱　　迪　我不知道。我是来应聘的。

麦　　可　是朱迪小姐？

朱　　迪　没错！您是谁？怎么会认识我？

威廉姆　对不起，麦可·林。我们需要大量裁员，怎么能聘任新员工，请她回去。

麦　　可　哈特先生，她是我专门为你选聘的助理，最合适你，最好的！The Best！

威廉姆　最好的？上班迟到三个小时，衣冠不整，这也算是最好的？

朱　　迪　我的鞋跟坏了，而且，走错了路！

威廉姆　这算是理由吗？你该先道歉！

朱　　迪　（震惊，很勉强的）好的。我道歉。

威廉姆　很好，小姐，请你赶快离开！
〔朱迪愤怒，转身就走。
麦　可　（拦住威廉姆又叫住朱迪）朱迪，你先别走。
朱　迪　我很容易换一个地方，现在中国的机会很多。
麦　可　哈特先生刚下飞机，三天没有好好睡觉了。
朱　迪　（用纯正的美式英语）如果他累了，他应该向他的床宣泄！
麦　可　朱迪，你不要乱讲！他这是第一次来中国。
朱　迪　我也曾第一次到过美国，但我从没想过要把郁闷发泄到别人身上！很好，目前我对HITECH还没有发生一丝感情，因此我没有留恋感，也不必理解他。我辞职！（说罢转身要走）
威廉姆　等等，你是美国人？
朱　迪　不，中国人。
威廉姆　美籍华人？
朱　迪　持美国绿卡的中国人。
威廉姆　我聘用你了。
朱　迪　谢谢，已经晚了。（走）
麦　可　你站住！我在四百名竞争者中选择了你，看在我这么辛苦的份上，不要走！
〔朱迪继续走。
麦　可　我是麦可·林！
朱　迪　（停步）麦可·林？和我在网上交谈的那个麦可·林？
麦　可　怎么？不像？太老还是太丑？
朱　迪　（决定）我留下。
麦　可　（与朱迪握手）谢谢你！
威廉姆　通知经理们立刻到我的办公室召开沟通会，商讨企业结构变动问题。请莫蓉女士务必参加。
〔众人关注着麦可。
麦　可　谁？

威廉姆　研发部的莫蓉博士。

麦　可　她辞职了。

威廉姆　（非常震惊）什么？她为什么要辞职？

麦　可　她被美国一家公司的研发部聘任。

威廉姆　（暴怒）谁同意她离开？

麦　可　是我。

威廉姆　那么我就该辞退你！除非你把她给我弄回来，否则我再也不要看到你！

吉　米　（对麦可）赶快执行新总裁命令，我们得明白，他可是代表美国总部的！

〔威廉姆下。麦可惊呆着。

众　人　麦可！

小　刘　这么说？HITECH 真的不行了？

麦　可　（努力打起精神）谁说的？你是 C 线的小刘吧。我们还没有开会讨论，总会想出办法的。

众　人　可是……

麦　可　走，各位开会去！开会去！小王，开我的车给朱迪小姐解决一双鞋，八码的！（扔车钥匙）

〔朱迪吃惊，麦可已经率先离开，众人跟随麦可下。

二　威廉姆办公室

〔大屏幕继续报道新闻：纽约华尔街股市消息，若干企业的股票指数正飞快下跌。

〔移动台载道具上，经理人们围坐在会议桌旁，情绪低沉。

威廉姆　我的话讲完了。总之，尽快卖掉百分之八十的地产，裁员约一万一千人。用节省下来的资金，开发新产品。这就是你们中国人常说的卧薪尝胆。所以，我决定买下森璞公司的一个研发项目

CXA。我已经把价位从一亿九千万美金谈到了七千万美金。

众经理　（惊）啊！太贵了！

加　森　我们现在养不起这样的研发项目，每个月就是上百万的美金！

皮　特　我们原来的研发项目怎么办？

威廉姆　对不起，您是谁？

皮　特　研发部现任经理，皮特·乔。

威廉姆　取缔了。

〔众人惊呆。

威廉姆　不过，如果你愿意，可以去支持 CXA 的研究。

皮　特　如果我不愿意呢？

威廉姆　那我很遗憾。

〔众人愤怒，但在威廉姆的压制下沉默。皮特脸色阴沉。

威廉姆　为了 CXA，我宣布，生产部、会计中心和销售部将改组合并。

〔众人吃惊。

威廉姆　四十八小时之内，各部门做出裁员的具体计划。

经理们　什么？

加　森　你是说我们这些人也有可能被裁掉？

威廉姆　裁员肯定涉及到高层人事变动，这是很正常的。

〔众经理人注视着麦可。

麦　可　我不同意。

威廉姆　我说过了，除非你把莫蓉带来，否则我不想见到你。

麦　可　但在这之前我还是人力资源部的经理，有关裁员和人事调配问题你必须通过我。

威廉姆　（疯狂）你……！（无奈）好，你到底想做什么？

麦　可　第一，你的这些员工不是普通中国人，他们都是电子业的精英，把他们聚拢到 HITECH 来是很不容易的。

威廉姆　我清楚，我相信你聚拢人才的能力。但现在是特殊时期。

麦　可　第二，你还没有考虑过用其他的办法渡过难关，裁员未免仓促了。
众　　人　是啊！
威廉姆　你有吗？其他的办法？
麦　　可　你该问问所有的经理人，或是宽容大家一点时间去思考！
朱　　迪　威廉姆你的电话。
威廉姆　（摆手不接）我们没有足够的时间。恐怖分子如果宽容我们时间去设防，世贸大厦怎么会埋葬这么多人？
朱　　迪　威廉姆，纽约电话，你要接吗？
威廉姆　（不顾一切的奔向电话）苏姗！是你吗？苏姗！（痛苦地把脸埋进手掌里）
〔屏幕上一个金发女人微笑着从镜头前缓慢划过……
〔苏姗的声音（英文）"我这里很黑，没有氧气，我的同事就在旁边，他正在流血，已经停止呼吸了……"
威廉姆　（痛苦地吼叫）苏姗！苏姗！苏姗！
众　　人　威廉姆！你怎么啦！
〔威廉姆从痛苦中清醒过来。
威廉姆　就这么决定了，非常时刻我个人有权做主。乔先生，你可以自便。（握手）今天的会结束了。
〔皮特愤愤离开，众经理和麦可急忙追赶。
皮　　特　给我办手续，麦可，我一分钟也不要待了！
麦　　可　你在胡说什么？
皮　　特　我们为什么要选择HITECH？还不是看中它的企业规模？如果削减到这么狼狈的地步，对我们还有什么吸引力？
桑　　迪　对，我们更看中HITECH对个人尊严的肯定。
小　　陈　如果他不拿我们当人看，我们也不必这么低三下四，又不是没有地方去。
经　　理　麦可，我也打算辞职。
麦　　可　你们都给我闭嘴！我们能跟HITECH共享荣誉，就不能与它共担风险吗？

皮　特　别这么讲话，我们这些人没有怕承担风险的。你拿得出办法吗？

加　森　是啊，我们产品都是返销欧美的，现在已经全部积压了。

麦　可　那我们就做亚洲市场。皮特，你的那个"傻瓜型"设计该有出头之日了！

皮　特　别逗了！人家已经把我炒了，我要是赖着不走，那才傻瓜呢！

麦　可　可你这个傻瓜就是 IT 产业时髦产品，是我们 HITECH 的出路啊！去年我们做过市场调研的。加森，还记得当时的推广口号吗？

加　森　越傻瓜越人性！

皮　特　好，即便我愿意做这个傻瓜，它的解密装置怎么办？这对莫蓉来说不过是举手之劳，可她就是不肯帮忙。

麦　可　你先保证你不要走。

皮　特　你先保证莫蓉不走！

麦　可　你……

皮　特　你能吗？你保证不了，连自己的老婆都留不住，你更留不住我！
　　　　（下）

众　人　皮特！（追下）

麦　可　总裁先生！
　　　　〔麦可打算找威廉姆再谈，威廉姆却故意不理。

威廉姆　朱迪，你不要走。

朱　迪　已经下班了。

麦　可　总裁先生！

威廉姆　（不理麦可，向朱迪）不要走。
　　　　〔麦可尴尬地退出。

朱　迪　我已经下班了。

威廉姆　刚才的事，我向你道歉。

朱　迪　我并不介意。（走）

威廉姆　可是我已经道歉了，你为什么还要走？

朱　　迪　你想让我帮你做什么？

威廉姆　对我讲话。

朱　　迪　对你讲话？

威廉姆　随便说什么。

朱　　迪　OK。（寻找话题）刚才，你叫的苏姗……

威廉姆　（敏感）你说什么？

朱　　迪　啊……我在美国有个朋友，也叫苏姗。

威廉姆　哦？她好吗？

朱　　迪　不太好，近来我给她发信，总是没有回音。你的苏姗……

威廉姆　我的姐姐。

朱　　迪　你很爱她？

威廉姆　很爱，我母亲去世早，是她把我带大的。

朱　　迪　她好吗？

威廉姆　（愣愣地）啊，好，很好……

朱　　迪　你没事吧？来，喝点水会好些的。

威廉姆　谢谢。

朱　　迪　（寻找借口）对不起，威廉姆，我必须走了，不然我就赶不上班车了！

威廉姆　请把莫蓉女士的通讯资料给我。

朱　　迪　OK。

〔朱迪匆忙操作电脑，之后仓皇离开。威廉姆的办公室随移动台下。

三　路　上

〔夜晚的街道，车灯闪烁。

麦　可　停车。师傅，停车。

〔强烈的刹车声，一道车灯打在朱迪的身上。

麦　可　那是谁呀？

朱　迪　我是朱迪！

　　　　〔麦可跑上。

麦　可　朱迪，怎么这么晚才走？

朱　迪　威廉姆不愿意让我下班，害得我没赶上班车。

麦　可　坐我的车走吧。

朱　迪　好吧。幸亏遇到了你。（充满好奇）你怎么知道我穿八号鞋？

麦　可　我是人事经理，我有你详细的个人档案。

朱　迪　你还知道什么？

麦　可　（大笑）我无所不知。

朱　迪　你这个人可爱得有些可怕了！

麦　可　哈哈！还合适吗？

朱　迪　很舒服，比那双鞋合适。

麦　可　一双中国脚，要配双中国鞋，才能走好中国的路呢！

朱　迪　（感激地望着麦可）为什么对我这么好？

麦　可　我爱才啊。来，上车吧。

　　　　〔汽车随移动台上，二人上车。

麦　可　朱迪，真对不起。不远万里的把你聘来，却赶上大裁员。

朱　迪　噢！不！你救了我的命！不然我现在还埋在世贸大厦的下面！

麦　可　真的？

朱　迪　真的。

麦　可　你不会和我开玩笑吧？

朱　迪　我原先的公司在七十九层。刚登上回国的飞机才三个小时，它就塌了！

　　　　〔麦可震惊！很久的沉默，麦可用力握了一下朱迪的手，以示庆幸。

麦　可　如果是这样，我心里还好过一些。怎么样？回国之后心情好些吗？

———话剧《为你喝彩》 >>>>>

朱　迪　不知道。我以为我很想家,可是一回来,发现这个家并不属于我,我都不知道自己该属于哪儿。

麦　可　你呀,新移民心态!来,听听音乐吧。朱迪,不管怎么说,回国后见到父母总是高兴的!

朱　迪　(不屑)他们,典型的老革命!一辈子管人,现在退休没人让他管了就拿我出气,出国看不惯,离婚看不惯,在外企工作也看不惯!好像我给他们丢了多大的人!

麦　可　讲话别这么尖刻。

朱　迪　我尖刻?他们本来就没有资格评判我!

麦　可　唉,他们最有资格。

朱　迪　我做的是尖端事业,拿过高学历,我赚钱买房子、开车带他们兜风,给他们养老,我才站在先锋的位置上,中共党员应该发展像我这样的,才能跟上时代的步伐,中国才有希望!

麦　可　那你马上提出申请啊。

朱　迪　我为什么要申请?让我跟我爹妈看齐,我觉得……

麦　可　怎么了?

朱　迪　(审视麦可,玩笑地)……不过,中共党员要都像你这样,我就申请。

麦　可　我就是中共党员。

朱　迪　你?(大笑)别逗了……

〔电脑呼叫声,屏幕上出现经理人们的图像。

皮　特　麦可,你刚才叫我吗?

麦　可　皮特,你怎么才回答。你别走,莫蓉那里我回去一定努力。

皮　特　算了麦可,不必为难莫蓉,她是对的。(消失)

麦　可　你胡说什么?皮特!我还没说完呢!

小　陈　麦可,威廉姆是个一根筋的人,不会听我们的!

〔麦可无语。

桑　地　企业到了这个地步,我们很难过。我觉得我们实在有劲儿没处使。

麦　可　加森，你也这么看吗？

加　森　麦可，我这辈子就是以支持你为生，我就怕看见你失望。可是现在……

麦　可　（感动）跟我说实话，我们还有希望走出困境吗？

加　森　不容易。我倒是想劝你一句，最好别冒险了，没有意义。（消失）

麦　可　嘿！你们……唉……

〔麦可沉闷无语，朱迪小心地望着他。

麦　可　笑话我了，是不是？唉，看见我到了孤家寡人的地步了。

朱　迪　你心里一定很难过。

麦　可　我是感情太深啊！从开发区一挂牌子到现在已经十二年了。当时这里没有一幢房子，没有一颗绿草，只有一望无际的盐碱滩……啊，朱迪。你看那棵大树……

〔屏幕上出现一棵枝繁叶茂的梧桐树。麦可停车走下，朱迪跟随。

麦　可　那就是我栽的，它是整个开发区的第一棵树，现在已经十二岁了！

朱　迪　（吃惊）你从美国读完博士回来，就直接来这里了？

麦　可　在美国的时候，市长到我们的寝室里招人，我头一个报了名，成了这里的元老。HITECH 就是我从美国搭桥进来的。

朱　迪　我现在开始理解你的心情了。

麦　可　但不赞成我的举动，是不是？

朱　迪　威廉姆是有道理的，就是总部总裁来了也会这么做。

麦　可　不管怎么说，这么简单的裁员毕竟是个草率的办法。

朱　迪　如果是你，你该怎么办呢？

麦　可　这棵树每长一岁都有些坎坷的故事，每一次都觉得很难，总以为它要活不过去了，可是它还是活过来了。

朱　迪　举个例子。

麦　可　亚洲金融危机，够厉害的吧？可那个时候我们没有裁掉一人。

———话剧《为你喝彩》 >>>>>

朱　迪　你对这次危机还有信心吗？

麦　可　不知道，可我也不认输。所以我来看看我的树，希望它再给我点儿灵感。

〔朱迪长久望着麦可，突然受到吸引，麦可发现，她便释然地笑了。

〔二人上车，开车。

麦　可　朱迪，帮帮我，把威廉姆搞定。

朱　迪　（不解）搞定？是……teach him a lesson？还是，defeat？（做将人打倒状）

麦　可　NO，是balance。

朱　迪　摆平？

麦　可　对。啊不，是平衡，你千万不要搞错。

朱　迪　你打算放弃你的原则了？

麦　可　什么是原则？企业不垮才是原则，效益好，给国家增加税收，员工们满意自己的收入这才是原则。你该让威廉姆平静下来，起码有和大家对话的可能。你是个才女，英文又好，只有你能办到了。

朱　迪　Like foxy！

麦　可　朱迪小姐，你到家了！

朱　迪　（吃惊）啊！你怎么知道我的家？

麦　可　别忘了我是人事经理。我的员工登记簿上有你的详细信息。

朱　迪　谢谢，谢谢你愿意储存我的详细信息。拜拜！

〔朱迪快活地下车告别。麦可的汽车随移动台下场。

四　麦　可　家

〔大屏幕继续播报新闻，一些高科技领域中的新成果。

〔麦可的家随移动台上。灯光起。莫蓉斜靠在沙发里读书。麦可轻轻来到她的身后。

莫　蓉　（吓一跳）甜甜？

麦　可　是甜甜她爸。这么大一人站在你身后硬是没感觉，真是少根筋。

莫　蓉　别坐，小心我的书！

麦　可　这家里连人带物，加一块儿都没有你的书重要。你看（从莫蓉屁股下抽出电话机）我说咱家电话总是占线呢。（麦可亲昵地对莫蓉）别走了！

莫　蓉　也走不了，这会儿坐飞机危险着呢。

麦　可　不危险也别走了。

莫　蓉　为什么？

麦　可　我想你呀。

莫　蓉　有事求我吧！

麦　可　森璞垮台了！

莫　蓉　今天我在网上看到他们破产的消息。不过CXA垮不了，哪家公司买去都是一种幸运。相反，我觉得HITECH现在倒是蛮悬的，你还是跟我走吧。

麦　可　说得轻巧，我走了，这一万多号人怎么办？

莫　蓉　算了吧，差点让新总裁给炒了，还这么理直气壮！

麦　可　（笑）你都知道了？

莫　蓉　加森打电话让我劝劝你。所有人都能看明白，公司贬值到这种地步，没有转机的余地了。

麦　可　谁说的？只要把皮特的傻瓜型产品推上去，我就有把握保住企业的规模！再说中国的市场没有受到美国局势的波及！只是……

莫　蓉　别说让我帮忙，我是不会答应的。

麦　可　看在多年夫妻的份上，求求你，给个面子！

莫　蓉　我丢不起那个人。

麦　可　这有什么丢人的？总比端着高科技的架子让企业垮台强吧！

——话剧《为你喝彩》 >>>>>

莫　蓉　我就是不明白，HITECH 怎么会让你走这么多脑子。

麦　可　我和 HITECH 的感情你还不知道吗?! 从它勘测地基，打桩破土时候起……

莫　蓉　停下，别又吹你那点儿开荒的光荣历史了！我的脑仁儿都起茧子了。

麦　可　别这么不给面子！我大话都吹出去了。你看你在国内的地位够不一般了！优秀青年科学家的光环戴着，国务院特殊津贴享受着，我都让你照得刺眼，怎么就留不住你呢？

莫　蓉　那些虚名有什么用？搞研究的最在乎技术环境，国内有吗？我已经快四十岁了，再不拼一下，一生转眼就消失！

麦　可　可是这儿需要你，求着你，敬着你！美国那地方人才成灾，进去就把你埋得找不着了！用得着你去锦上添花吗？

莫　蓉　可我需要一个有意义的生存空间！你知道吗？我每次离开美国都心神不安，怕自己落伍，怕被淘汰，毕竟美国的科技在世界上处于领先的地位！

麦　可　（无奈）你就是看在孩子的份上也别走了。你就不怕你老了，她不认你？

莫　蓉　（故意气麦可）所以我主张带她走，补偿我欠她的感情。

麦　可　（触及痛处）你就甭想！

莫　蓉　哎？你不总是抱怨这些年带孩子辛苦吗？

麦　可　这孩子身体太弱，怎么去适应新环境？

莫　蓉　我小时候比她还瘦，这是遗传。再说美国的环境不比这强？

麦　可　我指的是人文环境！她需要亲情！

〔门铃声。

麦　可　谁来了？你去看看。准是找你的。这个时候没人找我了。

〔莫蓉下，麦可赶快整理房间。

〔威廉姆和莫蓉上。

莫　蓉　（兴奋）来，快进来。（奔向麦可）英杰，我们家来贵客了！

威廉姆　（震惊）麦可！怎么是你。

麦　可　怎么不会是我哪！

莫　蓉　你认识他？英杰，他就是……

麦　可　我知道，他就是你的老同学，麻省理工学院的威尔。

威廉姆　你早知道我？

麦　可　你是我老婆的初恋情人嘛，我怎么会不知道哪？

莫　蓉　英杰，威尔会难为情的。

麦　可　怎么会呢！这都是历史了。我来给你做个介绍，这是我们天津事业区的新总裁威廉姆，请坐！

莫　蓉　（惊喜）威尔，怎么不早告诉我一声？

　　　　〔甜甜跑上，她瘦小美丽，但有种病弱的感觉。

甜　甜　爸爸妈妈我回来了！

麦　可　来，这是爸爸的老板，威尔叔叔。

甜　甜　威尔叔叔！

威廉姆　我可以拥抱你吗？你太可爱了，我一直想有这样一个女孩子，小小的永远长不大。

　　　　〔甜甜走到威尔的怀里。

麦　可　来，（甜甜又扑到爸爸的怀里）怎么样，累不累？

甜　甜　有点儿。不过，累了就举手，老师就让我休息了。

麦　可　好孩子。累了就举手。就是考了零分，我也喜欢你。

莫　蓉　什么教育方式！

威廉姆　（拘谨了很多）我马上就回去。

麦　可　绝对可行，待会儿我们得好好喝一杯！（对甜甜）走，跟爸爸下厨房，添上几个菜。莫蓉，给你个任务，一定把他留下。（带孩子下）

威廉姆　（局促不安）我是不是很冒昧？真不知道你们是……

莫　蓉　你紧张什么？又没做错事。这几天我正为你担心呢！知道吗？差一点我们就失之交臂了！

威廉姆　不会的，我早知道你走不了。

莫　蓉　为什么？除非是你操纵了"森璞"垮台。

威廉姆　我就是考察"森璞"的时候看到你的名字的。

莫　蓉　你考察"森璞"？你对CXA感兴趣？

威廉姆　也对你感兴趣。为这个原因，我才敢受聘HITECH总裁的职务。

莫　蓉　这么说，你在打CXA的主意？

威廉姆　我打算把它买下来，所以急着跟你商量。

莫　蓉　不可能，你没有能力买下CXA，你能让HITECH存活下去就很不容易了！

威廉姆　问题是，只有CXA才能让HITECH存活下去！

莫　蓉　（震惊）没错！只是……

威廉姆　别问我钱从哪里来，只要你来支持CXA的加密系统，我就买定了。如果你同意，你可要立刻动身去美国了。

莫　蓉　（兴奋起来）真的吗?！这太棒了！我支持你！

麦　可　我不支持……啊，我说不支持是因为要开饭了，请入席！

〔威廉姆和莫蓉震惊，麦可扎围裙和甜甜端菜上。

莫　蓉　甜甜，写作业去。

〔莫蓉和甜甜下，餐厅的灯光亮起。

麦　可　来，请坐。依照中国的规矩，我们先干三杯。茅台，这是中国最好的酒。

威廉姆　我不会喝这种酒！

麦　可　喝了自然就会。酒可是好东西！中国有句老话，叫"酒后吐真言"，不喝酒的时候心里有话说不出来，喝了酒，你不想说也忍不住要说，是酒让你说！

莫　蓉　（上）得了，他是自己馋酒了，找借口而已。

麦　可　这是中国的酒文化！我和威尔是一定要好好喝几杯的，因为我们心里都有话说。来，这第一杯酒欢迎你到天津来！干杯！（威廉姆喝了一口便为难）

莫　蓉　英杰，他没喝过白酒，别勉强他！（夺威廉姆的杯子）

威廉姆　不，我可以喝！（一饮而尽，之后长久的咳嗽）

麦　可　这第二杯酒为你们多年的友情，干杯！（俩人干杯）第三杯酒为我们 HITECH 的命运。干杯！我先干为敬！（俩人又干杯）

威廉姆　（有些醉意）你刚才已经说过你不支持我，那可不是酒让你说的。

麦　可　没错，那是 HITECH 的命运让我说的。请问 CXA 的市场有多少？中国有多少？亚洲有多少？

莫　蓉　英杰，CXA 是顶级设计，超前才有生存希望！威廉姆能这么做是 HITECH 的运气！

麦　可　可你知道 CXA 的代价是什么！要卖掉四分之三的厂区，要裁掉一万一千名员工，要全线停产！

莫　蓉　（震惊）威尔，是真的？

威廉姆　如果不这么做，我用什么来买 CXA？

麦　可　我也认为 CXA 是好东西，可现在我们没有条件！为什么不能先上一个既畅销又能缓解裁员危机的项目呢？

威廉姆
莫　蓉　（几乎同时说）NO！

麦　可　NO 什么 NO？

威廉姆　我们这样的企业，怎么能涉足那种廉价产品呢！

莫　蓉　这就像人的脸面。

麦　可　这叫打肿了脸充胖子！

威廉姆　什么意思？

麦　可　中国人的哲学讲究实际，富裕的时候想未来，拮据的时候要顾眼前。

莫　蓉　实用主义！

麦　可　这是实事求是，产品的终结就是要以人为本嘛！

威廉姆　CXA 难道不是因人们的需要而想出来的吗？

麦　可　总裁大人，你那仅仅是一张奶油蛋糕的招贴画！让我们的员工们

———话剧《为你喝彩》 》》》》

饿着肚子去信仰它，天知道它什么时候从画上走下来！

莫　蓉　麦可！你太过分了！

威廉姆　（饮酒）你从一见面就反对我，为什么？

麦　可　因为我爱HITECH！我不想让它垮台！

威廉姆　你认为我打算让它垮台吗？

麦　可　至少你不像我那么爱它。

威廉姆　我是美国人，你能比我更爱它吗？

麦　可　我就是想这么说！（喝酒）

威廉姆　有证据吗？

麦　可　证据？莫蓉，把我那棵树扛来。

莫　蓉　又来了。

威廉姆　树？她怎么扛得动？

麦　可　那是一张照片。

　　　　〔莫蓉递过影集。

麦　可　（乞求莫蓉）让我们俩放开喝，你去照顾甜甜吧！

莫　蓉　威尔？

威廉姆　没关系莫蓉，我们不会有事的！

　　　　〔莫蓉下。

麦　可　看见这棵树吗？这是我种的，是和我们HITECH同一天种的，十二年了。那时候，你又在哪儿？

威廉姆　这和时间没有关系。我是总裁，我比你的压力大！

麦　可　可我是HITECH的第一名中国员工，它是我从美国带进来的。

威廉姆　它还是美国的，你怎么可能真的在乎它？

麦　可　HITECH是美国的，可员工是中国的！他们走了我受不了！

威廉姆　你爱的是中国人，不是HITECH。

麦　可　可是中国的HITECH是最棒的，中国员工都是最棒的，我一想到他们要走，想到你卖房卖地去买你的CXA，我……我就想哭。

威廉姆　我知道你的酒不好喝，这叫鸿门宴。

麦　可　对。这是鸿门宴，是给我们俩人设的。（举着酒杯一饮而尽）
威廉姆　那就把你的剑拔出来吧。
麦　可　（倒酒）好，如果你放弃购买CXA，不裁员卖地，我就把这碗酒都喝了。（一饮而尽）
威廉姆　我不放弃！我也喝。（从麦可手里抢过酒瓶子，学着麦可倒酒）
麦　可　你给我放下，你不能再喝了。
威廉姆　我不会给你的，我爱它！

〔麦可还在拼命争辩着，威廉姆已经醉倒。

五　餐　厅

〔大屏幕，继续报道新闻。

〔光起。几位经理人静静地坐着。麦可上。

麦　可　（看表）皮特还没来？
加　森　我的嘴皮子都快磨破了。
小　陈　嘿，你的饭都凉了，我给你换一份热的。
桑　地　别了，我咽不下去。
经　理　真受不了餐厅里这么空！往常这个时候人都快挤爆了。
麦　可　来，来……我们先开始吧。

〔皮特上。

麦　可　哎！他来了！
皮　特　别以为我是来开会的。麦可，给我办离职手续，我再不想进这个门了。
众　人　皮特！你不够意思！
加　森　你舍得大伙吗？
皮　特　我求求你们了，别这么煽情好不好。我也舍不得离开你们。可……这是两回事。
麦　可　好，我答应给你办手续。

——话剧《为你喝彩》 〉〉〉〉〉

众　人　麦可？

麦　可　但是，作为党员你必须参加我们今天的支委会。

众　人　对，对……

〔皮特立刻沉默，坐下。

麦　可　各位，你们最知道我的心思。威廉姆正在筹划卖地，明天就要公布裁员令了。我们得改变这种局势，得商量出一个办法来。

经　理　你想阻止威廉姆卖地裁员？就一天的时间，不可能了！

桑　地　国土局的评估小组已经进厂了。现在是全线停产，不裁员拿什么养活大家？

珍　妮　别说现在我们没有办法，就是有办法，也得不到威廉姆的支持！

小　陈　今天在洗手间的墙壁上就出现了他的漫画，说他是没有教养、缺乏人性的美国佬！

麦　可　是哪个洗手间，赶紧让清洁工擦了，这种话绝不能传到威廉姆的耳朵里！

桑　地　看来你也怕他！

麦　可　什么话？在我们 HITECH 不能出现这种低级趣味的东西。桑地，快去打个电话。对了，小陈，威廉姆的住房装修好了吗？

小　陈　现在已经装修好了。可是我……

麦　可　可是什么，要抓紧时间。桑地，西餐厅的咖啡炉为什么还没落实？

桑　地　正在落实。

麦　可　应该马上落实。

桑　地　这……

麦　可　这是他的家。我们要关心他的生活，这是我们的工作，好了，我们言归正传吧。加森，说说你的想法。

加　森　项目是个好项目，可是市场远不如 911 之前了。

皮　特　加森这话说得对。

麦　可　你……（他想再次煽动起大家的情绪，却发现大家都在回避他）好啊！我知道你们都失去信心了，各自都做好了离开的准备。

众　人　麦可！

麦　可　你心里正想走。你也想走。你现在就可以走。走！我自己留下！

众　人　麦可！

麦　可　走多容易啊。谁都知道拿出扭转乾坤的办法来很难。可是如果不难，要我们这些人干什么？我们可以撒手不管，那样的话政府就要减少几十个亿的税收，一万一千多名员工就要被推向社会。即便我们都去了好地方，工资待遇优厚，心里能安稳吗？

〔朱迪上场，边吃饭边默默的听着。

经　理　现在说这些话有什么意义？事情太突然，时间来不及了！

麦　可　问题是我们有没有尽到责任？真的去想办法了？

小　陈　麦可……

麦　可　如果有人拿着枪逼我们，我们也想不出活命的办法来吗？

小　陈　现在的情况不一样啊。

麦　可　怎么不一样……

〔众人无语，小刘跑上。

小　刘　麦可，麦可……

麦　可　小刘，来，来。有事吗？

小　刘　非要裁员不可吗？如果只有裁员才能让企业生存，我们就带头离职。

麦　可　你们对裁员的决定怎么看？

小　刘　其实另找出路并不难。只是 HITECH 是我的理想，我也喜欢和你们在一起。

麦　可　（感动）谢谢你们这么想，我们都不赞成裁员，我们正在想办法！

小　刘　（兴奋起来）真的？那就是说，有希望不裁员？其实，如果企业资金困难，我们可以先不拿工资回家等着，等困难过去了再

————话剧《为你喝彩》 〉〉〉〉〉

　　　　回来！
麦　可　（震惊）大家都愿意这样吗？
小　刘　是啊，我们小组的人……啊，你们在开会吧？我不耽误时间了。办法想好了，一定告诉我们一声啊！（下）
麦　可　听到没有？HITECH的最大财富是什么？固定资产还是股票指数？
皮　特　我看他们还没有醒过味儿来，还被HITECH强大的外壳蒙蔽着呢！
麦　可　不，这是企业精神，这是人心所向，这是凝聚力。如果我们号召大家不拿工资回家待岗，不就缓解了裁员危机了吗？
皮　特　（终于忍耐不住）你要让大家在家待多久？
麦　可　一个月。
皮　特　一个月之后危机没有缓解呢？
麦　可　再宣布裁员也来得及！
皮　特　一个月的时间你又能干什么？开地下银行，造假钞吗？
麦　可　一个月比起眼下的二十四小时已经够多了！足能让我们把这个项目推上去！
皮　特　哪个项目？
麦　可　别装傻行吗？
皮　特　（气愤）我又让你当傻子给卖了！
麦　可　加森已经答应给你做市场了，你还这么得便宜卖乖！
加　森　（茫然）什么？你说什么？
麦　可　你不是做过市场调研，答应可以包销吗？
加　森　（立即领悟麦可的意图）啊……如果皮特做，我……包销。
　　　　〔皮特看穿他们的把戏，要走，麦可急忙阻拦。
麦　可　给哥哥一点面子！
皮　特　我问你，去年，这个项目为什么没有做起来？
麦　可　那是莫蓉不合作。
皮　特　这么说你在家里的地位提高了？可以命令她合作？
麦　可　皮特，（苦笑）我就这么点儿缺陷，别老揭我的伤疤了。实在不

757

行……我到外面聘人做。

皮　特　现在国内做加密的谁能做得过她？在她手上，用不了三天，可是换了别人，也许三个月也出不来，你打算让员工待岗半年吗？

麦　可　我可以请人搞个会战。

皮　特　资金呢？从哪儿来？

麦　可　打报告向威廉姆申请。

皮　特　你那是做梦！他那点儿钱连 CXA 都凑不够，还舍得分给我们？就算他给，你肯接过来，我还不愿意赏他那张臭脸！

〔吉米上。倾听他们的谈话。

麦　可　（拿出工资卡）你就挤对我吧！实在不行我就把薪水捐出来！我就不信想不出法子。

皮　特　我也捐出来，可是这点儿钱搞研发，杯水车薪啊！

麦　可　还可以到银行贷款，我还相信我在银行的信誉度。

加　森　皮特，你让一步吧！（掏出工资卡示意大家）麦可，我支持你。

麦　可　（感动）谢谢老哥，你到底是我哥哥！

加　森　（愤愤）你总让我坐蜡！这种先斩后奏的招已经使了第十九回了！

麦　可　你给我记着账啦？

加　森　市场是做着玩儿的？我的手心现在还出汗呢！（握麦可的手）

麦　可　不是还有我吗？

〔经理人们纷纷拿出工资卡。

珍　妮　麦可，这是我们的。

麦　可　（激动地）你们……谢谢你们。这是我的精神支柱。谢谢，伙伴们。我在 HITECH 十二年了，每走一步都是靠大家的支持啊！以前我们总是说，员工靠企业养家，企业靠员工发展，我看现在是我们员工为企业出力的时候了。待岗就是在新劳资关系上的进步。好，现在我们表决，同意待岗的举手。

〔麦可关注着大家。当举手不足半数的时候，小陈举起手。

麦　可　通过了！通过了！谢谢各位的支持，这项决议就算形成了！

朱　迪　麦可，我也算一个吧！（拿出工资卡）

小　陈　（阻拦）千万不行，这可是你的头一个月薪水！

朱　迪　不，我一定要参加。麦可，尽管我没见过这种做法。我真的为你们感动。

麦　可　你都听见了？那就拜托你跟威廉姆渗透一下。

加　森　想法让他理解我们。

朱　迪　我试试吧。

〔吉米走近他们。

吉　米　嘿，我不明白，你们在干什么？

麦　可　我们讨论企业下一步该怎么办。

吉　米　（尽量和蔼的）我希望最好不是什么党派活动，我们是外企，你们知道要尊重外方的规矩。

加　森　这是午餐时间，再说，大家也都是高层经理人嘛！

吉　米　各位，我想有必要提醒你们，老板毕竟是美国人。如果给外方造成误会引起冲突，势必影响大家的稳定地位。再说我们毕竟是给他们打工！

加　森　不能这么说吧，大家对企业有主人翁的责任感，这是好事。我们和外方的利益是一致的，我想外方会理解的。

吉　米　麦可，我很清楚党派活动很难在外企里发挥作用的。

麦　可　企业有困难，正是我们发挥作用的时候嘛。

吉　米　我希望你们通过经理人的正常渠道沟通，如果私下里搞小动作，那样，你们……（走）

珍　妮　嗨！你什么意思？

吉　米　我想我是为你们好，这只是善意的提醒。（下）

小　陈　这人什么背景？讲话这么气粗？

加　森　不过是总部对外关系部的职员。

桑　地　听口气像洋人似的！

经　理　我最烦这种人！留了几天"洋"就不知道自己姓什么！

麦　可　（忧虑）各位，快到点了，早点儿上班吧。
　　　　〔人们正要散开，威廉姆出现，在后面重重咳嗽一声，莫蓉随后。大家顿时尴尬。
威廉姆　（抑制）麦可，我不要你们再加班了。
麦　可　这是大家自愿的。
威廉姆　如果不付加班费呢？
小　陈　没有人要求付加班费！
桑　地　如果真的需要停产，工人们愿意回家待命！
经　理　不拿公司一分钱！
加　森　大家不是为了钱，是出于对HITECH的感情！
珍　妮　我们都希望企业好起来。
麦　可　你的员工都自愿捐献一个月的薪水，作为新产品的支持经费！我正要动员你一起参加。
威廉姆　我也想参加，（把卡拍放桌子上）可是我不知道这个月有没有钱！
麦　可　你这是什么意思？
威廉姆　有人告诉我，说你们在做POLITECAL PATY，故意给我麻烦！
麦　可　（警觉）谁？谁这么说？
威廉姆　我的老板刚刚发信给我！我并不相信，正好让我看见你们这么做！
加　森　你看见什么了？
威廉姆　你不敢承认！中国人，心里说Yes，嘴上说No！
麦　可　（愤怒）威廉姆！我警告你。你可以对我开火，但不要侮辱我的民族！
威廉姆　你不要回避我的问题，在我的公司里，我不准你们做！
麦　可　我们是在做，可我们没有伤害HITECH，我们为它承担着风险！
威廉姆　我不要听你说什么，就看你做什么！如果你不这样，你必须离开！
麦　可　（愤怒）我抗议！

莫　蓉　我求你们了！请你们冷静点，好吗？

威廉姆　请你赶快走开！我再不要见到你！

麦　可　我提醒你，你无权解聘我，除非我接到总部的解聘书！

莫　蓉　麦可，别说了！

威廉姆　我会让你接到解聘书的。

麦　可　我等着。

威廉姆　你们听好，明天中午十二点必须公布裁员令，卖地的事已经确定了。你们必须执行。还有CXA我已经买定了，不再上其他项目。莫蓉博士明天一早起程去美国加盟CXA。

〔众人震惊。麦可质问地望着莫蓉，莫蓉垂下头。

麦　可　你决定了？

莫　蓉　是的，事情太急了。来不及和你商量。我要带甜甜一起走，机票我已经定了。

麦　可　你休想！回家再说。

皮　特　麦可，我们辞职吧，大家一起走！

麦　可　我们可以走，但绝不是这个时候！至少要证明我们的决议没有错！伙伴们，该上班了。（下）

莫　蓉　麦可！（追下）

〔众经理人随下。朱迪看到威廉姆工资卡背面的苏珊照片。

朱　迪　（惊喜）苏珊！

威廉姆　（吃惊）你叫谁？

朱　迪　我们说的是同一个苏珊！

威廉姆　我姐姐？

朱　迪　也是我的老板，我们非常要好，我曾两次带她来中国！

威廉姆　你是……她的助理？

朱　迪　告诉我她好吗？911那天她在哪里？你说话呀！

威廉姆　（哭）她还在大厦的下面，没有出来！

〔朱迪惊愕！屏幕上再次出现苏珊的特写，重复她的声音。

朱　迪　（突然痛苦地大喊）苏姗……！

〔移动台载下道具，光暗。

六　麦可家

〔大屏幕上在播电视剧目，一个夫妻吵架的场面。麦可握着遥控器烦躁地调台，却是另一个夫妻吵架的场面；再调，又是巴以战争新闻，他气愤地关掉电视。

〔莫蓉正打点行装，她在挑选孩子的衣服，麦可一把按住。

麦　可　（克制着）要走你自己走吧，孩子不能走。

莫　蓉　你以为出去是为我自己吗？我希望她从小学第一天起就在美国，然后在哈佛一直读到最后。

麦　可　你有没有想过她能不能读得下来。

莫　蓉　她必须读下来，这是我的理想。

麦　可　你的理想你去实现，你干嘛强加在孩子的身上。

莫　蓉　这怎么是强加哪？她很爱学习，她很聪明。

麦　可　你去看看，她肯定在哭。这孩子让你逼得很可怜，她都有点怕你了。

莫　蓉　你……

〔甜甜上。

甜　甜　爸爸、妈妈，你们吵架了吗？是不是因为我？

〔两位家长立刻收起愤怒，拿出笑脸。

麦　可　NO，我们在商量，你八岁生日的时候，该送你什么礼物。

甜　甜　我不要礼物，我想要跟爸爸妈妈在一起。

麦　可　现在不行，等爸爸休年假吧，我们一起到欧洲旅行。

甜　甜　真的吗？我们现在就开一个策划会，把有关细节定下来！那这次旅游的投资方式呢？独资还是合资？

麦　可　合资。

——话剧《为你喝彩》 〉〉〉〉〉

甜　甜　妈妈，爸爸真小气！那回报率可很低啊！投资比例呢？

麦　可　我出百分之五十一，剩下的你和妈妈磋商。

甜　甜　真精明！控股权还在你手里。

莫　蓉　甜甜，不管用什么方式，你要立刻跟你爸爸签一份Contract，要他立即签字生效，他呀可是有随时违约的毛病噢！

甜　甜　那好吧，我去写一份。（走向电脑）

麦　可　（拉住她）别听你妈妈的煽动，跟甜甜的任何约定，爸爸都是打印在心里的，然后在甜甜的这里按一个手印！

　　　　〔他把手指按在女儿的胸前，父女俩快活地追跑起来。

莫　蓉　好了，甜甜，把你要带走的书抱过来。

甜　甜　（笑容消失）妈妈……

　　　　〔甜甜愣住，望望麦可，麦可移开视线。

莫　蓉　怎么了，甜甜。妈妈是爱你的，如果你不愿意走就直接告诉我，我不勉强你。

甜　甜　（为难地）我不想离开这！

莫　蓉　甜甜……

　　　　〔莫蓉惊诧。麦可十分难受，想安慰女儿，甜甜害怕伤害妈妈，急忙躲闪开。

甜　甜　我去摆桌子！（下）

　　　　〔麦可打算追随甜甜，电脑呼叫声。屏幕出现加森等人的头像。

加　森　麦可，员工们知道卖地的事都很气愤，一定要威廉姆出面解释。

麦　可　有多少员工参与？

经理人　几十人呢，我们正替威廉姆招架着。

麦　可　好，一定避免员工同威廉姆的正面接触，我马上就到。

加　森　我看你不要来，威廉姆认为这是你煽动的，肯定要对你发火。

麦　可　我怕什么？也许当面吵出来更好，就这样吧。（收拾东西）

莫　蓉　（发火）真受不了你这个人！你为什么总跟威尔过不去？

麦　可　这是工作，和个人情感无关。

莫　蓉　我看你就是醋劲儿又犯了！

麦　可　（气愤）奇怪？我犯什么醋劲儿？

莫　蓉　你一看到威尔到家来找我心里就不舒服！

麦　可　我看他才浑身不舒服！转过天来就跟在我屁股后头找麻烦！

莫　蓉　（急了）是你带头违反企业规定，你还有理了？

麦　可　我怎么违反规定了？我们是在为他卖命！

莫　蓉　我就是烦你们这一套！没有钱没有权，连办公地点都没有，居然落荒到餐厅里搞活动。

麦　可　你少干涉我的人际圈子！

莫　蓉　我是你妻子。

麦　可　你是我妻子，但你不是我母亲。

莫　蓉　（摔掉手里的东西）跟你这人在一块简直是受罪！

麦　可　明天一上飞机你就不再受罪了。

莫　蓉　我还真不想回来了！

麦　可　（愣住）什么话？不过了？

莫　蓉　对，不想过了！

麦　可　那就走！永远别回来！

莫　蓉　好！这可是你说的，那你也不要去！

麦　可　你放心，我永远不会去的！

〔麦可欲下场，一声碎裂声伴随甜甜的惊叫。麦可赶紧奔过去。

麦　可　甜甜！你怎么啦？

甜　甜　盘子太重了，我没拿住！

莫　蓉　我去拿创可贴。

甜　甜　爸爸，没事的。

麦　可　天哪！！血又流出来了！奇怪，怎么就止不住？

莫　蓉　我去拿纱布！

麦　可　不，我看得去医院！

〔麦可带孩子下，莫蓉感到被忽略，嗔怒地坐在沙发里。突然，她有种不安的预感，急忙站起。移动台载道具下。

七　医院及威廉姆办公室

〔移动台在高速运动，莫蓉和麦可正朝不同方向奔跑。他们终于发现对方。

麦　可　莫蓉！

莫　蓉　英杰！甜甜怎么样啦？！

麦　可　白血病，已经确诊了！

莫　蓉　（看化验报告）这不可能，这不是真的！（扑进麦可怀中痛哭）

麦　可　我早就觉得这孩子身体不对劲儿，可就是没有抓紧时间，我真混啊！

〔传送带缓缓把病床送来，两个人望着孩子。

莫　蓉　（泣不成声）宝贝，妈妈来看你了！妈妈居然一点都没发觉你在生病。妈妈是个不称职的妈妈啊！

麦　可　（自语）现在唯一能救她的就是做骨髓移植了，得赶紧在血细胞站登记。

莫　蓉　妈妈是爱你的，妈妈情愿用自己的命去换你的命！

麦　可　（自语）我还要准备一笔钱……

〔甜甜睁开眼睛。

甜　甜　爸爸，妈妈，你们怎么啦？我不会死的，只是有点感冒。

麦　可　宝贝，你当然不会的，我们只是内疚，觉得对不住你。

甜　甜　爸爸、妈妈，你们以后能不能不吵架？

〔莫容和麦可愧疚地允诺。

甜　甜　妈妈，明天能不能先不走？等我好了行吗？

莫　蓉　宝贝，妈妈答应你，我们哪儿也不去了！

甜　甜　（感激地拥抱莫蓉）谢谢妈妈！那我们就可以三个人一起去旅游了？

麦　可　对，等你一出院我们就去！

甜　甜　真的？我要写一份计划，把电脑给我！

莫　蓉　你现在不能打字，手上插着针头呢！

甜　甜　（任性）我可以用一只手打！我就要打……

麦　可　好……好……

〔麦可顺从地拿出笔记本电脑，甜甜打了几下，突然倒下去。

麦　可　（惊呼）甜甜！你怎么啦？

莫　蓉　你醒醒呀宝贝！不要吓我们！

麦　可　（大吼）医生！医生！

〔传送带急速将病床带走。莫蓉和麦可随下。一束光投在麦可的电脑上。信息频繁呼叫。屏幕上出现经理人们的图像。

桑　地　麦可！你在哪儿？怎么不回信？

加　森　员工们正在静坐集会，坚决反对卖地的决定，已经有几百人了！

经理人　大家都希望跟你见面，觉得你有办法阻止这件事。

经理人　你不是马上就到？怎么这么久？

经理人　威廉姆已经招架不住了，他也希望你能来！

加　森　麦可！你倒是答应啊！

〔屏幕上一片呼唤："麦可！你出来！快回答！！"汽车刹车声，加森跑上。他发现麦可的电脑，将它捡起。移动台载麦可上，他孤独地坐在椅子里啜泣。

加　森　麦可！总算把你找到了！谁病了？莫蓉？孩子？

麦　可　都不是。

加　森　那就是你？

麦　可　不，不是。

加　森　没什么大事，那就跟我走。快！

麦　可　加森，对不起，我不想干了。

加　森　（愣住）你说什么？

麦　可　替我转告他们几位，我真的不想干了。

加　森　你……刚才还那么坚决，怎么转眼的工夫就这样了？

〔麦可摇头。

加　森　你怎么像变了一个人？我认识你快二十年了，还从来没见你这么窝囊过！说，怎么回事？

麦　可　加森，我干腻了。

加　森　（气愤）什么？干腻了？那你白天挤对我们干什么？我已经把"市场调研团"撒到全国各地去了，你说不干就不干了？

麦　可　对不起……

加　森　你别来这套！你欺负我！知道人家叫我什么吗？老林的同学，连我姓什么都不知道！我整个是一个"跟屁虫"！

麦　可　（震惊）加森！

加　森　别叫我加森，我还有自己的姓！我不是没嘲笑过自己，我为什么总是跟在你的屁股后头转，为什么不敢跟你顶着干？我是学历比你低还是能力比你差？都不是。我就服你这点儿魄力！你看看你现在，整个是一个窝囊废！

麦　可　加森，不，老李，我真是把你当哥们！

加　森　我还就不求你了！今儿没你我也照样干，看这地球转不转！

〔麦可无语。

加　森　（停步）你怎么不拦我？我可真走了。

麦　可　（痛苦）走，你走啊！你要是羡慕我，你们就去干啊，我决不阻拦你！

加　森　（惶惑）我不是那个意思，我是想鼓励你干，你可是大伙的主心骨啊！

麦　可　我不愿意当那个主心骨！我扛着 HITECH 一走就是十二年。HITECH 发展了，我的肩膀越来越重。加森，我太累了，我实在扛不动了！你知道我想什么吗？……我不想活了。

加　森　你别吓唬我！不对，你还是有事瞒我。（醒悟）好好的到这种地方干什么？你还是有事瞒着我……（翻出病历，震惊）你怎么不早说……

麦　可　我对不起我的孩子！

〔麦可扑进加森怀里哭泣。灯暗。

〔另一光区，威廉姆办公室。

威廉姆　（气愤）他到现在不收我的信息！这种局面作为人事经理应该在场，他这么做就是故意找我的麻烦！

朱　迪　不，他不是那样的人，他肯定遇到了麻烦，手提电脑丢了？或是把车丢了？

威廉姆　就是他煽动员工这么做的！

朱　迪　也许他不喜欢你，但他很在乎 HITECH，绝不可能这么做的，我保证！

威廉姆　你保证？

朱　迪　是的，我保证。好了，威廉姆，坐下吧！

威廉姆　（勉强坐下）走廊里到处都是人，他们只想和麦可说话。

朱　迪　那就让麦可去处理，不是更好吗？

威廉姆　可是他在哪？也许我来这里是错的。（痛苦）

朱　迪　请你想想苏珊，她不希望你这么做的。

威廉姆　我就是懦弱。如果不是苏珊，我不会有勇气来中国。

朱　迪　我理解你的难处。我刚到美国的时候，曾经像你一样的焦虑。我害怕美国人，只想和中国人在一起。是苏珊告诉我，如果你想在美国站稳，就要融进这个民族中去，才能发现他们的优势，才知道在他们中间如何生存。好了，现在轮到你了。

威廉姆　（感悟）也许你是对的。但是现在该怎么做？从哪里做起呢？

朱　迪　从找到麦可做起。

威廉姆　（反感地）他？！

朱　迪　只有麦可才能把这件事平息下来。OK？

〔信息呼叫，屏幕上出现加森的头像。

———话剧《为你喝彩》 >>>>>

加　森　威廉姆，我找到麦可了，他的女儿刚刚确诊为白血病，他们都在医院里！

威廉姆　（紧张起来）我要去看看她！

朱　迪　谁？

威廉姆　莫蓉，她一定很痛苦。

朱　迪　是他们都很痛苦，你应该说去看看他们！好了，威廉姆。我求你了，为了HITECH你要好好的帮助麦可，他也一定会帮助你的。走吧！

〔汽车声。

〔威廉姆及经理们从不同方向上。

桑　地　请问，急救室在哪？

护　士　前面，向右转。

威廉姆　他们在哪里？

桑　地　急救室，孩子还没有脱离危险。

威廉姆　（命令）朱迪，马上打电话给信息中心，要他们在世界上找合适的血样，把孩子的资料立刻发给他们！桑地，打电话，马上派两名护士来看护他们的孩子。小陈，通知会计中心准备钱。

小　陈　多少钱？

威廉姆　不知道……让他们考虑一下。

小　陈　好的。

威廉姆　朱迪，我要帮助她，一点都不要她为难。

朱　迪　是他们。

威廉姆　（勉强地）他们……

朱　迪　你真可爱！

经　理　麦可来了。

〔麦可和莫蓉疲惫地上。众人围拢他们。

众　人　怎么样？

麦　　可　（息事宁人地）还稳定。真不好意思，把大家惊动到这里。

威廉姆　真没想到是这样，你们该告诉我一声。

麦　　可　这又不是什么喜讯。

莫　　蓉　对不起，威尔。明天我恐怕不能登机了。

威廉姆　我决定了，为你把CXA研发小组搬来天津。

众　　人　（震惊）什么？

威廉姆　这可能代价昂贵了，但是我必须这么做，孩子是第一位的。

莫　　蓉　（为难地）不，威尔。我不能继续工作了，这样让我觉得对不起孩子。

威廉姆　（惊愕，望望麦可）这是麦可的想法吗？

莫　　蓉　不，这是我自己的决定。

〔威廉姆证实地望望莫蓉。莫蓉点点头。

威廉姆　（望着麦可）那么你呢？有什么打算？

〔麦可很久的垂头。

皮　　特　麦可，不要失望，这不是不治之症。

珍　　妮　现代医学这么发达，总会找到办法的。

小　　陈　我们大家做你的后盾。

加　　森　HITECH做你的后盾！

桑　　地　麦可，你要坚强起来。

经　　理　我们支持你。

麦　　可　（克制着哽咽）谢谢你们的好意。可是你们不了解，孩子的病是让我耽误的，我是不可饶恕的罪人啊！（对威廉姆）最近公司的事总也做不好，总和你想不到一块。也许我与HITECH的缘分尽了。威廉姆你是对的，我……想离开了。

众　　人　（惊愕）麦可！

〔皮特将手中的文件夹摔在地上。

加　　森　皮特！你跟着起什么哄？

皮　　特　（气愤地）麦可！你不够意思！我本来是要走的，是你这么苦口婆心地磨我。我看你这么难还要坚持往前走，心想即便是走，也要帮你一把，没想到你自己先要溜走了，那我还有什么说的？
（转身走）

加　　森　（阻拦皮特）你闭嘴！

〔麦可站起，捡起文件夹。威廉姆拿过去转向一边。

皮　　特　（哽咽着）我知道你为孩子的病难过，但男人总该有点志气！大家这么支持你，围着你干，你总该珍惜吧。不过也没什么，没有不散的宴席，你都走了，我们这些人就更没什么可留恋的了。

威廉姆　我想提个问题，这个设计，你们打算怎么做？有市场吗？

加　　森　有，我们已经做过市场调研了。

威廉姆　各位，原来我们有很多不一样的地方，我们需要沟通，现在来谈谈一样的问题好吗？

众　　人　（震惊）威廉姆！

威廉姆　如果你们能给我一个不裁员也可以渡过危机的办法，我可以考虑。

加　　森　（产生希望）我们这个项目能让大家有工作岗位，而且肯定有市场，短时间内能回笼资金。

威廉姆　（思索着）我没有研发资金。

皮　　特　我们自行筹款。

威廉姆　这期间，员工们怎么安置？

小　　陈　待岗回家，不拿薪水。

威廉姆　能保证他们不会闹事吗？现在我的办公室门口还坐着几十人。

经　　理　他们是反对裁员，担心企业倒闭。而待岗是要留住大家，等待危机过去。

威廉姆　要多久？

桑　　地　一个月。

威廉姆　如果一个月之后，没有定单，没有资金回笼呢？

桑　　地　到那个时候我们再宣布裁员也不晚啊。

威廉姆　（做出决定，望着麦可）麦可，我们要有一份生死合同。

麦　可　好，我答应。

〔一个静止的瞬间，突然，经理人们爆发欢快的欢呼声！

〔医生的声音："请安静！这里是重病区！"

皮　特　啊，对不起。

〔人们安静下来。

莫　蓉　麦可……我们的孩子怎么办？

朱　迪　威廉姆已经替你们安排好了，信息中心正在全世界范围内找血样，还派了守护孩子的专职护士。

小　陈　他给孩子提供的医疗费已经办妥了。

莫　蓉　英杰……

麦　可　（震惊）威廉姆，这怎么能行哪……

威廉姆　我要莫蓉参加 CXA，我请求你！

莫　蓉　（为难地）孩子是我的生命，CXA 是我的理想，你们是我的同胞……哪一个都是我不能放弃的……对不起……

〔莫蓉哭着跑下。众人望着麦可。

威廉姆　麦可，明天中午的员工大会，你来宣布待岗决定！

麦　可　你真的相信我？

威廉姆　我才发现，你是我的对手，我们旗鼓相当。

麦　可　好！（与威廉姆握手）

威廉姆　（转向众人）走吧，伙伴们！

〔众人下。

八　厂　区

〔移动台上员工们缓缓经过。麦可出现在平台上，主持员工大会。

麦　可　员工们，伙伴们。我代表 HITECH，感谢你们这么理解企业目前的困难，为 HITECH 做出的牺牲。我们很清楚，大家的离开是对

——话剧《为你喝彩》 〉〉〉〉〉

企业的实质性支持，其贡献一点都不亚于产品的畅销和换代。HITECH 会永远记住你们！我知道，凭着你们的高尚品格和优良素质，你们是绝不会没有就业机会的，你们一旦离开，就会成为抢手的人才。但我们真诚地希望大家能留住对 HITECH 的感情。我们给大家保留厂籍和福利待遇，那决不是一种姿态，一旦企业好转起来就请你们回来。我们留下的员工会加倍努力，我们的努力为着我们的团聚，那时，我会像今天一样，站在这里迎接大家！

〔麦可走下台阶与员工们握手拥抱。员工们情绪高涨随传送带缓缓下场。

九　威廉姆办公室

〔莫蓉和威廉姆分别上。

莫　蓉　威廉姆，你现在有空吗？

威廉姆　对你我是随时恭候的。你怎么还没走？

莫　蓉　我有事求你。我想，从 CXA 这边拨点经费给傻瓜型，他们太难了。

威廉姆　（脸色阴沉）绝对不行。他们不要经费是自愿的。

莫　蓉　这样不公平，同样是为公司工作，为什么让他们在个人账户拿钱？

威廉姆　我要先看到结果。

莫　蓉　他们会做好的。

威廉姆　你怎么知道？

莫　蓉　他们家都不回，整夜待在实验室里。

威廉姆　你去过他们的实验室？

〔莫蓉无语。

威廉姆　（观察莫蓉，严肃）你怎么突然对傻瓜型感起兴趣？

莫　蓉　那也是你的项目之一啊！

威廉姆　看你累成什么样子！（替莫蓉整理头发）

莫　蓉　（回避）你给不给？

威廉姆　不给。

莫　蓉　不给？那 CXA 我不做了！（走）

威廉姆　等等！（威廉姆打开电脑操作）

莫　蓉　谢谢。（莫蓉看着电脑上的钱数震惊）威尔，太少了！

威廉姆　（坚决）就这么多。（示意莫蓉）坐吧。

〔莫蓉只好认可。

威廉姆　麦可今天在医院守护孩子吗？

莫　蓉　怎么可能啊？一大早去北京为傻瓜型找出路去了。

威廉姆　（着急）什么？你在工作，他就应该待在医院里！

莫　蓉　（不满）他也在工作，他和你是有生死合同的，OK？你们为的是同一个 HITECH，为什么就不能彼此理解？

〔莫蓉疲倦地倒在椅子里，威廉姆茫然。莫蓉拿出一份资料，但很快就睡了。

威廉姆　好了，钱已经给他们划过去了，下不为例。

〔威廉姆长久地注视莫蓉，发现资料拿起。莫蓉惊醒。

莫　蓉　对不起，我睡着了吗？

威廉姆　你累坏了！我真不忍心看见你这样！有时候，我对自己说，让 CXA 算了吧，你为孩子的病已经够累了！可是我下不了决心。

莫　蓉　怎么能算了呢？CXA 也是我的孩子啊！

威廉姆　（感动）那是我来中国的赌注，如果没有你，我根本不敢想这件事，我真的感谢你。

莫　蓉　威尔，其实我也很感激你，如果你不把研发部搬来天津，我可能就永远跟 CXA 说再见了，那才是我一生的遗憾呢。这真是命运！

威廉姆　不，是缘分。

莫　蓉　对，缘分。哎，几点了？

威廉姆　七点了。

莫　蓉　（吃惊）晚上七点？

威廉姆　还能是早上七点吗？

莫　蓉　（焦急）该死，你怎么不提醒我？

威廉姆　我已经提醒过你了！

莫　蓉　我的表停了！（往外走）

威廉姆　等等，你这样不能开车。（打电话）Mr. 刘，请你马上把车开出来。

莫　蓉　那你怎么办？

威廉姆　我自己开。

〔莫蓉狼狈穿衣，威廉姆帮忙，麦可急切上。

麦　可　威廉姆，我有急事找你！（见状愣住）莫蓉，你怎么还没走？

莫　蓉　麦可……

威廉姆　我正准备送她回去，司机已经把车开出来了。

麦　可　我在问我妻子。

莫　蓉　我的表停了，我以为现在才六点！

麦　可　（冲动）你可以没有表，但你总会看懂外面的天！

威廉姆　麦可，你不要对她发火，她没有任何错！

麦　可　那是谁的错？孩子晚上要输血，她没有妈妈心里会多难过？

莫　蓉　别说了，麦可，我马上回去！（跑下）

威廉姆　（愤怒）你为什么对莫蓉发火，她已经很辛苦了！

麦　可　你闭嘴！当心我控制不住自己！

威廉姆　我知道你心里想什么，这么晚了，她在我这里。

麦　可　我没这么想，我想那该死的CXA在同我的孩子争妈妈！

威廉姆　你不敢承认？心里骂我，嘴上骂CXA！

麦　可　我提醒你，我可没有多少耐心！（走）

威廉姆　（追）你害怕我，怕我威胁到你的婚姻！

〔威廉姆抓住麦可的衣领，麦可回身打了威廉姆一拳。

威廉姆　（愤怒）你动手？

麦　可　我警告过你，你不听！

〔威廉姆给了麦可一拳。这激起麦可的愤恨，脱掉上衣与威廉姆打做一团。

朱　迪　（拿着文件上）你们怎么了？

麦　可　（掩饰）我们在谈工作。

朱　迪　（惊讶）……威廉姆，你鼻子在出血。

威廉姆　啊，我刚才跌了一跤。

〔麦可震惊。朱迪看见地上的衣服，顿时明白。麦可企图逃走。

朱　迪　麦可，我知道你为孩子的事情很痛苦，但是我必须告诉你，威廉姆现在和你一样痛苦！

威廉姆　（阻拦）不要说！我不准你说！

朱　迪　他唯一的亲人，他的姐姐苏姗被压在世贸大厦下面了！

〔麦可惊愕。

朱　迪　威廉姆是在大厦倒塌当天起程的，他明知道姐姐生死不明，却没有时间等待，因为天津公司在等他上任！想想他一路上是什么心情？

威廉姆　别说了，我求你！

朱　迪　不，我要说，你们都很不幸，也都非常勇敢，你们在最危急时刻敢于承担这么大的风险，你们都是最棒的男人！瞧，你们有这么多相同的地方，为什么不是彼此欣赏，而是要互相伤害呢？

麦　可　（掩饰不安）我要喝咖啡。

〔朱迪把衣服扔向麦可，哭着跑开了。

麦　可　对不起！

威廉姆　我要你告诉我，到底有什么重要的事。

麦　可　给你看看这个。我给傻瓜型设计找到一个出路。（递材料）如果中标，我们面临的困难就都解决了。

威廉姆　（看）干细胞血库信息管理系统？什么意思？

———话剧《为你喝彩》 〉〉〉〉〉

麦　可　这是一个巨大的通讯网络,遍布全国,并联系着全世界各个血库。

威廉姆　（警觉）你怎么知道这个信息?

麦　可　他们正在全国的电子业招标,政府替我们挂上号了。

威廉姆　麦可,你孩子的病我很同情,我也愿意帮助你,公司再困难,支持一个病人的治疗还是做得到的,你何必要想这种办法呢?

麦　可　（震惊）你在说什么?你以为我……是为我的孩子?

威廉姆　那你怎么会在这个时候做这件事呢?

麦　可　我女儿的小病友一个接一个相继去世了,仅仅是因为找血困难。如果信息通畅,她们完全可以活下去!这难道不是一个既有效益又有意义的工程吗?

威廉姆　我很希望中标,但是希望用我们产品的实力征服市场,而不是靠搞关系。

麦　可　（震惊）你指跟谁搞关系?

威廉姆　政府。你已经有靠取悦政府换取经济利益的嫌疑。这是违反商业行为规则的!

麦　可　难道我们的产品不可以卖给政府吗?你们美国政府就从来不买东西吗?

威廉姆　政府为什么要帮助我们?他们到底想要得到什么?

麦　可　（气愤）要什么?他们要你发展,要你发财!我们是全市最大的外资企业之一,几乎是整个开发区税收的一半,这是互利!你明白吗?

威廉姆　（一筹莫展）你还没有说服我。要知道,我是美国人,我确实从心里对这件事感到不舒服。

麦　可　（愤慨）我知道你是美国人,可我见过的美国人多了,我看你更像是外星人!多好的商机在你的手下就给失去了。我看你这样子,在中国待不下去。

〔威廉姆怒视着麦可,麦可意识到自己的过分。

麦　　可　Sorry。

威廉姆　（执著地）为什么？你们为什么不喜欢我？好像只有我一个人是老板，你们都是员工。其实，我上面还有老板，还有老板的老板，还有老板的老板的老板，我也在当牛做马呀！

麦　　可　你可能是一匹好马，不用鞭子你就跑得飞快的马。但是你上面卓越的骑手，他们让你心情愉快，你才会把他们安全舒适地送到目的地。

威廉姆　你是说我不会骑马？

麦　　可　马也会有自己的脾气，如果你会骑马，你会发现这些马都是愿意为你奔跑的。你如果不会骑马，他一定要把你甩下去，摔你个半死。拜拜！（走）

威廉姆　你等等，投标的事我再想一想。

麦　　可　好吧，但我们未必就中标。

威廉姆　把莫蓉的东西带给她。

麦　　可　（打开看资料，震惊）这是莫蓉做的？

威廉姆　她人在CXA，心却想着傻瓜型。

麦　　可　（万分感激）太好了……（兴奋得要跑）

威廉姆　想知道刚才莫蓉来这干什么吗？

〔麦可立即站住。

威廉姆　她是来要钱的。

麦　　可　为了傻瓜型？

威廉姆　我已经给你们拨过去了。

麦　　可　（兴奋）谢谢你！

威廉姆　不是为了你，是为莫蓉。

朱　　迪　（端着咖啡上）唉，你的咖啡。

麦　　可　不用了，我到医院去。

朱　　迪　等等我！我要搭你的车！

麦　　可　你快点儿。（手机响）

———话剧《为你喝彩》 〉〉〉〉〉

威廉姆　你完全可以搭我的车。

朱　迪　不用了，正好我和麦可顺路！

麦　可　（接电话，顿时热情起来，口气夸张）莫蓉，资料在我手上。我马上到医院去。对不起，莫蓉，我错了。（下）

〔朱迪尴尬，没有跟随。回头正碰见威廉姆奚落的目光。

威廉姆　还是搭我的车为好。

〔朱迪默许。

〔光暗。移动台载道具下。

十　餐　厅

〔频繁的信息呼叫声，舞台上十几台手提电脑闪烁。众人在电脑前接收信息。

皮　特　皮特收到你的信息。

小　陈　PJ陈收到你的信息。

桑　地　桑地收到你的信息。

众　人　道芮收到你的信息。

〔人们焦虑地议论着围拢过来。麦可匆匆地走上。

麦　可　（兴奋地）加森回来了吧？

众　人　（不安）还没回来。

皮　特　也许天气不好，飞机延时了。

麦　可　（顿感失落）皮特，加森在外面飘了有半个月了吧？

皮　特　没有，最多十天。

麦　可　原本计划南北两个促销会场我们俩一人一摊的，孩子一病就全是他的了。

经　理　（终于耐不住焦急）麦可，今天是员工待岗整整一个月，再过两小时就要跟威廉姆兑现协议了。

珍　妮　如果加森那边再没有订单，就要恢复"裁员令"了。

小　陈　干细胞信息工程中标的事也没什么消息？

皮　特　（暗示大家）现在不是一个月以前，傻瓜型在莫大姐的帮助下已经完成，只等着上线了！这是多好的形势！（担心地看看麦可）

桑　地　谁又能说服得了威廉姆？

经　理　不行的话就以我们全体经理人的名义，强制他宽限一段时间。决不能半途而废！

麦　可　那怎么可以？协议是我签的字，诚信是第一位的。

皮　特　那怎么办？我们辛苦不怕，让员工们空等一个月，还不如当初就裁员算了。

小　陈　这种缓期执行让人更难受！

麦　可　各位，一会加森回来了，如果没有订单，谁都不许垂头丧气。

众　人　放心吧。

〔加森默默走上。麦可发现加森慢慢地站起来，众人发现加森疯狂。

众　人　加森！你可回来了！累坏了吧！

麦　可　来……来！坐下歇会儿，先喝点水。

朱　迪　（端着饮料上）加森回来了，我请大家喝饮料。

〔大家期待地望着加森，加森发觉，感到压力。

加　森　麦可，我说出来，你可别怪我。外边的市场比我们想象的要难得多。

麦　可　知道，知道。我们努力了，对吗？

加　森　（胆怯地拿出文件夹）真是有些不好意思，拼了一圈，才签了这么几份，也不知道能不能让威廉姆认可。

〔麦可拿出订单，大家立即围拢过去，当他们看到订单时，疯狂地欢呼！

众　人　加森，太棒了！（纷纷在加森身上宣泄自己的兴奋）

加　森　（承受着大家）看来你们还知足啊，刚才你们那样，吓得我都没

——话剧《为你喝彩》 》》》》》

勇气说了！
麦　可　（傻笑）老哥！你真吓坏我了！
加　森　是我上辈子欠你的。
珍　妮　来，我们为加森干一杯。
　　　　〔众人举杯。
麦　可　朱迪，你怎么不干啊？
朱　迪　（突然腼腆）我没有资格。
麦　可　怎么没有资格，我们都是HITECH的员工嘛。
朱　迪　不，你们不是普通的员工，你们是HITECH的救命恩人。我知道你们是怎样的人，你们都是共产党员，我尊重你们。
众　人　（感激）朱迪！
朱　迪　我去告诉威廉姆。（跑下）放心吧，裁员令会取消的。
小　陈　（看着加森的报销单）加森，怎么没有你们的住宿费呀？
加　森　还住宿？在哪儿干活就在哪儿睡了！
小　陈　（嗔怪）加森！我们的员工出去起码要住三星级。你们这样……
加　森　可是这次不一样，这是大家的私人账户。我得省着点啊！
麦　可　加森，我怎么谢谢你？
加　森　你就是嘴甜。
麦　可　今天下班，我们喝酒去！
加　森　算了，一路上我就想着，回去头一件事就是好好地睡一觉。
　　　　〔小刘率员工们跑上。
小　刘　麦可，我们大家都来了，想听听你们的信儿，到底裁员令能不能取消？
麦　可　你们再等等。现在可以告诉你们，我们已经有订单了！是加森他们带回来的！
小　刘　（兴奋）真的？那就是说，可以取消"裁员令"了！太棒了！噢，麦可，这是我们小组成员捐的一个月薪水，是支持你们开发市场的！

麦　　可　谁让你们这么干的？拿回去！
小　　刘　你还想瞒我？你们都捐过了，为什么不让我们捐？
加　　森　别这么说，我们都是经理人。
小　　刘　我们都是 HITECH 的员工，大家应该是平等的！
麦　　可　可是我知道，你是线上员工中，家庭生活最困难的一个，你本来就是被照顾的对象。
小　　刘　麦可，你不是常对我们说，员工靠企业养家，企业靠员工发展吗？现在企业有了难处，我们为什么不能出一份力？保住了大家，才能有我们的小家嘛！收下吧！（把钱放到麦可手里，跑下。
　　　　　〔众人感动。
麦　　可　小刘！
皮　　特　（亢奋）好好，我们要好好地利用这件事鼓一鼓大家的士气。
众　　人　对。
　　　　　〔吉米上，神情严肃。
吉　　米　麦可，（递传真）北京总部让你去一趟，我的老板要找你谈话。
麦　　可　你的老板？为什么？
吉　　米　需要问为什么吗？我想我早提醒过你，现在事情闹大了。麦可，你要有思想准备，北京方面很可能要你自动离职的。
众　　人　（担心地）麦可！
麦　　可　（审视传真）别紧张，这上面的指责不属实！
吉　　米　那你们现在在干什么？要么你们下班到外面去，别在外方老板的眼皮底下！
珍　　妮　我们又不是地下组织，凭什么不可以公开搞活动？
小　　陈　再说，这也是业余时间，没有妨碍公司的工作。
皮　　特　这是在中国，我们自己的土地上，我们总有信仰自由的权利！
吉　　米　你们有什么权利干涉外方老板的决策？裁员在外企是很正常的，我就不明白，这和你们的政治信仰有什么关系？
麦　　可　怎么没关系，你以为我们来 HITECH 上班只是挣自家锅里的那点儿口粮吗？我们是想让我们的国家强胜起来。要知道 HITECH 的税收占了开发区将近一半，这里面有你我父母的退休金、医疗保险，你孩子的义务教育资金，我们走的路，我们过的桥，我们的一行一动哪里离得开税收？这怎么能说和政治信仰没有关系？

吉　米　麦可，你知道我的工作。要是这样，我只能如实向总部报告了！

桑　地　（震惊）这么说，一直是你在向总部打黑报告？这是为什么？

麦　可　你也是中国人！

小　陈　真是不可理解。

珍　妮　怎么可以诬陷自己的伙伴呢？

吉　米　（不解）诬陷……这是我的工作！我的工作就是协调中外双方的关系，如果我隐瞒了你们的行为，那是我的失职！

加　森　我看你正在严重失职！

吉　米　你什么意思？

麦　可　吉米，我了解你，你受过良好的西方教育，我们不能把内讧的毛病带到外企来，那可是我们民族所不齿的东西啊。

吉　米　什么，你认为我在搞内讧？好，你完全可以到总部去告我啊！

〔吉米欲下，正好与威廉姆、朱迪和莫蓉相遇。

威廉姆　不用去了！我给总部打过报告，已经把事实搞清楚了！

吉　米　威廉姆，你是能向总部证明的，他们的党派活动绝不能再继续了。

威廉姆　为什么不能继续？他们的活动是我同意的。

众　人　（震惊）威廉姆！

吉　米　为什么？他们违反了公司的规定！

威廉姆　我只尊重事实，他们保住了公司，我这里有订单为证！

吉　米　我很遗憾，我以为我一直在努力维护你的利益呢。

威廉姆　但是我的公司需要稳定。你不属于这里，请回北京吧！

〔吉米僵持一会儿，下。静场良久，大家热烈鼓掌。

麦　可　威廉姆，没想到，你会这么支持我们。

威廉姆　不，是我没想到，你们会这么真诚地支持我，我想我们是在用心交换的。麦可，我有好消息告诉你。

珍　妮　什么好消息？

皮　特　我知道，是干细胞血库信息工程中标了。

威廉姆　比那更好的事。

麦　可　什么好消息？

威廉姆　你女儿的血标本找到了！

〔众人欢呼，把麦可高高举起。麦可感激地走向威廉姆，两个男人真诚握手。

麦　可　谢谢你，谢谢大家，谢谢HITECH。（走向莫蓉，拥抱）谢谢你！

〔众人鼓掌。威廉姆突然感到失落走到一边，朱迪安慰着他。

威廉姆　（提醒）去往马来西亚的飞机一小时后起飞，车子在外面等你了。

〔麦可高兴得转向，被大家簇拥着。

麦　可　（对莫蓉）告诉甜甜，是HITECH救了她！

莫　蓉　我一定！

麦　可　小陈，威廉姆的住房收拾好了吗？赶紧给他搬进去！桑地到天津市最好的咖啡馆里请一位师傅，今天就办！（下）

众　人　放心吧！拜拜！

〔汽车启动和飞机起飞声。众人挥手告别。

尾声　新厂区

〔大屏幕报道新闻，HITECE已经走出低谷，再次发展。

〔光起，一片绿地，员工们持酒杯休闲走上。

威廉姆　伙伴们。半年以后，这里就开工了，CXA有了新厂区。我们没有裁员，没有卖地，反而发展了。这要感谢麦可，感谢各位经理人们！

麦　可　感谢总裁对我们工作的支持！

———话剧《为你喝彩》 >>>>>

众　　人　对，谢谢总裁。

麦　　可　来，我们干一杯！

威廉姆　祝贺 HITECH！

众　　人　（碰杯，干杯）祝贺 HITECH！

威廉姆　大家休息吧，坐一会儿。

　　　　〔众人纷纷地坐下。

威廉姆　麦可，我在报上看到一条消息，赞扬我们 HITECH 的中共党组织在经济危机中起到了中坚作用。

麦　　可　你不要误会，记者采访过很多次，都被我们婉言拒绝了。

威廉姆　不，你不要太敏感了。我很想知道我们 HITECH 的中共党员有哪些人。

加　　森　太多了，数不过来的！

威廉姆　在坐的呢？你们中间……

　　　　〔众人笑了。

皮　　特　这样吧！我们请你猜，看你能猜对多少。

桑　　地　对，这个主意好。

威廉姆　可我不知道贵党的标准啊！

麦　　可　你不用知道，就用你的心去猜。

众　　人　对啊！

威廉姆　好，我猜中的人就站起来！

　　　　〔威廉姆首先指向麦可，继而猜中了加森。然后向皮特这边走来，皮特兴奋地站起，威廉姆却故意没有理睬他。

皮　　特　（不满）啊，你怎么对我产生了怀疑？

威廉姆　（笑着）不，我对我的标准产生了怀疑。

皮　　特　（顿时快活）请继续，继续猜。

　　　　〔多数经理人在他面前站起来，威廉姆大为震惊！

威廉姆　怎么是这样？都是我的经理人，最优秀的人才。（看朱迪）

朱　　迪　不要看我啊，我已经申请了。对吗，麦可？

785

麦　　可　对，我们欢迎你。

〔威廉姆审视莫蓉。

莫　　蓉　（不好意思）我第一次感到这么孤独。

威廉姆　（感慨）这太巧了！他们都在我的关键岗位上！

麦　　可　这不是巧合，只有在才华和品行上优秀的人，才有资格做一名中共党员，他们本来就是人类的精英嘛。

威廉姆　对，HITECH 的中共党员应该是一群精英，我为有你们感到幸运，我爱中国！我为你们喝彩！

〔大家与威廉姆握手祝贺，大屏幕出现有关 APEC 会议的新闻。礼花飞舞，气氛隆重。

〔剧终。

精品提名剧目·话剧

又一个黎明

编剧　霍秉全
导演　熊源伟

人物

何　　亮　男，三十岁，某企业工程师。

关云年　男，四十八岁，某厂工人。

丁立华　女，二十六岁，何亮妻。

小　　卉　女，十八岁，关云年的女儿。

吴　　萍　女，四十六岁，深圳康宁公司经理，小卉的妈妈。

老　　秦　男，四十七岁，某厂工人。

田秘书　男，三十四岁，市委秘书。

小　　刘　男，二十五岁，机关干事。

红领巾　女，十岁，何亮母校的学生。

女护士甲、女护士乙、男护工

故事发生在当今某个城市某个医院的一间病房里。

第一场

〔时间：上午。

〔音乐声中，纱幕上出现报道何亮英雄事迹的报纸，报纸越来越多，充满整个纱幕。纱幕后透出两张病床。

〔纱幕起。

〔小刘趴在一张床边正低头记录，田秘书在病房内焦急地来回踱着，像是在等人。

田秘书　小刘，我不等了，有几家报刊转载了我那篇报道他的文章，何亮回来，你交给他，我走了。（转身走出病房）

小　刘　（追送）知道了，田秘书，你这些文章写得真好，医院里的医生护士都在议论呢……

田秘书　（笑）行了行了，领导派你来照顾病人，病人上哪去了你都不知道？

小　刘　他能去哪儿呢？刚才……

〔老秦、护士众人推轮椅送关云年进屋。

田秘书　刚才说的那几件事，你可一定转告给他。

小　刘　你放心吧。

田秘书　我走了。

小　刘　田秘书，再见。

〔两护士招呼老秦把关云年背到床上。"来，这张床"，手脚利索地挂好吊针输液。

〔小刘转身回到病房门口，看到屋内突然有这么多人，一时不知所措。

护士甲　——你是他什么人？

老　秦　一个厂的。打小学一年级到高中毕业，后来分配到一个厂，一个车间一个班组……

〔小刘走过去拦住要出门的护士乙。护工下。

小　刘　不是说好这屋不安排其他病人吗？这怎么又……

护士乙　谁说的？

小　刘　这床位上的病人情况你不是不知道，（指指手里的报纸）你看看——咱们医院的领导见天都来关照，说了要特别护理。

护士乙　病房床位紧张，何亮的伤已经基本痊愈，大夫已经同意他明天出院。

小　刘　明天出院，那就明天再安排人进来不行吗？

护士甲　对不起，床位实在太紧张。（两护士下）

小　刘　（转向老秦）问题是报社电台电视台的记者说来就来采访，市里领导说来就来看望，来来往往出出进进的动静不小，干扰太大，你的这位病人会休息不好的。

老　秦　没关系、没关系呀，动静再大都没关系，我这病人不在乎这个。

小　刘　（噎住）哪有这一说……

老　秦　兄弟，你刚说这床上住的是谁？是报纸上说的那个让歹徒伤了的？——叫什么来着——何亮？

小　刘　不信吧？来来来，（把报纸塞给他）好好看看，学习学习报纸，等会么主动给医生请求一下，调到别的病房去，也算给我们的英雄表示了一份关爱。

老　秦　运气呀！能跟英雄住一块儿可真是好运气呀！领导呀记者呀的来了咱也开开眼界，多好！……

小　刘　（泄了气）算了算了，别说了，跟你讲不清。

〔小卉跑上。

小　卉　（急走近病床前撩起被子）嗨！老爸，你没事吧？

―――话剧《又一个黎明》 〉〉〉〉〉

老　秦　小卉，别喊，你爸没事，他刚睡。

小　卉　老秦叔，你刚电话里说他病了送医院来了，吓我一跳，他怎么啦？

老　秦　你放心吧，这会儿没事了。等会他醒了你问他。

小　卉　……（歪着脑袋）医生检查过了？

老　秦　噢，检查过了……医生说，得住两天院。

小　卉　住两天也好，家里住腻了，换个地方挺好。（打量屋内）这么多花呀！（抱起一束）――真香。

〔小刘有点看不惯小卉，打了一个大大的哈欠，仰在了床上。

老　秦　（拉过小卉）你知道住这床的病人是谁？

小　卉　谁？

老　秦　见义勇为的新闻人物！

小　卉　何亮？！

老　秦　（递报纸给她）――你好好看看。（转身拿起水壶走出去）

小　卉　大英雄！（一下冲到小刘跟前把他拉起来）你就是和五个歹徒赤手空拳搏斗的何亮？哎呀你真了不起，比周杰伦还了不起，来来来，给我签个名！（亮出衣服）

小　刘　（一时不知该怎么办）这、这哪儿跟哪儿呀……

小　卉　你的光荣事迹我都知道了，我特崇拜你。对了，何亮，你有女朋友吗？我们专卖店里有位大姐说你要是没有，她很愿意嫁给你。

小　刘　（莫明其妙）开玩笑！

小　卉　真的。不是开玩笑，我听见的，她还说你要是有了女朋友，她情愿当第三者，不信你去问。老实说――你有没有女朋友？

小　刘　我……

小　卉　（缠住小刘）别不好意思。你可没见呀，那位大姐可漂亮了，美女爱英雄嘛――有什么不对！

小　刘　你那大姐――挺开放的。

小　卉　（看报纸）哎呀！（一把推开小刘）你怎么骗人！？你这模样就不

791

是报纸上的呀！人家何亮是受了伤的！你这人脸皮真厚，还说我开玩笑，哼，我就说嘛，真英雄哪会是你这样假正经！

〔老秦提水壶回来。

小　卉　老秦叔，你跟他合伙骗我，先罚你在这待着，我回家拿点东西马上就来。

〔何亮大步上，他手臂上还捂着一块纱布。小卉扭头差点撞在何亮身上。

何　亮　对不起。

小　卉　别对不起，靠边站比说对不起更礼貌。（小卉拧拧脖子唱着流行歌曲跑下）

老　秦　这孩子！（进屋）

小　刘　（出门打水，在门外）何亮，医院非给咱们病房安排进来一个病人……

何　亮　没事！（进屋，对老秦）刚住进来的？……（看病人）睡着了……

老　秦　噢，你就是何亮吧？！（热切地）对不起，真对不起，我们占你这病房了……

何　亮　没关系没关系。

老　秦　（忙解释）刚才那孩子缺调少教，没规矩，请你原谅她，这孩子长这么大挺难的，她打小就没妈，就说她这爹吧，又是个半身瘫痪。

小　刘　（打水回来，惊讶）他是个残废？

老　秦　哼！你说怎么就这么巧，一个自杀寻死的偏偏就跟一个见义勇为救人的住一块了！

小　刘　自杀？

老　秦　（叹了口气）大半瓶安眠药啊……

何　亮　他不想活了——为什么？

老　秦　十八年都熬过来了，谁知道他怎么想的。唉！我先给他办住院手

──话剧《又一个黎明》 〉〉〉〉〉

续，要有事请您给招呼一下……一时半会儿他不会醒。（老秦转身走出病房）

〔何亮走到病人床前，打量了一下。

小　刘　田秘书来过了，叫转告你一大堆好消息。（说着把报纸塞给他）见义勇为的奖金批了，你要当城建局副局长了，应聘考试你并列第一，有深圳老板要见你，可能也是个掏钱的主。瞧瞧，瞧瞧这报纸，全是一整版一整版的——多火呀你！

何　亮　（笑着接过报纸）不就那么点事嘛，说过来说过去的。

小　刘　瞧你说的，和五个歹徒呀，个个还都手持凶器，你当时想到了什么？是不是像过去人家说的那样，一大堆英雄形象突然浮现在你的脑海中……

〔老秦拿着病历单药单，边走边看，疑虑地回到病房来。

何　亮　（又笑了）还真没顾上想那么多——哎，小点声，别吵醒了病人。

老　秦　你们说你们的，不碍事，瘫痪了那么多年，没那么娇气。

小　刘　老师傅，他怎么瘫痪的，工伤事故？

老　秦　唉！这事说起来叫人哭笑不得！

小　刘　怎么了？

老　秦　过去多年了，我还记得清清楚楚。那天他女儿出生，他在医院招呼了一天，天快黑的时候他回家，我在湖边路上遇着他，他正高兴地跟我说他当爸爸了，突然听见有人喊救命，只见是个小孩子淹在水里喊着、挣扎着，我这老兄连衣服都没顾上脱，一个箭步抢在了我前边，一头扎进水里去救，可谁知道那小子根本就没淹着！爬上岸，抱着衣服就跑了。

何　亮　（一笑，忽又吃惊地）是吗？

老　秦　可不是嘛！那小子光着屁股，一边跑还一边喊"救命啊！救命啊！"听明白了吧？那水才到这（比划到膝盖），还不到一米深！

小　刘　小孩恶作剧。

老　秦　他一下子栽晕了过去，他泡在水里，他腰断了。

〔何亮和小刘都愣住了。

〔静。

〔手机响，小刘接听。

小　　刘　喂？是、是，我就来，就来。（收起手机）何亮，深圳那个老板提前到了，我得赶快去接一下。（匆匆跑下）

何　　亮　你、你刚说是什么时候的事？

老　　秦　十八年，整整十八年了。

何　　亮　他、他就这么一下……瘫痪了？

老　　秦　是腰啊！你想想，又不是胳膊腿！

何　　亮　那孩子呢？

老　　秦　跑了。

何　　亮　你没追？

老　　秦　天快黑了，我忙着打水里捞他呢，哪顾得上追。

何　　亮　后来你们也没找他吗？

老　　秦　上哪儿找？暑假期间，谁知道是哪儿来的野孩子。

何　　亮　你刚说湖边，哪个湖？

老　　秦　后湖呀！

何　　亮　不是后湖东口那儿吧？

老　　秦　对、对呀，就是东口那儿呀！你去过那儿？

何　　亮　那地方水浅我知道，湖边还有棵龙爪槐。

老　　秦　那龙爪槐几十年都没怎么见长。

何　　亮　树底下有个张着大口的石狮子。

老　　秦　没错！是有个石头狮子，张着大嘴！对呀，那孩子从水里爬上来，好像就是从那狮子嘴里掏出衣服跑了。

何　　亮　（突然紧张得喘不过气）怎……怎么会是这样……

〔静。

老　　秦　（感慨地）你说这叫什么事！本来嘛想去救人，要真是救着了，不说落个见义勇为，好人好事总够得上吧！可这成什么了？这老

———话剧《又一个黎明》 〉〉〉〉〉

兄说自个是跳进水里捞月亮的猴子！那猴子捞月亮也不致伤成这样呀！

何　亮　你来护理他？

老　秦　我们从小一块儿，多少年了，那天要不是他抢在了我前面……我不来谁来。

何　亮　刚才那是他女儿？

老　秦　对……

何　亮　……他妻子呢？

老　秦　早走了，人家年纪轻轻的……

〔护士甲上。

护士甲　二床的病人——你送来的吧？

〔老秦忙赔笑脸答应。

护士甲　住院部通知，住院费五千元得在中午十二点前交了。

老　秦　对、对，我马上想办法——噢，我这就去，就去。

〔护士甲想说什么，想了想转身走了。

老　秦　（苦笑，走到关云年病床前）好家伙，五千块！老兄，你这一下可够我忙活的。（转对何亮）他……麻烦你给招呼着点，我就来。

〔何亮点了点头。

〔老秦走出门去。

〔音乐。

〔何亮不安地走向门口，又挪步到关云年的床前。

何　亮　他……他跳下来了，扑通一声，水花四溅……他脊椎断了？爬不起来了？哎哟你紧张什么？肯定不是你那一回，时间肯定搞错了……万一就是那一回呢？他……他为什么就瘫了呢？这一瘫就是十八年呀！……这简直就是个噩梦。我想一下，我当时做什么了？我、我跑了，头也没回，这一切都不知道，第二天就跟爷爷回老家去了……为什么他就会瘫了呢？十八年了呀！他为什么又要自杀？……我得搞清楚了，不是我的事，省得自己落一块心

病。（呆呆地愣神）

〔丁立华一身华丽打扮走到病房门口，悄悄走近何亮。

丁立华　老公！

何　亮　（一惊）啊！……立华！你？出什么事了你？

丁立华　漂亮吗？

何　亮　新买了条裙子！准有什么好事！快告诉我。

丁立华　（撒娇）那你先抱抱我。

何　亮　（扭脸示意）有人。

丁立华　（才发现，悄声）什么时候住进来的？……睡着了。（转身搂住何亮的脖子，深情地指着他鼻子）你——要当爸爸了！

何　亮　真的？

丁立华　你看化验结果。（取出化验单）

何　亮　（接过看，在她脸上吻了一下）你还没长大，就要当妈妈了。

丁立华　都二十六了，什么时候才算大，你就盼我老！

何　亮　（一笑）不就怀孕了嘛，你也不至于骄傲成这样！

丁立华　当然啦！还有一个重大胜利你听着。招聘城建局副局长，你的笔试和面试分数加起来排在第一！

何　亮　你又去打听了？我告诉你，是并列第一，两个。（何亮不时把目光转向那张病床）

丁立华　（自豪地）在我的英雄丈夫面前，任何一个并列者都会丧失竞争力。

何　亮　话说这么早不好。

丁立华　只有一个副局长位子嘛！是不是？我认为这没半点问题，我呀，（噘着嘴撒娇）我就等着当副局长夫人了……你怎么啦？怎么心不在焉？

何　亮　噢……没，没有。

丁立华　算了吧，你瞒不了我，你准有什么心思？

〔何亮又将目光投向那病床……

———话剧《又一个黎明》 〉〉〉〉〉

丁立华　你怎么不说话？跟我说说话……

何　亮　噢……你要我说什么呀说！

丁立华　（释然）好了好了，没说的就不说了。人家心里有事，要瞒着你，不想跟你说你烦人家干什么！

何　亮　你看你说哪儿去了？我什么时候瞒过你？这儿不是有人嘛！

丁立华　我才不管呢！

何　亮　好了好了，（指她的肚子）你现在可是重点保护对象，快过来坐下。（按住她的肩膀哄着她坐下）

〔小卉拎着饭盒衣物上。她轻手轻脚走进病房，好奇地看看何亮，又看看丁立华。他们俩都没发现她。她轻轻放下手里的东西，走近何亮。

小　卉　（突然地）不许动！——转过来！

〔何亮、丁立华吓了一跳。俩人都转过身来。

何　亮　噢……是你！

小　卉　（开心大笑，又静眼打量）你就是何亮！嘿！就说这屋里不对劲，摆了这么多鲜花。哎呀，太叫我高兴了，见义勇为的大英雄，酷！嗨，我能和英雄握个手吗？（抓起何亮的手就握）我叫小卉，关小卉，我老爸关云年，和关云长差一个字，他能跟你住一个病房，真是很荣幸！你说对不对？

何　亮　（一时不知说什么好）哎、哎……

小　卉　……得，咱们现在算是认识了，我可以请你去我们专卖店做客吗？

何　亮　哎、哎……（他含糊地答应着，一边把脸转开）

小　卉　（对丁立华）哎——你是谁？嗨，不用说！你准是他太太！你真幸福，你真光荣，我真羡慕你！可——是！你必须必须小——心！

丁立华　（意外）小心什么？

小　卉　第三者插足啊！嘿嘿……你叫什么名？（把拎来的东西挪到父亲

的床前）

丁立华　（宽容地）丁立华。

小　卉　好听，这名字好听。我怎么称呼你？叫大姐可以吧？

丁立华　（笑了）我还真缺个妹妹，要不，叫阿姨我也不反对。

小　卉　我们店里比你大的多了，我都叫大姐。

丁立华　那就大姐吧！何亮，你看这小妹妹，性格蛮好的。

何　亮　噢、噢……

小　卉　大姐，能有这么了不起的老公，你一定很骄傲吧？对了，你得陪他一块到我们专卖店来，一定得来呀！

丁立华　我去干什么，又没我什么事。

小　卉　怎么没有？不是说男人的一半是女人嘛，一个成功的男人背后肯定离不了一个女人的支持呀！

丁立华　我支持什么呀，他跟坏人打，我那会儿要是在他背后呀，说不定会扯他后腿呢！

小　卉　那是你爱他。是吧何亮？

　　　　〔何亮不时瞅瞅关云年那张病床。

何　亮　哎……哎，你问她。

小　卉　我爸常说人是"自小看大"。何亮小时候上学，肯定是品学兼优的好学生，我说的对吧？

丁立华　他小时候上学呀，很聪明也很调皮，还有多动症，除了学习平平，别的什么都出色——是吧？吹拉弹唱什么都爱学，乒乓球也还行。整天贪玩不沾家，累极了站着都能睡着，怎么叫都叫不醒。

小　卉　哈哈哈哈——（她笑得很开心）

丁立华　这都是他自个说的。嘿嘿，还有什么来着？

何　亮　行了行了，打住吧，我那点隐私全让你给抖落了。

小　卉　说你的，不理他。

丁立华　对、对！他会游泳，还能潜水，（笑了笑）憋口气在水里钻老半

———话剧《又一个黎明》 〉〉〉〉〉

　　　　天，吓得别人都当他给淹死了。
何　亮　别没完没了的。
丁立华　最有意思的是，有一回在水浅的地方游泳他喊救命呀救命——
何　亮　立华——！
丁立华　怎么了，不让说了，（满不在乎地继续对小卉）他喊着叫着救命啊救命，结果还真有人跳到水里去救他，害得人家摔了个大跟头！怎么了？这不都是你告诉我的！
　　　　〔小卉突然愣神。
何　亮　（绝望地）……你都说了些什么……
丁立华　什么什么？揭你的老底了是不是？
小　卉　——救他的人呢？那个跳进水里救他的人呢？
丁立华　还用问！肯定是鼻青脸肿的三五天出不了门。
何　亮　哎、哎……
小　卉　噢……那人比我爸运气好。
丁立华　你爸？你爸怎么了？
小　卉　我爸也遇到小孩在水里喊救命的事，我爸去救，跳进水里，摔断了脊椎骨，他瘫痪了。
丁立华　是吗？……你爸那是什么时候的事？
小　卉　都十八年了，那天是我的生日，我刚出生……
丁立华　呃……真不幸。
小　卉　（咬着牙）我发过誓，找着那小子我饶不了他！
　　　　〔音乐。
　　　　〔丁立华惊愕地睁大了眼睛。
　　　　〔何亮紧咬牙关站着。
　　　　〔切光。

第二场

〔时间：过了数十秒或者一两个小时。
〔音乐声中。
〔病房里，小卉守在父亲病床边睡着了。
〔丁立华与何亮在病房外长椅上。

丁立华　（小心翼翼地）是他吗？
　　　　〔何亮默默点了点头。
丁立华　你敢肯定？
何　亮　我做梦也想不到！
丁立华　他就这样——脊椎骨折了？
何　亮　不是鼻青脸肿三五天出不了门，是一辈子，一辈子也站不起来了。
丁立华　（突然胆怯地）她女儿说她发过誓……何亮，你别吓我，你让歹徒打伤没把我吓死，这伤刚好说要出院了，你又要吓我？！
何　亮　他瘫痪了，这后果是够可怕的。
丁立华　（喘了口气）我刚说你小时候那档事，她听了没在意，事可能是一样的事，干嘛非得是他呀？
何　亮　我也希望不是，我刚才问小卉的生日，你不是也听到了？没办法，就是他！
丁立华　……他鬼使神差地来了。
何　亮　就像特意来找我的一样！
丁立华　（颤抖着）你明明白白对他说了？说那个喊救命的孩子就是你？
何　亮　他不是还没醒过来吗？
丁立华　（急问）这么说，现在这件事除了我还没人知道？
何　亮　（点点头）你想说什么？
丁立华　何亮，你不是要把这事说出去吧？

——话剧《又一个黎明》 〉〉〉〉〉

何　亮　我能说出去吗！我能吗？这不都是你刚才给那女孩说出去的嘛！

丁立华　你刚才吞吞吐吐心不在焉，我就知道你心里有事，你原本打算连我也不告诉？

何　亮　也许。可是你呀，我拦都拦不住，你全叽里呱啦的替我交代了！你呀，真是哪壶不开提哪壶。

丁立华　（焦急地）他干嘛要住进这个病房？……真的就这么巧？这太不可思议、太难让人接受了！不！这不是真的！我还要说——这不是真的！

何　亮　我现在就当它不是真的……

丁立华　那你听我说！为了你，为了我，为了我们的以后，对，还有我们的孩子，你什么也别说，什么也别说出去……（突然又一转念）说出去又怎么啦？一个未成年的孩子，法律也不会追纠他任何责任的。

何　亮　可是你也很清楚，说出去是有后果的。

丁立华　那就不能说。

何　亮　（他握住她的手）立华，他醒来以后，我该怎么面对他？

〔一声长长的呻吟——关云年醒了，他撑起身子，一脸疑惑。

关云年　（声音嘶哑地）小卉、小卉——

〔何亮和丁立华慌乱地站在门口，不知是进是退。

小　卉　哎呀老爸，你到底给咱醒过来了，这一觉睡得不错。

关云年　这是什么地方？医院？我怎么在这儿？谁把我搬这儿来了？

小　卉　谁也没搬，是你自个梦游。

关云年　我还活着？

小　卉　活得好好的——干嘛不活！我上班去了不在家，是秦叔把你送医院来的，是他救了你，可惜，这算不上见义勇为。（转向门口的何亮）哎呀，快看，老爸你看，认出他是谁了吧？是——何亮！昨儿吃晚饭的时候，你还操心问那几个打他的歹徒都抓完了没有呢！现在，他来看你来了！

801

〔何亮走过去，俯下身去握住关云年的手。二人对视。

二　人　（同时）你……你没事吧？

〔半天，何亮慢慢站直了身子，想要回避关云年的目光。

〔丁立华边向关云年打招呼，边把何亮拖开。

小　卉　对了老爸！可能不少小孩都在水里玩过喊救命的把戏，他也玩过。噢，对了对了，（跑向丁立华）这是他妻子，是她给我讲的。

〔护士甲上。

丁立华　……噢，护士来了。

〔护士甲走进来，看了看输液瓶，拔下针头。小卉回身走近病床照看。

护士甲　（对小卉）等会准备去做 B 超，还有 CT。得全面检查一次。（对小卉）你来拿一下化验单（匆匆走出病房）

关云年　（一声长叹）查什么呀查，白费钱……

小　卉　（大声）你给我闭嘴——好好在这儿待着！大步走出病房）

关云年　（看看何亮）真让你们笑话，我欠我女儿的实在是太多太多。

何　亮　你、你们很不容易。

关云年　……你不知道，不知道我这辈子……干了多么窝囊的一件事！说起来十八年了，可还像是昨天的事。一个孩子在水里玩儿，玩着喊着，你猜那小兔崽子他喊什么了？

何　亮　（看了看丁立华）他喊……喊救命了。

关云年　你猜我干什么了？

何　亮　你当真了。

关云年　我连衣服都没来得及脱呀——

何　亮　那地方水很浅……

关云年　我就再也没能站起来……十八年了，你说那孩子他长什么样了……刚才我女儿说你小时候也那样玩过，唉，那小子要是现在能像你这样做事，我心里该有多安慰。

何　亮　你——你就当是我吧……

——话剧《又一个黎明》 〉〉〉〉〉

关云年　可他不是。

何　亮　就……就算是。

关云年　你怎么啦?

何　亮　真的,真的是。

〔关云年打量着何亮,他觉得很奇怪。

〔老秦耷拉着脑袋走进病房。

关云年　老秦,你把我的事给他讲了?

老　秦　什么事?噢——讲了,怎么了?

关云年　(苦笑)嘀嘀嘀嘀……谢谢,我谢谢你,谢谢你顺着我的心思来安慰我,你不仅是个见义勇为的英雄,也是个善解人意的好人,尽管你是哄我,我还是要谢谢你,真的,打心里谢谢你。

〔丁立华一下子扑过来依在何亮身边,像是刚恢复了知觉。

老　秦　(不解地)他说什么了他……?

关云年　老秦啊老秦,他刚说他就是那个光屁股跑了的小子,嘀嘀嘀嘀……(他的笑声很惨)多有出息啊——都长成英雄了,嘀嘀嘀嘀……他刚才那么一说,我就好像自己一下能站起来一样。嘀嘀嘀……

老　秦　(走近何亮,深受感动地)我替他领情了。小伙子,真的,你是个好人,你见义勇为,做了那么大一件好事,已经够好够好的了。

何　亮　(惊讶而又颓丧)我……

老　秦　你的心思我懂,你想帮他解开心里的疙瘩。

〔小卉走进病房,手里拿着化验单发愣。

老　秦　是不是又要交钱?给他们说,下午,下午我……噢,又难为孩子了,我去——我去给说说。(急匆匆走出病房)

〔何亮叫上丁立华一起走出病房。

〔小卉默默走到父亲的病床边,突然像换了个人。

小　卉　(痛哭)爸……爸,你、你为什么要死呀……

关云年　别哭，小卉别哭，这孩子——你哭什么呀！（泪声）爸不是还活着嘛……

小　卉　爸……你要是再想死，我也就不活了……爸，安眠药是我给你买回来的，你要死，那就是我把你给害死的呀……（抹泪抽泣）爸……你真要这么走了，丢下我一个，你都不觉着我可怜……

关云年　小卉，别说了，就算爸一时糊涂……

小　卉　爸，你得说话算话，要不我就不理你了！

〔音乐。

关云年　小卉，明天是你的生日。

小　卉　我知道。打我记事起，你总是忘不了给我买生日蛋糕。

关云年　明天你过生日，爸买不成蛋糕了。

小　卉　……明天，我就能领回我第一个月的工资，那是我自己挣的，好几百块钱呢，我都交给你，爸，你得替我管钱，以后我钱多着呢！我许过愿，等爸你过生日，我要用我挣来的钱，给你买一个大大的生日蛋糕，插满蜡烛……爸，你可得鼓足了气，你得一口气把蜡烛全给它吹灭了！

关云年　……小卉，你妈要来接你了。

小　卉　我妈？我有爸没妈，根本就没有妈！

关云年　别这么说话，你该懂事了。

小　卉　我不懂，我就是不懂！

关云年　当年她要带你走，是你奶奶哭着闹着求着——就是不让，这不能怪她。

小　卉　我不走，我就是不走！让我撇下孤孤单单的你一个人，你知道我做不到。

关云年　我跟你妈当初讲好的，到你十八岁，你妈就接你走，一天也不会耽搁。

小　卉　什么?！你是……

关云年　……我要你无牵无挂的走。

——话剧《又一个黎明》 〉〉〉〉〉

小　卉　……无牵无挂，像断了线的风筝……

　　　　〔老秦激动地上，手里舞弄着化验单走进病房。

老　秦　好人、好人哪——！小卉，他、他——（指着何亮的病床）替我们把住院费先给交上了！好人呀！我们遇上好心人了老关，快！赶紧收拾去做 B 超、做 CT、做——把该做的都给他做了！

小　卉　秦叔，你给他打借条了？

老　秦　我打条，他不要，说是他刚领了见义勇为的奖金，咱先赶紧去做检查呀！那边透视室的医生还等着呢！（赶忙过去从床上扶起关云年）

关云年　（挣扎拒绝）够了够了！我不用去！放下我！放下！老秦，求你了……

老　秦　（生气大吼）姓关的！你得听我的！（心疼地）对不起，你得听我的呀……（背关云年坐进轮椅，推出病房）

　　　　〔小卉突然停住脚，转回头冲着何亮的空床深深鞠了一躬。
　　　　〔小卉抹着泪追出门去。
　　　　〔何亮和丁立华一前一后走上，他们如释重负地走进病房。

何　亮　总算为他做了点事，尽管他还不真正知道我是谁。

丁立华　你怕面对他，可你还是面对他了。而且你不想说的，你也都说了。

何　亮　说了，说得模棱两可，说得似是而非。

丁立华　我听得很清楚，你说了，你说——真的就是你。

何　亮　我好像就是那么说的，可——可他不信！

丁立华　他认为没那么巧，所以他不信。

何　亮　信不信由他，反正我说了，承认是我了。（心里不踏实）是不是？

丁立华　对！一个人的无知并不是他的罪过，更何况是一个小孩子。

何　亮　立华，可我心里怎么还是轻松不起来呢？他说了，他说那小孩真的要是我，他说他好像就能站起来，他说他心里就有很大的安慰。

丁立华　你不能做损己而又不利人的事吧！保住名誉，你就可以为他做更多的事，帮助他，眼下你绝不能做于事无补的事……

何　亮　我今天觉着……我好像并不了解我自己……

〔静。

〔田秘书陪着一位风韵十足的女士走进病房。小刘拿着照相机紧随其后。

田秘书　何亮……有人看你来了。来，我给你们介绍一下，这位是深圳康宁有限公司的总经理吴萍女士。吴总，这是何亮。

〔小刘端着照相机不停抓拍。

吴　萍　您好，何亮先生。（她伸出手）

何　亮　您好。（握手）

田秘书　吴总刚下飞机，就直接奔医院来了。

吴　萍　不好意思，没有预约，非常冒昧。听说您明天就要出院，我无论如何都要来医院看望我们的勇士啊。

田秘书　噢，还得介绍一下，这位是我们英雄的太太——丁立华女士。

吴　萍　啊，真漂亮呀！（上前握手）挺为他担心的吧？

丁立华　（控制住自己的慌乱）谢谢、谢谢了，大家都挺关心的。

田秘书　何亮，我一进医院，就听说你为同病房的病友出住院费的事，你呀，你所做的会使我们的跟踪报道更精彩。

吴　萍　是啊，太令人敬佩了。给我们再拍一张。（举止得体，脸上带着微笑）

〔小刘举起照相机，闪光灯连连闪烁。

吴　萍　（招呼丁立华）来，来我们一块儿。（笑容可掬地）瞧瞧我，多么像追星族啊。

田秘书　好，好，这照片报社发消息的时候要用。

何　亮　发消息？

吴　萍　田秘书的想法太好了。何亮先生，（对何亮）您的事迹在报纸上反复出现，电视上也有不少报道，我们想特别邀请您做本公司的形象大使，这对我们企业的发展一定大有帮助。

何　亮　不！不！我不行！我不行……

吴　萍　何亮先生，请千万不要推辞。关于报酬，您提个数，不要客气。

田秘书　他们公司要把最新的产品投放到咱们这个城市，吴总此举，应该说是一个很有头脑的策划。

吴　萍　我是个急性子，办事喜欢干脆，这不，来的时候合同就起草好了，你看看，合适的话，填个数，这件事就算搞定了。

　　　　〔何亮看看手里的合同书，走近丁立华……

何　亮　你们……你们公司经营的是什么？

吴　萍　主要是安全系统方面的设备，包括新一代高科技防盗门窗什么的。

何　亮　……企业规模效益怎么样？

吴　萍　算不上这个行业的龙头老大，但也是排在前几位的。主要是近两年更加重视宣传和营销，接连打了几个翻身仗。

田秘书　可以看出来，企业效益肯定是不错的了。吴总说了，到时候我们可以去她们公司参观参观，小丁，到时候大家一块去。

　　　　〔丁立华点头应酬。

吴　萍　何亮先生，你看……

何　亮　这么说吧，我……可以接受吴总的邀请，可是你要我说个数……我——还真不好说。

吴　萍　根据自己的情况和需要提吧，没关系的。

何　亮　（笑着）我……我总不可以漫天要价吧？

田秘书　何亮，市场经济嘛，别君子不言利。钱在某种意义上讲，体现着一个人的价值。

吴　萍　对我们来说，这也不完全是一个商业行为，我们甲乙双方友好合作嘛。

　　　　〔何亮再次看看丁立华。

何　亮　（思索了一下）这么说吧，吴总，假如我明天出了意外，躺在床

　　　　　　上动不了，吃药打针，还有孩子需要养活，直到六十岁退了休，而且往后的日子……（写）我是不是需要这个数？

吴　萍　嚯嚯——你这价码不低呀，何亮先生！

　　　　〔田秘书抬头看见丁立华想说什么，他走了过去。

何　亮　（严肃地恳求）我需要这笔钱。真的需要！

吴　萍　（伸出手和颜悦色）何亮先生，很高兴我们合作成功！

　　　　〔小刘忙举起照相机拍。

　　　　〔丁立华对田秘书耳语了几句。

田秘书　（感动地抓过何亮的手用力握着）何亮，难为你一片苦心——你让我更有文章可做呀！小刘，快，快去冲胶卷，今天晚报上就得用！对不起，吴总，你们慢慢聊吧，我们先走一步。

　　　　〔田秘书与大家点头打招呼握手道别，与小刘匆匆走下。

何　亮　立华，你给他说什么了？

丁立华　没说什么。

吴　萍　何亮先生，你太太真年轻，（看着丁立华）看到你这年龄真叫我羡慕，对了，岂止是羡慕，都有点妒忌了。（她笑着说）何亮先生，我感谢您能支持我们公司，支持我的事业。（指合同）请在这儿签个字……现在市场竞争激烈，企业每走一步您知道有多难呀……（接过何亮签好的合同）希望我们合作愉快！

　　　　〔老秦迈着轻快的步子走上。

老　秦　哎呀，真是一分钱难倒英雄汉呀，何亮，你今儿可真是救了我们的急呀，好人有好报，好人有好报……（与吴萍照了个面，他惊讶地噎住了）

吴　萍　（也吃惊地）老秦？

老　秦　你？小吴——你回来了？

　　　　〔何亮和丁立华对他们相识感到惊讶好奇。

吴　萍　老秦，这么多年你可没多大变化。

老　秦　老了老了，你……你怎么找这来了，知道他出事了？

吴　　萍　（看何亮）怎么不知道，报纸上介绍了不少，我专门来找他的。

老　　秦　（连连摆手）不是说他，我、我是说老关！

吴　　萍　（惊觉）老关？他在哪儿？

老　　秦　（指着老关的病床）就在这儿，他今早上才住进来。

吴　　萍　病了？

老　　秦　嗯……玩命——吃了大半瓶安眠药。

〔吴萍愣住。

老　　秦　（对何亮和丁立华）她——她就是小卉的妈！

〔音乐。

〔何亮和丁立华被惊呆了。

〔切光。

第三场

〔时间：又过了数十秒或者几小时。

〔病房里只有吴萍和关云年，关云年坐在轮椅里，一片寂静。

吴　　萍　老关……

关云年　你看见小卉了？

吴　　萍　嗯。

关云年　她十八岁了。

吴　　萍　明天是她的生日。

关云年　孩子长大了！

吴　　萍　我给她买的衣服，颜色还不知道她喜欢不。

关云年　这孩子不挑拣，合身就行了。

吴　　萍　大中小几个号……我都买了。

关云年　怎么一下就追到医院来了？

吴　　萍　我也没想到。老关，我是……（走近）

关云年　别过来！

吴　萍　都这么多年了，你怎么还这脾气？

关云年　（平静了许多）你坐吧……

吴　萍　日子过得真快，小卉一岁的时候我走的，这一晃都十七年了。

关云年　是啊，一晃十七年了……

吴　萍　我写过信，写过很多次。

关云年　我知道。

吴　萍　我一次回信都没收着。

关云年　你第一个月打工挣的钱，就寄过来了。

吴　萍　可你又给我退了回来。

关云年　家里存折上的钱，你走的时候一分也没要。在外不容易，家里又不是过不去。

吴　萍　后来，信我越写越少，有时候写了也没寄，寄出的，也都退回来了。

关云年　我也不知道——那时候跟自己较的什么劲。

吴　萍　她奶奶去世你也没告诉我。

关云年　她老人家要强了一辈子，我得听她的。

吴　萍　这些年我东撞西碰的，办厂子搞经营，很累很累，忙得什么都顾不上想了，慢慢的日子一长，脑子里什么都淡了。

〔静。

〔音乐。

关云年　成家了吗？

吴　萍　就算是。

关云年　他人怎么样？

吴　萍　还好。

关云年　还好就好。

〔静。

吴　萍　老秦说你要走绝路？

关云年　别听他瞎说。

———话剧《又一个黎明》 >>>>>

吴　萍　我对不起你们。

关云年　瞎说，谁对不起谁呀。

　　　　〔小卉上，在病房门外停住脚。

吴　萍　当初我真不该丢下你们。

关云年　你又扯哪儿去了！

吴　萍　那时候你在病床上整天整夜冲我吼，我真怕。

关云年　一个瘫子，死拖住别人不撒手，算什么？

吴　萍　你一急就乱摔乱砸东西。

关云年　你那个伤后来怎么样了？

吴　萍　什么伤？

关云年　我摔茶杯，玻璃片飞在你头上。

吴　萍　感染了一阵子，后来就慢慢长好了。

关云年　没留下疤？

吴　萍　不要紧，刚好有头发盖住。

关云年　（内疚地）这事——我都没跟你说声对不起，我真浑！

吴　萍　谁让你说了。

　　　　〔音乐。

关云年　一家人总不能让一个半死不活的拖着拽着，都活得没个人样。她奶奶老了，为了孙女，搭进去就足够足够了。

吴　萍　（走过去推着轮椅）我背了一身骂名走了。

关云年　没那事，你看看，你还是小卉的妈，你活得很像样回来了。

吴　萍　你挖苦我……

　　　　〔小卉突然闯了进来。

小　卉　（憋红了脸）我都听见了，说呀！

关云年　小卉！你怎么说话？她是你妈！

吴　萍　（激动地）小卉……

小　卉　（松了口气）让我看看。

吴　萍　看什么？

小　卉　你头上的疤。

吴　萍　（伸手想搂住女儿，泪如泉涌）小卉……

小　卉　（闪开）你回来了？回来接我？

〔吴萍哽咽着连连点头。

小　卉　（冷冷地走开）你身上的香水味太浓，冲人鼻子……

吴　萍　我……

小　卉　还是混合香型——进口的呢！

〔吴萍掩面抽泣。

小　卉　（突然）我恨！我恨死了那个人！（喊着）找着他我非杀了他不可！

关云年
吴　萍　（二人同时）小卉！

〔小卉挣脱吴萍的拥抱，冲下。

〔老秦走进屋。

老　秦　CT室总算空下来了，老关，咱们赶紧再去，你别说话，今日都听我的。

〔老秦推起关云年走出病房，吴萍跟出。

〔田秘书大步上，何亮从另一方向上。

何　亮　田秘书。

田秘书　刚才屋里出去的——是那个瘫痪的病人吗？

〔何亮点点头。

何　亮　田秘书，这个病人……

田秘书　这里的事情我都知道了，如果没错的话，这位病人可是一个被埋没了十八年的英雄啊……（出示报纸清样）何亮，你知道今天我有多忙，赶完稿子又赶到印刷厂，眼盯着清样打出来了，你先看看。

何　亮　（惊诧地）好我的田秘书呀！谁让你写这个呀！

田秘书　怎么啦？"英雄慷慨解囊，救助困境病友"这有错吗？

————话剧《又一个黎明》 >>>>>

何　亮　　我压根就不是那意思！

田秘书　　那是什么意思？你掏钱给同病房的困难病友出了住院费，这是实实在在的事呀！这种助人为乐的精神难道不应该表彰吗？你说不是这意思，难道还有别的什么意思……

何　亮　　你听我说田秘书，我出钱我……我真的没想助人为乐，我……没想。

田秘书　　那你是想什么？

何　亮　　我……反正我没想助人为乐！

田秘书　　这什么逻辑？

何　亮　　我……

田秘书　　噢，不是助人为乐？难道你拿那么多钱给人——是想害他？

何　亮　　就是害他！……不……我的确害过他。

田秘书　　你怎么了你？何亮？你说话怎么颠三倒四的？

何　亮　　你——你不知道他是怎么残废的……

田秘书　　小刘告诉我了一个小孩恶作剧。

何　亮　　你知道那小孩是谁？

田秘书　　谁？谁——？

何　亮　　（点点头）……田秘书，我们虽然认识时间不长，但我很信任你。

田秘书　　你的意思是……十八年前的那孩子——是……？（追问）不对吧？这么大一个城市，难道就没有其他小孩也玩类似的游戏？

何　亮　　我核对了时间、地点。那年我小学毕业，我清楚地记得第二天，爷爷来接我回了老家。

田秘书　　（想着说着）再后来呢？再后来，你就在一无所知的情况下上完中学、读完大学、读完研究生，走出了校门参加了工作，十八年时间一晃而过？几天前在汽车上你遇到几个歹徒打劫，你见义勇为负了伤住进医院……就在今天早上，这个跳水救你的人碰巧就住进了你的病房，接着三言两语你就知道了他瘫痪的原因……你不觉得这过于巧合了吗？

何　亮　还有更巧的呢！他女儿的妈妈从深圳赶来，邀请害过她丈夫的人给自己的企业做形象大使。

田秘书　（惊讶）什么、什么？你是说吴总？……

何　亮　过去害了她丈夫，现在又算计讨要她的钱——这也是做好事助人为乐？我亏心不亏心！我就是脸皮再厚，恐怕也该替自己害臊吧！

田秘书　何亮，你先冷静一下，市委刚刚做出决定，要在全市进一步掀起学习你英模事迹的热潮，明天市委领导要亲自来接你出院，并且立即召开英模事迹报告会……

何　亮　什么？不，不！我做不到！我心里乱极了，报告会我去不了，我无法面对……

田秘书　你要冷静，一定要冷静！这事情太突然了，千万不要感情用事！你要静下心来，好好准备明天的报告。我忙活完了马上就回来。

何　亮　田秘书！

田秘书　你一定要冷静！千万不要感情用事！（下）

〔传来民歌《心里有事就唱歌》。

〔何亮一屁股坐在长椅上。

〔手捧鲜花的红领巾走来。

红领巾　叔叔？（发现）你就是何亮叔叔！

〔陷入深思的何亮站了起来。

红领巾　叔叔您好！（敬了个队礼）

何　亮　你好……

红领巾　何亮叔叔，这是我们育红小学全体少先队员送给您的鲜花，请英雄叔叔收下。（把花举到他眼前）

何　亮　（接住鲜花）噢，是我的母校！谢谢你小同学！

红领巾　叔叔，少先队员都问候您，您的伤势不要紧吧？您的病情好转了吧？

何　亮　（忙回答）好了、好了！

———话剧《又一个黎明》>>>>>

红领巾　叔叔……嗯……（想不起要怎么说了，忙掏出一张纸条念起来，像是在朗读课文）何亮叔叔，您见义勇为的英雄行为，值得我们大家学习。您恢复健康以后，我们衷心的聘请您做我们少先队的课外辅导员，您同意吗？

何　亮　（勉强地）我——同意。

红领巾　（又念）我们要请您——我们敬爱的叔叔为我们讲跟坏人作斗争的故事，行吗？

何　亮　（点点头）行。

〔丁立华走过来，默默坐在一边。

红领巾　榜样的力量是无穷的，少先队员同学们都说，要您给我们讲讲自己成长的历程，（丢开稿纸）叔叔，讲讲您自己少年时代的故事，您答应吗？

何　亮　（看着丁立华，把花塞到红领巾手里）讲我……少年时代的故事……

红领巾　（兴高采烈地）噢、噢——！我完成任务喽！叔叔再见——敬礼！（挥动着鲜花一蹦一跳跑下）

何　亮　（走近丁立华）我该怎么对她们讲我少年时代的故事？

丁立华　（冷冷的）你不是已经把你的故事讲给田秘书了吗？

何　亮　你看见他了？！

丁立华　（抱怨）我们不是说好了不对别人提这事的吗？我们说好了悄悄地去帮助这个人，捐的赠的奖的我们可以一分不要，都拿给他，解决他的实际生活困难，这样还不可以吗？

何　亮　你看看这——（指报纸）这是在逼我呀！我心里本来就堵得慌，我真叫它给逼得走投无路了……难道我就听任这样说我又向残疾人伸出无私之手？听任说我多善良多高尚多乐于助人？听任被我害苦了的人对我感激涕零千恩万谢？我也太缺德了吧！

丁立华　反正——我们总不能非要把自己搞得声名狼藉不可吧——就算是还债，难道就非得大张旗鼓吗？这完全是咱们自己的事，没必要

815

在乎别人说些什么！
何　亮　至少我很在乎你说什么。
丁立华　我只求你不要再提它，一切都会过去的。
何　亮　我多想心安理得的过去呀……
〔红领巾又跑回来了，手里拿着那束鲜花。
红领巾　（抱歉地）对不起，何亮叔叔，我犯了个错误，把献给你的花拿走了。
〔音乐。
〔何亮默默地俯身向红领巾。
〔红领巾好奇地歪着脑袋看何亮。
红领巾　叔叔，你怎么了？
何　亮　我真想回到你这个年龄，天真无邪，清澈透亮……
〔丁立华看着何亮，她一扭头跑下。
红领巾　叔叔，我不是故意的，我不是故意的……
何　亮　叔叔知道……
红领巾　（她像是自己做错了事似的，小心翼翼离去）叔叔再见！
何　亮　（招手与她道别）再见。（突然想起）立华，立华！（朝丁立华走的方向追去）
〔小卉走进病房，吴萍跟了进来。
吴　萍　（哀求似的）小卉。
小　卉　干嘛——？
吴　萍　你能跟我说说话吗？
小　卉　我很忙。
吴　萍　就说一会儿？
小　卉　（广东腔）不好意思啦！
吴　萍　（大喊）小卉！小卉，你恨我吗？……我知道你恨我，我想过一百遍一千遍，你一定会恨我的，可我还是要问。我真蠢。
小　卉　（故意）香水太呛，呛得人闭气儿！想吐！

吴　萍　小卉！

小　卉　你是女强人，对吧？

吴　萍　我不比别人强多少。

小　卉　你是大款、大老板、大富婆，对吧？

吴　萍　我现在觉得自己一无所有。

小　卉　一无所有，别怕，我又不会跟你借！（伸手）能给张名片吗？

吴　萍　（极力克制着）我会给你的。

小　卉　你抽烟吗？给我一支……怎么啦，我就是要抽给你看……

吴　萍　你……（她颤栗着伸出手，身不由己抽了小卉一个嘴巴）小卉……

小　卉　（愣住，一眨眼又无所谓地）不疼。我听说过，有的老板会打人。

〔吴萍懊悔地看着自己的手张口结舌。

小　卉　哎！我可以去你的公司打工吗？嘿嘿，我知道我不行，我没有文凭，文凭。嘿嘿，你那儿缺保姆吗？保姆不要文凭，我准行。洗衣服做饭打扫屋子，什么家务活我全会。上街买菜我会讲价钱，跟我奶奶学的，记得小时候有一回，我给奶奶说，爸爸怎么那么不懂事，总是尿床。我用手在爸爸脸上划呀抠呀说他不害羞，后来我知道了，我不该那样……我好后悔好后悔，我多想让奶奶好好打一顿呀，可是奶奶就是不肯打我。

吴　萍　（一下上前搂住女儿）小卉，你就恨你这个该死的妈吧！

小　卉　（泪声）我没有妈！我是石头缝里蹦出来的！（又突然收住泪声，冷冷地站着）

〔吴萍慢慢走向一边，坐下。

〔音乐。

吴　萍　那年，我真不知道是怎么活过来的，我抱着你在你爸出事的地方一坐就是大半夜，望着那晃晃悠悠的水面胡思乱想，真希望那孩子一下从水里蹦出来，让我一把拉住，把他带到你爸跟前，在你爸耳朵边上说句对不起，好让你爸知道自己不是在做噩梦！那时候你才一岁……刚会叫妈妈……你爸用死要挟我,他要我走得远远的,越远越好。小卉,你妈不是铁了心黑了心的人呀……小卉,你现在长大了,妈妈来接你,妈妈再也不离开你了……(说着不知不觉泪流满面,抱住小卉)

小　卉　(松开抱着母亲的手)妈妈?!这个字眼对小卉来说是那么生疏无缘……十几年来,生活早已经教一个女孩儿习惯了没有母爱,甚至习惯了不听母爱的故事,习惯了不唱母爱的歌……母爱,对小卉是奢侈品,在她最最需要的时候,她没有,在她快要遗忘的时候,却偏偏赶来恩赐……(说不下去了,她拔腿跑出门)

〔吴萍终于忍不住抽泣起来。

〔何亮走回病房门口,一时不知进退。

何　亮　(进病房找出合同对吴萍)吴总……

吴　萍　(努力掩饰着痛苦的脸相,极力恢复平静的口气)何亮先生,谢谢你给了我们企业这次机会,更谢谢你对孩子爸爸的帮助。住院费我会替孩子爸爸交上的……

何　亮　(欲还合同)吴总……

吴　萍　……钱你自己留着,你也有妻子有家……

〔田秘书接听电话一路大步赶来。"喂,我知道了,明天第一场报告就放在育红小学……好的,再见。"

吴　萍　噢,田秘书来了,找你的。(对何亮点点头侧着身子走下)

〔田秘书走进病房。

何　亮　田秘书。

田秘书　就你一个人在?好,我们俩正好需要单独谈谈。何亮,丁立华刚找我谈了……

何　亮　(叹了口气)哪里有困难哪里就有她,哪里有她——哪里就更困难。

田秘书　(笑了笑)知妻莫若夫啊!(语气平和地)何亮,连日来新闻界连篇累牍报道了你的见义勇为,市委市政府已经做出向你学习的决

　　　　　定，这可是我市精神文明建设的一件大事喽。
何　亮　被宣传、被学习，对当事人来说，其实是挺累的一件事。
田秘书　我想累还没资格呢。何亮，你想公开自己小时候的一个小过失，这很好，实事求是嘛，当然没错。可是呢，你也别忘了中国特色。
何　亮　（惊讶）实事求是？中国特色？我不懂你的话。
田秘书　你会懂的。何亮，我想你能不能换个角度，从大局出发去考虑考虑问题。
何　亮　你就干脆直奔主题吧！
田秘书　（和蔼地）何亮，十八年前的那件事已成为过去，如果你在这事上纠缠，我市学英雄见行动的活动还怎么开展？
何　亮　可是，我怎么都回避不掉眼前这件事。
田秘书　何亮，你已经不是以前的你了。我写你的第一篇报道，是七月十六日你见义勇为负伤，现在人们学习你热爱你，大家所需要的其实就是那天以后的你！懂了吧何亮？
何　亮　你是说我得为大家的需要而活？
田秘书　话不能这么讲，但是，你该知道你面对的是什么现实。
何　亮　我要面对的是——我不能不为我的过去负责。
田秘书　你没权利感情用事。眼下你是全市人学习的榜样，某种意义上讲，我是在维护我们这座城市的形象！
〔丁立华出现在病房门口，何亮看见她。
何　亮　立华，你来，你来，我们一起听听。
田秘书　何亮，你的妻子对你是负责的！你看看，全社会都在关注你，这是你冒着生命危险换来的。一个人的一生很漫长，可要紧处往往只有几步。何亮，你的政治前途是看得见的，现在可是一个大家都讲究实惠的年代，你想过吧？
何　亮　如果我没想过，我对那个不幸的人和他女儿会那么吞吞吐吐吗？我会像一个被逮着了的小偷那样闪烁其词吗？我以前是这样吗？

立华？

〔丁立华一时语塞。

田秘书　好了，我们这个社会不需要书生气。

何　亮　也许更应该少一些世故！

田秘书　（噎了一下）我们的城市需要优秀的管理者，你考了第一名，你应该在那个岗位上发挥自己的才能。

何　亮　一个连自己心里都打扫不干净的人，怎么能致力于整个城市建设？

田秘书　人人都有私心，我也有。我是市委秘书，我不是一个制造小道消息的小报记者！有关你的报道都是我写的，为此，领导对我很器重，把这次学英模活动的组织联络工作交给了我，如果眼下这事张扬出去，不光你的前途会受影响，我呢？就算十八年前的事是真的，当时你不懂事，把别人搞瘫了搞残了，但现在你可什么都懂，难道你也要把我在政治上搞瘫吗？要我也十年八年爬不起来吗？你就是非说不可，你晚两个月说行不行，你就是再晚两年说也不迟嘛！

何　亮　行了，我们的谈话就此打住！

田秘书　你呀！……我再一次提醒你，何亮，明天一大早，我陪市委领导来接你出院，直接送你去你的母校作见义勇为事迹报告会，电视台要向全市现场直播，请你做好准备。（走下）

〔音乐。

何　亮　立华，你好像说过，说真话是不需要做准备的。

〔丁立华侧过身低下头。

何　亮　看来我得装得若无其事，我得把自己过去的事严严实实窝藏起来，心怀鬼胎站在为我准备好的讲台上，就像一个盗窃国库的贪污犯大讲廉政，就像一个收受贿赂的赃官高谈无私奉献。立华，真要那样，你不觉得我恶心吗！

〔静。

〔丁立华低垂的头慢慢抬起来。

丁立华　记得小时候参加歌咏比赛，我出的节目是独唱，当我走上台的时候，四周五颜六色的灯光照得我快睁不开眼睛，我看见台下黑乎乎的坐满了人。我想我一定要唱好，一定会唱好。乐队开始了，我还在想，我用足了劲儿，可是不知道怎么搞的，一开口就走调了……听到你负伤消息的时候，我正在给几个同事讲这件好笑的事。这些天，看见别人手里的报纸，我就抢过来翻着找着，听到别人的议论我就赶紧竖起耳朵，我真想告诉人家我是谁……我去打听，知道你考了第一，我装作无所谓，其实是等着别人来问我，碰到有个朋友没问，我还生人家的气……我这是怎么了？是想和你分享什么是吗？真的，我想了好多好多，也许是想得太多了太好了，所以我才……急了，我说不清这是为你还是为了我。

〔何亮被她的话感动，搂住她的臂膀。

丁立华　（委屈地）我像个虚荣、庸俗的家庭妇女，像个斤斤计较的小市民，是吗？

何　亮　你别这么说，事实上是我比你更计较。

丁立华　知道咬碎了牙往肚子里咽的痛楚吧？刚才是你，现在是我。

〔她转身想离去。

何　亮　立华，你去哪儿？

丁立华　让我一个人走走，让我好好想想。（疾步下）

〔音乐。

何　亮　（内疚地）立华……我真不该让你知道这里发生的一切！

〔田秘书推着关云年上。

〔关云年从轮椅里撑起身子看着何亮。

关云年　小伙子，你误会了，我是喝醉了酒自己栽进水里的！

〔音乐。

〔何亮一下把目光投向田秘书。

〔切光。

第四场

〔时间。当天夜。很静很静的夜。

〔音乐。

〔两张病床上各躺着一个人，一个辗转返侧，一个坐卧不宁。

关云年　什么灯那么刺眼？过一会儿就要照过来一下。

何　亮　是火车，铁路在前边转了个大弯。

关云年　我说呢，什么灯有那么亮。

何　亮　要不要拉上窗帘？

关云年　听说火车又要提速了。

何　亮　我拉上窗帘吧？

关云年　不用了，你还没睡？

何　亮　你也没睡！

〔沉默。

何　亮　你知道，我根本就睡不着。

关云年　屋子里有点闷。

何　亮　窗户是开着的，没风。

关云年　在家里我总是睡在窗户边上。

何　亮　窗户边好啊，朝外面看方便。

关云年　医院不是家……

何　亮　是家——病人之家。

〔沉默。

何　亮　你从来不喝酒。

关云年　你不是。

何　亮　老秦说了，你从来就不喝酒。

关云年　我说了，你不是那孩子。

何　亮　你说了八遍了。

———话剧《又一个黎明》 〉〉〉〉〉

关云年　我再说一遍……你不是。

何　亮　我也不愿意是。

关云年　我希望你不是。

何　亮　我一开始不敢面对你，接下来我发现，是我不敢面对我自己。

关云年　你说什么呀……别再说了。

何　亮　田秘书叫你怎么说你就怎么说？

关云年　睡吧……我累了。

〔沉默。

何　亮　这么多年你受罪了……

关云年　只吃喝不干活，受什么罪。

何　亮　人活着——挺难。

关云年　好死不如赖活，没什么难的。

何　亮　说你一下吃了大半瓶安眠药……

关云年　运气不好，没走了哇。

〔何亮探过身子。

何　亮　我是那个害你的小子。

关云年　你是见义勇为的英雄。

何　亮　你心里已经确认我是谁了。

关云年　关你什么事？小孩自己跟自己玩捉迷藏，他有什么错？

何　亮　你心里恨他，可嘴上却为他开脱责任。

关云年　他是个孩子，他有什么责任？

何　亮　他现在长大了，他该认账！

关云年　想干什么……想表现他的道德良心？

何　亮　是你在表现，表现你的宽容。

关云年　让我做一次我很愿意做的事吧。

何　亮　你过去是为救我，现在也是为救我——是吗？

关云年　我救谁呀？我再说一遍，我是喝醉了酒自个栽进水里的。

何　亮　多么高贵的谎言。

关云年　我说了算，我很高兴我能说了算。

何　　亮　田秘书，你可真是用心良苦！

关云年　一个没用的瘫子，还能为一个有用的英雄做点什么？

何　　亮　没用的瘫子，有用的英雄？说得太好了！一个小孩，在水里玩，学着狼来了狼来了的故事，喊着救命啊救命……你满可以若无其事走你的路就当没听见。可你连衣服也没脱就一头跳下去救他，扑通一声，一瘫就是十八年！现在，你又说是喝醉了酒自己栽下去的，你真是没用！你真是活该！

关云年　说得好，说下去！这么多年了，我听到的全是软绵绵的同情，细声细语的安慰，好像我是天底下最可怜的人！从没人对我粗喉咙大嗓子，从没人把我当成男人当成汉子同我争过吵过骂过，现在谢天谢地，总算有人把我当回事了！

何　　亮　（痛心地）你心里并不这么想，你是有意用你的宽宏大量来压迫我……你说过，如果我是那小孩，你心里就会感到安慰。

关云年　我说了，我说的是如果，可真的是了，就不一样了。这人哪……

何　　亮　（失望地）真可悲，我连一声轻轻的抱怨都听不到。

关云年　抱怨能使我站起来的话，我会一千次一万次地抱怨。

何　　亮　你怎么就愿意我没心没肺？

关云年　睡吧，谁也不敢这么说你。

　　　　　〔沉默。

　　　　　〔何亮倒在床上，把头埋进枕头里。

　　　　　〔音乐。

　　　　　〔吴萍从一端上，走近病房门口，她停住了脚。丁立华迎面走来。

　　　　　〔两人不约而同看见对方，女人那种特有的直觉使两人格外敏感。

丁立华　吴总。

吴　　萍　是你？你换衣服了，猛一下还没认出你来。挺好看的。

丁立华　你也是。

吴　　萍　（打量着）年轻，穿什么都好看。

———话剧《又一个黎明》 >>>>>

丁立华　我都二十六了。

吴　萍　二十六，我生孩子那年正好是这年龄。

丁立华　我怀孕了。

吴　萍　是吗？生孩子是女人的一关，你选了个生的好季节。我那时傻乎乎的，生孩子赶上暑期，真受罪，热得人只想跳进水里……

〔静。

吴　萍　到过深圳吗？

丁立华　还没。

吴　萍　锦绣中华、世界之窗都挺好玩的。

丁立华　以后有机会去。

吴　萍　带孩子一块来，我陪你。

丁立华　谢谢。——我们的认识真是个意外。

吴　萍　是意外，也是缘分。

〔静。

丁立华　我……我刚从后湖边上回来。

吴　萍　（一惊）什么？

〔音乐。

吴　萍　什么？后湖边……？

丁立华　（鼓足勇气）我想……我一定得跟您好好谈谈。

吴　萍　（认真地）谈谈？

丁立华　对我来说，这非常非常重要。（转身走下）

〔吴萍跟着丁立华走下。

〔小卉从另一方向悄悄上。

小　卉　我说过，我打懂事的时候就说过，找着那个坏小子，我绝对饶不了他。干了坏事理应受到惩罚的！——我该怎样处置他？——杀了他？……用刀？对，只要我一刀下去，你就连救命也不用喊了，十八年前你就喊得够多够多的了！——今天好了，你自己送上门来了，自己送上门来了！（进屋突然一个寒战）……怎么回事？我的手怎么哆嗦？我是报仇，我是正义的，我怕什么呀？——我、我怎么会想到要杀人呢？杀了人，我自己就成了杀人犯了呀……！！（急哭了，她扑上前抓住床头用力摇晃）

小　　卉　（大喊）你还安安稳稳地睡着，你怎么不吃安眠药，怎么不自己去死呀！

〔何亮平静地坐了起来。

关云年　小卉？！

小　　卉　（对何亮）我知道你就是那个害我爸的小孩，那个坏东西。

何　　亮　是的。

小　　卉　你还说救你的人摔得鼻青脸肿三五天出不了门？你——真让我恶心！

何　　亮　是的。

小　　卉　知道我有多么恨你吗？

何　　亮　你说过，要是找到他，就绝对饶不了他。

小　　卉　对，对！——我发过誓的！（冲动地）我——我要找把刀……我要杀了你！（找到把水果刀，冲向何亮）

关云年　（失声叫）小卉——！

〔小卉手里的刀落在地上。

何　　亮　（走近小卉）你来到这世界上本该有个幸福的童年，你有一万个理由对我动手，我不会有半点反抗，更不会再喊那可耻的救命啊救命！

小　　卉　可是，可是你现在是大家学习的英雄，我不能杀一个英雄呀！……（她大哭，像个受委屈的小孩儿一样跺着脚）我跟歹徒不是一伙的！……

〔何亮上前伸手抱住小卉。

关云年　小卉。

小　　卉　爸爸——！（一头扎到父亲怀里）

〔吴萍冲进病房。

——话剧《又一个黎明》

何　亮　吴总……（转身取出合同欲还给吴萍）……你都知道了。

吴　萍　（轻蔑冷笑）何亮先生，你看我多好，撇下一个瘫痪了的男人和刚满周岁的女儿，无牵无挂，只身一人跑到特区，我多轻松，多潇洒……我发了财，当了老板。这可都是你帮我的，得谢谢你了。

何　亮　我应该受到你们的谴责……

吴　萍　我谴责你？如果不是你，他就瘫痪不了，我能有借口离开他吗？如果不是你，我能摆脱那个上有老下有小的家吗？我谴责你？我谢你都来不及！哼，我还请你做我企业的形象大使！……（苦笑）

何　亮　吴总……（欲将合同还给吴萍）

吴　萍　你放心吧，合同既然签了，我会执行的。

何　亮　可我……没有资格履行这份合同。

吴　萍　……你就要是一个孩子的父亲了！

〔惊讶地张大了嘴……

吴　萍　……我真想让所有的人都来骂我——替这个让你毁了后半生的人骂，替我女儿骂，替我自己骂！……十八年了，我亲生的女儿连一声妈都没叫过，人这一辈子，和自己的亲人在一起，能有几个十八年啊？没错，是他逼我走，可我女儿说得对，我要是坚决不走的话，打死我，我也会留下来的。

小　卉　（生疏轻声地）妈妈……

吴　萍　（怨恨地）何亮，你真是了不起，你看看这一家人的命运，就那么轻而易举地让你改变了呀……

〔音乐。

小　卉　你别说了，妈妈……

吴　萍　小卉……（紧紧搂着女儿泪水滂沱）

〔老秦默默走上。

何　亮　我总算听到了这一腔的怨愤，这是我应该得到的；可这远远不足以偿还我对你们的……

关云年　你得到的是英雄称号。

何　亮　那是称号，我连认账都战战兢兢，我只能徒有其称号！……面对着你们这一家人，我——能有资格说声对不起吗？

〔沉默。

〔何亮一声叹息，他转过身走开去……

关云年　对不起？我要是轻易地接受了他这一声对不起，我就对不起我那饱尝苦难的女儿，我就对不起我十八年的生命！十八年啊……每一天都像是一张划坏了的唱片，吱吱呀呀地重复着……没有生命，只是活着。可是小伙子，我要是不接受你这一声对不起呢？那我又算什么？不就成了一个小肚鸡肠连自己也看不起的小人！

（他烦躁地挥着拳头）

吴　萍　老关，在我心里，你永远都是站着的，永远都是那么坦坦荡荡、虎虎如生！

小　卉　爸……

关云年　老秦！扶我下来……（欲起床）

〔众扶起，何亮抢上前。

关云年　（对何亮）你？……

何　亮　……来！（背关云年进轮椅）

〔丁立华出现在病房门口。

何　亮　……老秦师傅，这些年你为他所做的一切，那原本是该我做的呀……

老　秦　我做什么了？……出事以后，除了我，没有人能证明他是为救人受了伤……他咽了多少苦水啊……居然还有人说他活该，说他太急于表现。我操他姥姥！我说这些人，你们的良心都跑哪里去了？就凭他抢上前那么一跳！他就永远永远顶天立地！永远是我心里的英雄好汉！

关云年　我们是在学习一个个英雄的年代里长大的，在听到小孩求救声的

——话剧《又一个黎明》 >>>>>

那一刹那，我把什么都忘了，我是想扑下去救人呢，还是太想当英雄？我躺倒这么多年一直在问自己，今天我更明白了，英雄那是一种精神，一种融在人血液里的魂魄呀！

何　亮　所以，我不能玷污英雄这两个字！

关云年　你没有！——你挺身而出见义勇为！

何　亮　面对歹徒，见义勇为，我是想做英雄吗？不，我当时只觉得自己不站起来大喊一声，我就一辈子瞧不起自己。今天，我面对自己的过失，假如我不站起来大声坦白，我也会一辈子看不起自己的！

关云年　老秦，你听见了吗？……我十八年的生命没有打水漂！真的，何亮，真的，你可以问心无愧地去作你的报告了。

何　亮　我多么想对大家说，这个城市给我的一切我都可以不要，我只希望她能静静地听听我的心跳，允许我向她说一声——对不起！

丁立华　何亮，刚才我去了那湖边，看着那静静的湖水，我想起我的毕业论文，那是讲一个人真实面对自己、一个民族保持群体记忆的价值。可我，几乎把这些都忘了！……何亮，能给我机会让我和你一起分担吗？

何　亮　（走过去，激动地拥抱她）立华，我爱你，你知道，你知道的，我现在是多么多么的需要你！……立华，我们会有孩子，我盼望着我们的孩子出生，盼望着听到他的第一声啼哭……盼望着我们的孩子睁开眼睛看到的这个世界——因为他父亲的诚实而多添了一分明亮！孩子懂事的时候，我会把今天的故事讲给他听，我会把自己一生的过错都告诉他，我相信他会像所有的孩子一样，不会为自己父亲的坦诚羞愧，我相信他会像所有的孩子一样，会为父亲骄傲的生命——鼓起自己生活的勇气！

〔田秘书冲进病房，他很激动。小刘随上。

田秘书　何亮，何亮同志！我连夜向市委做了详详细细的汇报，领导要求我，连续报道——要接着写下去！（走近关云年）关云年同

　　　　　志！……
小　刘　（指）你们看，天亮了！
　　　　〔音乐起。
何　亮　（激动不已）今天，我就要面对鲜花面对掌声，面对一张张陌生而又熟悉的面容，面对少先队员一双双天真无邪的眼睛，从头讲我们的故事。
关云年　我们的故事？
何　亮　对！（转过身去，扶着关云年的轮椅）
关云年　何亮……何亮……
何　亮　走！咱们今天一起去！
　　　　〔何亮深情地推起关云年走向舞台深处……
　　　　〔纱幕起，出现整幅报道英模事迹报告会的报纸。
　　　　〔剧终。